李豐楙著

六朝隋唐仙道類小說研究

臺灣學生書局印行

序

在國學的研究領域中，選擇道教與中國文學之關係作爲研究課題，已十年有餘。民國六十三年進入政大中文研究所修讀博士學位，本想繼續碩士論文的研究方向，以中國文學批評史爲研究範圍。當時王師夢鷗以爲可轉換另一研究方向，指示以道教對中國文學的影響爲題，先從魏晉南北朝入手，奠定基礎；以後循流而下，就可以繼續唐及其後的道教文學的研究。後來，王先生一度出國，就由所長羅師宗濤擔任領導，完成博士學位論文「魏晉南北朝文士與道教之關係」。十年來，在研究過程中備嘗艱辛，但也一再受到師長的鼓勵，持續這一研究方向。

魏晉南北朝爲道教形成的關鍵時期，道教的體系大體在此期間奠定其規模，因而國外道教學界也多集中心力，探求道教成立期的諸種理念。當初決定以這一範圍，瞭解道教與文士的關係，也有感於仙道文學多源於此，因而學位論文完成基礎研究之後，深覺有繼續深入與擴展的必要。此後數年來陸陸續續在這一專題下寫作論文，這次選擇其中性質相近的五篇加以增補，「仙道類小說」正是貫串其中的主線，而時代範圍則已由魏晉南北朝擴展到隋唐。仙道小說的研究，由於本身兼括道教與文學的兩大特質，因而在研究方法上也不限於文學的技巧問題，而嘗試從道教史，從社會文化史的立場，辨明其所以形成的外在、內在因素，借以深入瞭解其特殊的內涵。這是十年的摸索中，所嘗試的研究態度與方法。

十年來的研究生涯，自覺需要有機緣湊合，始能從事這專門也是冷門的研究。道教文獻中常常强調學道求仙的要件，就是法、侶、財。其實，從事道教學的研究何嘗不是需要這三大要素：明師的指點、道侶的切磋，乃至有足夠的財力實際從事功法的修練，始能九轉金丹，一旦功成，而有昇轉成仙之日。多年來，感謝王先生、羅先生的指導，國外學界諸前輩的提攜，以及道教同好的切磋，因而堅定從事這一在國內較為冷門的研究範圍。

對於道教及其相關問題的研究（包括思想、儀式及修練等），道藏及其他文獻自能提供相當程度的基本材料。基於寶經的觀念，魏晉南北朝以下的古道經，能在歷經災厄的情況下，保存其中的一部分。由於這些珍貴的文獻，在千百年後才能深刻體驗，道教對於中國社會具有深遠的影響力。但從清朝，至於五四時期，道教所遭遇的冷默與摧毀，使這一別具特色的道教文化深受打擊，這是不公平的事。近年來不斷從事田野調查的參與活動，有幸得訪現存且仍生機蓬勃的道教團體，發現其中仍保存着珍貴的宗教儀式。他們熱心地提供寶貴的經驗，有些往往是文獻資料上所難以體會的，希望以後能繼續深入學習，將其整理出來。

學術研究的本身，是一種案牘勞形式的艱苦作業。但十餘年來一直能維持充沛的體力與腦力，這要感謝道教文化中對於「身體文化」（physical Culture）的一大貢獻。這些養生修練的方法，毫無疑問的，是中華文化的瑰寶。在農業社會有其健身健心的功效，對於現代的工業社會更有實際的效益。將近二十餘年，先後隨師大體育系教授郭秉道、鄧時海先生學習太極拳，體驗拳法與氣的運用。近年來從事調查研究期間，又有幸得遇明師指點有關氣的理論與修練，像王師父（來靜）、熊師父（衛）都以深厚的道功、道學，指示寶貴的修道經驗。這些實際的修練對於這一研究中的上清經法（尤其是嘯法），有極為親切的證驗。這是純從文獻的考證、分析所難以體會的，希望將來能從事宋、元以下內丹派的研究，將文獻與實踐作一結合。深信在諸師的指導下，證驗親切，這是由衷感謝的道門恩德。

這次以仙道小說爲題，只是道教與文學研究的一部分結集。在漫長的學術生涯中，這只是一小步而已，深願這一小成果，能奉獻於浩瀚如海的學界中。由於道教研究的業績，在國內外學界的共同努力下也只完成第一階段，因而這一研究自覺尙多遺漏不足之處，希望學界前輩與同好能多賜敎。最後要感謝研究撰述期間，雙親的長期支持、家人的多方協助，以及諸友好的鼓勵。這些關注猶如煉丹中的爐火，有助於金丹早日結成。

民國七十五年三月二十一日

六朝隋唐仙道類小說研究目錄

第四章：洞仙傳研究

——洞仙傳的著成及其思想

第五章：道教嘯的傳說及其對文學的影響

第一章 緒 論

一、仙道小說的特性及其範圍

六朝至隋唐的仙道文學，主要的就是仙道類小說，及與道教有關的詩歌等，爲中古時期道教藝術的大宗。其中所謂的仙道類小說，包括兩類：一爲紀錄、傳述有關仙眞傳說的筆記小說；另一則指道教思想影響下所形成的作品。前者如漢武內傳、十洲記及洞仙傳等，漢武內傳敍述王母降見漢武，傳經授道之事，屬於雜史雜傳體志怪小說；洞仙傳則近於仙眞類傳，這兩部均列於隋書經籍志雜傳類中。十洲記近於山海經系，爲地理博物體志怪小說，雜厠於隋志史部地理類中。以上三部形成於六朝，而衍變於唐。至於六朝的仙道思想，不管是法術神通說或圖讖預言說等，長期流傳之後，至唐人之手逐漸筆錄成篇，成爲集大成的仙道小說，孫廣嘯旨較近於筆記雜錄，而虬髯客傳、神告錄等創業神話，則已儼然唐人小說的規模。這就是此一研究課題下的五種仙道類小說。

「仙道類小說」的說法，雖然是今人研究中國小說史的後設觀念，但並非只是一種現代觀點的運用，而是這些作品的本質，既已兼具宗教與文學的特質。從隋唐以下目錄學的分類觀念的演進，就可發現其中的事實：這些被列於隋志史部雜傳、地理類的作品，舊唐志多仍其舊；而新唐書藝文志就改列於子部道家（漢武內傳、十洲記）、神仙家（洞仙傳）。傳統史官對於圖書的分類，除了依據儒家本位的觀點外，勢必因應時代的學術潮流，而有所轉變。將原本雜厠於雜傳、地理類中的道教作品，改列在道家、神仙家項目之下。緣於史官在四部分類中特闢新類，擴大其子部之說，以便收錄日益增多的道書，因而漢武內傳等始得以復歸至仙道一類中。其實「道家」一詞，在史志中是模糊的觀念，承續九流十家的道家傳統而來，將其膨脹，擴大語義，其義兼括「哲學的道家」（Philosophical Taoism）與「宗教的道教」（Relegious Taoism），成爲廣義的用法，籠統而不明確。所以道家、神仙家項目中的道書，並非是嚴謹的合乎事實的分類，只是傳統目錄學家削足適履的權宜分法而已。從現在嚴格的學術分類的標準區分，道家類中的道書多可改列於神仙家，或者將其完整地置於「道教」一項之下，借以彰顯其宗教的本質。❶

漢武內傳、十洲記俱爲同一動機之下造構的作品，洞仙傳的形成也表現六朝末的仙道思想，所以這三部均可同歸於「仙道」一觀念中。另外孫廣嘯旨、及有關唐人所作的創業小說，更是仙道思想的產物，自可列爲仙道類小說。類此作品由於兼涵有宗教與文學的特質，雖然讓傳統目錄學有難以歸類的難題；但也因爲如此，更表明要深入考察仙道類小說的形成與衍變，就需要特別注意其中的兩大決定性的因素：一是道教史的發展問題，一是小說史的流變中，這些作品所具有的特殊地位。只有分別從兩方面加以觀察，始能正確把握其宗教文學的本質，瞭解其特殊的造構動機與目的。

近代研究中國小說史的學者，大多能確認這類小說的文學特質，因此將其容納於小說史的範圍內。❷又由於其宗教特質，而特別被概括於「道教思想產物」的項目下，❸這種認識大體是切合實際，且不致於將其排斥於文學的行列外。其實，從仙道類小說的藝術風格言，無論是語言文字的運用，或是文體的構造，均與六朝志怪小說的發展具有一致性。因而將其歸類於雜史雜傳體、地理博物體志怪小說中，確是完全符合小說史的史觀，發現其所以形成，並非是孤立於文學歷史之外，而是深受文學潮流的影響。❹這是因爲造構仙道小說的作者，不管是道教中人或奉道文士，都深受傳統的藝文訓練，而且能敏銳地因應當時的文風，採取最爲當行本色的文體，達到宣揚教義的傳教效果。

漢晉之際爲道教的萌芽時期，神仙說爲其核心思想之一，所以流傳較廣的仙傳就是託名劉向的「列仙傳」。這部保存兩漢時期較爲素樸的神仙傳說的傳記類集，對於葛洪等人頗具啓發作用，在其「抱朴子」內篇中，多次徵引其說作爲神仙理論的依據；更是激發其續編神仙傳的本源。❺類似的神仙傳記集，都曾以口語傳播的方式，長期流傳於民間社會，再經能文之士筆錄下來，以不同的「版本」繼續傳播於世。兩漢的學術，乃至社會習俗，熱衷於神仙方術，因而一些眞實人物，由於與求仙、術數之學有密切的關聯，逐漸被傳說化、仙道化，成爲新的神仙傳說。漢晉之際卽是道教的形成期，神仙傳說勢必大量流傳，因而又累積到結集的階級。

東晉時期句容地區爲一道教氣氛濃厚的所在：二葛的金丹道法，鮑靚的三皇經法以及楊許集團所開展的上清經法，均在此一時期此一地域登場。因此東晉前後的仙道類小說也都與這些道派有密切關係，其中可分爲三大類：一爲仙眞類傳，如葛洪所編撰的神仙傳；二爲仙眞專傳，大多與上清經系有關，如紫陽眞人周君內傳、茅三君傳、蘇君傳、清靈眞人裴君傳、清虛王君傳、南眞傳等，俱屬上清諸眞的傳記；三爲因應神仙事跡的流傳、道法傳授的科律，因此競相造構，產生綜合多種資料以結構成篇的傳記，如漢武內傳之類。類此性質相近，又各有不同編撰動機的神仙傳記，都是東晉道教勃興時期的產物。

葛洪編撰神仙傳的意義，最主要的是基於金丹道的立場，搜集整理仙眞的傳記；同時又能反映當時流行的地仙與隱逸思想結合的新仙說。葛洪其人，機緣特佳：一方面承續左慈所傳的金丹道法，將葛玄、鄭思遠的金丹傳統發揚光大，爲煉丹的作業奠定理論基礎。另一方面又與傳授三皇經的鮑靚有姻盟，也與同一里第的許氏有姻親關係。神仙傳之成書，是經歷十餘年，流連道路，多方搜集，始得以裒集成書。抱朴子內篇爲當時道法的集大成之作，神仙傳則爲神仙傳說的一大結集，而兩書之間存在相輔相成的關係：一是結構神仙理論，常以仙眞傳說爲例證，借以增强其說服力；另一則敍述仙眞事跡，是基於自成體系的仙說，並非只是零散的仙眞傳聞的滙集而已。

茅山的楊許集團，承續魏華存從江北帶來的道法，逐漸開展上清經系的道術特質，就是體系化、精緻化的冥思法，主要的流傳於士族階層中。一楊（羲）、二許（謐、翽）對於上清經的整備：一方面多方搜羅道書，另一方面則逐漸建立獨具風格的道法。因此上清經系的仙眞傳記中，均能反映這種創立道派的過程：楊、許等人以降筆方式紀錄的仙眞誥語，經劉宋時顧歡、梁陶弘景等相繼編撰，而有「眞誥」一書傳世，其中就有明晰的仙眞洞府說，並保存衆多的仙眞傳記資料，成爲六朝末見素子編撰「洞仙傳」的基本理念與素材。換言之，楊、許等人總結前此的仙說，提出洞天福地說，賦予道教仙說的形上基礎，形成深具道教色彩的宇宙論，爲仙眞傳記的理論依據，這是神仙史的一大突破。

上清經系中人的編撰仙眞傳記，固然常與經典的傳授一樣，依託於神秘的仙眞傳授說，特稱之爲「出世」。其中實包括多種資料的來源，有些固屬於道派中常見的降筆手法，但更多的是搜羅分散於各地的道書，將其訪求經過以神秘的方式敍述；或將道書中的神秘說法加以轉述。綜合多種不同的素材，再置於一固定的敍述模式中，就成爲諸眞傳記。上清經系的道士或奉道者熟知魏晉的史學著述方式，不管是別傳、或是其他雜傳體，都能基於個性的覺醒，廣泛傳述各類人物的事跡。類此史學家撰述的新精神的潮流所趨，❻神仙人物自也可列於雜傳之列，因而紫陽眞人周君內傳，茅三君傳等紛紛「出世」。其造構的動機固然也在神化、夸說仙眞的奇能異術，但主要的仍在輔助說明有關道經的傳授科律。

諸眞傳記的特色，就是將原本素樸的仙說——不管是口承的民間傳聞，抑是書承的仙眞傳記，都被道教化，而且道派化。以三茅君傳說爲例，當是句容一帶早有父老相傳的茅君傳說，早期以祠廟信仰爲主，爲庶民生活中常見的祠祭對象，列仙傳中就保留較多的祠廟信仰的遺迹；❼而神仙傳所述的茅君事跡，也仍多簡樸的民間傳聞。但上清經系諸子開始在茅山立洞室清修，自需增飾茅君傳說，因而屬於上清經的道法就附麗其上，「茅三君傳」就成爲具有經派色彩的仙傳，茅三君逐漸被增益洞府說的仙眞名目，所傳授的經訣也是冥思性質的上清古經。所以茅山志的諸眞傳說爲茅山道派的仙說，也影響到庶民信仰中茅三君的形象。

東晉道教教理史的關鍵時期，厥爲孝武帝太元末到安帝隆安年間，這是不同經系大量造構道經的階級，自然會深刻影響到仙傳類小說的產生。句容二葛的道法，至於葛巢甫之時，造構靈寶，風教大行，其造構除了宗教的動機外，最重要的是東晉社會所面臨的天災人禍，促使亂世人心企求宗教，借以滿足其心理的需要；而道教的神秘——解說災禍的預言性、消除災厄的法術性等，均具有滿足社會需要的功能。靈寶經的風行，激起奉行上清經者也大量造構，陶弘景在多年後搜集、辨認道經時，所撰的眞誥敍錄，就明確指出當時王靈期等一類人曾有計劃的造構道經❽。

造構者基於複雜的動機，運用其文藝才華，模仿或襲用所擁有的道經，可以製造出大量道經，其精巧者甚至達於眞僞混淆，不易甄別的情況。所以現在所存的有關上淸大洞眞經目，以及相關的傳授事跡，也存在有僞造的成分；但其中大體仍可說明古上淸經的傳世情形。王靈期一類人所造構的道經，當時人既已不易甄別，自需分別從其構成時期的道經性格等細加考察。漢武內傳及十洲記等就是在這一情形下出現，其中的資料多各有來源，而非全屬於向壁虛造。漢武內傳的雜史雜傳體，巧妙地以當時雜史中常見的漢武傳說，又融合雜傳體的方式，將多種道經資料分別按照情節，列置於王母降見漢武的框架中。十洲記的地理博物體，更是直接取材於緯書河圖類的地理說，參合方術圖籍的博物知識，作爲基本素材。將其安置於眞形圖說中，形成道教地理書，爲神秘性的宗教輿圖說。

這兩部仙道類小說之被列於志怪小說之列，而紫陽眞人周君內傳、茅三君傳則僅被附及，或根本不提。實在緣於其取材、構想，確與志怪小說中有密切的關係，不僅是表現手法近於雜傳、博物體，就是其文字風格也有高度的藝術成就，因而能躋身於小說史中，且是早期志怪小說中，篇幅最長的一篇。編成之後，道書的引述、道教類書的著錄有不同的情況，一是將西王母傳經漢武，納入傳授道經的譜系中；一是完全不加引述，漠視其存在，而直接引述性質相近的茅君內傳或消魔經等道書。但由於其本身所具有的文學的藝術性、趣味性，早從南北朝開始，已爲文藝之士所傳習，漢武內傳對於文學的影響，是道教藝術的典型。至於十洲記所結構的洲島傳說，則在道教內部形成不同系統的十洲三島說，爲仙境說的重要項目之一。

東晉社會與道教的關係，其密切的情形可從文士「奉道」的普遍與深入獲得明證。❾奉道文士在其宗教生活中有體驗道教的機緣，如傳授符籙、上章首過，及學習養生之法等。文士既然常往返道治，又與道士往來，因此對於養生成仙的理論與方法，表現高度的興趣，其中最具代表性的行爲就是嘯法。嘯原爲巫術、方術之一，至道教成立之後，被精緻化爲一種練氣養生、嘯禁作法的道法。故史傳、筆記中所見的善嘯者，非隱士者流，即道教中人，可證嘯在歌的意義外，具有法術修行的宗教意義。奉道文士因而得以嫻習其技，嘯詠自樂，由於魏晉士風的崇尚隱逸與放誕，因此嘯在奉道的士族行爲中，常被突顯其所具的傲態、逸態，蔚爲文人雅事之一。有關嘯的傳說，常見諸道書中，爲仙眞的法術行爲；更是道教音樂的仙界景象，常伴隨仙眞人物一併出現。唐孫廣「嘯旨」就是有關嘯的理論與方法的集大成，爲瞭解道教嘯法的最重要筆記。

東晉社會與道教的關係，另一影響深遠的就是圖讖思想，充分表現其兼具宗教、政治的性格。李弘眞君信仰卽爲此類以宗教預言方式，表達其政治願望的典型，對於庶民社會，尤其民衆的政治反叛活動，具有深遠的影響力。從東晉開始出現借用李弘的名號起事，直到南北朝止，有關李弘反亂的事件，多次見於史傳中，近年已有專論討論其特殊的意義。李弘圖讖傳說，爲漢代圖緯的道教化，融合老君轉生說與佛教的彌勒下生說，成爲道教的李弘下生說。類此的救世主式的革命信仰，及其希望實現的太平世界的願望，可謂中國式的千年王國思想（Millenarianism）。在六朝時期作爲反亂的口號，至於隋唐之際，一變而爲諸李革命的政治號召，李淵就是利用圖籙之說，而成爲創業帝王的著例。由於道教圖讖傳說的神秘性，民間傳述其事，歷久不衰，因而激發唐人借用其說，作意好奇，借抒懷抱，神告錄、虬髯客傳之作卽爲圖讖傳說中有關李密、李淵爭覇的小說。瞭解道教背景，大有助於解開此類創業小說中的謎團。

從漢晉之際道教初興，到李唐一統天下，道教已成爲與佛教並立的宗教。其間具有文學價値的仙道類小說，數量亦多，此一研究僅選擇其中部分作爲專題，主要的重心約有兩類：一爲與上清經系有關的雜傳、筆記：漢武內傳、十洲記爲東晉末的作品；洞仙傳則爲六朝末的仙傳。此三種乃以作品本身爲主，考察其著成背景、內容，及其後的衍變情形。另一類則爲道教思想影響下的筆記、小說，至於唐人撰述成篇，孫廣嘯旨、以及神告錄、虬髯客傳等卽是。有關仙道類小說，近代學界已多有專論，迭有創獲之處；此處考察所及，大抵遵循宗教、文學兼顧的立場，分別從道教史、小說史嘗試考察其形成背景及意義，借以瞭解其特殊的地位。

二、仙道小說的問題及其研究法

仙道類小說的研究，因爲具有宗教文學的特質，需要考察所以形成的宗教動機與目的，同時也要確定其文學地位與價值。因此這項研究將集中於四大問題點：首先是造構者的動機與目的，大多圍繞著道教中的道派、思想特質等問題加以討論。其次是研究其所以形成的時代情境，從社會文化史的立場，說明教理的發展與衍變，及其對於奉道者的直接或間接關係。最主要的則在於分析其內容，透過小說所用以表達的特殊手法，瞭解其中的主題，這是最爲錯綜複雜的部分。由於其本身的宗教背景，所要探索的題旨常與一般的志怪小說或唐人傳奇有異趣之處。最後要說明的問題，就是這類道教色彩濃厚的小說，常以極具生命力的潛力繼續流傳，分別在道教內部及文學傳統中，具有變化多端的衍變；姿形各異，詫爲奇觀。解決了四大問題，自可進一步肯定其文學特質及所佔的地位。

基於仙道文學的形成及其內容，確有異於一般作品之處，因而採取的研究方法，自有異同。在基礎的文獻考證方面有同於唐及其前的志怪小說者：諸如版本、輯佚等；但也有相異之處，就是道教基於寶經之故，收錄於道藏的問題。大體而言，採取較爲精密的考證方法，大多可以解決其難題。其次就是爲了解說這些作品較爲特殊的造構動機，勢必多採取道教史的立場，說明其形成的時代環境與作者意圖，這是屬於歷史的研究法。從道教仙傳的發展過程中，可知有些仙眞個傳僅錄於道派中的山志（如茅山志）、或道教類書中（如雲笈七籤），屬於道教內部的仙眞傳記，只能歸爲宗教性的聖傳。但此一研究所及的漢武內傳等，則在本質上，不爲宗教聖傳所囿，而爲奉道之士，或庶民大衆所流傳。諸如有關李唐的創業小說，以不同的方式表達其英雄崇拜的情緒，類似的口承或書承傳播方式，顯示其創作與時代情境有密切的關係，爲集體意識的反映。因此需要從社會文化史的立場，廣泛探求其思想依據，深入分析其諷喻旨趣。

不管仙道小說所具有的道教本質，既然它採用小說的文學形式，就與一般敘事文學一樣，會以不同的「版本」在民間流傳，除非其神話意境已失去生機，始被歸於道教類書中的典故，不再流傳；否則必以活潑的生命力繼續衍變、生存，接受不同時代的新因素，被賦予新意義。此一研究將以主題學的方法，試圖瞭解同一主題，在不同時代、不同作家（包括不詳撰者的無名氏）的手中，用以表達不同道派的特殊道法，抒發不同時代的集體願望。因此嘗試說明作者的意圖（intention）、諷喻之所在，借以闡述其衍變的新意，就是每一研究專題的另一重心。

以下略就這些研究方法加以說明，借以表明其研究態度與立場，詳細的分析則分別見於各章節中：

㈠文獻資料的辨證與運用

六朝隋唐的小說研究，俱有文獻學的考證問題。尤其仙道類小說所需運用的道藏資料，更是一尙待集體研究的道教大叢書。因而如何辨證地運用這些材料，以免爲其依託的道教說法所誤導，爲一先決的條件。其實正史的經籍志、藝文志中，也有因其方便而遽加題名、著錄的情形，同樣會產生錯誤的引導，因此也需要詳細辨明這些基礎資料。

首先要辨明的是版本問題，依據隋書經籍志，以及新舊唐志的著錄，瞭解其卷數分合的問題，並據現存的版本相互比對，借以推知其原本的型態。六朝志怪都同具版本佚失、輯存的問題，而道教則因寶經觀念，雖經梵板，仍能保存下來。因此正統道藏所收的漢武內傳、十洲記，無疑的是一極具參考價值的版本。所以錢熙祚守山閣叢書校本，就是依據道藏本，保存得較爲完備。另一廣漢魏叢書本，顯然是據太平廣記卷三所輯錄，剛好把道教內部最注重的道書內容刪節，而只保留其較有趣的故事情節部分，這自是買櫝還珠的節錄法。洞仙傳就無此幸運，隋志所錄的十卷、玉海卷五八引中興館閣書目所說的二百九十二人，現在收錄在雲笈七籤卷一一〇、一一一的，則只剩七十七人，而且其文字簡略，只是削本。以這樣的節略殘本，自然無法完全瞭解其原有構想。只能據相關的資料作推測，借以臆度其原始型態。

道教中人撰述仙眞傳記，常有一共通的情形：就是選用多種材料，却多不注明其來源，因此探索任何一種雜傳體傳記，首先要辨證資料間的襲用關係。以漢武內傳爲例，其中的構成因素，可分作諸天妓樂、服食要方，眞形圖與十二事的傳授等。這些材料經比對道藏，就可發現與茅君內傳、消摩智慧經、五嶽眞形圖以及多種道經，常有文字累同之處。然則在這種情形下，究是何者在先，何者在後，其襲用問題就需要詳加辨證。道藏的研究者都明白，目前的研究成果要肯定地指明道藏中的資料，仍是一大難題。也就是說道藏中的道經，其中保存原本的可能性，至今仍是聚訟紛紜之處。但如果只就其中部分羼入之跡，而將其成立的下限儘往後訂定，也有失事實的眞相，因而使用這批資料需要懷疑但又不能全盤否定，因此辨證地使用道經，爲當前研究道教文獻的一大課題。

對於漢武內傳、十洲記與其他道書，或道書以外的資料，其中襲用之處。首需精密地比對兩種資料，就可發現漢武內傳常有整齊化、省略化的傾向：字句的整齊乃是為了與全篇的風格一致，因而在字句間美化。至於簡略化，則因為其襲用只能部分，而不能完全照顧得周到。像服食要方，突兀地表明「三一」，却與上下文無所連屬；在消魔智慧經中就有專論三一的篇卷，所以當是漢武內傳襲用消魔經的可能性較大。

這種相互襲用之跡，如與一般的志怪小說比較，又有另一種作者題名的問題。在漢武傳說的系列中；西王母為重要角色；西王母的神仙化自是兩漢社會既已流傳，但是被道教化為道教女仙，則非道教形成之後，不能出現此類女仙的形象。漢武故事的成書，有人從使用「今上」字樣，推斷其成於成帝。❿縱使此條資料確是漢成帝時人所記，却非必全書，尤其是今本眞成於成帝時，卽以其中所述的一段漢武會王母故事為例：其中的王母服飾，及所告的太上之藥，大體與漢武內傳同一意匠。如果根據前述的假設，因而斷定內傳抄襲漢武故事，就大有商榷之處。因為太上之藥的藥方不易出現在漢成帝時，這是孤例，無其他的服食方與神仙說輔證。尤其有消魔經的服食藥品為證，如要解決漢武內傳與漢武故事的問題，先要證明消魔經的服食說，否則卽難以成立。

由此可知論證文字的襲用問題，從文章風格證、從字句詳簡證，都仍有爭論之處，因為其中常非全引，而是節引的殘句，這時就牽涉道教史的問題。雖然道教史的研究仍只是起步，但其道派的分合、教理的特色，都已粗具規模。十洲記的撰成，確是地理博物體的系統，從其中引述河圖資料，可以證明在緯書中已有方術性質的緯書地理說，從其敍述方式的一致性，甚至頗疑原先已有按照方位安排的十洲傳說。惟至十洲記成書，其中結合兩種筆調的手法，就已表明非早期素樸的原本型態；最重要的是與王母、漢武結合，並有眞形圖的觀念。這一情形只有一種解釋：就是編撰者是在眞形圖思想盛行的時代，因而加入這一構想。從道教教理史考察，這是研究道教文學首需考慮的：所以洞仙傳的洞府仙眞說，縱使無明顯的字句抄襲之跡，仍可確定必產生於華陽洞天說形成之後，始能提出洞府仙眞的觀念，專論其中的大部分仙眞，再涵蓋少部分未列於眞誥等書的仙眞。類此教理史立場的解說，可以解決文字運用上相互抄襲的論辯。

(二)道教教理的發展與衍變

作爲道教史料的雜傳體小說，漢武內傳與洞仙傳不僅敍述仙眞的事迹，而且也反映相關道派所造構的「歷史」。其實仙傳中的傳主；不管是眞實人物或虛構人物，都因道派的興起，被賦予新的解釋，成爲虛構性的角色。因此由這些人物所構成的歷史，自是只有道教內部的意義。研究仙道小說，其最主要的目的不在於辨明眞實或原先流傳的人物形象被改造成如何，而在瞭解造構者因爲何種原因而改造，這就是造構者的動機與目的。

從道教教理史的觀點言：漢武內傳、十洲記的形成，不應當被任意安置於漢人名下，縱使其組成的素材中，確有出於漢人之手的，也只能證明其中一部分取自早期的傳聞記載而已；至於其整體的構成仍需從教理史的立場加以解說。東晉孝武帝太元末至安帝隆安初爲道教史的關鍵期，靈寶經系的道經，經葛巢甫的造構風行，激起王靈期等一類人造構上淸經。在這種造經風氣下考察漢武內傳、十洲記的「出世」，始能解說其文筆的不統一，材料的再組合，以及道教類書不加採錄等現象。如從眞形圖的强調、與十二事的配合，更可印證當時的上清經系的道法特色。這些道教內部的珍貴史料斷非一般文士所能靈活運用，因而排除單從文章風格論其作者爲魏晉間人的說法，而將其造構者的可能範圍，逐漸縮小至王靈期等一類能文的道士。從直接的史料無法證明就是王靈期一人，但是可證明是這一類的造經者，則雖不中亦不遠矣。

上清經系乃以茅山爲中心，至梁陶弘景一出，而結構完成一具有體系的華陽洞天說。天地洞府說原屬一抽象的宇宙構成論，結合緯書地理說，經道教中人落實爲宗教性輿圖說。在這種基礎上，十洲記的仙島說始能完成；也才能進一步結合外來佛教的宇宙構想，而發展爲另一系統的「上清外國放品青童內文」。類似的洲島觀念，至於唐代道士被簡化爲「十洲三島」說，這都需要從道教（上清經系）教理的發展加以解說，始能說明其靈活的演變。陶弘景的洞天福地說，結構爲眞靈位業圖，更是洞仙傳的理論根據，由此解說洞仙傳的洞中仙眞傳說，就可發現華陽洞天說已被擴大，成爲道教共通的說法，因而至唐朝，司馬承禎等人乃有完整的洞天思想。

從道教的思想觀念分析創業小說，也是教理史運用的實例。對於虬髯客傳等，大多圍繞在「風塵三俠」的特定形象上，自然三位有功於李唐王室的俠義男女，有吸引讀者的無限魅力。但在作者的意圖中，三俠只是作爲烘托李世民之用，因爲「眞命天子」才是用意所在。對於唐朝天命說之運用於政治的，並非只是中唐文士的一場哲學趣味的討論，而是中國政治思想的傳統，圖讖思想正是其表徵。道教所造出的眞君、眞主說，在思想的創發性，並非有特高的成就，但却因挾其宗教的勢力，而成爲具有深遠影響力的意識型態。在道教圖讖經典的傳揚下，可隱約的意識到具有中國式、道教式的「千年王國」說（Millenarianism），兼具有咒術信仰、安信立命型信仰等理念型。[11]因此從道教的宗教、政治性格，分析其救世主式的眞君信仰、太平之世的共同體的現世的特性，確是瞭解中國早期有關千年王國論式的救世說的珍貴史料。從方法論的立場言，道教的圖讖傳說對於研究比較宗教學者，是值得注意的史實。

將仙道小說所整理、增飾的傳說資料，當作某一造構者的用意所在，或是某一時代的意識型態的反映，都是道教史的眞實事件。人物及附麗其上的傳說，固然具有虛構的成分；但虛構的人物、事件，却眞切地反映出當時的時代意義。不管是上清經系的仙道思想、或是流傳普遍的神呪經說，都是道教教理的一大進展。它在素樸的傳統說法中賦予新意，借以構成道教自身的系統，仙道小說正是這些現象最形象化的反映。

㈢仙道小說在社會文化史的意義

基於仙道小說所具的道教特質，在這一專題研究中勢必不能只限於一般小說理論的解釋。毫無疑問的，這些小說自具有其藝術價值：漢武內傳以雜傳體寫作，爲六朝筆記中早期篇幅最長的一篇，也是從神話傳說逐漸轉變爲小說過程中的代表作，具有里程碑的作用。十洲記也是從山海經、神異經過渡到道教仙境小說的博物地理系小說，因而保存緯書所存的漢人地理傳說，及初期上清經系宗教輿圖說，在中國小說史上自有其不可磨滅的價值。至於唐人創業小說，塑造人物，形象鮮活；而推進情節，轉換自然，均有其成功之處。作爲文學作品，近人已多試加解析，但其眞相及所以具有藝術功能者，仍需從社會文化史的立場作進一步的解說。

神仙道教的核心思想厥爲不死成仙，因而探求不死的方法，爲神仙家、道士所熱衷。漢晉之際經整理發揚的養生說，在道教內部成爲秘傳的道法，基於秘傳的原則，形成各種傳授的科禁。而急於突破科禁，求取養生之方的，則帝王貴族有所企求，文士奉道也頗多以此爲信教目的。因此在魏晉清談的論題中，養生論成爲名理之一，正反兩方熱烈爭辯，嵇康之論養生，葛洪之論神仙，都是其中的重要文獻。道教中人對於成仙的實踐，就是將前此流傳的養生術精緻化、體系化，東晉葛洪所撰的「抱朴子」內篇、「神仙傳」等，可說是前道教、初期道教的集大成之作。[12]而上清經派在同一時期及稍後，更發展出周備的道法，無論是金丹、仙藥，或守一、存思均大有建樹。

漢武內傳、洞仙傳就是在這種仙道思想的風尚中形成，爲不死成仙說的產物。內傳運用歷史上的帝王漢武帝，乃有取於其求仙活動，並大量吸收由漢至晉的神仙化的漢武傳說，構造出求仙者漢武帝的形象。但造構者却巧妙地透過西王母、上元夫人之口，嚴厲責備漢武違反科律的貪慾之病，然後再傳授消魔經要方等。這是影射手法的運用，對於東晉王室，如孝武帝之流的求道心態，加以無情的諷刺。就是晚年的孝武帝及其王族，在貴族生活中極奢靡之能事，深陷於淫、奢、殺等惡劣本性中，却又冀望長生。東晉道流對於世家大族的奢求無厭，在當時必有深刻的感觸，因而醜化漢武，以刺今王，這是傳統的諷喻手法，也是當時常用的以古刺今的筆法。從東晉史解說漢武內傳的撰成，始能明白六朝筆記中的漢武傳說，會形成這種迥異於雜史的漢武形象。

有關服食的試煉，是道教仙傳中最動人的情節之一。內傳的科禁，洞仙傳的傳授傳說都是試煉說的同一構想。經由「四極明科經」式的傳授科律說，增强道法的珍異性，也在學道求仙者的心理上，造成服食不死方的神秘性格：漢武內傳、十洲記中所述的服食方，兼有早期素樸的服食說，也有道教化的消魔說；但最有意義的則是上清經系的冥思性質。經由黃庭守一的存思法，上清經系的修煉者，主要的是江南地區的中下層官吏與知識階層。其世族的身分具有足夠的經濟條件從事清修，而且楊、許等南方貴族，面臨晉室南遷的北方士族的政治勢力，也易於在政治上採取隱退的方式。基本上，南士都是政治上的自我放逐者，東晉葛洪、蕭梁陶弘景均在宦途的挫折感中，轉而尋求仙道的解脫。

尋找桃花源式的仙境，爲奉道文士的共同願望。樂園意境的安樂和諧，是與不死成仙的永壽延年同時存在，俱爲隱藏於人類心靈深處的隱微的理想與願望，尤其生逢名士少有全者的亂世，更有將其心願寄託於烏托邦的政治思想。從社會文化史立場考察十洲記，原本緯書中的海內洲島，已是東晉以來避地江東的士人的理想仙境，當時的志怪小說中流傳著仙境小說，爲典型的避秦心理，別有天地洞府，以寓此擾攘世局的不滿情緒。[13]所以十洲記之撰成於東晉末葉，實與政治情勢的不安有關。

奉道文士的想望桃花源式的洞中天地，只是文學式的想像，虛幻而不切實際；與之對照的，庶民階層對於理想國的追尋，則爲現世的轉變成太平之世。在這種動機之下，結合老君轉生說，彌勒下生說的眞君李弘將來的傳說，就借用圖緯的預言，開始在民間的底層流傳。對於東晉以來就一再興起的李弘反亂事件，有關 Norman Chon 所論的關於千年王國運動中救世觀的定義，[14]雖不完全符合中國政治、宗教的特質，但作爲方法論而言，却可以具有啓發性。由此發現眞君李弘作爲救世主出現，具有現世救濟的性格，再結合中土本有的太平之世與彌勒下生所帶來的閻浮提世界，就成爲一般民衆所熱望的烏托邦社會。南北朝前後，南朝的劉宋王朝與北朝的北魏帝王分別利用洞淵神呪經、老君音誦誡經，以篡奪庶民熱望中的眞君、太平眞君，彼等借用上天授籙的呪術性信仰，自以救濟世人的太平眞君的年號，希望爲生民立命，實現現世的太平盛世。類此空想並未實現，直至李淵出現，重又改造圖讖，成爲應籙當王者。虯髯客傳就是唐代士子利用流傳於庶民間的眞君說，借以神化李唐之王天下，表達晚唐諸藩武力環伺下的唐朝子民的願望。

從社會文化史立場考察仙道小說，可以發現在其仙境、太平世的象徵符號下，實則隱藏著離亂之世的熱切願望。從神話象徵及千年王國論式的方法試加分析，道教自有其獨特的宗教、政治性格。

四仙道主題的衍變

將仙道小說的形成與衍變，置於文學的範疇中，可以發現它正是主題學（thematics or thematology）的良好例證。類此有關神仙故事的演變，無論是西王母傳說的演變，或是仙境、洞府的形成，都是民間社會長期流傳，最後由文士（含奉道文士）據以撰述成篇，其中常在不自覺中呈現時代的特徵、作家的意圖。⑮從「主題研究」（themotic studies）的方法考察仙道小說，可以較清晰地解說其中環繞的複雜問題，發現其長時期內的演化，變化多端；又在不同道派之中，被分別使用不同的形式處理。這是研究仙道小說的方法上的要點。

漢武內傳中，西王母降見漢武帝，以及構成此一傳說的人物：諸如上元夫人、諸天妓樂等，都是極爲動人的情境。內傳的造構者既已結合諸般主題於傳中，借以表達其諷喻時君的意圖，其後分別流傳於道教內部以及文學歷史中，前者成爲道經傳授史的一個環節，最後成爲明代道教類書的典故之一。後者則分別出現於不同的文體中，詩歌、小說等均重新處理，借以表達不同時代、不同作家的諷喻旨趣。但最值得注意的是一些重要人物的神化，如西王母成爲金母、王母娘娘等，爲民間崇奉的神祇之一。從傳達天帝的使命者，又增益爲墉城的掌領者，其後在民間社會成爲法相莊嚴的娘娘。有關王母的信仰，確是道教學、民俗學的好題材，値得對其長時期的演化加以解說，借以解決其複雜的意義。⑯

以主題學觀點分析十洲傳說的形成與衍變，更深具意義。從素樸的緯書地理，可以發現漢人的博物地理說，混合了神話、宗教與擬科學的趣味。一旦被道教化，成爲神仙之境，就逐漸寄託著奉道者的虛幻理想。其後的發展與衍變，形形色色，不一而足，有內丹派的人體宇宙說，有儀式化的往生洲島仙境的新構想……，均由於不同時期的道派，借用十洲三島的原始構想，加以緣飾、附會，造成不同用途的洲島說。從道教史的發展，也可循線發現其形成、發展，最後漸趨於僵化，適與道教的勃興、鼎盛，及趨向固定化，大體一致。由此可證有關仙道的諸多主題，其發生遠在道教成立之前，但道教開始成形之後，這些神仙主題被吸收運用，幾與道教史相終始。從這些主題的發生至僵化，印證道教的逐漸固定化，以至漸失其創教時的活力，也可發現宗教本身也是一具有生命的實體。

此一研究中遵循主題學的方法，因應各不同的專題，分別論述其錯綜複雜的衍變過程，並嘗試說明每一演化所代表的意義。這些資料固然有見於文學史料中的，但更多的是收錄於道藏或民間傳說中。以當前所能解決的道藏相關問題，及一部更爲詳盡的道教史，都只是起步的階段。至於俗文學資料中所能掌握的方志記載，以及田野調查所搜集的口語材料，都尚付之闕如。因而在解說諸主題的演化時，仍多未逮之處。無論如何，這是相當値得去研究的課題，研究方法自仍需求其周備；但是研究素材的有待繼續開拓，更是今後研究道教文學的一大目標，書此以爲自我鞭策。

附註

❶有關道書在目錄學上的著錄問題，詳參龍彼得教授精采的大作。Piet Van der Loon, Taoism Books in The LiBraries of The Sung Period, London. 1984.

❷魯迅的「中國小說史略」，可爲此類觀念的嚆矢。其後如孟瑤，「中國小說史」等皆有此類說法。

❸嚴懋垣的「魏晉南北朝志怪小說書錄附考證」，就是特列此項，以與「佛教思想產物」、「陰陽五行思想產物」並列，其分類標準妥當與否，姑且不論；但却作此一嘗試。這份資料多年前蒙葉慶炳先生賜閱，特此致謝。嚴文刊於「文學年報」第六期（一九四〇）

❹李劍國的「唐前志怪小說史」（南開大學、一九八四）此一說法蒙王秋桂先生告示，特此致謝。

❺參拙撰，「不死的探求」（臺北、時報文化、民國七十四年）頁一二一—一二八。

❻逯耀東，「魏晉別傳的時代性格」，刊於「國際漢學會議論文集」（歷史考古組）（中研院、民國七十二年）

❼列仙傳的研究，有康德謨（Max Kaltemmark）「『列仙傳』與列仙」，刊於「中國學誌」五（日本、一九六九）福井康順，「列仙傳考」刊於「早大大學院文學部紀要」（一九五九）

❽陳國符，「道藏源流考」（臺北，古亭書屋，民國六十五年）頁七—十三。

❾拙撰，「魏晉南北朝文士與道教之關係」（臺北，政大，中文所博士論文）頁二四三—三三四。

❿李劍國前引書，頁一七三。

⓫此一說法曾與臼井丘氏討論，「中國民衆宗教運動中所見的千年王國的要素」一報告中，提及鈴木中正氏具有此類分析，特此注明。

⓬註❺拙撰。

⓭參拙撰，「六朝仙境傳說與道教之關係」，刊於「中外文學」八卷八期（民國六十九年一月）

⑭ 臼井丘引述Norman Chon . The Persuit of Millennium, revised and expanded edition, Oxford V.P. 1970.

⑮ 此部分承陳鵬翔、古添洪教授借閱並提供有關主題學的觀念與資料，特此致謝。參陳鵬翔編，「主題學研究論文集」（臺北，東大，民國七十二年）古添洪「集異記考證與母題分析」，刊於「教學與研究」第六期（臺北，師大文學院，民國七十三年六月）

⑯ 筆者已另篇撰寫「道教傳說中的西王母」，將另行發表。

第二章・漢武內傳研究

——漢武內傳的著成及其衍變

一、前　言

漢武內傳爲道藏所存六朝上清經系的聖傳，也被列於魏晉南北朝志怪小說書錄，屬於道教思想產物，❶所以漢武內傳爲道教藝術之一。正因其深具道教色彩，在道藏尙屬道門秘藏的時期，漢武內傳的著成、版本及流傳情形，緣於資料的限制，歷代文士較不易明確考證其中眞相；至於近世，道藏的公開刋行與道教史研究的逐漸展開，學者專家已能超越其囿限，而迭有精彩的研究成果。大抵而言，漢武內傳的研究，應該以三項爲基點：一爲漢武內傳、漢武外傳與十洲記，其編成先後的問題，由撰成情形相互印證其撰成的過程與時代；二爲漢武內傳的內容與上清經系的關係：首先要解決漢武內傳的版本與流傳，然後說明組成此部神仙傳記的內容；三爲漢武內傳既非純屬文藝性的筆記小說，則其撰述動機，即宗教性的意義何在？基於三項基準，始能確定漢武內傳在宗教與文學之中所具有的價值與地位。

漢武內傳的作者問題，爲歷代史志著錄及版本學家所急於解決，但依據著錄情形，早期較為審慎，多不著撰人；而後世反多指實撰述者，惟所據材料多難以證成其說。像隋書經籍志史部雜傳類、舊唐書經籍志史部雜傳、新唐書藝文志子部道家類，與郡齋讀書志傳記類、文獻通考經籍考、宋史藝文志等均不著撰人。至於指明撰者的，蓋題班固，「實始於明人」；❷題為郭憲，乃中興書目誤合漢武洞冥記，不足深辨。流傳最廣的為葛洪說：宋、晁載之續談助卷一洞冥記跋引張柬之說：「昔葛洪造漢武內傳」，清孫詒讓札迻卷一一則據西京雜記葛洪序，稱洪家復有漢武帝禁中起居注一卷；又取張柬之說，疑內傳即起居注，與漢武故事皆出葛洪之手，故文亦互相出入。近人余嘉錫撰四庫提要辨證，再引據日本人藤原佐世見在書目著錄漢武內傳二卷，注云葛洪撰，而藤原佐世書撰於唐昭宗時，故結論謂「是必唐以前目錄書有題葛洪撰者，乃得據以著錄，是則張柬之之言，不為單文孤證矣。」❸另一種則概稱六朝人，且多從文字風格證：明胡應麟四部正譌說：「詳其文體，是六朝人作，蓋齊梁間好事者為之也。」四庫提要則說：「其文排偶華麗，與王嘉拾遺記、陶弘景眞誥，體格相同，其殆魏晉間文士所為乎？」清錢熙祚漢武內傳校勘記，也說「大約東晉以後浮華之士，造作誕妄，轉相祖述。」其實從文體證，缺乏實證性。因為排偶華麗的文體，只是其構成文體的一部分，而並非其全體的文字風格。因此要確定漢武內傳的著成年代及其內容，應從其撰述資料的承襲之跡考證，且落實於六朝道教教理史的經派發展，始能證實其撰述情形。

其次漢武內傳流傳的版本：凡有三卷本、二卷本及一卷本。三卷本僅有隋志著錄，疑其包括內傳、十洲記及附錄的所謂「漢武外傳」，雖然隋志地理類也同時著錄十洲記一卷。但依道藏有關五嶽眞形圖的道經，如「五嶽眞形序論」均常將三者並列，所據的當即古本漢武內傳，一部份一卷，合為三卷本；另外唐道士王懸河所整理上清經系類書「上清道類事相」，其中引用「漢武內傳」兩條——卷二第七紙「紫翠丹房，紫霄絳房，西王母居之」、卷三第十三紙「方丈之阜爲理命之室」，前者見於今本十洲記崑崙山條，後者見於漢武內傳；而同書也兼引十洲記，疑王懸河所據卽三卷本漢武內傳，而非其誤引。二卷本則兩唐志以下均屬此一系統，日本國見在書目錄（雜傳家）所錄卽二卷本。此二卷本的編排情形，應該是將所謂「漢武外傳」的仙傳附錄於後，作爲第二卷，因此當時引用是書者均一概稱爲「漢武內傳」：像類書藝文類聚、孔氏六帖等均是；又如後漢書李賢注，其中魯女生、封君達、王眞、東郭延年諸條亦均如此。可證附錄於後的仙傳爲早期流傳的資料，且可能是現行本葛洪「神仙傳」的祖本。所以玉海卷五八引中興書目稱加入附錄部份者爲唐終南道士王游巖——天寶前後人，孫詒讓、錢熙祚均予辨駁。至於所謂的一卷本，卽以今本「漢武內傳」爲主，其餘相關的仙傳均以附錄方式附於後，凡此均不影響及此書乃以漢武內傳爲中心的編撰形式。現在通行的將漢武內傳、漢武外傳分而爲二，乃是後世書錄家所作的分類與題名而已。

漢武內傳現在流傳的版本，嚴懋垣說有校本及簡本：前者指錢熙祚據道藏本及廣記引文校補的守山閣本；後者爲說郛本、汲古閣本。其實所謂繁、簡之分，乃因所據材料所形成的不同系統：道藏本的流傳，從明至清，並不普遍，胡玉縉引陸氏藏書志就說道藏本最善，「惜傳本亦希」❹；但又說通行諸本，如漢魏叢書本，「蓋明人刪竄之本，非完書矣。」其非完帙，部份原因恐是明人參輯太平廣記，或刪節之本；像墨海金壺一卷本，卽抄自太平廣記；其他如五朝小說本、龍威秘書本等也近於刪節本，較道藏本所遺極多，然有可供參考之處。只有道藏本疑其所據爲道門秘傳之本，較近完帙。錢熙祚因此根據此一較完整的道藏本加以校定，成爲今人研究漢武內傳最常用的本子。本文所引據的文字大體亦以此爲據，但其中部分則據類書略加校定，像續談助卷四所抄六則，就可供補佚。至於依據太平廣記所引資料，亦需審辨，因其與原本有出入之處。太平廣記明注「出漢武內傳」的凡有兩條：卷三漢武帝傳、卷五六上元夫人傳。漢武帝傳依據漢武內傳，但非全引，因爲其中較屬道教的服食藥品，以及解說十二事的部份均被删節，因此其中關鍵常有脫略之感。而上元夫人傳，實不出於漢武內傳，而應與前一西王母傳相同，均「出集仙錄」——卽杜光庭撰「墉城集仙錄」，道藏本墉城集仙錄雖非完帙，但完整保留西王母、上元夫人兩位最重要女眞仙傳。杜光庭乃是融合道教多種傳記資料撰集是錄，因此常可從資料的溯源中見其融鑄之迹：西王母傳中有關茅盈求經的部分，與今傳茅山志卷五茅君眞胄的茅盈事蹟近似，屬於茅君內傳。至於西王母與漢武帝傳說的部分，則以「語在漢武帝傳內，此不復載焉」一語帶過，所以西王母傳未保留漢武內傳的相關資料。比較有問題的是上元夫人傳：其主要構成體：前三分一與漢武傳說有關；所載不多的原因，也因「語在漢武帝傳中」；其後三分之二均與茅君有相關，尤其是中茅君、小茅君的受經事蹟，顯然的杜光庭所據的是茅君內傳，類此融合不同資料以成篇，乃是集仙錄常見的筆法，也是唐以後仙傳共通的現象。問題是杜光庭只節錄，因而消除其間不同仙傳的相互襲用之迹，其實漢武內傳與茅君內傳是頗有關聯的。太平廣記刊刻時，偶有誤注出處之處，上元夫人傳卽爲其例。

漢武內傳在隋志中列於史部雜傳，乃依據六朝史學關於史部分類的標準，就是當時史家將不屬於儒家正統的史料，如方士及新興道教的傳記，雜置於史學範圍。漢武帝見西王母、上元夫人傳說非正史之說，但卻屬於六朝時期的道教傳說，故只能依六朝史學體例，列於史部雜傳，所以漢武內傳爲六朝上清經系的聖傳。新唐志以下漸有改變，四庫提要乃列於小說類中；道教傳說中的漢武帝與西王母、上元夫人以及東方朔等，成爲離奇的小說史料；而詩人也只將其視爲道教故實，所以李善注文選郭璞遊仙詩，引漢武內傳西王母侍女歌；而韓愈、昌黎先生集卷七、讀東方朔雜事詩，詠東方朔擅弄雷電謫人間事，注引漢武內傳朱鳥窗一事等；加以類書徵引，成爲詩人隸事的材料。自從提要將漢武內傳置於小說類，乃有取於其中荒誕而有趣的小說情節，所以近代撰中國小說史，於六朝筆記中也都多少提及此一神仙傳說。❺從史錄學家的著錄中反映出漢武內傳所具有的特質：原先被視爲道教神仙傳說，後來成爲道教類的小說。這種雜傳體小說是當時道教傳說流行時期的作品，漢武內傳爲其中較具文學趣味的一種。一般說來，六朝筆記小說類多以短什爲主，具有雜記的性質；而漢武內傳則篇幅頗長，且自有一完整的敘述性，屬於粗具小說結構的雜傳體小說。因此在中國古代小說史中，漢武內傳正處於從傳說發展爲小說的階段；其中所具文學虛構性的因素，使其在文學趣味與宗教意義上均有值得注意的地位。

漢武內傳既是屬於道教類的宗教性文學，顯非一般能文之士所能造構；而是在道教形成時期，道教中人基於一種特殊的宗教動機，因而巧妙融合多種不同來源的材料，重新組成一部雜傳體小說。小南一郎卽認爲漢武內傳的構成文體有二：一卽歷史記述文體，以史記、漢書中孝武帝紀、封禪書等爲主；二爲美文的筆法，卽六朝常見的詩、祝辭及歌訣等相關的韻文。❻關於漢武內傳的構成，基本是以張華博物志卷八所述的漢武見西王母傳說爲基礎，然後增飾不同來源的材料，融鑄成篇：其中屬於史傳、筆記的傳記筆法，多置於首、尾，構成小說的框架。類此雜傳體的寫法，卽假借一歷史人物的年代、記事，形成一種虛擬的眞實感，所謂別傳、內傳、外傳等以傳爲名的筆記雜傳，多記載正統史傳所不載的事蹟，而傳說中則視其具有眞實性。漢武帝爲漢朝諸帝中最爲傑出者，因而正史之外，流傳於民間的傳說特多，從漢至六朝，筆記之與漢武有關者凡有多種，而道教形成的初期自一再運用此類漢武傳說，施舟人氏（K.M.Schipper）有關漢武內傳的精采研究，卽題爲「道教傳說中的漢武帝」。❼可知道教的求仙傳說早以漢武帝爲箭垛式人物，至於相關聯的重要角色如西王母，東方朔等亦紛紛登場，構成道教化漢武見西王母的新傳說。

作爲漢武內傳的主體，依其次序凡有諸天妓樂及漢武卑辭懇求王母、服食藥品及成仙等級、五嶽眞形圖及六甲靈飛等十二事的傳授。此一部分的筆法最爲複雜，實因其組合多種資料之故，大體表現東晉時期上清經系道經的文學風格。關於早期上清經系的歷史，至今猶是一錯綜複雜的研究課題，但當前道教研究已釐清其部分問題：諸如道經的撰成、教理的發展，本文將在此一基礎之上作進一步的探討，卽嘗試說明漢武內傳與茅君內傳、消魔智慧經、五嶽眞形序論及四極明科經之間的承襲關係，由此導出漢武內傳乃一組合式雜傳體小說的結論。

組合多種材料的造構者，並非只是機械式的拼湊。將一些不同來源的資料組合爲一整體，除需運用前此已有的漢武見西王母的情節作爲小說的架構，更需有一主題貫串其中，此卽造構者的主要動機。依據道經傳授史言，六朝古道經多以一部爲單位，依託仙眞，敍述其出世情形；而漢武內傳則至少包括三大部分十四種經訣，其數目龐雜而繁多，顯爲古道經中的異數。造構者之所以採用此種特異的方式結構成篇，絕非只爲炫才，而必有其較嚴肅的用意。本文將嘗試考察的重點置於二大問題：一爲明科的強調，在當時道經傳授的戒律中，具有何種規定與意義，對於教內的奉道者與教外人士，明科又有何不同的作用。二爲漢武之接受訓戒，此一奇特的安排，只是造構者的作意好奇，騁其奇想而已；抑另有別具心意的諷諭目的。凡此需從東晉前後的政治、社會等多方探討，一方面可以推測造構者的撰述動機，另一方面可以推定其撰成的時代。

大體言之，漢武內傳的撰成確有奇特之處，其篇幅較長、結構完整，與六朝筆記中志人、志怪兩系統的短什形式有異，將博物志所述的簡短記事敷衍爲長篇，爲六朝小說史上值得注意之處。若比較道教內部的道經，多以授一種經訣爲敍述單位，類此連綴數種不同經訣於一篇，又與道經的編撰有別，爲六朝古道經史的特例之一。因此漢武內傳爲介於道教仙傳與雜傳小說之間的產物，屬於具有道教色彩的筆記小說，爲當時極具代表性的道教藝術。

二、漢武內傳的研究（上）：著成及其與道經之關係

㈠ 漢武內傳與茅君內傳之關係

漢武內傳主要的卽是敍述西王母降見漢武帝，又引介上元夫人出場，分別授以道經。雖則張華博物志所記錄的漢武傳說，既已提供一完整的故事間架；但演成道教化的漢武內傳，其中濃厚的道教色彩，顯然是經過有心人別具匠心的造構。歷來的研究者對於與漢武內傳有密切關係的茅君內傳，一向就頗爲注意；但兩種內傳之間的相互因襲關係，到底孰先孰後，却是一極爲議論紛紜的問題。因此此處嘗試解決茅君內傳的出世、流傳等複雜情形，以便進一步說明漢武內傳是否有所因襲之處。

茅君內傳的撰構行世，依隋志著錄有「太元眞人東鄉司命茅君內傳一卷，弟子李遵撰」，東鄉司命，當是東嶽上卿司命。陳國符氏早期的研究，根據陶弘景在「眞誥」中的五、六條註語，推出茅三君傳係定錄中君（茅固）降授長史（許謐），爲東晉出世的仙傳。又推測其撰成，

乃增益父老傳說而成。❽有關茅山地區的傳說，猶保存於葛洪「神仙傳」等仙傳中，但茅君內傳至李遵之手編撰完成，其所增益的當與上清經系有關。李遵所撰之本，目前僅能依據雲笈七籤卷一百四「太元眞人東嶽上卿司命眞君傳」，而此本顯然已有佚失之處。

一般均認爲茅君內傳，要遲至東晉末，劉宋初始能成立，因此是漢武內傳之後的作品，且有仿襲漢武內傳之嫌。要解決兩篇之間的複雜關係，就需進一步說明茅君內傳在東晉出世，是否能早到哀帝興寧年間；而這一問題又與陶弘景所撰集整理的眞誥資料有關。基本上，陶弘景所運用的確爲楊羲、許謐等人所記錄的仙眞誥語，其本人的見解胥見於註語中，所以楊、許所錄爲興寧以前，至遲不晚於興寧的資料。則眞誥卷八所注「李中候名遵，卽是撰茅三君者。」（第一紙）此一茅三君傳，根據卷十三的三條註（第一、四、十七紙）「傳旣以寶秘，見之者稀」、「長史（許謐）甲子年書云：未見傳記」。可知茅三君傳的流傳不廣，但確有傳本；其撰者爲李遵，眞誥卷四曾載司命（茅盈）遣中候李遵握火鈴而來，呵護許映（邁）。李遵爲茅盈的弟子，故隋志題云「弟子李遵」，李遵卽爲仙眞，則傳述茅三君傳，需經由許謐等的記錄。所以託云「李遵」，此一中候仙人固非眞能撰傳，但其出世年代則在哀帝興寧年間造構上清古經的時期，否則陶弘景不會一再强調茅傳。此一茅傳爲原本，所記多與句曲山有關，所以眞誥、稽神樞中有茅盈答許謐的一大段句曲山事，並云：「子其秘之，吾有傳記，具載其事，行當相示。」惟這些資料多不見於今本，可知今本確已經改編。

現存茅君內傳較早的資料，且可取與漢武內傳比較的，爲劉宋顧歡「道迹經」的一條佚文，引錄於北周編的「無上秘要」卷二十中。此條西王母爲茅盈作樂事，與太眞王夫人彈琴事並列，太眞夫人與神仙傳太眞夫人的記事相近，顧歡纂輯早期神仙事迹爲「眞迹經」、「道迹經」，陶弘景在眞誥敘錄中多有批評。❾但毫無疑問的，其中自也保存諸多上清古經，且多楊、許所錄衆眞誥語。因此西王母爲茅盈作樂事出自茅盈內傳，且近於許氏手筆：

> 西王母為茅盈作樂，命侍女王上華彈八琅之璈，又命侍女董雙成吹雲和之笙，又命侍女石公子擊昆庭之金，又命侍女許飛瓊鼓震靈之璜，又命侍女琬絕青拊吾陵之石，又命侍女范成君拍洞陰之磬，又命侍女段安香作纏便之鈞。於是衆聲徹合，靈音駭空，王母命侍女于善賓李龍孫歌玄雲之曲。其辭曰：
>
> 大象雖云寥，我把九天戶。披雲汎八景，倏忽適下土。大帝唱扶宮，何悟風塵苦。

漢武內傳中西王母爲漢武作樂，與此累同，應是襲用茅君內傳，此可從六朝道經的引用態度獲得證明。

顧歡、陶弘景等均爲博辯的學者、道士，對於纂集先前出世的眞迹語語，多經辨析。當時所見的古道經較多，且時代較近，自能辨明其因襲關係：茅君傳爲眞，漢武內傳爲僞。因此上清經系對諸天妓樂一事，大多不願意採用漢武內傳，其顯證可以兩種上清經爲例：陶弘景所撰「眞靈位業圖」卽依茅傳，其第三中位有女眞位，依次列出西王母侍女，凡有王上華、董雙成、石公子、苑絕靑、地（范）成君、郭密香、于若賓、李方明、張靈子。另外不著撰人的「上清道寶經」，卷三妓樂品中凡有諸天妓樂及王母條：前者述諸侍女、樂器；後者則錄出侍女于若賓、李龍孫所歌玄雲曲二首，曲辭完整而非節引。此外卷一經品有天之所報條敘述茅盈被授爲司命東卿上眞君之事，卷三死生品有上元夫人條敘述其職司及服飾，卷四服飾品則有太上八瓊飛精之丹眞人茅盈敍述茅盈服餌得道事、又有句曲山上神芝五種詳述五種神芝及服食效用。上清道寶經爲摘錄上清經中的重要故實，除標題顯豁外，其雙行排列的文字極爲詳盡，可與今傳各種不相同的茅君傳記作比較。由於道寶經註明引自「茅君內傳」，確是現傳茅君內傳的重要參考資料。至於顧歡「道迹經」所引述的雖未註明出處，但以其勤於搜集楊、許所傳眞迹，所保存的資料正是上清經系造構最力時的情況，因而可以證明李遵編撰「茅君內傳」時，同樣利用這批降筆的誥語。因爲漢武內傳的編成，不應早到楊、許等人造經的興寧年間（三六三—三六五），而是上清經風行於江南之後，始有造構行世的可能。（詳後）

現存有關茅君的仙傳資料，或爲節引，或已經後人增飾，勢不能不辨，否則卽不易推知李遵茅君內傳的原始型態。李遵所述茅君傳記，旣有「茅三君」之稱，則應包含茅盈及二弟固、衷，後代仙傳則有個傳及合傳兩種形式：太平廣記卽採個傳形式，且取材的來源也有不同：卷五茅濛，注「出洞仙傳」；卷十三茅君，注「出神仙傳」，敍述茅盈事，此二種文字較質樸，當爲早期仙傳資料，也成爲後來茅君傳的素材。卷十一大茅君，注「出集仙傳」，杜光庭撰述墉城集仙錄常引錄不同來源的資料，融爲一體，大茅君卽爲顯證之一：前大半的情節，文字雖屬節錄，但大體與茅君內傳相符，爲唐世茅君內傳的節本；而後小半的敍述，與茅盈僅有部分關係而已，與無上秘要卷二十所引道迹經的文字相近（第十三紙），歌辭也相同。太平廣記主要的敍述置於大茅君，爲個傳的敍述體。

張君房編雲笈七籤時，保存較完整的資料，惟「弟子中候仙人李道字安林撰」，卽李遵之誤。所傳卽茅盈爲主，附及固、衷，正符合茅三君傳的名稱。元趙道一撰「歷世眞仙體道通鑑」，卷十六有茅盈傳，與雲笈本同，依照趙道一撰述的體例，當卽取材於李遵的「太元眞人茅君內傳」。此一系統的本子與前述上清道寶經所引的比較，可以發現全篇首尾完具，而文字已有闕遺：諸如五種神芝、諸天妓樂等重要情節，均極簡略，甚或闕失。但在敍述三茅君得道受經等記事，應保存大部分原本茅君的資料，尤其所錄茅盈受命為東嶽上卿司命神君之文，極具仙傳的特色。

另一種本子為元劉大彬撰茅山志，卷五有茅君眞冑，篇幅較長，而其增飾的文字頗有值得懷疑之處；有關五種神芝與諸天妓樂二節，較為簡陋，像使用「王母命侍女作樂」一語，卽替代道迹經所載的生動描寫；但玄雲之曲則完整保留。另漢武內傳中上元夫人彈唱一段則未出現，所以此本當另有所據，與雲笈本不同系統。茅君眞冑依所據本，又酌量模仿漢武內傳，其最明顯之迹卽為兩首祝辭：上元夫人授四部經予固衷二君，其中「石精金光，藏景錄形，左右招神，天元策靈」，所述道經涉及漢武內傳十二事中的第三、第九篇，有仿襲之迹。另一段西王母授茅盈太霄隱書的祝辭，也使用漢武內傳中授眞形圖的祝辭，僅更易數字，成為「天高地卑，五嶽鎭形，元精激氣，滄澤玄精」。可見茅山志本的茅三君傳，確有仿襲漢武內傳之處，但何時何種情況增飾，已不可確考。所以不可以茅君眞冑當作李遵茅君內傳的原本，雲笈本應較為接近原貌。

比較雲笈本茅君內傳（又參酌其他道經所引者）與漢武內傳，兩者異同之間值得注意的凡有二類：一為仙歌的韻文部分，二為對話的部分。依照道經中所存的詩歌文學，這是較易模仿、改作之處，也是六朝道教文學的瑰寶。而神人對談，則以較平正的方式表達相互間的對待關係，可從語氣中揣摩其微意。

漢武內傳凡有四首仙歌，剛好安排於前半、後半中，由情節發展可以見其有意組合不同來源資料的痕跡。前二首爲玄雲（一作靈）之曲，茅君內傳是西王母爲慰勞、勸勉茅盈，因而令諸天妓作樂，這是受佛敎飛天傳說的影響，道敎化之後成爲新玉女形象。⑩歌辭中諄諄告以頤神納精的修煉之法，並導以昇遊天庭的遊仙之樂，可與前面茅盈經苦修而得道的情節前後呼應。漢武內傳則安排於漢武初見西王母之後，其用意在激勵人間帝王學道求仙的夙志，旨趣稍有不同，爲造構漢武內傳者，故意塑造的漢武新形象，作爲諷諭之用。無上秘要僅錄茅君之事，所以仙歌自屬於茅君內傳所有，而非漢武內傳的歌詞。

後二首步玄之曲安排於授畢眞經之後，而東方朔闚窗事卽接於此，「於是帝迺知朔非世俗之徒」，爲十洲記寫作的張本。⑪這段情節大體本於博物志，張華所述至此已畢。漢武內傳就利用其空檔，挿敘上元夫人的自彈雲林之璈，歌步玄之曲「昔涉玄眞道」，王母又命侍女田四飛答歌「晨登太霞宮」，這兩首仙歌未見列於無上秘要或雲笈本茅君內傳中，無法證實原本茅君內傳是否有此再歌的情節與歌曲，頗疑漢武內傳另有所本，且仍與上清經系有關。首需注意的爲「田四飛」一角色，在此成爲西王母的侍女；而無上秘要卷二十引道迹經，在高聖玉帝命令彈雲鈞之璈的上宮四玉女中，卽有一田四飛，可見與上元夫人及諸天玉女同屬上清經中常見的女子，故爲造構漢武內傳者改用，作爲王母侍女羣之一。其次卽爲歌詞，雖未能從道敎類書中尋獲其依據；但同一風格的仙歌則多見：無上秘要卷二十引述一段諸眞降誥南嶽夫人事，仙眞所頌歌辭中就常使用「八風鼓太霞」、「晨登太帝臺」的辭句。類似的句法結構當爲當時仙歌寫作的模式，不管是降眞或仿作，均已反覆使用同一類套語，造成宗敎文學的氣氛。漢武內傳的造構者文采藻麗，又習見上清經中的降眞歌辭，因此仿作出類似的風格，如「騰步登太霞」、「晨登太霞宮」等一類筆法，因而表現出造構者絕非一般能文之士，而是熟諳道經的上清經系中人。

比較茅君內傳與漢武內傳的肌理結構，前者顯然較著重道法的傳授；而後者則在騁其文才之餘，確曾費些心力，在舊有的漢武見西王母的情節中，增添新資料，藉以構成新漢武傳說。由於組合不同來源的素材、與不同意義的情節，固然表現作者融鑄的苦心；但也具見其中仍有斧鑿之迹：從文學風格言，史傳的敍述多屬散體，而張華的筆記也屬素樸的散體，食仙桃的敍述之後，漢武內傳顯然有意揷入諸天妓樂一段，屬於駢儷體與歌行體；接下爲武帝西王母的對話。文字風格迭經變化，雜糅的痕迹卽爲分明。第二段仙歌安揷於東方朔窺窗與王母離去之間，亦具有雜糅筆記的散體、對話的駢體與歌行等不同風格的特色。而今傳雲笈本，雖佚失歌行的部分，但大體是較爲華麗的駢體，與當時流傳的仙傳、道經，都表現上清經系的同一格調。

比較兩者的情節結構，則無上秘要所引的茅君內傳中有關王母爲茅君作諸天妓樂一節，應是安排在茅盈從王君西至龜山見王母之後，類此仙眞作詩與玉女奏樂，應爲當時道經常見的情景。無上秘要以「仙歌品」一目，凡引用洞眞迴元九道經、洞眞變化七十四方經，洞眞西極明科經等十一、二種，其特色有二：一爲多與洞眞經上清經有關，可證上清經特別突顯這種冥思見神的宗教經驗；其二爲上清經中如大洞眞經，就有上清西華紫妃及西王母各命侍女「王廷賢、于廣暉等彈雲琅之璈，又命侍女安德音、范曲珠擊昆明之缶」的描寫；又道迹經有四眞人降南嶽夫人，太極眞人等各賜歌辭。此二種道經可確定爲東晉初期魏夫人前後旣已出世；則仙歌品引述的爲茅君作樂，亦當屬東晉初期的茅君內傳原有的降眞情節。漢武內傳只不過是模仿、抄襲上清經、傳的習慣寫法，不管是先安排於漢武初見王母、後又安排於王母臨別之際，都有一種硬予揷迹之感。而且漢武只是一學道而未成正果的帝王，豈能與茅山的祖師三茅君或開創者魏夫人相提並論。所以從諸天妓樂與仙眞作詩的降眞體驗的原創性，應是茅君內傳在前，漢武內傳仿襲在後，乃是將教內的宗教體驗移用於慕道者的身上而已。

茅君內傳或漢武內傳，乃至於無上秘要卷二十所引述的仙歌，自是屬於有韻的詩歌體，辭藻亦華美，具有魏晉詩的風格，但近人丁福保及逯欽立在搜輯先秦漢魏晉南北朝詩時，細至史傳雜記中的殘詩佚句，幾均搜羅殆盡，惟獨對於六朝古道經中爲數可觀的仙歌均付之闕如，此爲亟待補苴罅漏之處。⑫道藏中除了散見於道經中的仙歌，又有道教類書的搜羅，無上秘要卷二十有仙歌品即爲其例。由於辨識精審，其中只錄茅君內傳而不錄漢武內傳，但其後編集的有「諸眞歌頌」（淵字號），就抄錄了漢武內傳的歌辭，題爲「西王母宴漢武帝上元夫人彈雲林之璈歌步玄之曲」、「西王母又命侍女田四妃答歌」——田四妃亦卽田四飛、一作田四非。由此也可旁證茅君內傳較諸漢武內傳爲早出，爲早期道經的共通看法。

關於漢武內傳的歌辭還有一事需予辨明，就是陳國符氏晚近曾據今人的韻考，指出玄靈之曲：姥馬二韻同用爲漢代之歌、魚二部合韻；二曲歌戈麻三韻同用，兩漢有例，魏晉宋例多；步玄之曲則麻韻歌韻同用，兩漢有例，魏晉宋亦有例；田四飛答歌則寒桓元諄四韻四韻同用，卽漢代之眞部元部合韻。因而得出「漢武內傳韻文，於漢代出世」的結論。⑬其所據羅莘田先生、周祖謨教授所著「漢魏晉南北朝韻部研究」第一分冊，韻部分合當無大誤；但古人用韻較寬，且江南地區並不一定與其他地區一致，何況在古聲韻學史上，漢魏晉的韻部分合，常有一致之處。今卽將漢武內傳的歌辭定於漢代，自是只有部分合理，不如將其定爲東晉前後、上清經編撰行世的時期，較合乎古人用韻的道理。

有關茅君內傳與漢武內傳之間，在對話部分有所承襲之處，目前只能依據雲笈本作比較，其中累同的正是自稱「小醜」的一段。孫克寬氏指出太玄眞人內傳模仿漢武內傳，[14]小南一郎氏亦認爲兩內傳之間有書承關係。[15]這段文字是目前所見的具有襲用關係者，六朝道教類書並未引用茅君內傳中的相同文字，因此不易判斷孰較先出？孰爲襲用？由其語氣的謙卑，表現於茅盈的，則是一求學道法者的謙抑與誠懇；表現於漢武的，則是一卑求道法的帝王形象，兩者均有成立的可能。但有一關鍵要先指出的，就是當時勤求道法者在受經時，常有類似的謙卑口吻，疑爲共通的誓詞模式。

今卽以五嶽眞形圖的傳授爲例，五嶽眞形序論中錄有據云「弟子葛洪」的自誓之詞，卽云「夫至道無形，機妙難論，神仙之事，誠非小醜所宜緣尋。然世人不覩其門皆謂之無，既見眞驗，復不肯以語人，是以清濁乖律，香臭絕倫。」至於標明「鄭氏所出」、「鄭君所出」的授（受）圖祭文，其語氣亦極謙抑：

> 某以胎生肉人，百官子孫，沉湎囂惡，流溺世務，運遇有幸，得奉大化，滌蕩穢俗（授圖祭文）。
>
> 某本胎生肉人，枯骨子孫，生長濁世，染亂罪考，宿行積咎，禍高丘陵，天啓其衷，得聞聖化，心開改蹟（受圖祭文）。

以上自稱小醜、枯骨、乞賜長生之法，實與茅盈或劉徹所言「小醜，賤生枯骨之餘，敢以不肖之軀而慕龍鳳之年」等，爲同一機杼。可知類此語氣，爲東晉時期授受道法的習慣語，茅君既求王褒引見，在王母之前懇求受經，則原本茅君內傳既有可能出現此一套語，其後造構漢武見王母者自可襲用。

茅君內傳除此段外，其餘因情節所需而安排不同的對話；漢武內傳眞正表現其謙抑至極的尚有六、七處長短不一的訓斥之辭，則爲茅君內傳多種不同本子所未曾有，類此嚴厲而具苛責性的訓辭，始爲造構者具有微言大義的所在。因此比較二者，茅君內傳純爲茅山道派的教內仙傳，與紫陽眞人周君內傳、淸虛王君傳及南嶽夫人內傳等，同在東晉興寧年間撰成，漢武內傳則遲至東晉孝武帝末葉，始由王靈期等在另一造構上淸經風潮中撰成行世。

二　漢武內傳與消魔智慧經的服食說

漢武內傳所安排，接續諸天妓樂的，卽爲一段漢武與西王母的對話，借以引出有關服食成仙說的主要情節。服食變化爲道教思想的中心，前道教時期的養生說既有素樸的服食觀念，存在於巫術、方術以及民間的飲食習慣中，兩漢時期醫學逐漸進步，醫藥圖籍紛紛整理，漢書藝文志卽有此類醫方書目，而近今地下出土的考古文物亦足證明漢世已有進步的醫學及導引等養生術，爲中國傳統的身體文化（physical culture）。漢晉之際，屢有大疫，又逢印度醫學隨佛教文化以東來，中國醫學乃展現新的發展。道教適於此際形成。配合其夙有的養生成仙的思想本質，因而把握此一時代契機，綜合爲道教新的養生思想。漢武內傳所安排的叩問養生，卽爲此一時代思想的具體反映。

上淸經系在江南地區的發展興盛，乃因其主要構成體以知識階層爲主，講究冥思及服食等修煉法門。當時楊羲及許氏家族（邁・謐及翽）等既能整理記錄道經，亦能隨從明師修習道法，因而貴族士流多從之請問養生之方，陶弘景眞誥既有東晉簡文帝問許邁，有關廣嗣之術的事。

（詳後）其餘帝室世族當亦有類似的乞問長生方的詢問。漢武內傳的編撰者因勢利導，假託漢武之口急切表達其度世的願望，王母先後給予誡言，再明示以長生之要。漢武帝雖則封禪求仙，但終究只是人間的帝王，古上清寶經自不宜將其塑造為授受道經的對象，但如當時確有東晉帝王向上清經派中人乞賜長生之方，毫無疑問的，漢武帝是最適當的箭垛式人物。因而借取上清經中專門敍述長生法門的部分加以改寫，此卽「洞眞太上說智慧消魔眞經」，此一道藏（內字號）的五卷本，已非東晉的原本，但由此推想漢武內傳所襲用的消魔智慧經，當無大誤。

今據洞玄靈寶三洞奉道科戒營始卷五所引「上清大洞眞經目」，其中著錄有「上清神虎上符消魔智慧一卷」，此一卷本當卽楊、許集團所出的古上清經之一。⑯首先說明其題名「消魔」的時代背景，東晉初干寶撰搜神記，卷一杜蘭香傳說，載其降眞時降示張碩的話語，卽有「消魔自可愈疾，淫祀無益」，干寶所記述的當時仙眞的習慣用法「香以藥為消魔」，可知此為東晉初流傳於敎內的特殊用法。所以陶弘景在眞誥注語中，嘗云：「仙眞並呼藥為消摩，故稱消摩經也，誦之亦能消疾也。」（卷八第三紙）

其次證明消魔經在東、西晉之際，有些藥品所採用的隱名形式既已流傳於道士口中，此卽王嘉拾遺記卷六所載：敦煌所獻穹隆瓜，長三尺，而形屈曲，味美如飴，卽引父老云：「昔道士從蓬萊山得此瓜，云是崆峒靈瓜，四劫一實，西王母遺於此地，世代遐絕，其實頗在。」⑰所謂「崆峒靈瓜，四劫一實」，正見於消魔經中玉清之所服仙藥；且為西王母所遺亦與西王母所誥，來源一致。至云「道士」為泛稱，抑上清經派中人，則不易判斷。王嘉為西晉末、其後在符秦幽隱的方士化文士，此條資料從何處搜集得來，雖託云父老傳言，愈可知為流傳於當時民間的藥物隱名。

有關消魔經的出世與流傳，是一亟待解決的問題。按照道書目錄應該先有一卷本，其後果增爲七卷本，而現存於道藏的爲五卷本。依道經增補續修的體例，一卷本應仍保存其大體於後增的七卷、五卷的卷一部分。其證據有二：卽道迹經與陶弘景所編「眞誥」及「登眞隱訣」。顧歡所撰「道迹經」、及六朝古本「洞眞太上智慧經」，爲無上秘要卷七十八所引，列於卷七十六服五氣品之後——卷七十七已闕。屬於服食品，列有標目：註出洞眞太上智慧經的爲地仙藥品、天仙藥品；註出道迹經的凡有太清藥品、太極藥品、上清藥品及玉清藥品。將卷七十八與五卷本消魔經作一對照，正完整保存於卷一「眞藥玄英高靈品」中；其不同之處，只在五卷本乃以文章形式敍述，而無上秘要列爲品目的條擧形式而已。可證卷一所存，當爲近於上清大洞眞經目的一卷本型態。

陶弘景曾博覽上清古經，加以引錄，「眞誥」的註語至少六次以上提及「消摩經」，其中兩條重見於「登眞隱訣」——卷中第三引用「消摩上靈敍」的反舌漱津之法、第十六太虛眞人南嶽赤君內法，云「出太上消摩經」，由於眞誥注語有「此經未出也」之說，乃抄自許掾(翽)所錄。道教說法所謂未出世之經，指只見經名而未行世，所以陶弘景或未得見消摩原本，惟眞誥中所存許謐、許翽父子抄錄的消摩經資料，應有所本。與陶弘景的時代相近的還有「太眞玉帝四極明科經」(道藏兩字號，下簡稱四極明科經)，多錄上清古道經，其卷三載有「消魔智慧七卷，一名太素洞經，一名素慧。太上大道君所受元始上文，藏於玉清之闕、高上虛皇丹房之內，素靈玉女三千人侍衞。」此段內容卽見於五卷本消魔經的卷一「眞藥玄英高靈品」中，可證四極明科經有所據而云然，而五卷本亦保留七卷本的大部分資料，此一七卷本在四極明科經之前確曾出世，當是依據一卷本增益而成，其編成時間在南北朝中期以前。

道藏五卷本消魔經當據七卷本，爲改編之本，因此據此推知一卷本的原始構想，再對照以無上秘要所引錄的「洞眞太上智慧經」、「道迹經」，亦可瞭解其大旨：首需注意其傳授譜系，「太上大道君所受元始上文」，卽爲元始天王所出，傳授太上道君，在「眞藥玄英高靈品」中敍述得聞要言者金闕帝君，告青童君；青童君又告赤松子，此一譜系與漢武內傳中王母所言略有同異，王母所說的「昔先師元始天王，時及閒居，登於蘂霄之臺，侍者天皇榑桑大帝君，及九眞諸王、十方衆神仙官，爰延弟子丹房之內，說玄微之言。」又說自己「避席叩頭，請問長生之術，天王登見，遺以要言，辭深旨幽，實天人之玄觀，上帝之奇秘。」這段文字應兼包括下述眞形圖而總言之，但主要的仍是服食要言。四極明科所述西王母的傳授道經凡有多種：太上三天正法經、洞眞高上玉帝大洞雌一玉檢五老寶經、玄覽人鳥山經圖等，而獨無消魔智慧七卷。這一情形只有一種解釋，就是造構漢武內傳者有意牽合，爲求結構的一貫，將原與西王母無關的消魔經，在西王母先師元始天王的聯想關係之下加以改造，未盡能顧慮及西王母在上清經傳授史中的眞實情形。

其次值得注意的是消魔經的內容與宗教上的作用。「眞藥玄英高靈品」强調誦讀此章，則「將可以逐邪起疾，驅精除害，散六天之鬼炁，制萬妖之侵者」，又載「玉清、上清、太極藥名猶足以却百鬼，況服食其物乎」。可知消魔經屬於上清經中「誦之亦能消疾」（陶弘景語）的寶經，道藏存上清古經「上清太極隱注玉經寶訣」亦曾徵引，並敍述其作用：道士法師持齋，「轉五千文及消魔智慧，玉清金眞洞經，中品威神，營衞病人。」（第十紙）[18]類此呪誦性質的經典，爲上清經系結合中國呪誦與佛教神呪類持誦法門，因而形成的依經轉誦，生大威力的信仰。依巫術性思考原則，巫術性、宗教性的語言文字，諸如呪語、符文，均能依交感作用，傳達一神秘的超自然力。「藥名」尤其採用隱名成爲密語，並以整齊的四句排列（間有六句），有韻脚的聲音效果，確可在曼聲轉誦之中造成一種迴盪心神的魔力，此所以有關服食藥品採用韻文體形式，與前後的散文體敍述有所不同之故。漢武內傳的編撰者主要目的在介紹服食要方，因而只保留一小部分的散文敍述，就顯得文氣急促，無從容道來的順暢之感。

漢武內傳之抄襲消魔經，還有一重要證據，就是修煉方法的敍述中，留下斧鑿之迹。此卽王母所言「我曾聞天王曰：夫欲長生者，宜先取諸身，但堅守三一，保爾旅族。」以下乃述藥名。突出「三一」之法，前卽無所承，後亦無有照應，固然三一之法爲上清經系的冥思法門，但傳中「三一」一語，特爲突兀。今查五卷本消魔經的卷三部分，卽爲守一品，乃太上告金闕帝君的守三一之法，此種諦念人身中的三丹田：上丹田號泥丸宮，元赤子居之；心爲中丹田，號絳宮，中元眞人居之；臍下三寸爲命門丹田，始明精居之，存思丹田，爲當時頗受重視的內丹法。消魔經一再强調此法，因而造構漢武內傳者乃順筆提及，無意間留下襲用之迹。

消魔智慧經既然在東晉興寧年間出世，漢武內傳的造構者得以閱讀、取材，將其中有關的「玉清、上清、太極藥名」抄錄於傳中，但因押韻或造構者的語文習慣，部分更動原有藥品的次序，並略更易其文字。而最大的差異，就是將不同等級的藥品重作組合，使其整齊化。大概說來，消魔經中首述的「玉清之所服，太上之所寶」的藥品，卽爲漢武內傳首述的「太上之所服，非中仙之所保」；而無上秘要所引道迹經，逕題爲「玉清藥品」，置於最末，次序剛好相反。由此可證，漢武內傳乃直接襲自消魔經，其藥品次序大體一致；而道迹經所列品目，也直接襲用消魔經。消魔經在上清古道經中的重要性，亦由此可見。正因爲上清經系在逐漸發展形成其道法的獨立風格的階段，强調守一，可作爲存思的中心思想。而在服食藥方中，亦需廣納動、植、礦物，借以配合其不同等級的仙品說。類此思慮週密的構想，實與當時的知識階層的修養與趣味有關，因之始能逐漸形成教團道教的特色。

漢武內傳襲用消魔經的情形，下即以玉清藥品作一對照：

漢武內傳

王母曰将告女要言，我曾聞天王曰：夫欲長生者，宜先取諸身，但堅守三一，保爾旅族。金瑛夾草、廣山黃木。昌城玉蘂、夜山火玉。逮及鳳林鳴酢、西瑤瓊酒。中華紫蜜、北陵緑阜。太上之藥、風實雲子。玉津金漿、月精萬壽。碧海琅菜、蓬萊文醜。濁河七榮、動山高柳。北采玄都之綺華、仰漱雲山之朱蜜。夜河天骨、昆吾漆沫。空洞靈瓜、四劫一實。宜陵麟膽、炎山夜日。東掇扶桑之丹椹、俯採長河之文藻。素虬童子、九色鳳腦。太真虹芝、天漢巨草。南宮火碧、西鄉扶老。三梁龍華、生子大道。有得食之、後天而老。此太上之所服、非中仙之所保。

消魔智慧經

六淳發榮、　玄光八角△。　風實雲子、　帝垣玉闥△。
金敷夾英、　廣天黃木△。　昌成玉蘂、　夜山火玉△。

逮及鳳林鳴酢、　西瑤瓊酒。　中華紫蜜、　北陵綠阜。
絳津金䯻、　月精日壽。　朱河琅子、　蓬山文醜。
濯水七蓂、　崩嶽電柳。　北採玄郭之綺葱、　仰漱雲山之朱蜜。
夜牛伏骨、　神吾黃淶。　空同靈瓜、　四劫一實。
冥城麟膽、　炎山夜日。　東掇扶桑之丹椹、　俯採長淵之文藻。
上和九轉之飛玉、　下咽青玄之霞寶。　太虛結鐶、　素女懷抱。
紫虬童子、　九色鳳腦。　太極隱芝、　絳樹日道。
太上虹李、　天漢大草。　南宮巨珠、　西鄉扶老。
三梁龍華、　靈妃所討。

有得食之，後天而老。此玉清之所服，太上之所寶。可以上飛景霄，分晨億道，守鎮皇精，朝汪九腦也。然斯道至大，妙靈映邈。非血食肉人所得備悉，但聞玄音以散濁，聽風氣而逐穢矣，上可浮絕太素，下可禳妖豁疾，自非德響根神，孰能併能於靈逸哉！

兩者都以四節敍述：內傳首節以族、木、玉爲韻，消魔經則以角、闥、木、玉爲韻；次節內傳押酒、阜、子、壽、醜、柳；消魔經則押酒、阜、壽、醜、柳——其中子韻，原非押韻之處，孫詒讓强要以尤之二部通韻說解說，實因不明其來源之故。⑲三節內傳押蜜、沫、實、日，消魔經沫字作漆，亦可押。四節內傳押藻、腦、草、老、道、保；消魔經則加「上和九轉之飛玉，下咽青玄之霞寶」，與上句成爲麗句，而下面又分別押抱、腦、道、草、老、討，以及老、寶、道、腦、邈等。依消魔經所見的押韻、麗句，都較漢武內傳爲完整，後者的出韻、未成對偶等現象，當係撰述者的疏略，也可證其較爲晚出。尤其敍述效果，內傳只簡略說「此太上之所服，非中仙之所保」，不像消魔經詳述其爲玉清藥品，又有「上飛景霄，分晨億道。守鎭皇精，朝注九腦」等神通表現。

其後內傳敍述「天帝之所服，下仙之所逮」，即爲消魔經「天帝之所服，太上之寶貴；非太極之所聞，中眞之所逮」，對照二段文字，與內傳首段「非中仙之所保」相較，則脫一「非」字。但內傳顯然又要與三段「地仙之所見」一致，而消魔經仍作「非陸遊之所聞，山客之所見」形式，可證消魔經的文字肌理較爲統一。內傳二段一開始即敍說「八光太和，斑龍黑胎」，消魔經則在前面有「上清幽芝，太上九時」二句，所以無上秘要列爲「上清藥品」，以與太清藥品、太極藥品並列，較合乎上清經系的三清藥品與仙眞的構想；至於藥品文字也小有異同。內傳三段飛仙所服藥品，乃節略消魔經「太極之品」部份，無上秘要引用道迹經，不僅分爲太清藥品、太極藥品二目；且將茅君內傳中句曲山上有神芝五種的第一、二、三、四等列入——無上秘要將第二參成芝的「二」誤爲「三」，此種情形如非顧歡參合消魔經、茅君內傳資料，就是暗示二者之間有所關聯。無上秘要註明「洞眞太上智慧經」天仙藥品部份，也屬於漢武內傳飛仙藥品的構成部份。內傳四段的下藥，爲地仙所服。消魔經則在太極之品後，分述三十六芝、玄水雲華之漿兩部份，再述下藥，其藥品名稱與服食效果，仍然爲漢武內傳所本。

大抵而言，漢武內傳依據消魔智慧經，按照其敍述的需要，調整藥品名目與次序，而將服食者與效果簡略化，今列表對照如下：

消魔智慧經	漢武帝內傳	無上秘要卷七十八	備註
乃曰六淳發榮，玄光八角，……王梁龍華，靈妃所討，右有得食之，後天而老，此玉清之所服，太上之所寶。	但堅守三一，保爾旅族，金瑛夾草，廣山黃木……三梁龍華，生子大道。有得食之，後天而老。此太上之所服，非中仙之所保。	玉清藥品（道迹經）	道迹經之文與消魔經同，但順序在最末。
其次上清幽旨，太上九時，有八光太和……流光九隊，有得食之，後天而逝。此天帝之所服，太上之寶貴，非太極之所聞，中真之所述。	其次藥有八光太和……流光九隊，有得食之，後天而逝，此天帝之所服，下仙之所述。	上清藥品（道迹經）	文字與順序，道迹經與消魔經同，順序相反。

其次太極之品，四真常珍乃曰九石鍊煙、丹液玉滋……長光流草，雲童飛千，亦能使上飛輕舉起體霄冥矣。此天仙之所服，飛神之所研，非陸遊之所聞，山客之所見。	其次藥有九丹金液，紫華紅英太清九轉，五雲之漿……長光綠草，雲童飛千，子得服之，白日升天，此飛仙之所服，地仙之所見也。	太極藥品：其次太極之品……紫華紅英，第一段名龍仙芝……（道迹經） 太清藥品：太清九轉（道迹經） 天仙藥品：東嬴白香…（洞眞太上智慧經）	無上秘要所引二種，均有標目。
其次又有三十六芝，飛爐煉煙，陽光月華……亦能延年益壽，可至萬歲也。	無	地仙藥品（二）：其次又有三十六芝……右亦能延年益壽，可至萬歲。（洞眞太上智慧經）	未引道迹經。
其次又有玄水雲華之漿……流黃紫木之黃，一服立使人長算千紀……夫長算千紀時，謂服但一刀圭而	無	地仙藥品（三）：其次又有玄水雲華之漿……流馬紫木。右服之……但服一劑而已。	未引道迹經。

已耳。		（洞眞太上智慧經）	
其下藥，先有松柏陰脂，山薑伏神……衆物之精，其類繁多，略舉一端，服之為能小益，不能求申，高可七百年，下可三四百歲，恐不辨長享無期，上昇清天也。亦能身生光澤，還白童顏，役使千神，得為地仙，陸行五嶽，遊浪名山。	其下藥有松柏之膏，山薑沈精，……如此下藥，略舉其端，草類繁多，名有數千。子得服之，可以延年，雖不長享無期，上升青天，亦能身生光澤，還髮童顏，役使羣鬼，得為地仙。	地仙藥品：太上道君曰其下藥有……遊浪名山。（洞眞太上智慧經）	
又漸求上藥，以自改新，則易為階級之進……呼吸液津也。	無	同右	

由於服食藥品的寫作，具有轉、誦的宗教修煉的方法，因而採取韻文形式；又基於道術的秘傳性，不直接使用服食物的原名，而代以隱名。因此消魔經所反映的東晉時期的服食成仙思想，有時僅能依據當時的養生說加以推測：大體言之，魏晉前後既已結構完成三品仙說，天仙爲上、地仙爲中、尸解仙爲下，而天仙所代表的天界宮庭中，也有三清界，多爲先天諸神。[20]兩漢醫學的發展，尤其在本草學，至此一時期亦有分品的觀念，張華博物志所述的神農本草，卽有上藥養命、中藥養性、下藥治病之說。道教中人對於本草學的貢獻良多，金丹道派的葛洪、上清經派的陶弘景均在本草醫學的發展中，具有搜集、整理之功；間亦注入屬於道門修煉的養生觀念，因而形成以金石藥爲上品，而一般治病的草藥多居於下的分品說。[21]消魔經卽在此一時代潮流中，形成以金石藥爲主流的服食說。

消魔經將本草學的分品說與神仙三品說綜合之後，特別突顯地仙藥品、天仙藥品，以及更在天仙之上的藥品；凡有「玉清之所服」的「玉清藥品」、「天帝之所服」的「上清藥品」，至於「天仙之所服」部分，道迹經的編撰者顧歡爲了當時已有的三清說，顯有故立名目之嫌。其實上清藥品的標目，其靈感乃得自「上清幽芒」一藥品，實不能籠括所有的天帝所服之藥；但仍適合玉清所服的「玉清藥品」，同列爲天界中的玉清、上清。而「太極藥品」之名則取自「太極之品」；又割取其中「太清九轉」而列「太清藥品」，其實消魔經原先的構想，太極藥品、太清藥品、及另一「天仙藥品」，全屬於「天仙之所服」的天仙藥品。無上秘要卷七十八的品目，是承襲顧歡所有，抑是北周編撰秘要爲體例的一致，斟酌之後所標列已不易確定。但可肯定的是，既然特別標擧玉清、上清、及太清之名，正反映道教三清說業已成立，正是南北朝初期逐漸建立更龐偉的道教天界說的階段。

從不同品級的服食的藥品中，可以紬繹得一原則：卽以神話傳說的靈藥爲高，現實世界的仙藥爲次；以礦物性的金石藥爲高，以植物性的草本藥爲次，具體反映出道教服食說具有高度的神話性格。玉清所服的藥品中，蓬山文醜、扶桑丹椹，卽是仙洲仙島的神仙食物。由此可知「空同靈瓜，四劫一實」，雖說猶有遺種，但已屬解說事物來源的靈物神話。天帝所服的藥品，也具有神話傳說的性格，如玄圃琅腴，鍾山白膠之類。因爲兩類上上品藥具有玄想性，因而服食者也具有玄想性：玉清、天帝等太上神仙，俱是先天仙眞。所以消魔經爲尊崇此一上上品，特別指出「非太極之所聞，中眞之所逑」，換言之，此二者爲上眞及其服食藥品，正反映出在上品仙中再分上下的仙眞品級說。

消魔經眞能反映東晉前後的三品藥、三品仙說，在天仙藥品、地仙藥品二部分，其中具有强烈的品級界限觀念，將「天仙之所服、飛神之所研」與「陸遊之所聞，山客之所見」區以別之；而地仙藥品則不管其壽至三四百，乃至七百年，仍不能上昇青天，僅得地仙，「陸行五嶽，遊浪名山」，正是三品仙說中地仙與名山結合爲一的仙眞說，而且是以中國輿圖上的名山爲棲遊之所。天仙所服的藥品，無上秘要所引的道迹經，雖分成太極藥品、太清藥品，其實俱屬金石藥，東晉時期金丹術爲道教服食說的主流，在煉丹的成就上已積累甚多的實驗心得，爲中國化學史的重要階段。消魔經所列藥名，或據所用材料及調和物，如九石鍊煙、丹液玉滋；或據所用作法，如丹鑪金液、太淸九轉；或據開丹釜或丹鼎時所見金丹的顏色形狀，如紫華虹英、玄霜降雪、騰躍三黃，凡此丹名的製作，具體反映當時已具有豐富的伏鍊經驗。以化學史的萌芽階段，能製作丹爐、選擇藥材，並細密觀察燒煉過程的反應與成品，確是可觀的成就，[22]因而易被神化，成爲天仙藥品。無上秘要所列的「東嬴白香」等名，雖用隱秘的名稱，仍可隱約推知其意。這是因爲當時道敎在傳經授訣時，講究明師指點，口授訣要，所以隱名被認爲是敎門內部的規矩，也使非經由傳授者不易知解。㉓惟其用語習慣仍有其共通之處，近代煉丹術的研究已漸能指出其爲何物：如「荀首流珠」，李約瑟博士等所編列的古中國化學物質的表格中，指出有「太荀首中石」，卽瑪瑙（agate），爲隱晶與其他物質的沉澱，卽 SiO_2。而流珠，卽汞。但將「荀首流珠」合爲一詞，應與「琳華石精」一樣，同指煉丹的材料。又如「高丘餘糧」的餘糧，應卽禹餘糧，卽赤鐵礦，三氧化二鐵（Fe_2O_3）。㉔由於煉丹過程的昇華情形，對於當時從事化學操作的道士，爲一奇特的經驗。因而基於巫術性思考原則，凡服食類此化學變化劇烈之物，如顏色鮮艷、物質變化等，也可傳達其神秘的屬性，消魔經云「能使上飛輕擧，起體霄冥」，而成爲天仙、飛神。

至於下藥，多爲草木藥及各種菌類，如「松柏陰脂」卽樹脂，多醣類、松脂酸等；其他藥名也多見於本草圖籍中，如黃精（一名救窮，卽救窮草）、茯苓（一名天精）之屬。由於草木藥「其類繁多，略擧一端」，但由其所擧的代表性植物，可推知東晉時期道士對於本草學絕不陌生。値得注意的是漢武內傳將消魔經中的上藥、下藥均予挪用，服食者亦僅更易字句，而本意並無甚大變化，却獨不錄三十六芝、及玄水雲華之漿二部分。大概消魔經將此二者置於天仙、地仙之間，所述文字較簡短，而服食效益，但泛言「使人長算千紀，日服日延，年隨藥進，命與藥遷」，所以漢武內傳編撰者覺其瑣細、不明，因而未加襲錄。

漢武內傳之襲用消魔經，而非消魔經較爲晚出，還有一些證據：就是漢武內傳敍畢諸種藥品及效益後，卽接云「要且錄此，有階漸尋遠勝也」，語意不甚清楚，卽因本於消魔經，敍畢下藥可避死，「又漸求上藥，以自改新，則易爲階級之進，何必守故而不遷，取期限以沒齒乎？」

由下藥而求上藥，卽是「有階漸尋」。另外就是漢武內傳對於房中術的看法亦源於消魔經，爲典型的上清經系的態度，同時寶精益氣的思想流傳於漢晉之際，神仙道教派老學卽以寶精說爲養生思想之一。㉕上清經派如楊、許集團早具存想、淸修的性質，至於南北朝時期，陸修靜修整道教、陶弘景整備道法，均不鼓勵黃白赤道（房中交接之術）。㉖消魔經卽爲古上清經中具體表明此派對房中術的看法：「陰丹內御、房中之術；黃道赤炁、交接之益；七九朝精，吐納之要；六一迴丹，雌雄之法。雖獲仙品，而上清不以比德；雖均致化而太上不以爲貴，此穢仙濁眞，固不得闚乎玉闥矣。」內傳中强調「愛精握固，閉炁吞液」，卽爲此種道要。又說「呼吸御精，保明神炁，足以精不脫則永久，炁長存則不死，旣得其和，其壽不已；又復不用藥物之煩費，營索之劬勞者也。」正是上清經系以存思爲法要，以大洞眞經爲第一的思想。西王母、上元夫人對於漢武性淫、縱慾的指斥，也代表上清經系對於性的放縱的指斥，此正東晉前後江南士族社會的放逸現象之一，尤其是東晉孝武帝晚年的生活極爲放縱，故從宗教修行的角度提出節制性的、對於放縱的批判。

漢武內傳在服食成仙及寶精養氣等，轉襲自消魔經，但上元夫人在結束元始天王所告知的要言時，引用「太上眞經所謂益易之道」一段，則不見於五卷本消魔經中，疑其另有所本。其中解說「益易之道」——益者益精，易者易形，能益能易，名上仙籍；不益不易，不離死厄。又說「行益易者謂常思靈寶也——靈者神也，寶者精也」。對於「靈寶」二字，其所作詮釋，與東晉時洞玄靈寶經系的說法不盡相同，疑造構內傳的上清經系中人見靈寶風敎大行，取用其名而另有新解（詳後）。而其解說益易之道，「炁化血，血化精，精化液，液化骨」的過程，乃由於長年行之不倦，神精充溢，傳中使用的套語格式是「一年易炁，二年易血，三年易脈，四年易肉，五年易髓，六年易筋，七年易骨，八年易髮，九年易形。」如此「變化易形，變化則道成，道成則位為仙人」依前述的寫作慣例，應是有所襲用，只是今存消魔經無由得證耳。

無上秘要卷八八有易形品，凡引用兩種：一為「洞玄自然五稱經」，一為「洞眞九眞中經」，前者屬靈寶經系，故借「老子」曰：「蛇得靈寶，化為神龍；鳥得之，變為鳳凰；凡獸得之，改為麒麟；凡夫得之，號曰聖人」。卽是變化思想，而變化的本源卽為神秘的「靈寶」。按照靈寶經系的說法，靈寶仙方有正機、平衡、飛龜授袟三篇，為神秘的符圖與服氣術；㉗故洞玄自然五稱經云：「子有通聖眞文，能常服之，遊戲五嶽，逍遙于空，改易五內，變化形容。」其服法，應包括服佩符圖與服食華液。而洞眞九眞中經當屬上清經系，詳述禹餘糧五種、丹砂五種、茯苓五種、麥門冬五種，合二十種藥成「四塡神丸」，所述煉製過程及服食方法，均極富於宗教的神秘作略；而其功能，「還視萬重之外，白髮還黑，齒落更生，面目悅澤，皮理生光」，而其所謂「服之」，屬於內服藥物之法。今將上兩種古道經所敘述的易形過程排列於下：

一年易氣，二年易血，三年易肉，四年易筋，五年易骸，六年易骨，七年易髓，八年易髮，九年易形，形體盡易，大道畢矣。（五稱經）

一年宿疾皆除，二年易鳥（？），三年易氣，四年易脈，五年（原作中）易髓，六年易筋，七年易骨，八年易齒，九年易形體，十年役使鬼神，威御虎狼。（九眞中經）

比較漢武內傳與洞玄靈寶、洞眞上清的兩種道經之後，可發現這是道經常用的敘述模式。更晚的雲笈七籤中，更多輯錄此類敘述方式，只是年數、功效因不同的經頌，而常有更易其辭的現象。兩種古道經的出世年代不易確定，但由無上秘要的引述體例，可以推知其為古道經，常可早至東晉。依五稱經所用「靈寶」，近於靈寶經系的原意；內傳的用法，則為別創新解。可證前者所言易形說，較近於原始型態，當是靈寶古經先有此類服用易形之說。漢武內傳特別標明是「太上眞經」所云，洞眞九眞中經當卽此類上清眞經；或者漢武內傳的編撰者卽取材於此類九眞中經，而非直接襲用洞玄靈寶經。無上秘要在易形品中僅錄兩種作為代表，而漢武內傳不與焉。

綜上所述，漢武內傳的服食說，乃整體襲自消魔經，並部分使用九眞中經一類洞眞上清經。故大體言之，仍可代表上清經系的服食成仙說，為東晉時期重視金丹、仙藥與存思冥想的修煉法門。因為東晉哀帝興寧年間，楊、許集團所搜羅紀錄的上清古道經紛紛出世，江南社會逐漸多請問道法者；加以孝武帝、安帝時，葛巢甫造構靈寶。因而有王靈期等起而增益上清經、傳。「漢武內傳」卽基於此一時代因素造構而成，而非純粹的上清古仙傳，故其傳襲消魔經，為當時上清經派中人盡知之事。

三　漢武內傳與五嶽眞形圖的傳授

漢武內傳之有意撰述多種道經，還有五嶽眞形圖與六甲靈飛等十二事的傳授，成為後半部的主體。其導出的過程技巧地借用漢武與西王母的對話，並引出另一重要人物上元夫人，成為一部以女仙眞為主要角色的道教小說。固然漢武內傳的生動描寫，在唐以後逐漸成為膾炙人口的雜傳，因而杜光庭在所撰墉城集仙錄中，頗為重視西王母與上元夫人傳說羣，且將漢武帝視為上清經傳授史上，有關五嶽眞形圖、六甲靈飛等十二事的傳授譜系中不可或缺的人物。這完全是承襲漢武內傳的說法，而非上清古經的原有構想。基本上，造構漢武內傳者只是將上清經系的傳說加以改編、襲用：其中包括古本五嶽眞形圖序論，六甲靈飛等十二事，以及上清仙眞中有關西王母、上元夫人與青童小君的傳說。由於造構者的意匠獨造，其敷衍成篇的手法確能表現道教小說的虛構性，因而獲致可觀的藝術效果。

由於六朝古道經早已佚失，或歷經教內人士的改編，今存於道藏中，題名相近的道經常需辨別其編撰情形，五嶽眞形圖卽爲其顯例；至於六甲靈飛等十二事，多已不存其原本，而只能據現存相近之本考察。在辨明此二類道經的傳授情況時，「太眞玉帝四極明科經」是極可重視的一部，其前三卷多錄出道經的名稱，及傳授的譜系、服用的功能；後二卷則多解說科律。因其所述以上清經爲主，故爲六朝古上清經的明科解說書。[28]本文將以其中解說的文字代表南北朝中期以前的道經情形，惟有關傳授科儀將留諸下節詳述。

傳中敍述五嶽眞形圖之事，先以漢武見王母巾笈中有「卷子小書，盛以紫錦之囊」，啓其疑竇；而後王母始出以示之，說明五嶽眞形圖「迺三天太上所出文，秘禁極重」。又詳說有關的造出情況及神秘作用，所言「上皇清虛元年，三天太上道君下觀六合，瞻河海之短長，察丘嶽之高卑，名立天柱，安於地理，植五嶽而擬諸鎭輔，貴昆靈以舍靈仙，遵蓬丘以館眞人，安水神乎極陰之源，棲太帝乎摶桑之墟。」一方面敍述眞形圖的形成；另一方面作爲十洲記寫作的張本，成爲六朝五嶽眞形圖序論中，將漢武內傳、十洲記等合爲一體的契因。有關漢武內傳所依據的五嶽眞形圖問題，目前可依據的，一爲六朝道書的著錄與引述，另一則檢討道藏中相關的五嶽眞形圖，始能考知漢武內傳造構時期的眞實情況。

有關五嶽眞形圖的研究，近代學者均已指出其所具的古地理學的意義，如井上以智爲、小川琢治氏；㉙及其宗教的意義，如施舟人、小南一郎氏等。㉚此類精采的研究說明：較早紀錄五嶽眞形圖的爲葛洪抱朴子、神仙傳，葛洪對眞形圖的知識，則傳自其師鄭思遠；另一老師鮑靚除以三皇文傳授外，也感得五嶽圖，而有所傳授，因此原始五嶽圖屬於洞神經的譜系。上清經後來也接受五嶽圖，陶弘景眞誥中兩處提及：陶注封君達，「出神仙傳、五嶽序」（卷十）「海中山名多載在五嶽序中耳」（卷十四）封君達指魯女生傳授五嶽圖事，今列於漢武外傳中；海中山名，陶注「此卽扶桑大帝所居也，方山卽方丈山也。」則非五嶽，而指十洲記的洲島，陶弘景所見的「五嶽序」應是上清經系中傳授的五嶽眞形序。依四極明科經所引述的，卷一有「五嶽眞形神圖」（第十四頁），屬於神圖，與天地俱生，置三十二天，洞庭之官置於上眞飛仙、仙人之所居，其上神草玉芝，令人不死，與漢武內傳所述的較無關係。另卷四所述的「五嶽眞形圖」，頗稱詳盡，確實是上清經系的眞形圖說，極可注意：

> 五嶽真形圖，上皇之所秘，太上大道君所修，西王母之所行。五千年三傳，若有名書東華錄字帝簡，當得此文，四十年內有其人，聽得授之……有此文，遊行五嶽，則五帝仙人侍衞兆身，位登仙卿。有違盟犯律：五犯廢功斷事，七犯死入地獄，三塗五苦，萬劫還生不人之道。玄都右宮女青律文，受者明慎奉行。（卷四第四紙）

可證四極明科經之前，確有西王母傳授五嶽眞形圖的說法。

今道藏所存的五嶽眞形圖，凡有三系，何者近於原本實値得注意：其一題爲古本，「洞玄靈寶五嶽古本眞形圖幷序」（國字號），題東方朔撰。首爲序，次爲授圖、受圖祭文；再次卽爲各種眞形圖及符文。二爲「五嶽眞形序論」：首卽敍述漢武得西王母授與眞形圖之事；其次爲十洲記，末附魯女生受圖事。再次爲「弟子葛洪曰」：論鄭君授洪有關眞形圖之言及其感想；次乃授圖祭文、受圖祭文，與鮑氏佩施用；末附二條資料——「漢元封元年西王母授孝武皇帝」、「太上眞仙授仙人長樂魯女生」。最後所列的卽爲「東方朔所出」的「五嶽圖序」。三爲雲笈七籤卷七九的符圖部：首列東方朔「五嶽眞形圖序」，次爲「五嶽眞形神仙圖記」，其中有「孝武好道，少君薦之，王母感降，圖文宣明，不能專修，俄復散逸」，與漢武內傳所述之事全同；尤其後面所列「王母授漢武帝眞形圖」，根本就是漢武內傳的節本，是三系中採用漢武內傳，插述於中的一種，最後始順序列出五嶽眞形圖法幷序、授圖受圖祭文、晉鮑靚施用法等。另有南宋前後的靈寶經系道經，亦在其廣泛搜羅的摘要中列有「五嶽眞形品」，其中「靈寶無量度人上經大法」卷二十一——寧全眞授「上清靈寶大法」卷十七卽襲用之，先列西王母授漢武事、次爲序論、次爲符文圖形，屬於摘錄性質。

前述三系之中，雲笈本最爲晚出，所採錄漢武內傳最詳，爲漢武內傳所影響的改編本。其次晚的爲五嶽眞形序論，將內傳、十洲記及外傳依次排列，與隋志三卷本漢武內傳的構想相一致，陶弘景所見的「五嶽序」，既已有海中名山及封君達事，則近於此一增修本。相較之下，標明「古本」的一種，其中卽無有關西王母授漢武的記事，而强調序中的眞形圖之所出，與四極明科經所述的上皇所秘、太上大道君所修、西王母所行；而未有漢武所傳，其義理較近，可信爲古本。上清經系在東晉孝武帝以前當卽有此五嶽眞形圖，惟此一圖文，與鮑靚的三皇文有關，則屬洞神經系；但又在古本上題爲「洞玄靈寶」，又屬洞玄經系；而上清經重存思、冥想之法，也可使用五嶽眞形圖，又與洞眞經系相關，由此可知三洞經典在東晉時期的互相容受之跡。而漢武內傳適處於古道經造構最爲錯綜複雜的關鍵時期，自可襲用，納入西王母傳授漢武的故事系列中。

五嶽眞形圖的性質，需分兩類：一種是山嶽的眞形，類似山嶽鳥瞰圖，可作爲入山指南的地圖；又有一種附加的三天太上道君敕文的符文，屬於護符性質。眞形圖的原始型態，應是中國古老的地理圖形，依據藝文志以及古文獻學所載，既已存在各種地圖；近年更有馬王堆漢墓的出土文物，其中有九疑山古地圖，由其繪製的精密度，均可信中國古代已有進步的地理學。[31]兩漢時期緯書中有河圖一類，常託於夏禹之所出，其中自有文字的說明，與圖形的繪製，前者猶殘存於文獻的徵引，而後者亦應實有其物。張彥遠著錄古圖，卽有「古之秘畫珍圖」，應包括此類河圖。道教形成之後將其吸收，並徹底道教化，因而產生五嶽眞形圖及其相關的仙話。

首先就是仙話化其來源，歸諸三天太上道君的「下觀六合」，爲宗教性的玄觀。漢武內傳所述的「因山源之規矩，睹河嶽之盤曲，陵回阜轉，山高壠長，周旋委蛇，形似書字」，這段文字可與五嶽眞形圖序，託於東方朔所云的作一對照，序中所述的「五嶽眞形者山水之象也，盤曲迴轉，陵阜形勢，高下參差，長短卷舒，波流似於奮筆，鋒芒暢乎嶺崿，雲林玄黃有如書字之狀。是以天眞道君下觀規矩，擬縱趣向，因如字之韻，隨形而名山焉。」其間是有相互因襲的關係的。頗疑原本五嶽眞形序論既已作如是說解，而內傳乃加以襲用，其敍述的文字乃具體表現了從道教觀點解說山嶽的眞形圖。其實，從科學史的角度考察這些圖形，尤其是將其與近代科學量繪下的等高線圖作一比較，將可發現二者極爲近似，小川琢治以至李約瑟卽驚訝，泰山眞形圖具有可觀的科學價值。[32]（如下圖）

道教中人的運用眞形圖，一則因登涉山林的實際需要，重視等高線圖式的眞形圖，借以指

採自李約瑟「中國之科學與文明」㈥，上圖爲五岳眞形圖，下圖爲採自阿加瓦（Ogawa）的現代等高線圖

示其登涉的活動：諸如礦石產地的方位、洞穴及仙人事蹟的行經路線的示意，從圖上標明「從此上」等字樣，可以相信道士入山前是具有充分的準備。前兩種眞形圖都有實際的用途，自然也具有安慰心靈的護符功能。因登涉山林時非人力所能控制的情況，則眞形圖就具有護符的作用，藉以滿足其乞請護佑的心理需要。至於基於宗教的法術性，深信眞形圖、文，如漢武內傳所云「畫形秘於玄臺，而出爲靈眞之信，諸仙佩之，皆如傳章道士，執之經行山川，百神羣靈，尊奉親迎」，尤爲眞形圖的宗教性用途。

五嶽圖與三皇文之具有神秘的靈威力，據葛洪抱朴子的說法，凡家中藏有五嶽眞形圖，能辟兵、凶逆。又據漢武外傳的解釋，因爲「一嶽遣五神來衞護圖書；所居山川近止者，川澤神又恆遣侍官防身營家」。至於登涉山林，道士之持有三皇文或五嶽圖，「所在召山神」（抱朴子登涉篇）。凡此均可在五嶽眞形圖序論中獲得更完整的解說，因爲素樸的山嶽信仰中，五嶽的崇祀早在兩漢社會既已普遍存在，至於道教興起之後，五嶽被吸收，且道教化爲道教神君；又隨中國輿圖的名山的增益，成爲五嶽眞形圖序的新說。小南一郎氏推定這是在六朝時期的長

江流城所形成的，諸如霍山、潛山、青城山、廬山等陸續加入，成爲更具包涵性的名山眞形說。㉝

上清經系對於五嶽眞形圖的重視，除在漢武內傳中假西王母强調傳授的秘禁，又假上元夫人讚爲「至珍至貴」。且與六甲靈飛等十二事有密切關係，兩者搭配使用，始能「召山靈，朝地神，總攝萬精，驅策百鬼，來虎豹，役蛟龍。」而最實際的例證，是四極明科經將其納入其敍述經典的傳授科禁中，與五方帝配合，成爲一繁複的五嶽、五方的結構。五嶽序中：東嶽泰山君、南嶽衡山君、中嶽崇高山君、西嶽華山君、北嶽恆山君；又有青城丈人爲五嶽之上司、廬山使者爲五嶽之監司、霍山南嶽儲君爲衡嶽之副主，潛山南儲君爲衡嶽儲貳；至明科經大體相襲，但將霍山稱爲主神，則略見前後衍變之迹。

五嶽的眞形圖文，與諸嶽神君及其統領的仙官玉女，其所以能發揮肉體飛行與役使山神的作用，在上清經系中實與其存思法門有關。漢晉之際發展多種存神的修行方法，所謂存想五臟之神卽是。五嶽眞形圖亦爲集中精神術所用以觀想的圖形，經由放鬆、入靜、深呼吸的過程，進入深潛的意識狀態，在此情形下，五嶽的圖形及山神的造型具有暗示作用。上清經系中人相信經由宗教的長期訓練，存思圖形，將有「妙氣既降，肉身能飛」的飛行體驗（玄覽人鳥山眞形圖）；至於祭祀、存想山神，配合符術的運用，自能召請神靈，驅策精鬼。凡此均爲道教將古來的巫師見神、除妖的巫術性經驗，加以體系化，成爲一套繁複的宗教體系。

(四) 漢武內傳與十二事的傳授

漢武內傳中敍述道教經訣的傳授，另一主體在六甲靈飛十二事等，亦爲上清經系早期的重要道經的傳授事跡。造構者顯然有意將此類道經組合，成爲一組配合五嶽眞形圖的法術性道教秘笈。此一部分安排在西王母敍畢五嶽眞形圖的特質之後，再由上元夫人出場介紹「十二事」，並假託漢武懇請告以「五帝六甲六丁六戊致靈之術」；再由上元夫人引介青眞小童出場，類此以上一事帶出下一事的手法，乃爲組合不同來源的素材所特意設計的。其銜接之迹雖則顯明可循，但由於造構者本卽上清經派中人，熟諳道典，因而運用一些仙眞及其與道經的關係，大抵當行本色，故常有銜接自然、不露鑿痕之感。由此益可見造構內傳者的文才，確能充分表現其組織不同素材以成完整篇章的結構能力。

傳中由上元夫人所介紹、最後再請出元始天王入室弟子青童小君傳授，此十二事卽是：

第一篇有五帝六甲左右靈飛之符

第二篇有太陰六丁通眞遁虛玉女之籙

第三篇有太陽六戊招神天光策精之書

第四篇有左乙混沌東蒙之文

第五篇有右庚素收攝殺之律

第六篇有壬癸六遁隱地八術之方

第七篇有丙丁入火九赤斑文之符

第八篇有六辛入金致黃水月華之法

第九篇有六巳石精金光藏影化形之方

第十篇有子午卯酉八禀十訣六靈威儀

第十一篇有辰戌丑未地眞曲素之訣長生紫書三五順行

第十二篇有寅申巳亥紫度炎光內視中方

以上十二篇卽是上清古道經，則其出世、傳授以及宗教功能，早已遍見於仙傳、道經；而後再由漢武內傳綜述之，且以一較有組織的理念組合爲一，因而其來源與衍變都值得深入探討。

首先要確定十二事著錄於「上清大洞眞經目」的情形，據傳爲清虛眞人王君所授、魏夫人所傳，復經楊、許諸人所錄的上清大洞眞經凡三十一卷——後增至三十四卷，其中除二、三、四、五等四篇外，餘均見於經目中。此一經目全屬楊、許所出，抑有王靈期僞造，雖不易確定。但有關十二事的出世、流傳，則可從紫陽眞人內傳、清靈眞人裴君傳等獲得證明：前者收於道藏翔字號，又有雲笈七籤卷一百六的節本，東晉華僑所撰，託諸周紫陽，其實爲哀帝興寧年間出世之書；後者有雲笈本，鄧雲子撰；梁代以後所出。[34]惟陶弘景眞誥卷五考訂裴君所授經目，仍可視爲東晉哀帝時的資料，蓋與楊、許手書眞迹的時期相近，故這兩種可確定爲漢武內傳成書以前旣已出世，所述訪求道經的傳奇事迹正顯示上清經派努力綜合不同來源的經訣，適爲渡江以後的東晉時期的反映。

紫陽眞人內傳中敍述周君遊行天下名山大澤，跟隨諸大師受各種道法；傳末卽附有周君所受的道書目錄。類此參訪名山，尋求明師的仙傳，固可當作敎內人士對於仙眞求道的心路歷程；但從其著墨所在，都在明師授道，實可理解爲乃是解說道經出世、傳授的事跡。周君的搜訪路程，與十二事相關的，凡有登王屋山遇黃先生受「黃素神方五帝六甲左右靈飛之書四十四訣（1）、登嶓冢山遇上魏君受「太素傳左乙混洞東蒙之籙」（4）、「右庚素文攝殺之律」（5）、登陸渾山潛入伊水洞室遇李子耳受「隱地八術」（6）、登岷山遇陰先生受「九赤斑符」（7）、登太冥山遇九老仙都君受「黃水月華四眞法」（8）、登玄龍羽遇玉童十人、九氣丈人得「白羽紫蓋服黃水月華法」（8）、登委羽山遇司馬季主受「右精金光藏景化形法」

（9）、登峨嵋山遇寧先生受「大丹隱書八稟十訣」（10）登岐山遇臧延甫受「憂樂曲素訣辭」（11）、登陽洛山遇幼陽君受「青要紫書三五順行」（11）登鳥鼠山遇墨翟子受「紫度炎光內視圖中經」，根據當時仙傳所述的神仙譜系，周義山紫陽眞人乃是由方諸青童君授涓子，又授蘇林，始傳至周君，「青童君」扮演一重要角色，故漢武內傳有一青眞小童。

考周君所遊的名山，大部分在中國西部，從陝西省到四川省的聖山，小南一郎曾指出此一分佈地區的特色。㉟可以理解爲，這些道經符訣大多出於江北地區，起源於中原地帶，代表道教在漢晉之際，天師道的勢力所流傳的地域，三張的傳教主要的根據地本在四川，其後張魯降曹魏，遷入關中，其道治亦隨之流布於江北。當然，天師道未入中原之前，應仍有其秘密流傳的道術，承兩漢術數之學而繼續發展。所以周君所受的江北的道法爲東晉渡江之前既已存在，因而具有濃厚的漢代易學、術數之學，以及天師道的訣、法。東晉渡江，道治、道法隨道士以南下，華僑之所錄，許謐之所傳，卽是歷經搜羅、整理的道法。而且從周義山的傳記中，可見出其存思身中洞府的思神色彩，正是上清經系的典型。

陶弘景眞誥所考訂的裴清靈所出經目，與十二事大體相同，只缺漏二、三、四、五等四種，較雲笈本裴君所受篇目爲多，也較近於早期經目。裴玄仁的受經譜系，乃出於太上高聖玉晨上清眞人、中央黃老君太極眞人、南岳赤松子、太虛眞人左仙公，多爲上清經系的仙眞。十二事之爲上清古經，還有一種「上清太上八素眞經」，據信亦爲東晉許謐受諸楊羲的，當亦爲古道經之一。㊱經中羅列上眞之道七篇、太上之道七篇、中眞之道六篇、下眞之道八篇。十二事得預於其列的：中眞之道有六甲靈飛靈寶秘文、天文大字青要紫書曲素訣辭三五順行；下眞之道有丹景道精隱地八術、紫度中方等。由此可證十二事在上清經系的傳授中，被認爲屬於中眞、下眞之道，而尙非上眞之道。但這是較爲實際可遁的道法，故常見於上清經傳中。

漢武內傳所述的十二事，曾假上元夫人之口告示漢武，這段詳盡的敘述乃十二事的內容大要，現在可依據其說與道藏收錄的本子比較。從道藏所收的今本推測古上清經，自需考慮其中羼入後人增飾的成分，但其大體應仍可想見其原貌。四極明科經所保存的道經提要，可以印證各種道經的「出世」傳說及其傳授年限，其中與十二事有關的約有七、八種之多；雖然其編成晚於漢武內傳，但就其保存古上清經的傳授記事言，仍是最有價值的參考資料。

四極明科經中以「太玄都四極明科曰」爲紀錄模式，卷二凡錄四種：左乙混洞東蒙之籙、右收攝殺之律二訣（第一紙）、太清眞經、丹字紫書、三五順行凡三訣（第六、第七紙）青牙始生經、丹景道精經、還童採華法凡三卷（第十紙）卷三所錄達六種之多：太丹隱書洞眞玄經（第四紙）、紫度炎光玄眞變經中方內視、上清變化七十四方三卷（第五紙）黃素四十四方、九赤班符（第十一紙）丹景道精隱地八術（第十四紙）、素靈丹符、靈飛六甲左右玉符（第十七紙），其中丹景道經隱地八術較近於第六事，大丹隱書則紫陽眞人內傳等常作「太丹隱書八禀十訣」，可作參考。明科經將數種同一傳授者合併敍述，因而可知諸種道書的傳授譜系不同；較漢武內傳簡單而綜合地歸於上元夫人及青眞小童名下，尤近於眞實情形。

四極明科經另一意義，就是將五帝、五嶽分別配列於各卷中。換言之，十二事的應用確與五嶽眞形圖有關，乃是五方帝、五嶽思想潮流下的產物，其分配情形如下：

卷一　太玄上宮女青四極明科律文

青帝玉司君　領東嶽泰山君

卷二　太玄下宮女青四極明科律文

白帝玉司君　領西嶽華陰仙官

卷三　太玄都左宮女青四極明科律文

赤帝玉司君　領南嶽霍山仙官

卷四　太玄右宮女青四極明科律文

黑帝玉司君　領北嶽恒山仙官

卷五　太玄都中宮女青律文

中央黃帝玉司君　領中央嵩高山仙官

將五卷五宮配合五方帝，掌領五嶽仙官，除南嶽霍山與五嶽序的衡山君不同外，其餘全同；至於十二事大多見於二、三、四卷的「太玄都四極明科」之中。四極明科經的編成雖在南北朝初期，但其主要構成體則引用「舊科」，頗疑舊科已有配合五嶽及將十二事分別配列的設計，所以漢武內傳中也有配合運用以見其法術的說法。

十二事的性質既有「召山靈、朝地神、總攝萬精、驅策百鬼、來虎豹、役蛟龍」的法力，所以屬於召攝役使的法術，就是符籙、律文、訣要之類。此類道法爲周紫陽遍歷中國西部的名山、遍訪早期傳說中的仙眞，然後結集於上清經系之中。所以上清大洞眞經目所著錄的，均冠以「上清」二字，以表示業已納入上清大洞眞經的體系內，從其集結過程，可以推知東晉前後的上清經派中人，乃是多方遍訪道書、經法，借以張大其宗派。十二事大多爲一卷的符籙、律文，在早期仙傳、經目中，不管是楊、許諸人所整理，抑或晚至梁朝陶弘景重輯於眞誥（卷五），都只當作衆經訣中的一部分經目，並無有意將其結構爲一整體，這種經目的分類、編目代表上清經系的共通看法。卽以四極明科經所列，也是散列於古上清經中，而未明顯標明十二種經訣具有內在的聯結關係。

漢武內傳的造構者在組織十二種性質相近的經法時，再度表明其爲精熟上清經法的教內人士。首先他深刻瞭解十二事都具有共通的法術性，剛好可以與持五嶽眞形圖入山登涉相配，發揮其護符功能，爲聯結的初步構想。其次又運用漢代以來的術數觀念加以重組，就是干支計日所形成的曆數與神祇之說，造構者將其分別冠於十二部道書之上，使原本無必然關係者，成爲具有意義的十二事。而最值得注意的十二事的內涵，乃是漢代術數說的道教化——將術數家所習用的干支日數的呪術性信仰，一一轉化爲道教具有護佑性質的神君、玉女，對於後世道教法術思想中的値日功曹說具有啓發性。

十二事中爲首的「五帝六甲左右靈飛上符」，與道藏「上清瓊宮靈飛六甲左右上符」（張字號），以及多種以六甲題名的道經有關：如「上清瓊宮靈飛六甲籙」之類，相信六十甲子的甲神：甲子、甲戌、甲申、甲午、甲辰、甲寅，「每至甲日，平旦，向王方閉目內視，存六甲一旬之玉女，盡來羅立我前。」然後叩齒咽液，又唸呪服符，就有存思中的玉女現形，可護佑遊行、登涉。其次「太陰六丁通眞遁虛玉女之籙」，也是承襲漢代六丁神說：後漢書梁節王暢傳說（暢）「數有惡夢，從官卞忌自言能使六丁，善占夢」。六丁卽是六甲旬中丁神：甲子旬丁卯、甲寅旬丁巳、甲辰旬丁未、甲午旬丁酉、甲申旬丁亥、甲戌旬丁丑。役使之法，「先齊戒，然後其神至，可使致遠方物，及知吉凶也。」道藏收有「靈寶六丁秘法」（五字號），載有祭醮法、祭醮六丁符法及各種呪法，相信祭醮行呪，可請玉女天神，辟除不祥，按行天下。所以雲笈七籤說六丁是陰神玉女。後世道經如「无上九霄雷霆玉經」說：「六丁玉女，六甲將軍」，卽六丁爲陰神，六甲爲陽神，爲天帝役使，能行風雷，制鬼神，故上清經系相信持有是經者，卽可召清祈禳驅鬼，遊行天下。

其餘諸道經也多有收錄於道藏中，可據以推知古上清經的內容及其使用的意義：第六事爲「壬癸六遁隱地八術之方」，卽「上清丹景道精隱地八術」上下二卷（承字號），卷上敍述服用飛靈玉符的方法、呪語；卷下敍述隱地八術，按八卦方位，隱形避災，這種隱地八化玄眞之術，都是服符行呪的隱淪變化的神通。第七事「丙丁入火九赤斑文之符」，當卽與「太上九赤班符五帝內眞經」（通字號）有關，其中錄有五嶽五帝內思變化眞形求仙上法，凡入五嶽（東、南、西、北、中），各思五方帝（東方青帝、南方赤帝、西方白帝、北方黑帝、中央黃帝）；又有五嶽內思刻名定仙上法：凡有東嶽太上九赤鎭嶽求仙班符、南嶽赤帝內思丙丁入火三炁班符、西嶽白帝內思庚辛入金七炁班符、北嶽黑帝內思壬癸入水五炁班符及中嶽黃帝內思戊巳入土一炁班符。此外，又有四海水帝內思除罪劊簡上法。從這部强調內思法的上清經，可以證明十二事確可與五嶽眞形圖配合，發揮神秘的法術功能。

第八事「六辛入金致黃水月華之法」，疑與「洞眞太上八素眞經服食日月皇華訣」（通字號）有關，錄有多種符法、呪語，有按其儀節採食日月皇華之法，基本上也屬於存思道法。第十一事「辰戌丑未地眞曲素之訣、長生紫書三五順行」，疑卽「上清曲素訣辭籙」（集字號）與「洞眞太上八素眞經三五行化妙訣」（通字號）之類：前者載有多種召龍籙（上清十天召龍籙、上清八威召龍籙）又載有九星諱名，以爲存思之用。後者說明「三智五慧」以明三五之意，並詳述實行之法；又載存青童君法。類此道經難免有後來增飾、加筆之處，但據以推知其原始型態，仍可考知其所具存思的法門，及用以經行水陸的法術。

第十二事「寅申巳亥紫度炎光內視中方」，當卽「洞眞太上紫度炎光神元變經」（廣字號）之類。其中值得特別提出的數事：一爲錄有「西王母授經時作頌三篇」，均未見於茅君、漢武內傳，疑卽原授經之頌。二爲流金火鈴，爲古上清經的要法之一，乃九星之精。其「五鈴登空步虛保仙上符」（一名火鈴）之後，凡有與五方帝配合使用的步虛上符。類此與五方帝相配合使用的，還有帝君夜照神燭——也是有五方帝神燭、及五帝通光靈符。這部道經十分强調與五方帝配合，與五嶽遊行有關，都可印證十二事需與五嶽眞形圖相與配合使用的觀念，並非是造構者有意牽合，而是原先的十二種古上清經，早已存在這種設計。造構者只是順其內容組成而已。

考察現存於道藏的七、八種道書，雖有改編增飾之處，但仍大體可信其原始構想。因爲十二事中；凡有第一「太陰六丁通眞遁虛玉女之籙」、第三「太陽六戊招神天光策精之書」、第四「左乙混沌東蒙之文」、第五「右庚素收攝殺之律」，均已未見錄於眞誥卷五、上清大洞眞經目中，疑在著錄時既已不易收錄——第二種，道藏所存六丁秘法，題名「靈寶」，則非盡上清古經。其餘諸種中；第九「六巳石精金光藏影化形之方」；第十「子午卯酉八稟十訣致六靈威儀」，也不易推知其原貌。不過就其經名及現存相類者推測，這些古道經確具有上清經系的冥思、存思的性質。

東晉時期傳襲漢世舊說，無論是干支曆數的呪術性，或是五嶽、五方帝的神秘方位觀，均經援引，成爲道敎化的法術書。漢武內傳中借上元夫人之口强調：「求道益命，千端萬緒，皆須五帝六甲靈飛之術，六丁六壬名字之號，得以請命延算，長生久視，驅策衆靈，役使百神者也。」又在祝辭中：特別指明「靈飛及此六丁，左右招神，天光策精，可以步虛，可以隱形，長生久視，還白留青。」配合解說十二事的一段文字，可以推知上清經系確能集合不同來源的道法以爲己用；而造構漢武內傳者又能洞燭其關聯性，巧妙地以干支之說連貫成十二事，在當時上清經仙傳中，確有其獨到的識見。

㈤ 漢武內傳科禁說的淵源與衍變

漢武內傳的明科說，在造構者的造構動機中是佔有關鍵性的地位，這就是漢武內篇所具有的「教本」、「教科書」式的本質，與其所要諷諭的對象有密切的關係。基本上，造構者既然廣泛採用了消魔經、五嶽眞形圖及十二事等資料，自需在介紹其經訣內容、傳授過程中，將有關明科的一部分也摘要敍述出來。但是仔細考察內傳的文字肌理，就可發現明科是特別强調的重心，從敍述文學的情節技巧言，明科所安排出現的位置常具有推動情節的藝術功能，與全篇的主要人物西王母、上元夫人與漢武帝之間的傳授事件，關係密切。所以有關明科在篇中應是特意設計的，具有多重目的。

內傳中强調科禁的秘重，較爲明顯的段落，均與授三大類道法相伴出現：首爲服食要方的解說前後，訓戒武帝的罪孽，而武帝也一再自稱「受質不才」、「小醜」，而跪受聖戒，請事斯語。其次則在武帝請解說五嶽眞形圖時，王母以嚴厲的口吻訓示：「迺三天太上所出文，科禁極重，豈女穢質所宜佩乎？」又在解說眞形圖後，以「今以相與，當深奉愼，如事君父，泄示凡夫，必致禍考」作結，又於上元夫人解說十二事後，王母迺告上元夫人：「夫眞形寶文，靈官所貴，此子守求不已，誓以必得，故虧科禁特以與之。」如此諄諄告示，可謂謹愼至極。而較具體敍述明科的，則與十二事的傳授一起出現：先是以上元夫人之口，說明十二事「此是太虛羣文，眞人赤童所出，傳之既自有男女之限，又宜授得道者」，而不授劉徹，引發王母不平的表示「若天禁漏泄，犯違明科，傳必其人，授必知眞者」，因而批評「妄言則漏，妄說則泄，說而不傳，是謂衒天道，此禁豈輕於傳也。」此下就提出明師、明科之說。

內傳造構者對於明科的引述方式，有時是直接引用，有時則隱括而引。像西王母所引述的「明科所云：非長生難也聞道難，非聞道難也行之難；非行之難也終之難。」此句不見於道藏本四極明科經中，但無上秘要卷七引洞眞太丹隱書：「紫微夫人說王母言曰：聞道難也；非聞道之難，行道難也；非行道難，而終道難也。」這一條文又見於「上淸三眞旨要玉訣」（第二紙），在「西王母及中胎按摩玉經，紫微夫人抄出養生之道」條中，都與西王母有關。漢武內傳所引「明科」，或卽舊科所載西王母的敎言，可知其必有所依據。既授之後，又告戒「傳非其人，是爲泄天道；可授而不傳，是爲閉天寶；不計限而妄授者，是爲輕天老；受而不敬，是爲慢天藻。泄閉輕慢四者取死之刀斧、延禍之車乘也。」道敎最重寶經的傳授，充分流露本土宗敎的秘傳性。類似的强調作用實乃針對敎內之人；或意欲求仙學道者，尊敬明師、寶奉聖經，成爲學道者的一大科禁。 這是原則性的說明，至於具體的傳授年限與授受關係，則有兩處：一是上元夫人跪謝西王母的陳詞，乃引述其師倒景君、無常先生的告戒之言：「初學道者聽四十年一傳，得道者四百年一傳，得仙者四千年一傳，得眞者四萬年一傳，得昇太上者四十萬年一傳。女受傳女，男受傳男。」另一則是既授十二事之後，王母所告戒者：「諸學道未成者受此書文，聽四十年授一人，如無其人，八十年可頓授二人；得道者四百年授一人，無其人，八百年併授二人；得仙者四千年授一人，如無其人，八千年可頓授二人；得眞者四萬年授一人，如無其人，八萬年頓授二人；昇太上者四十萬年授一人。」顯然以此變通辦法補充上元夫人之說。

在道教經典的傳授科禁中，以悠長的時間强調道授有緣，這是有所承襲的教內通說。而且在情節進行中，挿敍一大段明科文字，顯然造構者在小說萌芽的東晉時代，既無法有意識地運用小說技巧，也無意簡潔而有效地表達小說藝術的功能。因爲其主要的目的，就是爲了介紹科禁，而且是綜合性的介紹，是有設定的介紹的對象。

早期的古上清經常循一固定的敍述模式：先說先天諸神授經及傳授譜系，因而常需提及傳授的年限與有關的科禁。將道經的傳授科禁等事作一提要式的說明的，就是「太眞玉帝四極明科經」——五卷之中，前三卷錄出各類性質相近的道經，綜述其傳授科禁；後二卷則較偏於說明科律。有關道經科律的敍述，均引用「太玄都四極明科」，其中常有「舊科」二字，當指明科製作之前，早已存在的科律資料。類此科律，一方面是紀錄於每部道經之中，因道經本身的性質，而有不同的傳授科禁；另一方面懷疑其引述的諸種道經中，早已存在一種專錄科律之書，就是所謂的舊科。

關於道教明科的形成與衍變，依據道教史的發展；東晉葛洪搜集爲數可觀的道書，因而在抱朴子內篇既已一再强調科禁，有意建立師弟傳授的倫理，爲早期道教教理史的里程碑。[37]上清經系以及其他道經，基於道書傳授的秘傳性在經中强調科禁，漢武內傳當卽取自各道經，或舊科等一類。所謂「明科」，就是盟科，盟約乃授的科禁；或明師授經的科禁，均闡述有關傳經授訣的需知事項。四極明科經則爲專記科律的提要，其出現必在道經已大量造構出世之後，作爲教門傳授需知的必備書。經中托諸太上大道君授高聖太眞玉帝五色神官，凡有「四極明科百二十條律」，此類傳經授訣的戒律，已非上清經初創時期的狀態，而是歷經增補、擴大的規模。其所述的提要式文字，每則約包括所出經訣的名稱、數目，神秘的創經者、傳授譜系與珍藏的神秘所在及守衞者。次乃引用舊科：敍及出世年限、傳授儀具、經訣功用。而最要的在强調「違科負律」，將受嚴懲，所用套語頗有誓言、呪語的意味：即在違盟負誓或違科犯盟之後，敍述一犯、三犯等，將受苦刑，其刑如已身並充左右二官之考、罰以刀山火鄉、三十四地獄、三塗五苦之中、萬劫還生不人之道。末則結云：「玄都左宮女靑律文，受者明愼奉行。」類此舊科，顯示佛教傳入中國，其地獄說已有影響。

漢武內傳所引述的多種資料中，應包括有舊科一類，可從其所使用的文字推知：如「當深奉愼……泄示凡夫，必致禍考」、「泄之者身死道路，受土形而骸裂；閉則目盲耳聾於來生，命凋枉而卒沒；輕則鍾禍於父母，詣玄都而考罰；慢則暴終而墮惡道，生棄疾於後世」，類此天禁漏泄，犯違明科的觀念，必與舊科或四極四科所引的大玄都四極四科有關，乃是咒詛的文字，至於傳授年限也應結合多種文字而成的。以下比較道藏現存諸種經文與四極明科經，以見其有所承用之處：

此書唯使二君傳授於玄名玉書者，他眞人不得妄侍之矣。是以太上故告於後聖金闕帝君，金闕帝君以付上相上宰二君。七百年內聽三傳，先誓盟畢而行之，不盟而視，七世獲考於三陰水官。（消魔眞經卷一第五紙）

消魔智慧七卷…太上大道君所受。…此文萬劫一出，若有金名東華綠字上清者，七百年內聽得三傳。…違科犯盟，三犯不得又仙，五犯七祖、己身並被左右官考，罰以刀山食火、二十四獄、三塗五苦之中，萬劫得充負石塡河之役。玄都左宮女靑律文，受者明愼奉行。（四科經卷三第七紙）

比較兩段文字，可見受經者、傳授年限俱同，至於刑罰亦同：「三陰者五帝之三官也，治罪人之死生矣。第一左官治生人之罪，第二右官治死人之罪，第三女官治女人之罪；又水火左右官：左小官治妄言天地……右火官治大逆……。」（消魔經注）從類似的考罰文字，不儘可見道教的考罰說，也可證明科經是有所依據的。

其他承用的痕迹，如古本眞形圖的授圖祭文，有「委繒告盟，禁以不傳，天親同心，常相愛護。」內傳則云「同道謂之天親，同心謂之地愛，爲道者當相親授，共均榮辱。」確有相與印證說明之處。四極明科經所述年限「五千年三傳」、「四十年內有其人聽得授之」，可補充說明眞形圖的傳授科律。

內傳敍述傳授科禁的例證，均以十二事爲主，所以比較明科經與現存相近的多種道經，可以證明東晉前後的科律思想，也可解說內傳的造構者如何綜述多種資料，成爲具有共通性的明科，這是造構內傳者雖熟諳道經，但仍難免保留牽合不同資料的痕跡。首先就是第一事，道藏今本靈飛左右上符，卷末明白說出「四極明科」，將傳授科禁置於全卷之末，實不符道經造製的體例，顯然是後人據明科經補入的，所以宜以明科經爲準：

素奏丹符、靈飛六甲左右玉符，與天地同生，玉帝所受，傳於太上大道君，秘在瓊宮之內。七千年聽三傳；若有金名東華綠字上清之人，七百年聽三傳。

道藏本只說「七百年得付六人」，稍有不同。第二事未見明科經解說，而靈寶六丁秘法首即提及科禁，後序也强調此法貴重，萬金不傳，父子不相視等秘禁，惟未載明傳授年限。第三事明科經未載，道藏也未及查得相近之本。

第四、五律文，道藏本未查得，也未見於大洞眞經目，惟明科經則引錄於卷二的第一條：

左乙混洞東蒙之籙、右收攝殺之律二訣，上清之盛章，三天玉童所佩於上皇先生、太素三元君。舊科：七千年有神仙圖籙，骨氣合真，聽得三傳。……若七百年之中有其人，聽得一傳。

此兩種都稱爲訣，所出及所授均相同，與紫陽眞人內傳一樣，同出於嶓冢山上魏（衞）君之處。

第六事隱地八術之方，道藏二卷本的結構形式，首卽明揭科禁，比明科經詳盡，有「口口而授，不得妄傳，子不示父，臣不奉君，惟在金簡書名玉篇，輕泄秘文，殃及七玄，身爲下鬼，充塞河源。」其傳授年限，明科經云：

丹景道精隱地八術，太上玉晨受之於高聖，秘於上清金臺玉室，玉童玉女各八百人侍衞燒香，傳於太極真人，東華大神、方諸青宮。舊科：七千年一出，若有金名玉字於玄圖合真之人，七百年內聽得傳八人。

道藏本云「七千年三傳」，文字小異，其餘全同。由此可證今本保存相當古老的成分，且非襲自明科經。

第七事九赤班文之符，道藏九赤班符五帝內眞經也是首揭明科，敍述詳盡，云是元始天王藏之於上清瑤臺，金房玉室之中，以傳太上大道君。其傳授譜系也較爲明確，又云：「依科七千年一傳，輕泄宣露，傳非其人，七祖獲考，身沒河源。」明科經所述較爲簡要：

> 黃素四十四方、九赤班符，乃太上所修，秘於九天之上，瓊宮玉室之內。舊科：七千年三傳，若有金名玉字骨仙合仙，七百年中得三傳。

第八事致黃水月華之法，明科經所載較不明確，不便明指，而道藏本洞眞太上八素眞經服食日月皇華訣，首述傳授明科可作參證之用。此訣乃扶桑大帝傳太極四眞人，又「說元始以經傳高上玉皇九天帝王、九天丈人於空玄之中，表之於西龜之山，玄授於西王母；太上大道君受之於九玄，以傳扶桑太帝君；金闕帝君受之於北元，以傳上相青童君；大帝以傳四極眞人。玄古之道，氣氣相胤，眞眞相傳，上相撰集，以編靈文，秘於九天之上，大有之宮，侍衞玉童玉女各七百人。」這段傳授譜系中；包括有青童君，與漢武內傳有關；至其傳授年限，則云：「依科七百年中有眞人，聽傳，四司以五帝神兵七百人糺（糾）罰漏泄，有得此經，不依科而妄傳，七祖充責，身死九泉。」此段文字可補明科經之不足。

第九事石精金光藏影化形之方，道藏中未及查得，明科經卷三載云：

> 石精金光藏影錄形神經，乃高聖傳，今封一通於峨嵋山中，有玄名合真之人，七百年內聽得三傳。

第十事，紫陽眞人內傳作太丹隱書八稟十訣，上清大洞其經目有「上清大有八素太丹隱書」，道藏中未查得，明科經即以卷三所述太丹隱書作爲參考：

太丹隱書洞真玄經……太一帝君所受空玄自然之章，藏於太上六合紫房之內，傳於南極元君、太素三元君、紫微王母，今封一通於岱宗山中。舊科：萬劫一出，有金名帝圖綠字紫簡骨氣含真之人，七百年內聽得三傳。（卷三第四紙）

第十一事乃有兩種，紫陽眞人內傳、眞誥及上清大洞眞經目均是分作兩種，道藏上清曲素訣辭籙首明科禁，云「太上授左眞人，以傳東海方諸宮青童大君，使傳上士宿有玉名應爲神仙眞人者佩之，三十年得見三元君，迎聖君於上清金闕，七百年聽傳二人。」又有「洞眞太上八素眞經三五行化妙訣」，疑與三五順行有關。首卽敍述太極四眞人諮太上大道君之言，此外，也强調傳授必得其人，及知者秘之，密行勿泄；惟未明傳授年限。顯然此本與古上清經先簡要敍明明科的體例不盡相符，疑是殘本；或非原本三五順行。至於明科經之中，有關曲素之訣，並未能查獲，依其他如紫陽眞人內傳等均有載明的情形，疑與他訣合併敍述。三五順行則云三訣，或疑併於其中：

太清真經、丹字紫書、三五順行凡三訣，東海小童所修。其文秘在玉京西室瓊門之內，幼陽君封一通於陽洛山，中有金名東華玄字紫庭當得此文。舊科：萬劫一傳，若有其人，七百年內聽得三傳。

陽洛山之說與紫陽眞人於陽洛山求幼陽君授經相同，爲同一來源的說法。

十二事紫度炎光內視中方，則道藏洞眞太上紫度炎光神元變經首卽紫度炎光序，云「自空虛之中凝炁成章，玄光炎映，積七千年其文乃見。太微天帝君以紫蘭結其篇目，金簡書其正文，仍記爲紫度炎光神玄變經。」又云：「高上玉皇命金晨玉童、西華玉女，各三千人侍文左右衞，在太上六合紫房之內。」惟未明言傳授年限，疑已佚失。只說「至極妙道，非可文傳，口口相付，審受秘言」而已。明科經可作補充：

紫度炎光玄眞變經中方內視、上清變化七十四方三卷，受於九天眞主太宮九玄之高章，秘於太上靈都之宮、紫房之內，三元君主之，萬劫一傳；若有金名帝簡綠字上清合眞之人，七百年內有其人，聽得三傳。

以上比較道藏本與明科經所述的明科：一方面可證明這部明科經確具有瞭解古上清經的重要性，乃是科禁的提要，也是專詳科律之書。另一方面可以證明古上清經，雖因時代遙隔，而道藏一再遭厄，却仍由道門中人珍藏流傳，故能髣髴其面貌。運用這些資料可以印證內傳結構者確有其高明之處：其人精熟十二事，因而能綜述有關道經之所出、所授，極爲當行本色。傳中首先巧妙借助了上元夫人一一指示使用節度，並說「此十二事者，上帝封於玄景之臺」；再則王母詳加解說：「此皆太靈羣文，並三天太上所譔，或三皇天眞所造、校定，或九天父母眞人赤童所出。此輩書府藏之於紫陵之臺、隱以靈壇之房，封以華琳之函，蘊以蘭簡之帛，約以北羅之素、印以太帝之璽。諸名眞貴靈，下遊山川，看林岫以眇視，察有心之學夫。」內傳的筆法是將十二事作爲一組，因而採用綜合敍述的手法，綜述十二事之所出。其次卽爲傳授道法的相關敍述，傳中提及「女受傳女，男受傳男」的科禁，並有其實例：「倒景君、無常先生——此二人蓋太清玄和，天之靈官也，見授六甲左右靈飛方十二事」；「阿環（上元夫人自稱）受書以來，凡傳六十八女子，賢大女郎抱蘭卽阿環之弟子」，因而導出扶廣山青眞小童，曾往授太微中元君十二事，上元夫人因命侍女紀離容勑請青眞小童，將十二事授與劉徹。

內傳在只能登場的少數仙眞中，將十二事的傳授集中於青童小君，不盡符合上清古道經之說。但青童小君確也是傳授譜系中常出現的仙眞，這是爲了牽就十二事授漢武，不得不變通之處，此所以爲雜傳體小說，而與上清古仙傳稍有異趣之處。而這些科禁的强調應與內傳的撰述動機有關，其中隱藏著一件道教史的史實，就是漢武內傳因何而作，値得進一步探索。

㈥漢武內傳的造構時期與人物

漢武內傳緣何而作？其主要的編撰動機與目的，是爲教內人士提供一簡明的說明書？抑爲教外人士設計一綜合性的學道需知？依據當時道經之中極力强調科律的禁秘，却產生這一部廣泛介紹上清經道法的雜傳，將諸經的精華扼要的公諸於世，確是道經傳授史的異數。尤其是內傳造構行世，最遲也在東晉末葉；而飽學的道教學者如顧歡、陶弘景等人，竟然在其搜集的道迹、眞誥資料中，絕口不提西王母降告漢武之事。北周及唐初所編撰的道教類書，最具代表性的無上秘要、三洞珠囊等，均未採錄及此。以當時史家均能著錄於史志之中，而教內人士反而未特別青睞。凡此均與漢武內傳的撰述動機與目的有關，就是爲一些較爲特定的求經受道者所編撰的緣故。

作爲漢武內傳的主題，毫無疑問的是漢武求見西王母的傳說，因爲漢武的求仙活動爲早期仙說的一大盛事，在兩漢社會的神仙風尚中，漢武及相關的眞實人物如東方朔，由於與神仙、方術有直接的關係，因此逐漸傳說化、仙道化，因而產生新的神仙傳說。博物志所保存的，就是這類較爲素樸的求仙帝王漢武帝，此一資料雖是張華紀錄於晉世，但流傳時期應頗爲久遠。因西王母在西漢民間流傳，被視爲福壽之神，而猶未仙道化。在緯書中則扮演降符瑞以昭天命，逐漸成爲傳遞天命者，因此太平經一出，兼綜二說成爲神靈之長（卷三九）。漢武求仙而祈求西王母，正是在這種情形下形成的。

在神仙思想的發展過程中，漢武是與秦皇齊名的求仙帝王，以帝王之尊率先引導求仙的活動，對於道教創教伊始，應是激勵求仙風尚的典型人物。因此縱使暴虐如秦始皇，早期道書也未否認其探求不死之方的事迹；何況漢武固爲一代雄主，其雄才大略爲歷史事實，而其推動求仙的風尚也是無可否認之事。因而晉朝道教學者如葛洪，只能以其爲例，證驗求長生仙法，需要知所節制，這就是抱朴子論仙篇的舉證方式。他以秦皇、漢武作爲人君不得仙之證：「秦皇使十室之中，思亂者九。漢武使天下嗷然，戶口減半。」又說：「彼二主徒有好仙之名，而無修道之實，所知淺事，不能悉行。要妙深秘，又不得聞。又不得有道之士爲合成仙藥以與之。不得長生，無所怪也。」葛洪未採用王母降見之說，純從歷史合理主義的立場敍述，因而承認「漢武享國，最爲壽考，已得養性之小益矣。」論仙篇可作爲當時道教學者的觀點，平實說明漢武作爲求仙帝王的眞面目。

漢武內傳中的漢武帝顯然是被誇張、被醜化，造構者借用西王母、尤其是上元夫人之口嚴辭訓斥；部分則由漢武自身的陳辭表現出來。有關漢武跪而陳辭的一段文字，自稱「小醜，賤生枯骨之餘」等，前述茅君內傳及當時道經，習用類此的謙卑口氣求授道訣，在武帝本身則只能算有心求道的帝王形象而已。只是王母、上元夫人的苛責，才造成醜化的漢武形象：其訓辭表面是提醒他：嗜慾過深，則不合修道授經；但細味其多達六、七處長短不一的訓斥之辭，則讓人產生別有所諷之感。

訓斥之辭從王母爲武帝作樂、帝下地叩頭自陳之後既已開始，王母責備他「情恣體慾，淫亂過甚，殺伐非法，奢侈其性。」然後說明恣、淫、殺、奢、慾的禍害，這是授服食方前的訓辭。等上元夫人降見，先勉其有志，這段文字頗有暗示：「五濁之人躭湎榮利，嗜味淫色，固其常也。且徹以天子之貴，其亂目者倍於常人焉，而復於華麗之墟，振根顧無爲之事。」言語親切，隱有所指。接下則直接斥責云「女胎性暴，胎性奢，胎性淫，胎性酷，胎性賊，五者恆舍於榮衞之中、五藏之內。雖鋒鋩良針，固難愈矣。」因而解說五難。此後還一再出現訓斥云「此子性氣淫暴，服精不純」、「今迺授於淫濁之尸，賜於枯骨之身，可謂太不宜」、「雖有心求慕，實非仙才，詎宜以此術傳泄於行尸乎？」類此訓辭，雖可解釋爲縱使貴爲人主，要學道求經也需嚴守禁律，借以提醒奉道受經之人。但這種借用小說筆法，或託諸降眞文字，一再嚴辭苛責「汝性」如何的語氣，頗疑乃是有所託諷，就是影射帝王，東晉孝武帝等一類帝王。

道教勃興之際，由於其服食養生之方，與法術、神通之術，極能吸引當時的王室與貴族。對於常人的請求，道教中人固可矜秘其術；而帝室王侯有所需求，自不便遽加拒絕。如其人品德尚合乎道戒，自可安心傳授；但帝室中人其性情躭於淫色的比比皆是，所謂其亂目倍於常人。道門卽不能明白以明科約束，就只有假託歷史人物，或仙眞人物，而有所苛責。東晉王室與道教有密切的關係，尤其是上清經系始創諸人，一方面在朝中任職，另一方面又研精道法，自會有王室中人問道之事。關於東晉王室奉道的資料，早期的道教史料如上清源統經目註序說：楊義爲簡文帝之師；晉書也說簡文帝採許邁之言，納李后，「遂生孝武帝及會稽文孝王及鄱陽長公主」（卷三十二）。簡文帝字道萬；其子又名道生、道子，其名字與道教信仰有關。而孝武帝名曜字昌明；陶弘景眞誥卷八甄命授第四除敍述種竹得嗣的秘規外，有一首紫薇夫人降筆的詩：「靈草廕玄方，仰感旋曜精。洗洗（詵）繁茂萌，重德必克昌」，詩中即藏有孝武的名號；陳寅恪先生說「可知孝武帝及會稽王道子皆長育於天師道環境中」。㊳這是發前人所未發之見，將天師道易爲上清經派，就更切合道教史實。

在上清經派道士的祈護下出生、成長的晉室王侯，本來應是護教守道的良好典型。但極爲諷刺的事實是，孝武帝與司馬道子的行爲：晉書本傳稱帝幼稱聰悟、精理不減先帝；威權己出，雅有人主之量。但後來「溺于酒色，殆爲長夜之飲」。司馬道子更是宴飲無度，經常「蓬首昏目」、「政刑謬亂」（晉書簡文三子傳），這是讓江南士庶失望至極的事。東晉自元、明二帝以後，昏庸相繼，無能自運政權者，全仗賢臣輔佐。太元初孝武親政，一時威權自出，頗有帝王器量；但旋即荒於酒色之中，而所委的道子亦嗜酒昏荒，日夕與帝酣飲無度。淝水戰後，孝武好佛法，崇奉沙門；道子亦信浮圖，用度奢侈，所親暱者皆姏姆僧尼之流。㊴

東晉前後的政治情勢，淝水戰前，北方苻堅侵擾邊境，軍費已鉅，幸賴謝安制之以靜的策略，得保半壁江山。這項軍事行動乃勢所必需，江南士庶多能支持。而戰後，司馬道子一派的勢力高張，迫使謝安退隱。因此王珣、王恭、殷仲堪等結成另一派反對的力量。漢武內傳中凡指斥漢武「性氣淫暴」諸語，絕非無因。其中借用漢武開邊之事諷諭的，先云「當今匈奴未彌，邊陲有事，何必令其倉卒捨天下之尊而使入林岫」，末則明白指武帝「強悍氣力，不脩至誠。

酒興起臺館，勞弊百姓，坑殺降卒，遠征夷狄，路盈怨嘆，流血皐城」，類似的文筆雖有史、漢爲據，屬於歷史事實。但內傳所指的，實以當時東晉的帝王爲影射對象。所以「每事不從王母之深言、上元夫人之妙誡」的帝王，表面是漢孝武帝，實際在指責未能善終的東晉孝武帝等一類人。

漢武內傳造構者對於孝武帝的失望，還表現在處置所授道經之上，因爲它具體表現當時道敎中人的尊經寶經觀念。內傳末有數處：「太初元年十一月乙丑，天火燒柏梁臺，於是眞形圖者凡四卷，共函燒失。王母嘗以武帝不能從訓，故以火災之耳。」傳非其人，則天自會降罰。陶弘景眞誥敍錄載王興爲孔默寫經，私繕一通，稍就讀誦，「山靈卽火燒其屋」；又於露壇研詠，「俄項驟雨，紙墨霑壞」，水、火均爲敎內中人視爲天譴。其次謫仙人東方朔「一旦乘雲龍飛去」，帝愈懊惱。道敎的說法卽天神常使仙謫譴人間，亦隨機度人。漢武旣非其人，自然喪失度世的機會。

漢武內傳與十洲記是在同一情形下造構的，也可取以互證。聚窟洲條中借用月支使者之口，批評武帝「亦乃非有道之君也：眼多視則貪色，口多言則犯難，身多動則淫賊，心多飾則奢侈，未有此四者而成天下之治也」，也是對孝武皇帝致其不滿之意，均基於同一意圖，有所諷喻。（詳下章）再聯結前述的疑點：求取服食養生之方的可能卽奉道的王室中人？希望獲得經訣、符籙以發揮法術能力，也可能是帝王貴族的非分之想；至於嚴格規定的明科，更是針對求取道法的帝王，借用神秘的傳授科律有所告誡。類此借用漢孝武帝爲箭垛式人物，以影射東晉孝武帝，爲傳統的諷諭筆法。不僅符合漢武被傳說化、仙道化的時代風尚，尤能抒發江南文士對於昏庸之主的不滿情緒。

造構者之採用雜傳體，也有當時的寫作氣氛。東晉前後仙傳紛紛整理行世，葛洪所編「神仙傳」，屬於類傳性質，而上清經派則較有計劃地搜整派中仙眞的傳記，且多採個傳方式出世。其時期正是東晉之世；而主要團體則是以茅山爲中心的教團，其組成分子多爲江南地區的中、小世族。發展出以存思、冥想爲主，並兼用符咒的上清經法，可以說是以知識階層爲主的教派，故能廣泛搜集民間傳說。同時也兼取佛典新說，配合道教的新教理，造構出來教派中的仙眞傳記，紫陽眞人周君內傳、茅三君傳等均如是構成。漢武內傳的撰成，以其熟悉教內經訣、傳記的程度，勢非一般教外文士所能完成。因當時道經秘傳，如非屬教門中人無緣得睹寶經秘訣；就是普通奉道文士也未必能如許熟諳上清經系的內涵。因而造構漢武內傳者需要具備兩種條件：首要寶有上清經，且熟悉當時道教經典者；其次要具有卓越的文學才華，始能融鑄多種材料，加以組織成篇，踵事增華，完成這一部具有教本性質的宗教性文學。

從上清經的造構、流傳史，或可解說造構者的撰述情況。一般研究上清經者，都重視陶弘景的「眞誥」，因顧歡所撰眞迹經、道迹經等，僅存殘餘之後，陶弘景所自述的搜集道經之事，就成爲珍貴的史料，眞誥「敍錄」中所陳述的事應近於事實。他說明從晉到宋的造構情形，有一些教門中人，尤其是上清經派的博學者在日益高漲的造經氣氛中造構經典。其中最值得注意的是王靈期，或同一類僞造者。王靈期最具撰述漢武內傳之嫌疑，約有四點：一爲其才學志向，靈期「才思綺拔，志規敷道」，陶氏原注曾載一事：朱僧標曾向其師褚伯玉說：天下才情人故自絕羣，吾與王靈期同船發都，至頓破崗，埭竟，便已得兩卷上經，實是可訝。可見其人才思敏捷，善造道經；二爲其師承，當時靈期見葛巢甫「造構靈寶，風教大行，深所忿嫉」，葛巢甫爲葛玄、葛洪一系葛氏道，乃句容葛氏族人，頗依託葛仙公（玄）造構靈寶經、符，所以王靈期赴許丞求受上經——許丞卽許黃民，爲許翽子，所傳爲楊、許上清經法，初許丞不允所請，王靈期苦求，遂乃授之。靈期得經之後「知至法不可宣行，要言難以顯泄，乃竊加損益，盛其藻麗。」上清經的藻麗風格固與當時文風有關，而王靈期的綺拔才學當有密切關係。三爲其造構經目，乃「依王魏諸傳題目。張開造制，以備其錄。並增重詭信，崇貴其道，凡五十餘篇。」王魏諸傳，據范邈魏夫人傳，清虛眞人王君授魏華存上清大洞眞經三十一卷，魏夫人又授楊羲，乃早期上清經目，王靈期加以擴充增編。所謂五十餘篇，陶弘景雖深通道經，也覺得「新舊渾淆，未易甄別，自非已見眞經，實難證辨。」漢武內傳被採入陸修靜經目註序，卽爲一證；而陶氏著作不及漢武內傳或卽辨其爲譌之故。四爲流傳情形：王靈期造製五十餘篇，「趨競之徒，聞其豐博，互來宗稟，傳寫旣廣」，當時京師及江東數郡，略無人不有。連許黃民見其「卷袠華廣，詭信豐厚，門徒殷盛，金帛充積」乃反而鄙閉自有之書，而更就王求寫。當時混合新、舊道經，以至於「許王齊轡，眞僞比蹤。」其後許丞之子榮第也「以靈期之經教授唱言，並寫眞本。」由此可證王靈期造製道經，爲東晉上清傳授史的一件大事。

在道教史上，從東晉孝武帝太元末年到安帝隆安年間，爲道經造構的關鍵期：葛巢甫造構靈寶經——卽靈寶赤書五篇眞文，盛行一時；因而王靈期等頗爲忿嫉，也大量依據上清古經，造構流傳，其時期大約在安帝隆安末。[40]由此可證孝武、安帝之世，爲漢武內傳編成的關鍵期；其造構者誠如陶弘景眞誥敍錄所下的斷言：「非都是靈期造製，但所造製者自多耳。」內傳爲其中的一種仙道色彩的雜傳，其原因在此。

進一步證明漢武內傳爲一高明的新造仙傳，陶弘景所說「新舊混淆，不易甄別」，也可適用於漢武內傳之上。這就是東晉稍後整理道經目錄及引述道經的兩種情形：有一種就接受漢武受經說，將其編入道經傳授史，以形成教內神秘的道經傳授說。另一種則能辨別其爲新造，因而不列入傳授譜系，甚至不加引錄。這是南北朝時期對於漢武內傳的兩種截然不同的態度。

將王母降授漢武列入者，目前僅有兩篇史料：一爲雲笈七籤卷四所收「上清原統經目註序」——卽上清衆經諸眞聖秘卷七引「源統經目」之序，此經目所引爲茅君傳、蘇君傳、王君傳等，所以源統經目所錄仙傳應以東晉末爲下限；印證經目註序，也只述至眞經復歸馬氏止，宋元嘉十二年許黃民子榮第臨去世時將「三清寶經三洞妙文」留寄剡縣馬家，宋明帝崇敬大法曾命使逼取；其後蒼梧王元徽元年（四七一）勑還眞經於馬氏。値得注意的是註序中旣已敍及道君「撰定靈篇，集爲寶經，傳至漢武帝時得經，起柏梁臺以貯之。帝旣爲神眞所降，自云得道，放情怠懈，不從王母至言，明年天火燒柏梁臺，經飛還太空，於玆絕跡。」此段情事全本漢武內傳；其下乃述茅盈「師西城王君，受上清玉珮金瑞二景璿璣之道，以漢宣帝地節四年三月昇天」，全本茅君內傳，此爲最早融鑄二篇內傳的傳經記事於一的資料。此篇經目註序提到「凡庶模寫傳奉，號曰眞跡，今記神王所撰寶經卷三十一首。」又說「余宿植緣會，遊涉法源，性好幽旨，躭靈味玄，鑽研彌齡。」此自稱「余」者爲誰？上清經傳授史的重要人物爲陸修靜，陸修靜嘗據殳季眞取到楊許眞人上清經法，及其他經派道經，總括三洞，敕上「三洞經書目錄」，此蓋道經書目之最古者。」而陸修靜卒於宋蒼梧王元徽五年（四七七），雲笈卷四所錄「上清源流經目序」、「靈寶經目序」，卽是所上經目之序，由此可證陸修靜撰上清經目之前，「漢武內傳」早已編成，且流布已廣，故一併收錄於傳經譜系之中。

其次則爲「三天內解經」（滿字號），活躍於劉宋朝的「三天弟子徐氏」，接受漢武內傳的新說。其中卷上敍述當時流傳的四種大道之後，提及「漢武帝欲學上道飛仙之法，太上又遣東方朔輔助漢治，武帝又不知朔是眞人，而爲吏民，令不異於凡人。西王母、上元夫人皆輪駕降於武帝，欲成其道。武帝不能開悟，仰感靈澤，棄蕩穢濁而貪世榮，殺伐不止，三官有血罪相牽，被髮告寃，稱訴鬼官；又情欲不絕，道遂不成，歸形太陰。」徐氏有述有評，所評的卽道教中人的神秘說法。既取漢武內傳之說，故於茅君部分，僅以「茅君兄弟三人爲司命之任」一語帶過。這是對同時流行的兩種內傳的處理方式之一，卽突顯其中一種說法，而將另一種簡筆處理，這是係於編撰者甄別資料的能力。同時也可見其筆法中，對於寫法相類，需要甄別相襲關係而又無明顯確證時，不得不一詳一略。正因兩種內傳有相襲之處，因而道教學者也有將茅君內傳的出世，置於東晉末期的。

漢武內傳之爲王靈期等一類人所僞造，其實只要熟悉早期上淸經的卽易於對照出來，因而有關上淸諸眞降誥的道經，在甄別茅君內傳與漢武內傳時就較爲謹嚴。前面一再徵引的「道迹經」，顯示顧歡較重視茅君內傳或消魔智慧經等上淸古道經，而不引述改寫後的漢武內傳的服食藥方。至於陶弘景，既能辨析眞僞，自然知悉漢武內傳爲較晚出，因而眞誥等强調上淸仙眞的誥語，自不將西王母、上元夫人所誥漢武的部分抄入。尤其是編列諸眞譜系的「眞靈位業圖」，就選擇了茅君內傳的諸侍女，可證這位道經博學者確有特識。這一情形影響及北周所編的道教類書「無上秘要」，在所選錄的豐富道經中，居然不錄漢武內傳及十洲記。類此現象固然可以解釋爲：漢武內傳爲一般敎外人士所讀，近於筆記雜傳；但更重要的理由，應該是由於皇室搜羅的道書及受命編撰的道士，能夠使用更爲當行本色的仙傳、道經，自然不便採錄漢武內傳的新造仙傳。

惟漢武內傳流傳既久，道敎仙傳也逐漸將其視爲神仙傳記之一。六朝晚期的兩種重要仙傳即予收錄：陳、馬樞所撰「道學傳」，所收學道成仙者以南朝道派爲主，漢武學道爲極佳的模範，因而收錄。其書已佚，而據陳國符所輯殘存資料，即有太平御覽所引的三條：一爲王母初降時的仙眞形象（卷六七五）、二爲王母傳述靈光生經時所示的道誡（卷六七九）、三爲漢武藏經柏梁臺之事（卷六六九）。相對於此，茅濛一條，與太元眞人內傳的文字有小異之處。[41]另一種見素子撰「洞仙傳」，爲南北朝末茅山道派仙傳。現在殘存的資料中，確曾引用三卷本或古本漢武內傳：其中谷希子、徐福等採自十洲記；而長桑公子則採自漢武外傳部分。[42]由此可知六朝末期道教仙傳既已將漢武內傳當作資料，重新塑造上清經系中的漢武帝形象。

總上所述，漢武內傳的造構動機應是對求受經者的解說：無論所求的是服食養生之方，或是法術神通之術，都一再强調科律的秘禁。這種傳授對象雖以道教傳說中的漢武爲主，實際則影射東晉孝武帝等皇室中人，借此諷諭孝武非有道之君。因而其造構的時間當在東晉孝武帝太元末年或安帝隆安年間，正是靈寶風教大行，激起上清經系也大量造構的關鍵期，適合擔任此事的，則爲王靈期等一類文士，因而得以引述大量上清古道經，成爲早期篇幅最長的一篇雜傳體小說。

三、漢武內傳的研究（中）：在六朝隋唐文學中的衍變

漢武內傳著成之後，逐漸流傳於後世。其主要的範圍有二：一爲以筆記小說、詩歌等文學爲主，對於文士的創作具有其不可忽視的影響力。主要的不在當初造構者有意强調的傳經科律，而在道教文學的傳奇色彩，圍繞諸仙眞形成不同的傳說羣。這是因爲造構者原只取用西王母降見漢武的間架，引出傳經的諸仙，因而對於重要情節的發展，未作重大的突破。六朝隋唐的小

說所取用的仍在同一母題（motif），也未有大改變，但却增加不同時代、作者的創作意圖，因此別具新意。其次就是道經的引述，逐漸將諸仙眞定型化，尤其是西王母傳說，漢武內傳具有關鍵的地位。類此道教化的傳說人物在歷代仙傳、民間傳說中，具有深遠的影響力。這是敘述文學發展的通例，從漢武內傳在歷代的衍變，可以印證文學在不同時代、不同作家，均被賦予不同的時代色彩，也被賦予作家的理念。

㈠西王母、漢武傳說系列

博物志所載的西王母降見漢武傳說，爲這一系列傳說的基本模式，一方面綜合前此流傳的西王母傳說，也將漢武帝的神仙化作一總結，可作爲前道教時期的代表，屬於早期仙說。另一方面則啓發六朝筆記中的西王母、漢武傳說：漢武內傳爲道教化的始創者，造成道教傳說中漢武帝的形象。同時素樸的漢武傳說仍繼續流傳，影響所及，齊王儉所撰「漢武故事」、梁元帝所撰「漢武洞冥記」等，各取所需，成爲以漢武傳說爲中心的筆記小說。[43]其中所述自有漢武內傳的影響，但也保存雜史性質的傳聞佚事，西王母傳說卽爲其中的組成因素。

有關西王母傳說的衍變，爲有待研究的一大課題。[44]在山海經中「蓬髮戴勝」的西王母，今人解釋爲伊蘭民族的女王，或是西域中的一國之主，[45]但在兩漢傳說中既已神化，與東王公並列，爲漢人的民間信仰，現存漢代圖繪、雕刻藝術中，常見戴玉勝而端坐的西王母形象。博物志中所記錄的西王母降見漢武一事，應該是兩漢社會西王母信仰、漢武傳說的綜合，因而仍維持一頭上戴玉勝的素樸形象——今博物志作「戴七種」，當爲「玉勝」之誤。[46]玉勝、華勝作爲婦女的冠飾，具有吉祥與裝飾的雙重意義。爲當時婦女有關服飾的製作發明神話。道教形成之後，西王母逐漸仙話化、道教化，尤其上清經系對於西王母的神格化，乃是綜合前此神話、傳說與信仰，賦與一種新意義。魏晉時期筆記小說中的西王母，被稱爲「阿母」，爲祠廟信仰的主神；道教則另有其造型與職司。

關於西王母的道教化造型，道迹經所引及雲笈本所引的茅君內傳，均未見較爲具體的描繪，只點出「龜山」王母。而無上秘要卷十七、十八特關有衆聖冠服品、卷十九有天帝衆眞儀駕品、搜錄六朝古道經中的仙眞造型頗爲完備，也未有此漢武內傳所描寫的「脩短得中，天姿菴藹，雲顏絕世」的靈人形象。內傳對冠服的具體描繪，配合著盛壯的儀駕，極爲鮮明：「著黃錦袷襹，文采鮮明，光儀淑穆。帶靈飛大綬，腰分頭之劍，頭上大華結，戴太眞晨嬰之冠，履玄璚鳳文之舃」。造構者自有取法於當時仙眞冠服之處，而這種刻劃的手法疑與當時的宗教性圖繪有關。或者將六朝時期貴族階級的婦女服飾加以夸飾，又賦以另一種濃厚的宗教色彩，因而促成王母形象的一大突破。

西王母的身份及其職司，凡經數變，道教化以後的西王母大抵保持山海經神話時期的特色：所掌管者爲崑崙，崑崙爲通天地的仙山，故王母具有傳達天帝旨意的使命。道教化之後，崑崙山爲地仙棲集準備昇入天庭的仙山，而且其宮庭明顯地仙化：墉宮等爲西王母治所，無上秘要卷二一仙都宮室品、卷二二三界宮府品所錄，墉宮爲仙化後崑崙山的宮室之一。西王母的師承，茅君內傳提及「元始天王」，而說經之事則在蒙霄之臺，侍者天皇榑桑大帝君及九眞諸王、十方衆神仙宮，延衆弟子於丹房之內所說。漢武內傳則說：「吾昔師元始天王、榑桑大帝君」，大體一致。據陶弘景編眞靈位業圖，其第四中位列「元始天王」註云：「西王母之師」，證諸上清經系道經，元始天王授寶經於西王母者多見，像成立於劉宋時的太上三天正法經、以及六朝古道經：洞眞高上玉帝大洞雌一玉檢五老寶經、玄覽人鳥山經圖等均是。所以四極明科經中，西王母授於元始天王的寶經多種，正是東晉至劉宋時期的上清經的通說，西王母爲元始天王所出寶經的傳承者，天意的傳遞者。這種說法屬於上清經系，同一時期的靈寶經系就較不重視西王母在仙界中的地位。杜光庭撰墉城集仙錄，取意所在卽源於上清經。

西王母形象的道教化，爲一大轉變，故內傳的王母傳說爲漢武故事所收錄的，現存的只有殘句而已，其中「戴七勝，履玄瓊鳳文之舃」句（紺珠集・海錄碎事五），七勝當卽博物志的七種、玉勝之說；而舃則確爲漢武內傳的說法。可見王儉兼採兩種說法，且試將其融爲一體。由於上元夫人等仙眞並未引述，故事間架似仍以博物志所述爲主體，故近於筆記小說一系。

漢武內傳敷衍博物志，而成爲道教化的情境的，還有七月七日的降眞傳說。有關漢晉時期民間流傳的七月七日的民俗習慣，小南一郎氏曾有詳細的論述，在此不再贅考。[47]此處僅說明七月七日在道教習俗中的特殊意義，因道教形成時期常將民俗道教化。葛洪「神仙傳」中敍述蔡經就在七月七日多作飲食迎接王遠，王遠又引見麻姑，這段仙眞下降的情景爲神仙傳說史上極膾炙人口的一段文字，包括降眞時仙眞的服飾、御駕的排場及顯現炫奇的神通力。七月七日的降眞傳說，應是張華所據的民間習俗。但由西母除有七月七日降見說之外，還有另一種一月七日說：荆楚歲時記杜公瞻注：「華勝起於晉代，見賈充李夫人典戒：像瑞圖金勝之形，又取象西王母一月七日戴勝見武帝於承華殿也。」[48]這是傳說異辭：因爲一月七日、七月七日與十月五日後來成爲道教的三會日，民間傳聞中易於混合爲一。類此民間節日在長期衍變的過程中，由於新創神話的形成，賦予新意，而重新獲得肯定與支持。七月七日在道教傳說中，正是類此產生新意境的重要節日。

張華博物志所述的「七月七日夜漏七刻」爲漢武故事所承襲。漢武內傳所寫帝盛服俟駕，二更（或作唱）之後爲王母降臨時刻，「至明旦，王母別去。」漢武故事則作「留至五更」，王母才肅然便去，可見其取材來源不一。至於最爲盛壯的降眞場面，最可見出不同的色彩：博物志只簡述「王母乘紫車」、「青氣鬱鬱如雲」，漢武內傳所記最符合道敎仙眞的降眞筆法：先寫白雲鬱然遙趨宮庭之間，繼寫王母侍從，各御儀駕；而王母儀駕則「乘紫雲之輦，駕九色斑龍，別有五十天仙側近鸞輿，皆身長一丈，同執綵毛之節、金剛靈璽，帶天策。」類似的筆法，神奇魁麗，應非僅是文字風格的誇飾。而是六朝道敎信仰中流行的圖形，作爲崇拜的宗敎繪畫，也在集中精神的齋戒冥思經驗中，具有引起幻境的暗示作用，乃屬於宗敎體驗。漢武內傳所述西王母及其侍從的冠服儀駕，應有圖像爲據。較早的根據有葛洪抱朴子雜應篇所錄四規鏡之道：「用四規所見，來神甚多：或縱目、或乘龍駕、冠服彩色，不與世同。皆有經圖。欲修其道，當先暗誦所當致見諸神姓名位號，識其衣冠。」葛洪乃依據漢晉之際的仙經如四規經、明鏡經之類加以敍述，所指示方法正是薩滿（shaman）見神經驗的仙道化，在强烈暗示情形之下，經由存思仙眞，乃在恍惚狀態中產生見神的幻覺。而這種暗示來自强烈彩色的宗敎性秘圖、或者辭藻華麗、刻劃生動的文字敍述，從緯書中對於身神以及各種神祇的刻意描繪，衍變到仙經中的仙眞形象，無一非中國本土宗敎中巫師性格的一脈傳承。以最具代表性的老君形象爲例：葛洪就如此這般敍述：「金樓玉堂，白銀爲階，五色雲爲衣，重疊之冠，鋒鋋之劍，從黃童有二十人，左有十二青龍，右有二十大白虎，前有二十四朱雀，後有七十二玄武，前道十二窮奇，後從三十六辟邪，雷電在上，晃晃昱昱。此事出於仙經中也。」仙經所述自有其宗敎性意義。所以漢武內傳强調漢武先「盛齋存道，其四方之事權委於冢宰。」齋戒爲宗敎的潔淨儀式，通過齋戒的儀禮，由世俗的進入神聖的世界，此一儀式常對身心具有特殊作用：像由節食、減食所引起的宗教性幻覺狀態，最易產生見神的體驗。上清經系强調神仙冠服、儀駕，除了華陽洞天所有仙眞圖形，具有暗示、指導的宗教用途，類似的記錄遍見於上清經系道經中，像最有名的「周氏冥通記」，無非是周子良冥通見神的一部紀錄；至於無上秘要特闢冠服品、儀駕品整理各類道經中有關「諸神姓名位號」乃至衣冠，實具有教內的實際上用途。而漢武故事一則簡述「空中無雲，隱如雷聲，竟天紫色」而王母至；另一則則載王母「戴七勝，履玄瓊鳳文之舃」，正是秉採素樸的、宗教的二系傳說之所致。

在漢武求見西王母的情節中，有兩件服食傳說，是內傳在消魔經的服食方之外，有所承襲，且又能增飾爲引人入盛的事件：其一爲食桃，其二爲行厨。仙桃傳說最早的是山海經所述的不周之山的嘉果：「其實如桃，其葉如棗，黃華而赤柎，食之不勞。」將桃作爲神仙的嘉果，在漢朝隨著神仙服食說而完成，齊民要術卷十引神農經：「玉桃，服之長生不死」；而漢晉之際「神異經」東荒經也稱東方有桃樹，其子徑三尺二寸，和核羹食之，令人益壽，屬於遠方博物系之說。較直接的則爲仙傳之說，列仙傳卷上葛由條載有里諺：「得綏山一桃，雖不得仙，亦足以豪。」葛洪神仙傳則載董子陽隱博落山中九十餘年，但食桃，飲石泉，屬於較落實的地仙服食傳說。

博物志所載的仙桃傳說，爲仙桃傳說的祖型：七枚之中，西王母食二枚，與帝五枚。內傳卽安排由侍女「以玉盤盛僊桃七顆，大如鴨卵，形圓青色，以呈王母。」王母自食三顆，而將四顆與帝。再引出漢武食輒收其核，王母有一番神奇的說法：「此桃三千年一生實，中夏地薄，種之不生。」夸飾了仙桃的奇特。王母仙桃另一重要情節；就是引出東方朔，窺窗之後王母點出東方朔的謫仙身分，——「是我鄰家小兒也，性多滑稽，曾三來偸此桃。」東方朔爲漢武傳說羣中的要角，由於與神術方術有關，而被神仙化、道教化。漢武故事兼取博物志的食桃數目，及漢武內傳的東方朔謫仙傳說，但安排由短人之口敍述，則另有新構想。

行厨傳說爲漢武內傳的有趣表演，顯示造構者有意採取道教新說，而與博物志所安排的場景有異趣之處。在道教仙眞的神通變化中，常一降臨就設厨——「立致行厨」，王母「自設膳，膳精非常，豐珍之肴，芳華百果，紫芝萎蕤，紛若塡樏，清香之酒，非地上所有，甘氣殊絕，帝不能名。」另外上元夫人降臨時，也曾設厨。「設厨」成爲魏晉仙傳中神仙的神通表現之一，近於魔術、幻術。當受東來西域、印度的法術傳說的影響。所以葛洪神仙傳中王遠傳，王遠召請麻姑，二人相見之後就「各進行厨，皆金盤玉杯無限也。餚膳多是諸花，而香氣達于內外，擘脯而食之，云麟脯。」而當時流行的別傳，像馬明生別傳、杜蘭香別傳等均强調立現行厨的法術。有關行厨的新說在東晉以前既已形成，因爲葛洪在抱朴子遐覽篇既已著錄「行厨經」一卷、「日月厨食經」一卷。因此在論述道法時，不管是服食丹藥，或修練守一，一旦功成，都可役使玉女或六甲，立致行厨。類此役使玉女、行厨之說，爲早期道經融合修練的體驗與想像力，成爲神仙的神通能力之一。㊾

道教行厨經形成於魏晉時期，其奇特的構想是否曾接受佛經翻譯的影響，爲道經史一大疑案。葛洪抱朴子卽承認「道書之出於黃老者蓋少許耳，率多後世之好事者，各以所知見而滋長，遂令篇卷至於山積。」行厨經是否卽爲此類篇卷之一，現存佛教早期經目不易證明。牧田諦亮氏曾以敦煌本兩種佛說三厨經（S 2673.2680）、日本高野山金剛三味院本「佛說三亭厨經」與雲笈七籤卷六十一「五厨氣法經」比較研究，這些疑經的寫成已晚至唐代。㊿但可帮助瞭解早期佛、道行厨經的一些情況。其中值得注意的有兩點：一爲强調誦唸天厨名字，天厨所以通身。誦至七日、百日，「每夢見得世間上味飲食，百日之後，卽夢見得天上飲食，鼻所恆聞天食香氣；三百日意，功德圓滿，卽得道果也。」（S2673）其中夢得天食之說，正是宗教修行中專一、絕食所產生的體驗。二爲所謂神咒：「仙人玉女事我神，天官行厨供養身。使我顏色常兌悅，延年益壽數萬年」、「觀音受我法，仙人賜我糧，事隨五方色，靑黑赤白黃，和合得□餌，諸塵以自防。」（S2680）誦唸神咒，天仙賜食、天官行厨，應爲變化行厨的構想。由此推知道教的行厨經應與早期翻譯佛經有密切關係，六朝時期佛教說話中就有梁吳均「續齊諸記」的陽羨書生，能變化海陸珍羞，氣味芳美，世所罕見，類此神通變化卽受佛經的影響。道教的神通變化說，乃融合中國本土的變化說，兼取佛經新說而成。「漢武故事」有仙桃而無行厨，近於博物志一系；但行厨的表演則爲後世道教神通變化的常有節目。

服食方法中，最重要的是仙藥。博物志僅提到仙桃，而漢武內傳到增益一大節以隱名敍述仙藥的文字，由於藥名及服食得仙的靈異，「漢武故事」卽承襲此一新說，而魯迅在「古小說鈎沈」本將二系統合爲一則，其實原來類書所引俱屬片斷，魯迅依六朝流傳的故事加以組合。像御覽八百五十七及八百六十一引「母曰：太上之藥有中華紫蜜、雲山朱蜜、玉液金漿，其次藥有五雲之漿。」另紺珠集九引「風實雲子，玄霜絳雪」、初學記二十八引「上握蘭園之金精，下摘圓丘之紫奈」等，均出自漢武內傳轉襲消魔智慧經者，也是漢武故事必曾經齊人增補改編的重要證據。[51]由於服食仙藥以華麗的文字寫成，自爲好文之士所注意，王儉所引的文字，自是隨意去取。

從引用仙藥可證漢武內傳較漢武故事早出。

總上所述，西王母降見漢武的情節中；除西王母的新形象爲一衍變的要點，其他七夕的節日、仙桃行厨的場景等，均構成六朝漢武故事的重要節目，這是博物志系、漢武內傳系併行的時代。

㈡ 唐代的漢武、王母傳說

漢武內傳既以雜傳體小說見錄於史志，由於其文采華麗，而情節離奇，自為好文之士所嗜讀。類說卷一楊妃內傳曾載玄宗佚事，言其覽漢武內傳，時妃後至，以手整上衣領曰：看何文書？上笑曰：莫問，知則又須人覓去。從此事可知其引人入勝之處，一則因玄宗喜好神仙之說，再則故事本身有可觀之處。宮中如此，而民間流傳，如變文中有「前漢劉家太子傳」[52]，其中就有七月七夕一節，西王母「頭戴七盆花，駕雲母之車」，七盆花一作七笙花，如非七種、玉勝之誤，就是民間的說法不同。至於種桃則詳說「一千年始生，二千年始長，三千年始結花，四千年始結子，五千年始熟。」有種拙趣。有關東方朔，則安排於殿前過見，又說偷桃被王母捉得，「繫著織機脚下」，反映出庶民生活的趣味。這段變文脫胎自博物志的說法，又增入民間文學的情趣，也是值得注意的另一種衍變。

唐代詩人習慣讀漢武內傳及相關的說話，作為隸事的材料。其中常有影射唐代帝王崇道學仙的微意，乃激於唐代社會的求仙風尚，尤其是帝王貴族的服丹，因而詠漢武事多有所諷諭。類此情形反映出唐人多讀道書，習知其故實；但又能指陳時病，有所諷諫。韋應物、薛逢及李商隱等均是。韋應物有「漢武帝雜歌三首」，卽兼取博物志、漢武內傳二說，其平居常讀道書，縣齋詩云：「卽事玩文墨，抱沖披道經」、休暇東齋詩云：「懷仙閱眞誥，貽友題幽素」，所以曾寫「馬明生遇神女歌」、「萼綠華歌」等，歌詠神仙，這都是中年以後所作。他少年時生活驕縱，爲玄宗三衞郎，在滁州時有「逢楊開府」詩追述：「少事武皇帝，無賴恃恩私。身作里中横，家藏亡命兒。」玄宗死後，安史之亂遂使他有所覺悟，因而開始讀書並作詩，且隨年歲的增長，常讀道書。漢武帝雜歌雖具詠史詩性質，但是有感而作，如同其詩所說「忽憶先皇游幸年」，與先皇崇奉道教的仙道生活有密切關係。

雜歌三首中的第一首卽寫漢武見王母事：

漢武好神仙，黃金作臺與天近。王母摘桃海上還，感之西過聊問訊。欲來不來夜未央，殿前青鳥先迴翔。綠鬟紫雲裾曳霧，雙節飄颻下仙步。白日分明到世間，碧空何處來時路。玉盤捧桃將獻君，蜘蹰未去留彩雲。海水桑田幾翻覆，中間此桃四五熟。可憐穆滿瑤池燕，正值花開不得薦。花開子熟安可期，邂逅能當漢武時。顏如芳華潔如玉，心念我皇多嗜欲。雖留桃核桃有靈，人間糞土種不生。由來在道（一作德）豈在藥，徒勞方士海上行。掩扇一言相謝去，如煙非煙不知處。（全唐詩一九五）

韋應物此詩有取材於博物志之處：靑鳥一意象卽是；但描述王母的形象：綠鬟紫雲，仙步飄颻的動作實近於漢武內傳的靈人。而篇中與仙桃有關的意象羣，爲最重要的服食物。博物志僅載至漢武留核欲種，王母笑曰：「此桃三千年一生實」；而漢武內傳則解說「中夏地薄，種之不生」，適爲「人間糞土種不生」之所自。詩中表現帝王對於生命危機的困厄，因而引起食桃長生的願望。但神仙之不可希冀，終歸只是一場空幻，其中「心念我皇多嗜欲」、「由來在道豈在藥」，雖襲用內傳中王母責備漢武的話，但「我皇」何嘗不是隱喩我武皇帝、我先皇帝。這是因爲玄宗在唐朝諸帝中奉道最爲殷切，成仙之心也最爲熾烈，而漁陽鼙聲，驚破美夢，在追憶的情緒中，自有深刻的感受。韋應物隨侍玄宗日久，自然習知武皇帝的服食習慣，這是唐代極爲盛行的風尚。

第二首借用漢武故事，一再稱述「珠可飮，壽可永」、「八月一日仙人方，仙方稱上藥，靜者服之常綽約。」表面上雖用「漢宮」、「柏梁」等地名；但「武皇」一詞却隱指玄宗。全詩旨趣就在隱隱批評「沈飮自傷神」、「甘醲皆是腐腸物」，對於「駐顏七十春」的武帝、武皇，服食成仙終究只是一場夢而已。第三首則近於詠史之作，頌「漢天子」的雄武才略，中間一大節細膩描述武皇親臨大江，射殺蛟龍，「示威以奪諸侯魄」，具體表現一蓋世雄主的形象，因而引起結句的頌讚：「獨有威聲振千古，君不見後嗣尊爲武」。可知韋應物筆下的漢武帝，有夸飾史實而成的威武雄主，也有服食上藥、仙桃的求仙帝王，兩種筆法俱原屬漢武本有的形象。只是由於道教傳說中的漢武帝其後流播更廣，因而兼取、增飾，造成殷切祈求於王母之前的漢武。韋應物年少時親侍玄宗，具有「身騎廐馬引天仗，直至華淸列御前」的天寶經驗，故頌詠漢武的好神仙，也寓託武皇好神仙道教的追憶之情，爲有寄託之作。

韋應物既熟讀道書，亦曾直接以王母傳說爲素材，所作「王母歌」（一作玉女歌），即暗用漢武內傳的王母事跡，歌詠神仙長生，世人終不能脫離生死大限：

> 衆仙翼神母，羽蓋隨雲起。上遊玄極杳冥中，下看東海一杯水。海畔種桃經幾時，千年開花千年子。玉顏眇眇何處尋，世上茫茫人自死。（全唐詩一九四）

詩中所寫的要角卽是神母，乃是在衆仙翼護之中隨雲昇虛的，自非一般詠玉女之歌。尤其環繞著王母傳說的重要情節，就是栽種仙桃，正與「王母摘桃海上還」同一情事。結局的感慨最爲深沉：以王母的永生對比世人的暫存，爲遊仙文學常見的旨趣。

有關西王母的傳統與信仰，在唐代極爲普遍；而神仙傳記的流傳也有助於詩人創作時，將其作爲典故，或直接取作詩材。前者如陸龜蒙謝人詩卷有句「談仙忽似朝金母，說艷渾如見玉兒」（吳聿、觀林詩話）；後者則如孟郊之作「列仙文」，將衆眞降見南嶽夫人事，擇取其中部分仙歌仿作，卽有青童君、金母飛空歌等。「金母」卽是唐人對西王母的尊稱。

漢武等帝王封禪、服食以希求成仙，而終歸一死，韋應物所感慨的「蔓草生來春復秋，碧天何言空墜露」，正是時間推移之悲，唐人詠漢武事大抵皆有同一悲慨，中唐薛逢（八〇六—八七六）有漢武宮辭、晚唐崔塗有「續紀漢武」——一作讀漢武內傳，兩首均屬詠史詩。薛逢詩寫流光易逝、人事變易的居多，題籌筆驛、鑷白曲、君不見等均是，因此寫漢武求仙事，更易在時間無情一主題上抒發感慨：

> 漢武（一作武帝）清齋夜築壇，自斟明水醮仙宮。殿前玉（一作童）女移香案，雲（一作庭）際金人捧露盤。絳節幾（一作有）時還入夢，碧桃何處（一作事）更驂鸞。茂陵煙雨埋弓（一作冠）劍，石馬無聲蔓草寒。（全唐詩五四八）

前大半的敍述，已是道教興起之後築壇、齋醮的宗教活動，不似博物志只寫在九華殿夜待王母的情景；而絳節、驂鸞的場面，更是漢武內傳所擺設的盛壯排場。漢武傳說在道敎、在漢武內傳流傳之後，已被道教化，這些俱爲顯證。

崔塗所作則較爲接近樸素的一類：

> 分明三鳥下儲胥，一覺鈞天夢不如。爭那白頭方士到，茂陵紅葉已蕭疏。（全唐詩六七九）

詩旨只在致慨於漢武的鈞天之夢是不可期待的，而以茂陵的蕭疏對照出時間、死亡始爲一沈淪一切的力量。

將漢武內傳中七夕降眞、玉女傳訊、神方服食，作更深刻的表達，而不止於抒發歲月的悲感的，爲李商隱。義山詩的難解，前人早以無人作鄭箋爲憾，其中尤以運用神仙故實，借以喻寫自身的戀情，最不易索解。「碧城三首」就有不同讀法；將其作爲寄託之作，認爲其中有詠貴主的微言大意者在，爲一種讀法。而將其隱藏的微意朝義山與女冠的戀情一方向索解，又是另一讀法。但基本上歷來解者都承認其與女道士有關，而且與七月七日的降眞事是不可分的，碧城三首之三卽云：

> 七夕來時先有期，洞房簾箔至今垂。玉輪顧兎初生魄，鐵網珊瑚未有枝。檢與神方敎駐景，收將鳳紙寫相思。武皇內傳分明在，莫道人間總不知。

馮浩注解「結二句總結三章，漢武內傳多紀女仙，故借用之，不可泥看。」李商隱曾一度在河南濟源的玉陽山、王屋山隱居學道，既精熟道典，又曾與女道士宋眞人相戀。這首詩運用漢武內傳的會仙情事，抒寫一段神秘的戀情，自是與女冠有關。馮浩認爲七夕，用牛、女會合，而非漢武內傳王母來事。其實，會仙在唐代社會已漸有艷情的傾向，漢武七月七日期待王母降見，何嘗不可隱喻與道教中女冠的期會。洞房點出歡會之所，玉輪二句則寫出離別的時日，而神方也使用道教服食可駐年華，與漢武內傳的服食方有所關聯。

這首詩爲思念女冠之作，可從前二首加以印證：「碧城十二曲闌干」，與「月夜重寄宋華陽姊妹」詩所說「偸桃竊藥事難兼，十二城中鎖彩蟾。應共三英同夜賞，玉樓仍是水晶簾」，正是在玉陽山所識的宋眞人姊妹；「犀辟塵埃玉辟寒」，馮浩注「入道爲辟塵，尋歡爲辟寒也」，暗示與女冠的秘密而壓抑的戀情，所以篇中多用神仙掌故，襯托其事；只是此情只待成追憶，所以二首有「鄂君悵望舟中夜，繡被焚香獨自眠」之句，乃是別後的相思而已。這種不被允許的戀情，以隱晦的意象表達，幽奇冷峭，惝恍迷離，確有難言的意境。將原本降眞求仙的漢武傳說，賦予一種冷艷的情愫，爲李義山「學仙玉陽」的宗教經驗，配合其善用比興的手法，確實爲漢武內傳與唐代文學的關係，別添異彩。

而早就爲目錄學家所注意的，韓愈詩運用東方朔擅弄雷電謫人間事，亦與謫仙傳說有關。漢武故事中以弄臣的身分出現，東方朔已爲史傳中的滑稽之雄，在漢武見西王母傳說系列中，不僅不能缺此一角色，甚至演爲十洲記中開場的重要人物。六朝筆記中有「東方朔傳」行世，證實其流傳於民間，廣爲士庶所喜愛的丑角。其滑稽突梯的形象中，博物志所載的朱鳥牖窺母，因而點出其謫仙身分，爲謫仙傳說中極早出場的角色，漢武內傳承襲此一情節再予以增飾，爲了具體化「性多滑稽」，故造出爲太上使令到方丈助三天司命收錄仙家，在方丈時「但務山水遊戲，了不共營和氣，擅弄雷電，激波揚風，風雨失時，陰陽失迕，致令蛟鯨陸行，山崩境壞，海水暴竭，黃鳥宿淵，妨農芸田」，因此「按科謫斥，使在人間，去太清之朝，令處罪濁之鄉」，韓愈「讀東方朔雜事」一詩卽據此而作。

韓愈不喜神仙、道教，卽以詩而言，就有誰氏子、謝自然等篇，譏刺仙道。因此此詩必有爲而作，爲注韓詩者的共同看法，至於諷刺的對象爲何？洪興祖但言弄權挾恩者；指實其人的：有方世擧的刺張宿說——王元啓又糾正其牽强繆戾之處、有陳沆的刺中官吐突承璀說。大抵此一擅弄權佞者在憲宗朝，誠如程學恂韓詩臆說所言「此詩本事點染，以刺當時權倖，且諷時君之縱容，以釀爲禍害也。」至於其人則權倖的佞臣、方士實多有份；因爲韓愈但「就本事衍敍，以迷離之耳，不必句句粘煞。」[55]確是讀解此詩的方法。

韓愈在詩首的王母宮、萬仙家意象，借用自十洲記；其次始用內傳，所强調的王母「驕不加禁訶」，爲一篇的主旨；「不知萬萬人，生身埋泥沙」則刺其毒害之烈。至於鋪述東方朔入雷室弄雷車及闖禍後的狡猾，對照羣仙急言、外口諠譁，已極清晰刻劃憲宗時，羣臣不滿權倖的情緒；而王母不得已云云，則曲盡昏庸、姑息的情態。將滑稽遊戲性格的東方朔，改塑爲一「挾恩更矜誇，詆欺劉天子」的無賴形象，確實可表現其不喜神仙，又藉以諷刺當時昏君佞臣的雙重效果。

㈢　唐人小說中的上元夫人傳說

漢武內傳中另一位重要女仙，就是上元夫人，有關其職司，依四極明科經卷一所云：「受上元夫人之位，元君之號」凡不勤帝局，虧替王事，則要削籙退位。（第十紙）明科中常使用與三元有關的名號：如上元禁君、三元夫人（卷二第二紙）三元君（卷二第四紙）太素三元君（卷二第八紙）等，當與道教中三元八節之會的節日有關。上元夫人應是同一風氣下出現的女仙，其所擔任的道經傳授，卷二凡有九道迴玄太丹籙，元始天王所修（第二紙）、玉清隱書四卷，玉清元皇帝君所修（第五紙）、司命君經等、三天正一先生所佩（第五紙）、金房度命玉字迴年三華耀景眞經，九天眞主所受（第十一紙）、紫鳳赤書八景晨圖二卷、太上大道君所受（第十四紙），凡有五見。其所傳的多出自太上大道君，元始天王等高眞上聖；而且常與西王母一齊出現——只第五例除外；又與青童小君一齊出現，如後二次。從明科經所保存的古上清經之說，可知王靈期是有所依據，上元夫人確是西王母之外，最爲突出的女仙。

西王母介紹上元夫人登場，其職司是「三天上元之官，統領十方玉女名錄」——茅山志本茅君內傳則說是「三天眞皇之母，上元之高眞」。由於統領玉女，所以墉城集仙錄中也收錄，爲統領玉女的女仙，在後世仙傳中也常出現。漢武內傳形象化描述其統領形象：從官千餘，皆十八九許女子。本人則「著赤霜之袍，雲彩亂色，非錦非繡，不可名字。頭作三角髻，餘髮散垂之至腰，戴九靈夜光之冠，帶六出火玉之佩，垂鳳文琳華之綬，腰流黃揮精之劍。」也是一鮮明光采的靈人。

上元夫人在道經中的職司既以傳授道經爲主，因此出現在漢武內傳中，雖是「天姿清輝，靈眸絕朗」的廿餘靈人，而其告誡漢武的語語，却極其嚴峻，凜然天界女仙的形象。至於唐人手中，却有取於前者的絕貌女仙的造型，而將其嚴肅冷峻之情轉變爲具有情戀的仙女，此因於唐代社會中流傳的人神戀愛故事，與娼妓每假仙眞之名，而女冠亦時傳艷情的風尙，裴鉶「傳奇」中封陟一篇卽爲其著例。

裴鉶所撰「傳奇」中有「封陟」一篇，太平廣記、類說等均予收藏。王夢鷗先生從故事發生地點「居於少室」，在長安左近及河洛之間；與論仙時使用「能遣君壽倒三松，瞳方兩目。仙山靈府，任意遨遊」等虛泛之語，因而斷定為作者早期溫卷之篇章；且由封陟篇已兆其悔不學仙之意，進一步論定其完成於投效高駢之前轉變時期之作。[53]裴鉶的思想與道教有密切關係，尤其為高駢客，更以道教為其遇合的因緣，故其人熟讀道書，常以神仙題材作意好奇。

封陟所述親見仙眞而不識，坐失解脫之機，王先生認為當時有此傳說：類說卷二十七、詩話總龜卷四五引盧肇逸史，既有任生事，裴鉶當取同一傳說而加意潤飾。值得注意的是故事中的女仙，其處理手法有不同之處：詩話總龜說是一可三十許的女子，「冶容豔美，二青衣侍」；生死後始知為「女仙」；類說所引，簡述為「美女」，但由勾魂吏口中說明，「此乃紫素元君，仙官之最貴者」，即指明為紫素元君。又盧肇所作，女仙凡贈詩三首：一首表明籍本上清、謫居遊歷；二首則以「葛洪亦有婦，王母亦有夫」相勸；三首則慨歎「阮郎迷不悟，何以伸情素」，正是唐朝謫仙傳說中，貶謫紅塵，再續前緣的流行觀念。

裴鉶取同一傳說，或即因逸史而改作，有些值得注意之處：首為故事發生的地點與主角：任生、嵩山；裴氏作封陟孝廉、少室，所以以封陟為姓名，為了仙姝所說「我所以懇懇者，為是青牛道士之苗裔，況此時一失，又須曠居六百年」。其人熟悉道教掌故，自曾讀過當時流傳的漢武內傳、外傳，外傳中有「封君達，隴西人」，修道服食於鳥鼠山，常乘青牛，故號為青牛道士。其道法譜系，乃上傳魯女生五嶽眞形圖，又下授左慈，慈傳葛玄。五嶽眞形圖正是西王母同與上元夫人傳授的道經。因此一聯想的關係，此一仙姝，在封涉為太山使者拘執時，即明白指出是「上元夫人遊太山」，所以封陟、上元夫人的登場乃因漢武內、外傳之故。

其次盧氏以散文行文，而以詩作解說；裴氏則以駢散兼用的「傳奇體」，頗事藻繪，而辭氣俳弱，因此說明姻緣之文，多以駢體詳述，又附七言詩三首。從神仙思想的發展言，謫仙說隨著科舉制度而愈加流行，爲唐人仙說的突出形象之一。仙姝之願匹配此木偶人，有道教內部的解釋：一卽前述因有緣份，故選擇一適當年限度脫有緣人；其次「籍本上仙，謫居下界」者，除了接受試煉，亦需還淸世緣，其「恨不寐於鴦衾」、「願操箕箒奉屛幃」，卽因「業緣遽縈，魔障歘起」，頓生情緣，故謫居人間以渡有緣人。若此緣結而未解，則雙方仍需受譴，封陟因此染疾而終，不得解脫，只剩追悔、自咎之情。盧氏只載至三年後卒；而裴氏的悔咎之情，當卽自表其悔不學仙之意。

比較兩篇，將女仙坐實爲上元夫人實有違漢武內傳的原意，而造成一有人神戀情的新形象。但相勸之語不作「王母有夫」，而成爲「弄玉有夫皆得道，劉剛兼室盡登仙」，除因蕭史弄玉、劉剛樊夫人爲唐人艷羨的神仙眷屬；實因西王母與東王公的相配，較爲虛擬。類此筆法，與盧肇之所作相互比較，裴氏改作逸史之迹較爲有據。因爲其人精熟道教典故，並承受當時流行的道教思想，運用同一題材，自有別出心裁之處。但二篇俱能表現出唐人的謫仙傳說。

謫仙傳說流傳於唐代社會，而與上元夫人有關的，還有上元夫人庫官的事。太平廣記卷三十一許老翁條凡引自二書：一爲杜光庭「仙傳拾遺」，一爲牛僧孺「玄怪錄」。王先生從杜光庭年代在後，又刪改對張果失敬之處，認爲杜光庭乃襲用玄怪錄的。[54]牛僧孺於貞元、元和時期，爲青衫外郎，爲投卷或排遣，多作幻語以展示其史筆詩才與議論。此篇言天寶時，川帥章仇兼瓊欲奪取部屬的孀婦，然已爲其族中盧二舅先得，搜捕不得；其後玄宗問張果，乃請王老示知其爲何人，原來是「太元夫人庫子」，後受謫爲鬱單天子。杜光庭除刪改張果一仙爲許老翁，並將當事人易爲柳某妻李氏與裴兵曹；而更重要的改易，就是「此是上元夫人衣庫之官，俗情未盡耳。」庫官因而被流作人間一國主。

此篇除了反映仙官被謫流的時代風尚外，實有諷刺連帥章仇兼瓊的恃威好色，爲當時節度使跋扈的極佳寫照，杜光庭反而淡化這一設計聘納的情節，而强調其「新得吐蕃安戎城」，其原因應與他入蜀居留有關。所以牛僧孺所寫的「於靑城山下置一別墅」，杜光庭只淡淡一筆說「在官舍」而已。因爲靑城山正是杜光庭在僖宗朝入蜀，又在王建據蜀時，弘揚道教的重要道場，自不宜爲節度使準備藏嬌的艷藪。其次就是以上元夫人替代太元夫人之名大可注意。太元夫人之名較不易見於道經，尤其上淸經中；而杜光庭撰墉城集仙錄多以上淸女眞爲主，上元夫人爲重要女仙。因而選用玄怪錄同一題材時，與其以無名的太元夫人爲天界仙眞，不如易爲較符合道教神仙說話的「上元夫人」。因爲漢武內傳所描述的上元夫人的侍從極多；「從官文武千餘人，皆女子」；亦可安排、容納一俗情未盡的庫官，表現唐人的新仙說。

四　諸天妓樂傳說的詩歌化

漢武內傳中服侍西王母、上元夫人的侍女及使者，也是一重要母題。西王母神話中傳訊的三靑鳥，其後繼續出現在漢代文物之上，也流傳於民間傳說之中，博物志所述的西王母遣使告訊、三靑鳥陪侍在旁，雖已漸呈人格化的傾向，但大體仍維持靑鳥使的素樸型態。侍女形象的轉變至此一時期，時機成熟，由於諸般因素使原本的傳說型態道教化、仙話化：其一爲仙道傳說中的玉女：漢鏡銘文中早已具有仙界女子之說，通稱爲玉女；仙道思想將非屬於主要仙眞的女性，概稱玉女，在道經中習見此一用法。其次道經造構初期，吸收佛經的說法：天界女子、飛天等一類構想，隨佛經的傳佈以俱來，而最典型的卽爲六朝末漸趨普遍的壁畫，飛天奏樂爲敦煌壁畫中常見的圖繪。但促使西王母成爲女仙中的統領者，應是魏晉民間傳說中西王母信仰的愈形發展。

西王母及其侍女羣，爲道教中上清經系採取民間傳說，再予以組織完成的新仙眞說。崑崙仙境成爲墉宮，成爲上清經系中西王母所治之處，杜光庭撰墉城集仙錄就是以墉城的治理者西王母爲首，而衆女眞、玉女統由王母領導的上清經系的構想。墉宮、墉城成爲仙化後崑崙仙境的仙宮；至於墉宮玉女則爲六朝筆記中常見的類型，而上清經系的寶經中更有王母之女的傳說，可見初期道經與民間祠廟信仰及附麗其上的傳說有密切關係。像干寶搜神記卷一杜蘭香傳說：杜蘭香三歲溺於青草湖，而爲西王母接養於崑崙之山，成爲侍女之一，故賦詩中有「阿母處靈嶽，時遊雲霄際。衆女侍羽儀，不出墉宮外」之句；搜神後記卷五則有何參軍女，十四歲夭折，爲西王母所養。此類早殤的女子見收於墉宮，疑爲六朝祠廟信仰，奉祠西王母，其侍女既多，亦常有與凡間男子戀愛情事，杜蘭香與張碩、何氏女與劉廣，俱屬人神（鬼）戀愛的類型，也是六朝時期西王母傳說羣之一。而道經中的玉女，茅君內傳當係採諸民間傳聞，漢武內傳又悉予襲用於另一場景中。只在少數侍女之名有小異的現象：如王上華爲王子登、琬絕青爲阮靈華、于善賓、李龍孫爲安法嬰之類；而所奏樂器也略有差異的情形，如吾陵之石爲五靈之石、纒便之鈞爲九天之鈞之類。早期上清經系中不乏玉女、女仙，而在茅山的修行者中也常有女眞，此所以陶弘景眞誥中的華陽洞天的構想，就安排有女眞的修眞之所；而眞靈位業圖更有女仙列於上等階位中。西王母、上元夫人的侍女卽出現於位業圖。

漢武故事所保留的仍爲「青鳥」傳訊，而侍女則爲「玉女夾馭」與「二青鳥如烏，夾侍母旁」。漢武故事所錄兼有博物志、漢武內傳二系，青鳥屬前者，玉女屬後者——因漢武故事所述漢武請不死之藥，王母所告藥品卽出自漢武內傳。漢武洞冥記因其爲殘本，卷一載漢武待西王母降臨，未提及侍女；其他卷中則有雙白鵠「倏忽變爲二神女，舞於臺，握鳳管之簫，撫落霞之琴，歌青吳春波之曲」（卷三）；又有「青鴨化爲三小童」、「巨靈化成青雀」（卷四）等，應屬青鳥——神女傳說的變型。尤其歌奏情節，或卽受漢武內傳諸天妓樂的啓發。

茅君內傳、漢武內傳之中，俱以鋪張的筆法描述人間的學道者會見羣仙。這一傳奇性的情境，原先是否具有宗教體驗爲其寫作的依據，流傳至後世，已不是最重要的事；其能吸引嗜奇好異之士，無疑的，在於它所顯示的豐富想像力，與諸天妓樂的聯想。兩種內傳既著錄於新、舊唐書，且由道教內部的仙家傳記逐漸被視爲小說故事，因而詩人隸事取材，特有取於會仙、妓樂諸事，且賦予一種新意義。較完整的會仙情節，以元和詩人鮑溶的「會仙歌」爲代表。此詩採用樂府形式，鮑溶與韓愈、李正封、孟郊等友善，喜用歌行體作詩，現存詩中常見與道士交往唱和之作，故詩中常用神仙典故。會仙歌卽詠茅君見王母事：

輕輕濛濛，龍言鳳語何從容，耳有響兮目無蹤。杳杳默默，花張錦織，王〔母〕（毋）初自崑崙來。茅盈王方平在側，青毛仙鳥銜錦府。謹上阿（一本有母字）環起居王母書，始知仙事亦多故，一隔絳（一作銀）河千歲（一作東海千年）餘。詳（一作祥）玉字，多喜氣，瑤臺明月來墮地。冠劍低昂蹈舞頻，禮容盡若君臣事。願言小仙藝，姓名許飛瓊，洞陰玉磬敲天聲。樂王〔母〕（毋），一送玉杯長命酒。碧花醉，靈揚揚，笑賜二子長生方，二子未及伸拜謝，蒼蒼上兮皇皇下。（全唐詩四八五）

這是極珍貴的一首詩。鮑溶歌詠神仙之作，都以神仙傳說爲主，敍述仙眞事蹟，像蕭史圖歌、弄玉詞歌詠蕭史、弄玉成仙事；思琴高則兼有慕仙之意。而會仙歌即以茅君會見西王母爲寫作素材，由此可知唐時茅君內傳的面貌。鮑溶所採用的正是茅盈恆山得道後，得見西城王君。王遠帶他到龜山見王母的情景，其中有人神對話；又有諸天妓樂及賜予長生方等事。李遵所撰原本，今已不傳，而雲笈本又闕遺諸天妓樂一段，鮑溶在中唐元和年間所見之本，將諸天妓樂置於茅盈見西王母之後，是近於茅君內傳的原始構想的。詩中以許飛瓊代表諸玉女、以洞陰之磬代表諸妓樂，可知諸天妓樂的仙宴情境，確是瑰奇而動人。而諸玉女中許飛瓊是唐人常歌詠的仙女。

許飛瓊之突出，初唐時期已然。天寶中，與李、杜同時的李康成，嘗有「玉華仙子歌」，也是與王母、上元夫人有關的會仙歌，但寫作旨趣則另有微意：

紫陽仙子名玉華，珠盤承露餌丹砂。轉態凝情五雲裏，嬌顏千歲芙蓉花。紫陽綵女矜無數，遙見玉華皆掩嫭。高堂初日不成妍，洛渚流風徒自憐。璇階霓綺閣，碧題霜羅幕。仙娥桂樹長自春，王母桃花未嘗落。上元夫人賓上清，深宮寂歷厭層城。解佩空憐鄭交甫，吹簫不逐許飛瓊。溶溶紫庭步，渺渺瀛臺路。蘭陵貴士謝相逢，濟北風生尚迴顧。滄洲傲吏愛金丹，清心迴望雲之端。羽蓋霓裳一相識，傳情寫念長無極。長無極，永相隨，攀霄歷金闕，弄影下瑤池。夕宿紫府雲母帳，朝餐玄圃崑崙芝，不學蘭香中道絕，卻教青鳥報相思。（全唐詩二〇三）

李康成所據的當卽漢武內傳，所以上元夫人出現，作爲天界女仙的意象。此詩出之以歌行體，與全唐詩所收其他三首：江南行、采蓮曲、自君之出矣，俱屬樂府；他嘗撰「玉臺後集」，收錄陳後主、隋煬帝等玉臺新詠體之作，凡十卷，自載其詩八篇。玉華仙子歌的文字風格，確已近於玉臺體；其練字工夫，楊愼升菴詩話賞其「璇階電綺閣，碧題霜羅幕」（卷三一），認爲以電霜實字爲眼，工不可言，惟初唐有此句法。全唐詩「電」作「霓」，正是玉華仙子的綺麗居所的景象，李康成筆下的仙子當是初唐已有的妓仙：其中所寫的轉態凝情的風情、洛湝流風的艷名，以及傳報相思的戀情，確有遊仙窟的同一情調。「解佩空憐鄭交甫，吹簫不逐許飛瓊」，許飛瓊也作爲諸天妓樂的象徵。

許飛瓊故事的流傳，另一有名的記載，就是晚唐許渾的記夢詩。見於「本事詩」事感第二：

> 渾常夢登山。有宮室凌雲。人云此崑崙也。旣入。見數人方飲。招之。至暮而罷。渾賦詩云云。他日復夢至其處。飛瓊曰「子何故顯余姓名於人間」座上卽改為「天風吹下步虛聲」曰「善」。

許渾改詩之事可有不同的解釋：因許渾才思翩翩，仙子所愛，夢寐求之，一至於此。或說許渾頗爲高傲，他人不能改他的詩，連神仙不滿意，也只能由他自己來改。55 其原詩云：

> 曉入瑤臺露氣淸，座中唯有許飛瓊。塵心未盡俗緣在，十里下山（一作山前）空月明。
> （全唐詩五三八）

原詩標出「許飛瓊」的名字，是否較爲句法直拙、落實呆板；改後全詩的意境是否就更爲凌空，自與許渾詩風有關。韋莊稱讚「江南才子許渾，句句清新句句奇」，正說明其句子的鎚煉工夫，不穩卽日思夜夢，至精工方止。本事詩所記的夢中改句，具體反映出許渾的創作歷程。也由於存留這一改句的逸事，可以推知仙女許飛瓊的塵心、俗緣的傳說，流傳於唐代社會，爲墉宮中爲人熟知的仙女。

諸天妓樂中另一常見於傳誦的爲董雙成，而且均與音樂有關。據浙江通志云：「周董雙成，西王母侍女也。其故宅在杭州西湖妙庭觀。煉丹宅中，丹成得道，自吹玉笙，駕龍仙去。邑人立橋上望見之，因名其橋曰望仙橋」。浙江通志所引，時代難以辨明，但由此可以推知董雙成當與江南的祠廟信仰有關。董雙成傳說的特有標幟，就是一吹笙仙女的形象，茅君內傳、漢武內傳所載的正是吹奏「雲和之笙」，而唐人歌詩二首都以吹笙的歌行體爲其特色。其一爲李德裕所作「桂花曲」：宋茫晞對牀夜話卷五所引與胡仔苕溪漁隱叢話後集卷十二所引的，闕其下半，㊿其詩云：

仙女侍，董雙成，桂殿夜涼（一作寒）吹玉笙。曲終却從仙官去，萬戶千門空自明。河漢女，玉練顏，雲軿往往到人間。九霄有路去無際（一作迹），裊裊大風吹珮環。

曲中情境，寫出西王母降眞時，桂殿夜涼，玉女吹笙。其中「曲終却從仙官去，萬戶千門空月明」，范晞文認爲卽錢起「曲終人不見，江上數峯青」承其詩意而變化。所以如此，因「贊皇詩，人少知之，而錢以此名也。」認定是李德裕之作。胡仔則引二說並存，許彥周詩話謂是李衞公作；桐江詩話謂是均州武當山石壁上刻之，云神仙所作。桂花曲自非神仙能作，惟李德裕是否有此作，全唐詩卽未收錄，可作爲集外詩。

唐末有宜春人王轂，爲昭宗乾寧五年進士，亦以歌詩擅名，所作有「吹笙引」：

媧皇遺音寄玉笙，雙成傳得何淒清。丹穴嬌雛七十（一作十七）隻，一時飛上秋天鳴。水泉迸瀉急相續，一東宮商裂寒玉。旖旎香風繞指生，千聲妙盡神仙曲。曲終滿席悄無語，巫山冷碧愁雲雨。（全唐詩六九四）

此曲，先敍笙的神話傳說，女媧爲製作發明者，董雙成則爲傳其遺音的玉女，其下乃以隱喻手法寫聲容之美。從笙樂與董雙成的關聯性，可知漢武內傳已成爲詩人文士取材之所資。

上述諸天妓樂的原始及其變化，一方面是摘取漢武內傳中熱鬧的歌樂場面，表現天界樂事。而另一方面則是因應佛敎的飛天傳說，而强調道敎的本土色彩的天上玉女。文士詩歌中所歌頌的玉女、天樂，間也反映出唐代女子修眞的風尙，有所寓託。民間社會則將其民俗化，作爲民間信仰中的女仙。凡此均可證明漢武內傳曾以不同方式流傳，其侍女爲天仙侍從的母題，由於會仙、望仙以及謫仙等神仙思想的流行，因而原本的玉女，也可獨立爲詩中歌詠的對象，這正是唐朝社會廣泛流傳仙眞傳說的社會風尙。

四、漢武內傳的研究（下）：在唐及其後道經中的衍變

唐及其後道經，對於漢武內傳的態度，部分一如無上秘要，不予徵引。但時日既久，也逐

漸有採錄其說的。而其最具決定性的，則爲杜光庭編撰仙傳時，特以墉城集仙錄爲題，確定諸女仙的地位，在宋代影響深遠。其次就是元朝通俗宗教書搜神廣記的出現，將其傳說定型化，成爲明代固定的女仙傳說。

(一)唐、宋道經的王母授經說

初唐王懸河爲搜整道書的重要人物，所撰三洞珠囊徵引道書甚衆，而不及漢武內傳；同爲王道士撰的「上清道類事相」則兼引茅君內傳、漢武內傳——但茅君部份較多，而漢武內傳部份實卽爲十洲記的靈島：崑崙島等，所以漢武傳說並不爲道教中人所樂於接納。漢武內傳的流傳具有明顯的影響，一爲南嶽九眞人傳，一爲墉城集仙錄：「南嶽九眞人傳」爲宋仁宗時廖侁據道士歐陽道隆私藏「南嶽九仙傳」，「取舊碑爲定」的仙傳，所謂舊碑，當卽「南嶽小錄」中九仙宮的碑記，前代九眞人條說是「出九仙宮碑」，乃唐懿宗咸通十年孫覿所置，可代表晚唐前後的情形。[57]其中尹道全傳，說尹眞人修洞眞還神徹視之道兼佩五帝六甲左右靈飛之符——正是上清經法，結果感得仙眞下降，而與道全有一段對話，就是採用漢武內傳的材料。仙眞謂「白日升騰者當有其才而後成其道。昔漢武帝感太眞金母授五嶽眞形、靈飛十二事，纔得尸解之道，而不能使形骨俱飛……。」道全願聞其要，仙眞所示之言「上自五帝六甲左右靈飛之符、洎混洞東蒙之文，事目次第而有十二，及五嶽眞形，取其山之向背，泉液之所出，金寶之所藏，隧脈之所通而爲之圖也……。」顯然碑記卽取於漢武內傳。道全在永嘉九年升舉，大概五嶽眞形、十二事在東晉末劉宋初已然流行，所以碑記可能較晚撰成，但相傳的道法或可旁證「漢武內傳」在東晉劉宋初已出世流傳。

唐末五代的高道杜光庭曾主持道經編撰的事，所撰仙傳卽有多種，多是搜集整理自道經，因此可視爲唐代及其前的仙傳資料之集大成者。所撰「墉城集仙錄」西王母、上元夫人卽爲其典型。西王母傳說在六朝階段，仍以「西王母」爲其名號，間有其他稱呼而不普遍；但隨著西王母信仰的發展而開始賦與宗教性神銜，南嶽九眞人傳的「太眞金母」，與墉城集仙錄的「金母元君」卽爲其具體反映。杜光庭撰金母元君傳，歷述金母的神蹟，將神話的西王母衍化爲仙化的金母，而其重要身份卽是元始天王的弟子，因此具有神通法術帮忙黃帝，又授益、尹喜圖經，間雜穆王西遊，西王母爲王歌謠的傳說；至漢，牽合木公、金母的信仰；接著卽大量運用漢武內傳資料，除上元夫人授十二事挪於上元夫人傳以外，幾全錄西王母授漢武經戒之事。其下以「又大茅君盈南治句曲之山」轉出茅君部份；末則寫與金闕聖君降於華存夫人事等作結。顯然杜光庭的編撰曾受到上清源統經目註序的啓發，將漢武、茅君依序排列。源統經目序只簡要提及傳經，而金母元君傳則是詳寫，因此爲了融化二傳，就採互有詳略的寫法，妥加調整，以玄靈之曲爲例，漢武部份詳列諸侍女，而只說「歌玄靈之曲」，不錄歌辭；茅君部份則說王母「爲盈設天厨，酣宴，歌玄靈之曲。」也不錄歌辭。至於授漢武服食藥品與眞形圖、授茅君太霄隱書等則因不衝突，而分別錄出。「上元夫人」傳則先始以上元夫人的身份、職司；而由郭密香邀上元夫人一段起，全抄錄漢武內傳；末一部份則述茅盈、王君與王母降於二君處，保留授寶經一段。青城山道場的筆法極爲自然；而且杜氏崇高的道教地位，所編撰經典流傳於道流羽士之間，金母元君、上元夫人爲後世仙傳之所本。

杜光庭曾否輯錄漢武傳，在其神仙感通錄等仙傳並未發現，或因漢武爲未成仙眞的帝王，不得獨立列於仙傳中，故僅於西王母、上元夫人傳敍及。故太平廣記所抄西王母、上元夫人出自集仙錄；而漢武帝則直接採諸漢武內傳。類此集仙錄的二女眞，爲後來仙傳襲用的；南宋紹興年間陳葆光編「三洞羣仙錄」，卷四第六紙「王母擊節、子登彈璈」條，先引集仙錄，次引漢武內傳，前者與茅君有關；後者則爲漢武，分別作爲諸天妓樂的道教故實，與「上清道寶經」卷三諸天妓樂條，僅引茅君內傳略爲不同，也可見漢武內傳在唐以後逐漸流傳。而撰述仙傳者直接引錄茅君內傳、漢武內傳固仍有之，但大多根據杜光庭集仙錄之說，可見其流布之廣。著名的「歷世眞仙體道通鑑」爲金元南宗道士趙道一所編，卷十六茅盈傳卽全取茅盈內傳，而不錄漢武傳；至於「後集」所載女眞，其取材頗多採自集仙錄，卷一金母元君列於無上元君、太一元君之後；上元夫人列於卷三。金母元君全襲自集仙錄，上元夫人亦襲自集仙錄，但簡略漢武帝部份，言「事載金母元君傳」——實則金母元君傳並未詳述十二事傳授之事，所以上元夫人授漢武寶經事等於未載；而茅君部份則全予抄襲。杜光庭爲入蜀，居於青城山的一代宗師，影響晚唐、五代的道法甚鉅；趙道一生平雖欠詳，但大概是元代南宗道士，所錄仙眞較屬各不同教派、教團的傳說，對後世仙傳自有深刻的影響力。

漢武內傳的傳經事迹，雖是因特殊需要而造構出來的，但至宋朝靈寶經再度大量製作時期始有新發展。靈寶經自東晉、劉宋時造構行世，其後迭有發展：北宋曾以之與道德經、南華眞經爲道職考試的道經；而且江西臨江閤皀山之爲靈寶宗壇，足與金陵三茅山的大洞宗壇、信州龍虎山的正一宗壇，鼎足而三，所以有關靈寶經的注解、撰述頗爲風行，徽宗卽嘗注「度人經」。[58]靈寶經系特筆記載漢武傳經之事，卽爲譯成書品說。依道藏所存者凡有三種，內容大體相同：一爲鬱字號「上清靈寶大法」六十六卷，爲寧全眞授、王契眞纂；二爲獸字號「上清靈寶大法」四十七卷，寶慶間（一二二五—一二二七），金允中撰集；三爲題名「天眞皇人撰集」的「靈寶無量度人上經大法」七十二卷，其中一、三種有了眞可度的古序，年代雖不可確知，但可信是北宋、南宋靈寶經最爲流行時期的產物，對有關的靈寶經作一分類品目的工作。由於編撰者依意纂集，致有不同的版本行世。漢武傳經中，一、三種較詳，且文字大體相同；而金允中一種則爲節錄。寧全眞所授一種，卷一「開宗明義門」有總敍，云：「天眞皇人有八明五譯七經八緯十奧四十七章，總成一部。」接於敍述靈寶大法之所出之後。而「靈寶无量度人上經大法」即題爲天眞皇人所撰集，卷一八明開聰品的玄師曰，正敍述靈寶大法之所出，所以上經大法應較早編成。

上清大法較上清靈寶大法早出，還有一證：就是八明中「四則」部分，王契眞纂集時有脫文現象，而上清大法較完整敍述「西王母奉元始之命，說靈寶三十六部尊經，於武帝時下降人間，授帝无上洞眞、洞玄、洞神之教；至于桓帝永壽六年，又下降人間，演正一太清洞神之道，方成三洞，皆因靈寶大法，化生一切聖人也。」王契眞則改爲「晉永和十一年，玉清洞眞之教，下降人間，方成三洞。」將靈寶經的出世歸於元始天尊，正是元始系靈寶經的一貫說法，與仙公系不同；惟突顯西王母爲說靈寶經者則爲宋靈寶經的特色。[59]譯成書的說法，爲道教內部相信「玉字生於虛無之先，隱乎空洞之中，名大梵玉字」，其後火煉成赤書，然後元始天尊爲玉晨道君、靈寶教主撰此靈書五篇眞文，名雲篆光明之章，西王母擔任傳授者，此爲前三譯的概要；至第四譯，「漢元封元年七月七日，西王母下降，以此經法授漢武帝，帝亦不曉大梵之音」，王母爲其解說，遂以筆書之，改天書玉字爲今文。這段敍述明顯地襲用漢武內傳的降眞情節，原先上清經系的思想只言存思、服食；而靈寶經則兼取大乘思想以與中國本土思想融合。這是漢武傳說中的一種新的發展。

南宋孝宗、光宗年間，龍虎山上清正一宮道士留用光授蔣叔輿的齋醮書，所輯陸修靜、張萬福、杜光庭的資料，經編成「无上黃籙大齋立成儀」，卷二十一即輯自杜光庭所集；其中三洞眞經帙品目：「三一經、龍蹻經」爲天眞皇人授與黃帝，而「上清經四十六卷」爲西王母授漢武帝，後有杜光庭在唐昭宗大順二年（八九一）閱省科教的紀述。將上清經歸於西王母的傳授，是符合上清經系說法的；但所受者竟是漢武帝，而將上清經史公認的「王君授上清經三十二卷」給魏夫人置於後。這是違反陶弘景等道士的說法，杜光庭仍將「靈寶經十六卷」認爲是三眞人授葛仙翁，則符合仙公系靈寶經的說法。留用光等採用杜說，爲較傳統的舊說。

(二)元、明仙傳的諸仙傳說

兩宋，尤其金元以下三教思想漸次發展，形成一種民衆宗教思想，據信原本至少元代既已出現的「搜神廣記」，屬於搜羅儒、釋、道三教的「搜神關係的類書」。其後至少衍變成兩種系統：一爲金陵富春堂梓行的六卷本「新刻出像增補搜神記」，原刻於萬曆廿一年，重刻於萬曆三十五年，此卽續道藏本題爲「搜神記」（高字號）；另一爲四知館楊麗泉的晚明刊七卷本「三教源流聖帝佛祖搜神大全」。此二系統的先後問題，李獻璋推測爲「三教搜神較古而增補搜神記爲新」，[60]但因其所據均屬一種共通的祖本，所以新古問題並不重要。若以有關西王母的記事而言，其詳略卻可見出其襲用改寫之迹：二系統本均有西王母與茅君記事，而未及上元夫人，此乃自民衆信仰的觀點編撰之故，所以天妃娘娘條敍述天妃及其侍女「擬西王母」，正可見西王母信仰之受重視。搜神廣記題其名號爲「西王母」，三教搜神作「西靈王母」，略有不同——因後者乃尤近於明末三教合一的民衆日用俗書。[61]至於記事方面，搜神廣記較三教搜神增加王母五女、與漢武內傳中西王母降眞事；三教搜神則多一首有關王母歌辭。但不管其詳略，其材料卽祖襲一「共通的原本」，而原撰於元代的編者其取材所自，近於集仙錄系統；但搜神廣記的王母五女應另有所據，此爲二本最大差異的所在，增加西王母另一新形象。至於茅君傳，二本均題作「三茅眞君」，但記事則大有差別：三教搜神注明取自「太玄眞人內傳」——太玄眞人爲神職名銜，也就是茅君內傳。大抵保留茅君師事王君、拜謁王母並得寶經，始還人間的情節等；搜神廣記則略於拜師求經，而多寫其返人間的神蹟與度二弟之事。類此記事的互有詳略，顯示其祖本爲流布甚廣的民間通俗搜神類書；而西王母、茅君傳說的仙傳形式至此又經一變。

搜神廣記與三教搜神二本有關西王母的傳記資料，由其前條「東華帝君」傳所載「聖朝至元六年」上尊號一事推測，應該是保留元代所寫的記事——至元六年元世祖追封全眞五祖七眞。[62]但搜神廣記之本流傳於晚明社會，又成爲當時仙傳取材的對象：王世貞輯次「列仙全傳」——有明萬曆廿八年刋本，卷一西王母傳卽採諸搜神廣記，與西王母常並列的東王公——列仙全傳題作「木公」，卽節取自「東華帝君」前半——東華帝君生於碧海之上，號木公，又號東王公。證明其與搜神廣記有關，尚有「東王宮」與玉女投壺一條，全襲搜神廣記，而三教搜神則無此條。另外就是西王母之女，也是搜神廣記所獨有——所謂五女不合道教傳說；而且搜神廣記富春堂本將「媚蘭」誤爲「娟蘭」，乃眞誥卷二所說雲林夫人，爲「阿母第十三女」；淸娥卽紫微夫人，爲「阿母第二十女」（卷一）；而華林卽南極夫人、玉巵爲太眞王夫人。另外富春堂本諸天妓樂闕玄「靈之曲」三字，列仙全傳則未闕。互證其關係者，還有列仙全傳卷二茅盈傳，文字全同，而搜神廣記多「今祠廟鼎列於句容之茅山三峰，靈應奇驗，禮拜者傾江以南云」的當世記事，當卽萬曆間重刻補筆者。

萬曆三十五年張萬祥續修道藏，亦輯入「消搖墟經」（槐字號），前有序言，惟未署名。四庫著錄有「仙佛奇蹤」四卷本，爲內府藏本；又有月旦堂刻板陶氏重刋本，其人數雖稍有出入，然所錄仙佛大抵相近。惟月旦堂本書前的「仙引」，明著「了凡道人袁黃題」七字，袁黃爲萬曆年間倡三教思想的名家；序卽云「洪生自誠氏，新都弟子也，一日攜仙紀一編徵言於予」，新都當卽汪雲鵬，[63]洪自誠所撰，卽曰仙佛奇蹤，正兼括仙佛二教：前二卷記仙事，名曰消搖墟；後二卷記仙事，名曰寂光境。道藏續修，爲突顯仙事，「消搖墟經」當爲配合道教而改名，但仍保留佛家傳記及後附無生訣一卷。卷一首列老君，東王公及西王母，月旦堂本均有版畫，道藏本則僅錄其文字。東王公傳略去列仙全傳中記九品仙部分，餘均襲用。西王母傳，除省略「一字太虛」四字，其餘如王母女媚蘭及彈玄靈之曲的侍女，均有提及。洪自誠卽爲汪雲鵬弟子，疑卽改編自列仙全傳。要之，都可歸於搜神廣記一系，由此可證三教搜神大全或搜神廣記等一類通俗性的仙佛等神祇傳記，廣泛流傳於明代社會。

續修道藏所收「天皇至道太清玉册」，爲道教類書，編成於正統年間，將諸多已定型的道教說法滙集。卷八就收錄「董雙成，許飛瓊，婉陵華，段安香」諸玉女名，旣有婉陵華，自是屬於漢武內傳一系。再與搜神大全、列仙全傳等參而觀之，所記載的也全出於漢武內傳一系，而茅君內傳的諸天妓樂情節反而不再見於茅君傳記中，亦可證西王母降見漢武帝具有傳奇性。因爲這些仙傳大多只保留故事的間架，至於服食方、所授寶經多僅一筆帶過，這種著重故事情節，實非當初爲傳經授訣而造構的初衷。

神仙傳記陳陳相因，以淸代爲代表，尤其是早期傳說中的仙眞，因其流傳旣久，漸有逐漸固定化的傾向。本來仙道傳說如以口頭傳播的方式，就像許多口語文學會因不同時代、地域，而形成不同的「版本」；至於以書本紀錄爲傳播方式——所謂書承系統，除非宗教思想發生改變，像集仙錄與搜神廣記，由道教而變成三教合一的通俗民間信仰，保持民間社會對於神仙傳說較爲靈活的創造力。而一般依據書承而編纂的仙傳，則多只抄襲舊有資料，而不能隨時採取民間宗教信仰所蘊育的新說，就像西王母成爲民間崇拜的金母娘娘之後，自然會有地域性的宗教傳說附麗其上，使其富於新奇的、創造的意義，類此創新的神話、傳說始爲宗教、神話具有無窮再生力量的源泉，民衆常借此將其儀式予以合理化，此爲民間傳說中的金母娘娘崇拜。至於書承系統可以兩種爲代表：一爲龍虎山眞人、包山黃掌綸同訂的「繪圖歷代神仙傳」，有康熙庚辰石園先生鑑本（一七〇〇），乃採集諸仙傳編成。[64]像卷一漢武帝，則節抄自漢武內傳；卷五大茅君則以茅君內傳爲其主體；女眞部份則卷二十收西王母，而未錄上元夫人，西王母傳襲自集仙錄，但僅止於漢武事，而以「語在漢武帝傳」而不多載，類此仙傳多只抄錄舊籍而已；另一種則依時代編成仙史，像清初順治、康熙間玉樞眞人王建章所編「歷代神仙史」，多據神仙通鑑，貫串成史。[65]其中卷一三茅君，以節錄茅君傳爲主；卷八金母、上元夫人以集仙錄系爲主，簡要敘述，只是取便讀神仙傳記之人而已。

大抵漢武內傳的流傳，分別以漢武帝、西王母、上元夫人的個傳，出現於神仙傳記中，其中西王母傳說歷久不衰；而其衍變之迹，則唐朝集仙錄系龜山金母爲一變；元朝搜神廣記系靈臺金母又爲之一變，而大抵源本漢武內傳。可知此一上清經系僞經一成聖傳後，其影響既深且遠。

附註

❶ 嚴懋垣，「魏晉南北朝志怪小說書錄附考證」，文學年報第六期，頁三三二。此一資料爲葉慶炳教授所提供，特此致謝。

❷ 昌彼得，「說郛考」原刊東亞學術年報第一期，後收於「說郛考」（臺北、文史哲出版社、民國六十八年）頁一四一。

❸ 余嘉錫，「四庫提要辨證」（臺北、藝文書局、民國五十八年）頁一一二六。

❹ 胡玉縉，「四庫提要補正」（臺北、木鐸出版社、民國七十年）頁一一二九。

❺ 魯迅，「中國小說史略」既已論及，其後如孟瑤「中國小說史」均襲其例。

❻ 小南一郎，「中國の神話と物語り」。（東京、岩波書店、一九八四），頁四一五。

❼ K.M. Schipper " L'Empereur Wou des Han dans la l'egende Taoiste "（paris, 1965）

❽ 陳國符，「道藏源流考」（臺北、古亭書屋，民國六十四年），頁九—十一。

❾ 石井昌子，「眞誥の成立に關する一考察」，「道教研究」一，其後收於「道教學の研究」（東京、國書刊行會，一九八〇）。

❿ 早期道教所受佛教傳說的影響，將另文處理。

⓫ 十洲記的研究，參本書第三章。

⓬ 丁福保，「全漢三國晉南北朝詩」（臺北、世界書局，民國五十八年）。逯欽立，「先秦漢魏晉南北朝詩」（臺北，木鐸，民國七十二年）。

⓭ 陳國符，「道藏源流續考」（臺北、明文書局，民國七十三年）頁三五一—三五二。

⓮ 孫克寬，「元代道教之發展」（臺中，東海大學，民國五十七年）頁八五—八七。

⑮ 小南一郎前引書，頁四一〇—四一三。

⑯ 陳國符，「道藏源流考」對此諸經，到底是楊許眞經、抑或王靈期僞造，認爲已不可考，見頁一六。

⑰ 齊治平校注本「拾遺記」（臺北，木鐸出版社，民國七十一年），頁一四一。

⑱ 無上秘要引用洞玄太極隱注經、或洞玄隱注經，與上清太極隱注玉經寶訣爲同系經典，屬靈寶經的一種，靈寶中盟經目著錄太極隱訣一卷，爲六朝古道經。吉岡義豐，「老子河上公本と道教」收於「道教の綜合的研究」（東京，國書刊行會，一九七七）。

⑲ 孫詒讓，「札迻」卷十一曾論漢武內傳的用韻問題，以「子」字，古有、止二部通韻現象解說之。

⑳ 三品仙的衍變，參拙撰「神仙三品說的原始及其衍變」，收於「漢學論文集」（二）。

㉑ 本草醫學及其養生思想，參拙撰「嵇康養生思想之研究」刊於「靜宜文理學院學報」第二期（臺中，民國六十八年）；「葛洪養生思想之研究」刊於「靜宜文理學院學報」第三期（臺中，民國六十九年）。

㉒ 陳國符前引「道藏源流考」，頁三八九。

㉓ 陳國符前引「道藏源流續考」有中國外丹黃白法詮考錄。

㉔ 李約瑟博士原著，劉廣定、張彝尊譯，「中國之科學與文明」（十四）（臺北，商務印書館，民國七十一年）頁三〇一—三五七。

㉕ 參拙撰「魏晉南北朝文士與道教之關係」二章三節述魏晉南北朝老學與神仙養生說，（臺北，政大中文研究所博士論文，民國六十七年）。

㉖ 陶弘景「眞誥」卷二第一紙紫微夫人授書：「夫黃書赤界雖長生之秘要，實得生之下術也。非上官天眞流軿晏景之夫所得言也，此道在長養分生而已，非上道也。」又卷五第一紙、卷九第九紙、第十八紙等均可代表上清經系的一貫說法。

㉗ 陳國符，「道藏源流考」，頁六二—六六。

㉘ 關於四極明科經的編成，參尾崎正治，「四極明科の諸問題」，刊於「吉岡博士還曆記念道教研究論集」、（一

九七七）。

㉙ 井上以智為，「五岳眞形圖に就いて」（内藤博士還曆祝賀、支那學論叢、一九二六）、小川琢治，「支那歷史地理研究」（弘文堂、一九二八）。

㉚ 施博爾著、M・スワミエ譯：「五岳眞形圖の信仰」刊「道教研究」、二冊（日本、豐島書房、一九五七）。

㉛ 小南前引書，頁三三二—三五七。

㉜ 長沙馬王惟漢墓出土文物，見「文物」一九七五年二期。

㉝ 李約瑟著、姚國水譯，「中國之科學與文明」六冊（臺北、商務、民國六十四年）頁一三三。

㉞ 小南一郎前引書，頁三四六。

㉟ 陳國符，「道藏源流考」，頁八。

㊱ 小南一郎前引書，頁三五三。

㊲ 馬伯樂（Maspero）著、川勝義雄譯，「道教」（Le Taoism）（東海大學出版社、一九六八）。

㊳ 參拙撰，「不死的探求」（臺北，時報文化，民國七十四年）頁二三七—二四二。

㊴ 陳寅恪，「天師道與濱海地域之關係」，收於「陳寅恪先生論文集」(上)（臺北、九思、民國六十六年）頁二七一—二七八。

㊵ 參呂思勉，「兩晉南北朝史」上（臺北，開明書局，民國五十八年）頁二七七—二八一，張儐生，「魏晉南北朝史」（臺北、幼獅文化事業公司，民國六十七年）頁二八二—二八四。

㊶ 小林正美，「靈寶赤書五篇眞文の思想と成立」，刊於「東方宗教」六〇期（一九八二）頁四二—四三。

㊷ 陳國符前引書附錄道學傳輯本，頁四八九。

㊸ 參拙撰「洞仙傳之著成及內容」，中國古典小說研究專集1（臺北、聯經、民國六十八年），現收於第三章。

㊹ 有關漢武故事、漢武洞冥記的著成年代，李劍國持漢人所撰說，「唐前志怪小說史」（南開大學、一九八四）而王國良則採六朝說，「魏晉南北朝志怪小說研究」（臺北、文史哲，民國七十三年）。

㊹ 有關西王母在道教中的衍變，將另文處理。

㊺ 衛挺生，「穆天子傳今考」第二册（臺北、中華學術院，民國五十九年）頁二七〇。

㊻ 范寧，「博物志校證」（臺北、明文、民國七十年）、頁九七、一〇三。

㊼ 小南一郎前引書，頁三六四—三九一。

㊽ 守屋美都雄，「中國古歲時記の研究」（東京、帝國書院、一九六三）。

㊾ 前引拙撰「不死的探求」，頁四八六—四九四。

㊿ 牧田諦亮，「疑經研究」（京都，人文科學研究所、一九七六）頁三四五—三六八。

51 魯迅，「古小說鈎沈」（臺北、盤庚版、民國六十七年）頁三四六。

52 參潘重規，「敦煌變文集新書」（下）（臺北，中國文化大學中文所，民國七十三年）頁八七。

53 王夢鷗先生，「唐人小說研究」（臺北，藝文印書館，民國六十年）頁八八—八九，頁一三五。

54 王夢鷗先生，「唐人小說研究」四集（臺北、藝文印書館，民國六十七年）頁七。

55 參江聰平，「許渾詩校注」（臺北，中華書局，民國六十二年）頁二。

56 全唐詩外編（臺北、木鐸出版社，民國七十三年），頁一一二、四六九。

57 南嶽小錄著錄於新唐志神仙家，道士李冲昭撰，道藏收於虞字號。

58 有關靈寶經，參福井康順，「靈寶經の研究」，收於「東洋思想史研究」（東京、書籍文物流通會、一九六〇）。

59 初期靈寶經的研究，近年有小林正美，「劉宋における靈寶經の形成」，刊「東洋文化」六二號（一九八二）頁一〇〇—一〇五；「靈寶赤書五篇眞文の思想と成立」。

60 李獻章，「三教搜神大全と天妃娘媽傳を中心とする媽祖傳說の考察」，原發表於東洋學報第三十九號，後收於「媽祖信仰の研究」。

61 酒井忠夫，「中國善書の研究」（東京、國書刊行會、一九七七）頁二九九—三〇一。

62 有關元代爲聖朝的記事凡有大德四年、延祐三年、至元六年；至元六年可置於元世祖朝。

63 列仙全傳的萬曆刊本，李攀龍撰序，而「新都汪雲鵬書」，此本爲王世貞輯次，又「新都汪雲鵬校梓」，新都當卽汪雲鵬的代號，明人流行此種稱謂法。

64 康熙刻本至道光年既已不多見，通行者爲道光三魚書屋重刻本。

65 原本當爲有康熙癸酉（一六九三）姚江景星杓之序者，此據新文豐翻印東陸書局本。

第三章・十洲記研究

——十洲傳說的形成及其衍變

一、前　言

十洲記被收入正統道藏洞玄部記傳類，屬於道教寶經；也名列魏晉南北朝志怪小說書錄，屬於道教思想產物❶。其所傳述的十洲三島仙境說，爲六朝道教吸收古來流傳的各系樂園神話、緯書的神秘與圖說，綜合修貫，轉化爲宗教性的道教仙境。類此情形，正是道教形成時期容納、消化先秦、兩漢宗教、神話以及擬科學，借以構成自己的宗教思想體系。十洲仙境既成之後，在道教世界中固然基於寶奉聖典之故，完整保留於道藏秘笈；但流傳於不同道派、不同時代，因應道派之需卻被調整、改變成不同形式的新十洲傳說。深入探討其源流正變，可以瞭解道教仙境說的衍變情形。

十洲記首見於隋志地理類，有一卷；而隋志史部雜傳類著錄漢武內傳三卷，如果依據五嶽眞形序論推測，其中應包含十洲記一卷；若旁證以道教類書「上清道類事相」，卷二引紫翠丹房、卷三引方丈之阜，俱題爲「漢武內傳」，實則前一條見於今本十洲記崑崙部分，或可證唐道士王懸河所據的版本，正有漢武內傳三卷本的十洲記，此自與十洲記的形成有關❷。隋志之後，唐志也列於地理類，將十洲記置諸「地理類」中，正反映六朝史志將具有神話傳說性質的宗教性輿圖視同地理書的觀念，十洲記的地理觀其後衍化成道教的名山嶽瀆說。後來崇文總目、通志藝文略及宋書藝文志等都承襲其分類法。新唐志則列於神仙家類，爲變通之計，乃有見於神仙道教仙境說的特質；値得注意的是宋志神仙類又著錄題爲「十洲三島記」一種，特別標出「三島」，恰反映宋朝道教經籍有十洲三島思想的流行，所以史家據以著錄。另一種分類法則列於小說家類，直齋書錄解題、文獻通考如此分類；至四庫總目更視爲小說，與漢武內傳等同列，且題爲「海內十洲記」，乃因十洲記所反映的原始「海內」的地理觀。大抵而言，十洲記屬於解說十洲三島等仙境傳說的道教思想類筆記小說，乃六朝時期的道教藝術。

十洲記的撰述者，歷代著錄多題漢東方朔，此自是依託。四庫提要引「文選應貞晉武帝華林園集詩李善註引洛陽圖經，曰華林園在城內東北隅，魏明帝起名芳林園，齊王芳改爲華林」，因證明書中載武帝幸華林園射虎事，絕非漢武帝時東方朔所能使用。又引衞叔卿事、五岳眞形圖事，知其必出神仙傳、漢武內傳後。十洲記與漢武內傳有關，且稍後於漢武內傳撰成；故四庫籠統說爲「六朝詞人所依託」；而嚴懋垣據其文體的凌亂——首尾類自述體，而中間則顯係第三人追記之辭，稱謂的混淆——不稱朔而稱方朔，又引據魯迅之說，推定爲「六朝晚期道教建立之後，好事之士依託而成。」❸其實，推測十洲記的撰成應以三點爲基點：一由十洲記與漢武內傳的關係，彼此互證；二由十洲記的撰成資料，乃綜合緯書地理、魏晉雜記及道教新說，故可由內容證；其次取十洲記與道經比較參證，因其異同而證明十洲記的撰成，與上清經系有密切關係，而且其時代不會晚至六朝晚期，大約在東晉末劉宋初上清僞經造製時期。

今傳十洲記的版本多種：像漢魏叢書本、龍威秘書本、百子全書本、顧氏文房小說本、寶顏堂秘笈本、五朝小說本、四十家小說本、古今逸史本、說庫本、重編說郛本、四庫全書本等；又道藏本因明正統年間始重修道藏，其爲原存秘藏之本，抑有取於明人編修之本，殊難確定。但諸本僅文字小有出入，而大體無大差別。一般類書俱屬節引，像藝文類聚、太平御覽、及紺珠集、類說等，所錄條文均見於今本；又如太平廣記所註「出十洲記」者四條，其中不見於今本者二條，卷二三九吉光裘，明鈔本作「出西京雜記」；又卷四一四飲菊潭水，應出盛宏之荆州記❹。所以由類書所引，可證今本近於原帙。

原本十洲記撰成之後，流傳於道教內部，其引用情形約有三類：一爲節引，像王懸河編上清道類事相，卷三寶臺品滄海島有積石室條、崑崙有瓊華室條，與今本同；另一崐崘山一曰玄圃臺條，云出大洞記，「亦見十洲記」，與今本同，但卷一仙觀品引「十洲記云：瀛洲有金鑾之觀」條❺，則爲王嘉拾遺記卷十瀛洲條的誤引。二爲撮引，像元始上眞衆仙記引「扶桑大帝住在碧海之中」一段，乃檃括扶桑島記事而成文，只要證明兩種道經的撰成時代卽可知其流傳情形。第三類最爲複雜，旣非誤引，也非撮引，乃屬於新十洲記而仍題名十洲記，像修眞太極混元圖引「十洲記曰：風塵之外而有四海」云云，屬新出之說，乃十洲傳說的衍變，關聯及道教教理史。因此，以道藏本爲主比較道藏中的十洲傳說，具有書誌學以外的另一種意義。

二、十洲記的形成

(一) 十洲記的構成與眞形圖說

十洲記的結構形式分爲兩大部份：首尾爲漢武帝與東方朔的對話，乃以東方朔爲主角的自述體；中間部份則羅列海內洲島；先敘十洲、次敘三島等，近於六朝時期流行的雜記體。其組合情形確如嚴懋垣所說，「文體甚凌亂」，顯有不甚統一之處。今本十洲記之所以形成兩種截然不同的文體，應該與當時編撰者的編撰過程有關，頗疑十洲記原先早已存在一種條列十洲三島等諸名山的原本，此卽中間的雜記體——嚴懋垣說的「顯係第三人追記之辭」，其流傳與五嶽眞形圖有關。其後上清經系編撰「漢武內傳」的時期，基於張大其教的立場，張開遺製，盛其藻麗❻，將原本十洲記加以損益，與漢武內傳及附錄的傳經仙眞傳記合成一系列的經典。所以今本十洲記的撰成，約與漢武內傳同時或稍後編撰於東晉末期。

十洲記列於正統道藏洞玄部記傳類，在杜光庭「洞天福地嶽瀆名山記」之前，兩種俱屬紀錄洞天福地的道教地理書。將十洲記置於洞玄部，而不與「漢武帝內傳、外傳」同置於洞眞部。此一問題關涉及道藏編纂史，其錯綜複雜實不易解決。大抵而言，洞眞部多題爲洞眞上清某經，洞玄部道經概題爲洞玄靈寶某經，而洞神部則爲洞神三皇經。其混淆之因，爲陸修靜等綜括三洞，既已調和；而道藏歷經纂修，數經重編，所以上清經系編成的十洲記置於洞玄靈寶之部，實也不能過度推測其原因。但由此引發一種推測，十洲記所依據的資料應與重視符圖的靈寶經系有關，古靈寶經的起源常託始於夏禹治水時神人授與秘符，此符又與漢緯「河圖絳象」等有密切關係。

有關靈寶經的編撰情形，經近代學者精密的考證已大體清楚❻。目前所知的古靈寶經目，以葛洪所錄存的爲最早，抱朴子辨問篇云：「靈寶經有正機、平衡、飛龜授袟，凡三篇，皆仙術也。」對照遐覽篇與神仙傳，可知靈寶經又名仙隱靈寶方，正機又名白禹正機，飛龜授袟又名伊洛飛龜秩、飛龜振經，各一卷。屬於神秘飛行術的古靈寶經，其傳授譜系在抱朴子中雖未具體明言，但後來仙公系靈寶經則言之甚鑿，雲笈七籤卷三言及三洞經教部，其中傳靈寶經的譜系，太極眞人徐來勒與三眞人降天台山授葛玄、玄傳鄭思遠，思遠以靈寶及三洞諸經付奚，奚付悌，悌再付其子洪，葛洪因此錄存其目。洪又在建元年間於羅浮山付安海君望世等。葛洪所閱靈寶經，應有部分文字被引用於抱朴子等著述中，而十洲記的洲島正有一部分與抱朴子有關。

靈寶經的發展，則與葛洪的從孫巢甫有密切的關係。葛氏家族所傳道法中有靈寶法，至少葛巢甫既保有其中一部分，所以當道教在東晉時期的江南地區蓬勃發展的階段，不同道派均大量造製道經，巢甫因得以「造構靈寶，風教大行」（眞誥敍錄），此時約當東晉孝武帝太元末，至安帝隆安年間。據陶弘景在「眞誥」中的考察，巢甫的靈寶經或有雜糅楊羲等人所出上清經的成分；而王靈期在深念巢甫所造靈寶大爲風行之餘，稍後也詣許黃民求經，復依此造構道經，同樣風行於世。這是道經編纂史一錯綜複雜的時期❼。十洲記的造製完成，就在這段靈寶「風教大行」，因而促使王靈期出而仿製上清經的關鍵期，因此兼有古靈寶經與上清經的神秘輿圖說。

十洲記中間的主體雜記十洲三島，每洲爲獨立的記事：首列洲島所在的地理位置，次述所有的異產（動、植、礦物等）及其神效；末述棲集的神仙等。類此紀載洲島的仙道地理，反映魏晉時期仙境說的「聯合仙山」觀念：張華博物志尙近於雜記叢殘小語的雜錄體，雜記西方崑崙仙境系與東方海島仙境系，分別收錄於卷一地理類，不過今本則未見有祖洲等十洲記事。其次西晉末、符秦王嘉撰拾遺記，卷十諸名山記則於兼取東、西二系仙境說之外，已雜染佛教須彌山神話，又以輿內名山洞庭山殿後；但也未將十洲記的大部分洲島列入名山之列，此外其文體已非直錄，乃是綜合多種資料而出諸綺麗的文字風格❽。十洲記則將方丈洲、扶桑、蓬邱，附上滄海島等東方仙島系與崑崙、鍾山等西方仙山系安置於後；前面則爲博物志等未列的海上諸名山；祖洲、瀛洲、玄洲、炎洲、長洲、元洲、流洲、生洲、鳳麟洲、聚窟洲。十洲的出現雖較神話中的樂園——西方崑崙、東方蓬瀛爲晚，但仍淵源於漢緯地理。

緯書地理說乃基於神話、宗教與擬科學（pseudo-science）所形成的神秘輿圖說，其淵源可溯至鄒衍的地理說：鄒衍說中國爲瀛海所包圍；山海經中關於「海」的觀念，也認爲南、西、北、東、中諸山之外，乃有海外的南、西、北、東諸海。類此以陸地爲中而繞以瀛海的思想，爲流傳於北亞、西亞等地區的宗教性輿圖觀❾。所以構成四海的東海、南海、西海、北海，不僅是泛稱的方位，而是當時流傳的認爲具有眞實性的輿圖。緯書中的地理觀卽是承襲鄒衍及其後方士者流，但對於海的觀念——包括海中的名山者，更爲具體的加以描述。十洲記的十洲與「海內」說多傳襲自緯書中河圖類的地理說，所以題爲「海內十洲記」確能契合緯書的地理觀。

河圖類的古讖緯書，失傳者頗多，僅以殘存者對照，也可證明河圖地理資料至道教興起之後卽被吸收消納，其中見於河圖括地象一條、龍魚河圖二條，與十洲記幾於全同——其中括地象說瀛洲、龍魚河圖作流洲，應以流洲爲是。

> 流洲在西海中，地方三千里，上多山川積石，名為昆吾石。冶其石為鐵，作劍，光明四照，洞如水精，以割玉如泥。（古微書三四）
>
> 元洲在北海中，地方三千里，去南岸十萬里。上有芝草，玄澗，澗水如蜜味，服之長生。（古微書三四）

十洲記的流洲、元洲條就是襲用此類緯書，僅文字小有出入，最奇特者在文末，元洲條多「與天地相畢，服此五芝，亦得長生不死，亦多仙家。」流洲條多「亦饒仙家」。類似的寫法多見於十洲記中，如瀛洲「洲上多仙家」、炎洲「亦多仙家」之類，疑爲增益部份。龍魚河圖託爲龍魚負圖付黃帝，河圖括地象則夏禹授於河精，或得諸會稽、黃河，此類說法乃造河圖者故神其說，但源於黃帝、夏禹之說卻爲道教初期道經常見的教內說法。另外還有一種影響道教極深且遠的爲圖形，唐張彥遠歷代名畫記敍述「古之秘畫珍圖」中，就有河圖括地象圖十一卷與龍魚河圖。陳槃庵先生說古籍以「圖」名者，大都有圖。河圖現存者可考出七十三種之多，可見有圖有文的河圖當其流傳鼎盛時，數量必甚可觀，現存文字部分殘存者已不多，而秘圖早已蕩然[10]。以如許殘缺的文字而已有兩條見於十洲記，則據此可以推論其餘諸洲必多承襲河圖遺文。因爲十洲記的行文格式都根據河圖：首述在某海中，次述其方位，次述其面積及距離中國海岸的里數，形成指示其地理位置的形式；接下則敍述各種異產異獸，並特別强調其神異效果；最後以仙眞所治作結。像這種文字敍述風格與形式的類似情形，自可說明河圖類的緯書爲十洲記的重要來源之一。

從現存的流洲、元洲兩條資料，對照十洲記中其他洲島的敍述，可以作進一步的推測：首先值得注意的是現在輯佚所得的緯書，十洲記事是分條列出，但原先應該已具有一種組織的形式：除了前述的敍述筆法具有一致性之外，就是在方位的安排上，顯然是具有四海的輿圖設計的關聯性：從流洲「在西海中」、元洲「在北海中」的設計，將其置於十洲記中，就可列出一張簡表：

祖洲，近在東海之中。

瀛洲，在東海中。

玄洲，在北海之中，戌亥之地。

炎洲，在南海中。

長洲，在南海辰巳之地。

元洲，在北海中。

流洲，在西海中。

生洲，在東海丑寅之間。

鳳麟洲，在西海之中央。

聚窟洲，在西海中，申未地。

滄海島，在北海中。

方丈洲，在東海中央。

扶桑，在東海之東岸。

蓬丘，對東海之東北岸。

崑崙，在西海戌地，北海之亥地。

鍾山，在北海之子地。

河圖既已有「西海」、「北海」的觀念，則其他各洲也應分別佈列於四海中。由此可以推知在「十洲記」撰成以前應有一較原始的河圖形式的十洲記，其中所說的「海」正是古地理書中，如山海經的四海說。鄒衍及其方士之流的瀛海說，認爲中國爲一被海環繞的陸地，其上有四嶽或五嶽；陸地之外的瀛海則按中國人的方位觀，被整齊化爲東、南、西、北四海。有一點必須指出的，在古中國人追求秩序化、條理化的思惟習慣中；常將宇宙大地按照順時針的、或是北半球的地球自轉所形成的運轉習慣，畫分爲東、南、西、北——或山海經有特殊意義的南、西、北、東，這是合乎科學的方位順序⓫。而在今本十洲記的排列次序中却有不同的排列，就是始於東海之後，隱隱地順著南海、西海、北海排列下去；其中却將北海的玄洲、元洲提前，且雜厠其中。這一情形由漢武內傳與十洲記所述的十洲順序，又非版本流傳所發生的錯簡，實在有違古人的習慣。所以王靈期等一類造構者，當依據原本十洲記，或只據緯書中已殘缺不全的十洲記事，重予組合，故有散亂之感。

十洲的方位，長洲、生洲、聚窟洲以及崑崙、鍾山等，都有一共通點，就是强調其以十二支名所列的位置。這是緯書中原有，抑王靈期等所加，文獻已不足徵，但却具體反映漢代易學的八卦、十二辰與四方位配合的現象。還有一項難以確定是否獨創，抑有淵源的，就是仙島部分與仙洲部分的組合。無論如何，在十洲記中已集合不同來源的傳統納入一新的體系中。漢武內傳託諸三天太上道君的壹段，自是十洲記的寫作張本，也奠定其續寫十洲記的理論依據。但十洲記中也需要有具體的敍述以爲呼應，今本是被安排於崑崙山與鍾山之間，雖是較乏發凡起例的導論作用，總算能對如何聯結十洲、三島——其實應有六島或四島，提供一極有趣味的形上理論：

> 是以太上名山鼎於五方，鎮地理也；號天柱於珉城，象綱輔也。諸百川極深，水靈居之，其陰難到，故治無常處，非如邱陵，而可得論爾。乃天地設位，物象之宜；上聖觀方，緣形而著。爾乃處玄風於西極，坐王母於坤鄉，昆吾鎮於流澤，扶桑植於碧津。

離合火生，而光獸生於炎野；坎總衆陰，是以仙都宅於海島；艮位名山，蓬山鎭於寅丑；巽體元女，養巨木於長洲，高風齊於羣龍之位，暢靈符於瑕邱。至妙玄深，幽神難盡，眞人隱宅，靈陵所在，六合之內，豈唯數處而已哉，此蓋舉其標末爾。

此段文字，近於六朝流行的駢驪體，與鋪述十洲三島的直述句形式不同格調，疑卽「才思綺拔」的王靈期之流，「竊加損益，盛其藻麗」（眞誥敍錄）之作。

兩漢易學將原本的卜數易、哲理易複雜化，成爲一套繁複的解釋宇宙、人生的神秘之學。原本單純地指示方位的東、南、西、北，早在戰國時期已與金、木、水、火及土搭配，而八卦又以運轉靈活的方式在不同的象數易學家手中變化運用⑫。十洲記中將離卦與南方、火配，以與坎卦的北方、水相對；又出現坤卦置於西、巽卦置於東南。十二辰位則北方坎爲子，順時針而排列，丑寅爲生洲、辰巳爲長洲、申未爲聚窟洲、戌亥爲玄洲，剛好是東北、東南、西南、西北，這是以辰位補助說明方位之法。至於崑崙、鍾山在辰位指示下，正好確定其海外的位置。組合四方、五行、八卦、十二辰的繁複形式，爲有意識的作法，構成宗教性輿圖的玄秘性格，正是上淸經系的道教之學。

從附圖可以看出上淸經系的神秘輿圖說，正是以圓形宇宙觀爲基礎所構想的宗教宇宙誌。除了兩漢象數易所提供的繁瑣易學作爲形上架構，還有些古地理學、地圖學具有深遠的影響：一爲漢鏡中的宇宙鏡，一爲圓輪圖的傳統。由於漢鏡圖式本卽以圓形爲主，加以八卦、十二辰位等也是鏡飾中具有辟邪作用的事物，自有啓發作用。至於圓輪圖式的宇宙誌，又與道教的眞形圖說有關，可能具有佛教文化所輸入的印度圓輪圖的影響⑬。

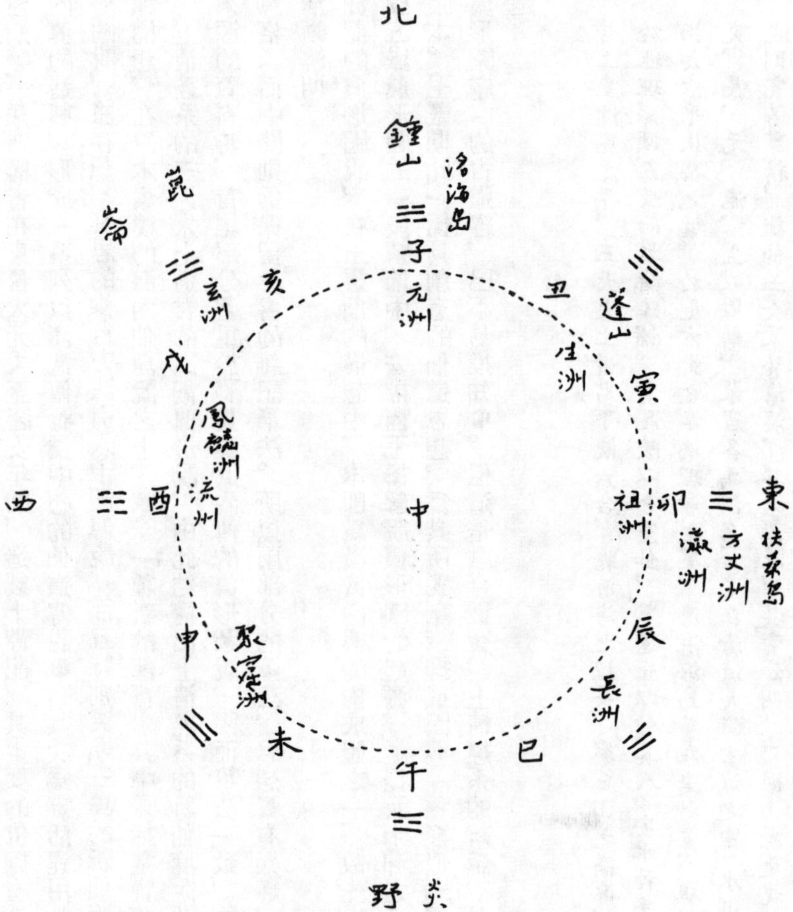
北
鍾山
滄海島
子
元洲
丑
蓬山
寅
生洲
亥
玄洲
崑崙
戌
鳳麟洲
西
酉
流洲
中
卯
東
祖洲
瀛洲
方丈洲
扶桑島
辰
長洲
申
聚窟洲
未
巳
午
炎野
南

十洲結構的復原圖

王靈期等一類造構者在東晉太元末至隆安年間，造製十洲記，其主要的依據有二：首卽配合漢武內傳的造製，形成一系列以漢武傳說爲中心的仙道傳說⑭；其次爲靈活運用當時頗受矜重的眞形圖說，將存想、冥思的修行方法引入十洲傳說，而且特別突顯三島的新仙境觀念。基於這兩種構想，在原本素樸的海內仙島說之上，賦予一種新的解釋；其中兼括靈寶經系的夏禹授圖說、上清經系的三天太上道君的玄觀眞形說，由此結構出上淸經系的新仙境說。王靈期組合不同來源的資料時，首尾部分著重於聯貫漢武內傳的眞形圖說，因而筆法一致，有六朝富麗的文字風格；而中間則仍保留緯書的雜記筆法。所以兩部分的筆法、思想實有異趣，其牽合之迹猶可淸晰辨明。

十洲記的眞形圖說，在王靈期的構想中，本卽爲漢武內傳的構成體之一，故先在漢武帝求西王母授五嶽眞形圖的一段情節中，安排西王母解說眞形圖的起源，並提及十洲之名，作爲十洲記的張本。王靈期此一極具創意的仙道思想，爲其所獨創，抑或因襲一種類似「洞玄靈寶五嶽古本眞形圖序」的古道經，已不易推知⑮。但這是融合靈寶、上淸經系的新說，其神秘的敎內說法是：

昔上皇清虛元年，三天太上道君下觀六合，瞻河海之短長，察丘山之高卑，立天柱安於地理，頓五嶽而挺諸鎮輔。貴昆陵以舍靈仙，尊蓬丘以館真人，安水神乎極陰之源，栖太帝乎扶桑之墟。於是方丈之阜為理命之室，滄浪海島養九老之堂；祖、瀛、玄、炎、長、元、流、生、鳳麟、聚窟各為洲名，並在滄流大海玄津之中。水則碧黑俱流，波則震蕩羣精，諸仙玉女聚於滄溟，其名難尋，其實分明。乃因山源之規矩，覩河嶽之盤曲，陵回阜轉，山高隴長，周旋委蛇，形似書字。是故因象創名，定名實之號，畫形秘於玄臺，而出為靈真之信。諸仙佩之，皆如傳章道士，執之經行山川，百神羣靈尊奉親迎。

將眞形圖的起源，歸於太上道君的「玄觀」，正與四極明科經敍述「五嶽眞形圖」的神秘來源相合，所以懷疑原本五嶽眞形圖序既已作此說，編撰漢武內傳者只加以襲用而已。

十洲記首尾的漢武、東方朔對話就是承接西王母告示漢武一段而來：

漢武帝旣聞王母說八方巨海之中，有祖洲、瀛洲、玄洲、炎洲、長洲、元洲、流洲、生洲、鳳麟洲、聚窟洲，有此十洲，乃人跡所稀絕處。又始知東方朔非世常人，是以延之曲室，而親問十洲所在、所有之物，故書紀之。……

十洲記卽以東方朔爲主角的自敍體。而東方朔在漢武內傳中因朱鳥窗窺母，由西王母洩露其爲仙眞淪謫於塵世的秘密，始爲漢武知悉其「非世常人」的身份；而末段自述「未能宣通王母及上元夫人聖旨」，仍然與漢武內傳相關連。大概彼此關連之處全出現於首、尾兩部分，故易於讓人有增益、附加之感；至於中間十洲三島部份則只條例「十洲所在、所有之物」而已，因此易於產生十洲記乃上清經系組合兩部份以成篇的印象。

王靈期將眞形圖思想導入十洲仙境傳說，爲仙境思想創一新意。而其可據以聯繫的神話人物卽爲夏禹：河圖緯常託始於夏禹，因其治水神話之故⑯。十洲記卽云禹「經諸五嶽，使工刻石，識其里數……不但刻劂五岳，諸名山亦然。」但十洲靈藪，禹所不履，東方朔解說爲「先師谷希子者太上眞官也，昔授臣崑崙、鍾山、蓬萊山及神州眞形圖。昔來入漢，留以寄知故人，此書尤重於嶽形圖矣。」因五嶽眞形圖乃源於古地理圖，而飄渺雲海間的崑崙、蓬萊，是否有古圖爲據，大有問題，故只能託始於谷希子的神秘說法。惟漢武外傳則有其傳承譜系：李少君授薊子訓「崑崙、神洲眞形」，子訓授劉京「神洲、十洲眞形秘典」，故能「周流名山五岳」。類此周流的說法，卽是眞形圖的存思、諦視，因而產生飛行的神通術，爲上清經系的修行方法。王靈期將此道術與夏禹治水神話、漢晉之際的乘蹻術結合，成爲十洲記的神秘的冥思眞形說。⑰

眞形圖的運用法及其奇妙作用，十洲記所說的：「禹治洪水既畢，乃乘蹻車，度弱水，而到此（鍾）山，祠上帝於北河，歸大功於九天。」所謂乘蹻車，爲一種上古傳說的交通工具，但也是道法秘傳的乘蹻之術。東方朔自述「曾隨師履行，比至朱陵扶桑，蜃海冥夜之邱，純陽之陵，始青之下，月宮之間。內遊七邱，中旋十洲，踐赤縣而遨五岳，行陂澤而息名山。」此段描寫乃基於乘蹻遊行六天的法術背景。葛洪抱朴子遐覽篇著錄龍蹻經、正機經、平衡經、飛龜振經、鹿盧蹻經各一卷，乃「出於仙人」，雜應篇更具體描述「若能乘蹻者，可以周流天下，不拘山河。」其三法：龍蹻、虎蹻、鹿盧蹻，均需「服符精思」⑱。李約瑟以機械工程學知識解說此種飛車，利用螺旋原理⑲。其實，應該是近於精神集中的修練之後所形成的冥思狀態，葛洪在抱朴子辨問篇、神仙傳，提到靈寶經、仙隱靈寶方，正有「日能行五百里」的神通法術。因此，崑崙等眞形圖在乘蹻之術中有其幫助冥思飛行的法術功能，十洲記被列於洞玄靈寶部，應與此洞天福地圖與冥思術有關。據漢武內傳載武帝所葬書目，卽有「靈蹻經六卷」，而早在

「紫陽眞人內傳」，周書所受道書目錄中也有尋繹先生龍蹻經，可見上清經系早已接受此類冥思性質的道法秘典，其後上清經系發展「妙氣旣降，肉身能飛」（元覽人鳥山眞形圖）的冥思修行之法；十洲記也與上清經系的五嶽眞形圖說一樣，形成上清經法之一，此又是十洲傳說之一變。

上清經系的十洲記，旣與漢武內傳的撰成有關，至於將內傳、十洲記及附錄的傳授譜系（外傳）結合爲一體，約有兩種：一爲隋志三卷本漢武內傳，應是篇各一卷，可能爲完整之本；另一爲五嶽序的節本形式，較可靠的爲梁、陶弘景「眞誥」註語所引五嶽序：卷十、青牛道士條註「卽封君達也，出神仙傳、五岳序。」卷十四、八渟山與滄浪、方丈山相連比條，註「此卽扶桑大帝所居也，方丈卽方丈山也。海中名山多載在五嶽序中耳。」所謂「五嶽序」與「五嶽眞形序論」應爲近似之物，或同襲一共通的祖本；前者見於附錄的傳授譜系，後者見於十洲記，同屬五嶽序的一部份。十洲記在五嶽序中以節本形式出現，應是十洲傳說另一變，所删節者爲首尾部分，像開始一段：

> 漢武帝以王母言問東方朔，朔對如別祖洲、瀛洲、玄洲、炎洲、長洲、元洲、流洲、生洲、鳳麟洲、聚窟洲，此言皆十洲之名，處巨海之中，是人迹所不逮之處。

類此簡化，乃因旣已詳於前面漢武受經之處，故略於此。而附錄的傳經譜系，也只採魯女生授封君達五嶽圖一條，五嶽眞形序論更附葛洪、鄭思遠、鮑靚有關五嶽圖的多種資料；可證「五嶽序」當是五嶽眞形圖譜系的產物，其撰成時期當在宋、齊之時，此爲十洲記撰成之後另一種形式的轉變⑳。

二　十洲記的十洲傳說

十洲記的篇旨，卽敍述漢武既聞西王母之說十洲，又始知東方朔非世常人，「是以延之曲室，而親問十洲所在，所有之物名」。以東方朔爲敍說十洲的主角，固然是道教漢武傳說系列中不可或缺的丑角；但安排這一滑稽之雄作爲深通博物之學的方術之士，乃是漢晉之際共知的形象。當時博物類筆記常依託於東方朔的名下，十洲記之題名爲東方朔者，正是利用這一箭垛式人物的博物特性，藉以敍述奇洲異島上的珍異事物。從託名東方朔一事，可以探索造構者所運用的材料，大多爲魏晉時期專記奇珍異物之書，其中最重要的約有三種：一爲託名東方朔的「神異經」，二爲張華的「博物志」，三爲葛洪的「抱朴子」。

神異經的作者依託於東方朔，而其撰成情形實應爲西晉一方士化文士，仿山海經的體例，搜集異聞以成篇。在西晉末、東晉初已稍見流傳，據舊說張華曾作注，而郭璞、葛洪等均曾援引㉑。今傳神異經爲明人重輯，但仍可見其原本是依照東（東荒、東南荒）、南（南荒、西南荒）、西（西荒、西北荒）、北（北荒、東北荒）及中（中荒）五方位，記錄相關的神話傳說，藉以寓託作者之意。其方位觀念與十洲記相類，但有關諸荒的位置均已亡佚，大概與山海經的荒服之說相似。由於今本所存無多，僅南荒經一條，說南荒外有火山，火中有鼠，其毛可織布。用之若汙，以火燒之，則清潔也。這條正是炎洲上的火林山，山中有火光獸，緝爲布卽爲火浣布。比較二者，方位及特產均相符合，當爲十洲記取材的對象之一。遺憾的是神異經亡佚過甚，無法推知其荒外之說是否啓發十洲的洲島觀念。

張華在西晉之世，以學問淵博著稱，於圖緯、方伎之書無不該覽。所撰博物志對十洲記頗有影響：其中卷一地理類所述地理，多偏於中國，與十洲三島較少關涉。但其他各卷，像卷二異產、卷三異獸，就專門敍述奇異事物，在文學風格及內容頗啓發十洲記的寫作。

張華的文字質朴，記事清楚，異產第一條異香與聚窟洲月支神香，第三條續弦膠與鳳麟洲續弦膠，第四條火浣布與炎洲火浣布；又卷三異獸類第一條猛獸與聚窟洲猛獸，兩者相較，文字詳略稍有不同，而所敍述之事大體相同。張華撰集博物志，其取材本就有漢緯及漢晉之際的雜記，分類纂集，以誇博學。現存異產異獸之中既有多條與十洲記有關，其原本卷帙尤富於今本，則所引珍奇異物必極繁博。博物志既出，風行於嗜奇好異者之間，十洲記編撰者當曾觀覽，從中擇其有關秘異圖緯、神異怪說的材料㉒。所以十洲記縱使非取材於博物志，也是同源於流傳於漢晉之際的圖緯、雜錄。因爲從西域傳入的香料、續弦膠以及火浣布等物，正是早期中西交通史的貿易、貢物的實有情形。類此輸入的遠方異物歷經傳說，自然神奇化。十洲記所引述多與正史年代不相符合，而且連華林園等曹魏名園也置諸武帝名下，但正可因此考證其形成的時期。大抵而言，博物志的文字樸實而簡潔，十洲記所載異物，敍述較詳，而文字風格仍近於素樸的雜記體。

張華之後號稱博學的就是葛洪，考其編纂書目中有關圖緯雜記者就有多種，尤其搜集道經醫方之類，誠如晉書本傳所稱「博聞深洽，江左絕倫；著述篇章，富於班馬。」其中卽以現存較爲完整的抱朴子爲例，就可見出其引用事類與十洲記有密切關係；至於已經佚失或疑非其著述的如西京雜記等敍述漢朝故事者多種，就闕而不論。抱朴子有內、外篇，其行文常喜引義博喻，誇示弘博；尤其疾於當世俗儒只讀正統的儒家五經，而所嗜引方外圖笈中，必多專記遠方異產異物的博物圖籍。六朝方士化名士本卽有此風氣，何況葛洪本是道門中人。其中外篇廣譬篇說：「寸刃不能刊長洲之林」，鈞世篇：「長洲之林，梓橡雖多，而未可謂之爲大厦壯觀，華屋之弘麗也。」此卽是十洲記長洲條所載「多大樹，樹乃有二千圍者，一洲之上，專是林木。」關於異獸，則內篇仙藥篇：「風生獸似貂，青色，大如貍，生於南海大林中，張網取之，積薪數車以燒之，薪盡而此獸在灰中不然，其毛不焦，斫刺不入，打之如皮囊，以鐵鎚鍛其頭數十下乃死，死而張其口以向風，須臾便活而起走，以石上昌蒲塞其鼻卽死，取其腦以和菊花服之，盡十斤，得五百歲也。」風生獸也作風母獸，「異物志」也有記載；仙藥篇文字與炎洲條風生獸大體相同。又論仙篇、釋滯篇均言「切玉之刀，火浣之布」，就是炎洲的火浣布與鳳麟洲的昆吾切玉刀，同指遠方異物。至於袪惑篇敍述蔡誕多讀「觀天節詳」、「太清中經」一類道教秘笈，誇稱自己曾至崑崙山，所見五城十二樓在大門之中；又有神獸，其中「名獅子辟邪，三鹿焦羊，銅頭鐵額，長牙鑿齒之屬」，又「其上神鳥神馬，幽昌、鷦鵬、騰黃、吉光之輩。」聚窟洲「北接崑崙」其異獸則有「獅子辟邪、鑿齒、天鹿、長牙、銅頭鐵額之獸。」所引異獸也多相通。抱朴子一書爲初期道教集大成之作，爲道門習讀之書，其中材料自有可能爲十洲記編者所引用，像風生獸一條文字的累同之例，絕非偶然㉓。當然葛洪引用資料的出處與十洲記所引，也有可能源自一共同的祖本——一種專記仙境異物的神洲圖誌。

從河圖的洲島傳說，與神異經、博物志、抱朴子等的博物之學，至於十洲記的撰集成書，其中一再被强調的事物，就是特殊的動、植、礦物，及與之相關的服食、使用的功效。將這些較爲素樸的神仙服食說結集、貫串，正表明漢晉之際新舊仙說的交替。將仙島的景象予以描述，較近於歷史筆法的，就是鳳麟洲的續弦膠、吉光毛裘，託爲武帝天漢三年事；其次聚窟洲的返生香，託爲武帝延和三年事，都是造製者有意牽合漢武傳說之故。其實敍述的重心仍放在服食成仙之上，這些服食物中以植物性的芝草最多見，爲漢人常見的神奇性仙藥，漢鏡等考古文物的銘文，或是遊仙詩中，都可見仙界景象中有神芝等意象；在葛洪抱朴子仙藥篇中也極重視芝草的奇妙功用，十洲記中亦然。

十洲記屬於地理博物體的小說，近於山海經系統。其構成的洲島傳說近於兩漢緯書中的地理說，反映當時流行的神仙思想。因而保存漢晉之際較爲素樸的芝草傳說：祖洲有不死之草，服之令人長生。瀛洲有神芝仙草、玄洲亦饒金芝玉草、長洲有仙草靈藥、元洲有五芝，服之亦得長生不死、生洲有仙草衆芝；鳳麟洲有神藥百種、聚窟洲則多與楓木相類的反魂樹，此木根心可煮取爲驚精香（返生香）。仙島之上亦然：方丈洲有仙家數十萬，耕田種芝草。扶桑島因種扶桑而得名，九千歲一生實，仙人食之而一體皆作金光色，飛翔空玄。鍾山也自生玉芝及神草四十餘種。除反魂樹、扶桑外，芝草爲最多見的仙藥。這是因爲芝草的形狀、藥性以及古人深信長久生長之物，經服食之後，亦能傳達其長生的屬性。依據此一巫術性思考原則，因而將芝草的巫術性與神仙不死作一聯想，實近於巫術中交感巫術的接觸律㉔。

同樣的礦物性仙藥或由石磅中流出的泉水，也有被聯想爲具有神奇的功用：瀛洲有玉石出泉如酒味甘，名爲玉醴泉，飲之數升輒醉，令人長生。長洲有甘液玉英；元洲有玄澗，澗水如密漿，飲之長生，與天相畢。生洲的一洲之水，味如飴酪；滄海島多石象、八石、石腦、石桂英、流丹、黃子、石膽之輩百餘種，服之神仙長生。方丈洲有玉石泉。至於動物性仙藥則炎洲有風生獸，取其腦和菊花服之，盡十斤，得壽五百年。

關於古中國人的服食觀念，山海經使用「服」字，除作爲服飾的外服之用，多作服食的內服解㉕。十洲記所用的「服」，正是服食，屬於內服；而泉水的飲用，也是內服。經由服用，傳達事物的神秘力，因而得享高壽或變化成仙，爲十洲記的重要思想。所以其服食成仙的素樸構想，實近於初期僊說，與東晉以後逐漸興盛的修煉金丹的人爲方式大異其趣。這是造製者大量引述緯書或雜記中的說法，悉加保留，因此反映的是較早期的神仙思想。

十洲記中保存早期仙說，而尚未盡爲上淸經系道經所改變的，最值得注意的是仙眞府治觀念。依現存緯書中二條，雖未明白寫出「仙家」字樣，但可信十洲記的記敍方式正反映出漢晉之際尚未被道派化的仙眞觀念。當時神仙說的主流爲三品仙說，卽天仙、地仙、尸解仙，天仙居於紫府，爲天上仙界；地仙則棲集於名山，其中又以東海的蓬萊仙島及西海的崑崙仙山爲尚未昇天前的棲止之所。至於尸解成仙，則因不同的解法，脫却形骸以成仙眞㉖。十洲記由於以靈仙洲島爲主，故其仙品幾全爲地仙，與其有淵源的神異經，因所記爲荒服奇事，也是强調地仙：如東荒經中，木梨和羹食之爲地仙、桃子和核羹食之，令人益壽；南荒經有如何樹，食之者地仙。葛洪的三品仙則重視地仙，由於漢晉之際的亂世，隱逸思想盛行，因而地仙說結合隱遯說，成爲隱棲名山，逍遙自得，既不染世塵，亦不亟亟於昇登天界，列於天上宮闕的仙班。十洲記所載仙家，如方丈洲上，群仙不欲昇天者皆住此洲，受太玄生籙，仙家數十萬種芝如稻，快樂逍遙，不受拘束，充分反映地仙的隱遯性格，適爲魏晉典型的地仙思想。

十洲記的卽記述洲島仙境，最常見的筆法就是「多仙家」，凡有瀛洲、炎洲、元洲、流洲、生洲、鳳麟洲，其一致性的寫法顯示資料的一致，且採取泛稱仙家，正是道派未大量營構仙界宮府以前的素樸面貌。其他稍加變化的，仍近於原初型態：長洲有紫府宮，天眞仙女遊於此地；聚窟洲上多眞仙靈官，宮第北門，不可勝數。較有變化的：十洲中的玄洲，上多太玄仙官，宮室各異，是三天君下治之處——玄洲後爲太清經派中常見的仙洲[27]。仙島部分則使用稍爲有變化的方式敍述，北海中的滄海島，有紫石宮室，九老仙都所治，仙官數萬人居焉。而東方仙島系的三島都在東海：方丈洲在東海中央，上專是群龍所聚，有金玉瑠璃之宮，三天司命所治之處；又有九源丈人宮，主領天下水神及龍蛇巨鯨、陰精水獸之輩。東海東岸的扶桑島，上有太帝宮，太眞東王父所治處；又有眞仙靈官，能分形變化。東海東北岸的蓬萊山，上有九老丈人、九天眞主宮，蓋太上眞人所居，唯飛仙有能到其處耳。

凡此洲島的敍述，均不只泛言仙家二字，而具體言明一統領的仙官及其宮室：其中值得注意的是以「九」題名的習慣：九老仙都、九源丈人、九老丈人以及九天眞主、三天司命，因爲三、九本就是古中國人的聖數，將此一神秘數字運用於品題又是漢晉之際的共通習慣[28]，所以仙眞的命名反映當時較爲質朴的思惟方式。東海的方位，又與掌管水域有關，爲濱海地域傳說的特色；又將東王公稱爲東王父作爲扶桑之主，乃是道教將兩漢盛行的東王公信仰納入其神化譜系。由神話轉變爲仙話，十洲記正是轉變時期的產物。

西方仙境的崑崙、鍾山神話，也是類似的轉變時期的一組重要觀念：包括了中央聖山說與西王母傳說。中國古神話中的崑崙或鍾山，爲昇登天界的必經之山，屬於薩滿教區的大地之中的聖山神話，也是圓輪式宇宙觀的中央大山，神王或神巫經此山而上下天地。此一中央聖山說在緯書、筆記，仍維持其一貫的說法，但隨時、地而賦予不同的色彩，十洲記正集合漢晉舊說，重組爲神仙道教化的聖山說。首先就是表現北半球的天地之中的信仰，强調崑崙爲「天地之根紐，萬度之綱柄」，又說鍾山爲「仙眞之人出入道經」，爲昇登天界必經的名山，恰是登天聖山的同一構想。其次山上的宮府，也由飄渺雲海的虛幻描述，落實爲人間宮殿的美景：崑崙上的五城十二樓與墉城：流精之闕、光碧之堂、瓊華之室、紫翠丹房，爲西王母之所治；鍾山上有金臺玉闕，亦元氣之所舍，天帝君之治處也。類此綜理九天之維，仍較後期的三十三天說近於中國人原有的九天說。十洲記保留過渡時期的仙道傳說。

㈢ 十洲記爲王靈期造構說

王靈期以眞形圖的觀念連繫漢武內傳與十洲記，而在人物情節的安排上也有顧慮周到之處：漢武內傳的重要角色，西王母與上元夫人，在十洲記中已被淡化，多出現在東方朔的言談中，一次提及自己「所見不博，未能宣通王母及上元夫人聖旨」，以呼應在內傳中作爲謫仙者需度脫有緣者的一段敍述；另一次說明自己所具見的禹蹟，「其王母所道諸靈藪」，說明西王母與五嶽眞形圖傳授事有關。

作爲箭垛式人物的漢武，除了篇首漢武聞王母說十洲，篇末武帝欣聞至說，而不能盡至理於東方朔，除是造製者有意呼應內傳者外；其中一段借助使者之口嚴厲批評武帝的文字，一方面照應了內傳，另一方面仍可視爲諷喻東晉孝武帝的影射手法。這是出現於聚窟洲中介紹返生香之後，說是武帝延和三年事，月支國王遣使獻香及猛獸，因「中國時有好道之君」，結果武帝反不知其眞，這是微諷。接下直言「今日仰鑒天姿，亦乃非有道之君也。眼多視則貪色，口多言則犯難，身多動則淫賊，心多飾則奢侈，未有用此四者而成天下之治也。」類此行文筆法，近似漢武內傳上界女仙上元夫人的訓戒之語，也就是造製者內心眞正對「武帝」的不滿。十洲記中造製者的意圖尤其明顯，以一貢使豈有對上邦大國的君王訓戒之理，此違乎常情之事，斷非以小說虛構之說可以圓滿解釋。

其次就是對照與聚窟洲返生香有淵源的博物志，卷二異產條之一，敘述漢武帝時，弱水西國有人「乘毛車以渡弱水」來獻香——十洲記有「乘毳車而濟弱淵」句。漢武謂是常香，非中國之所乏，不禮其使，見後不悅，以付外庫。然後詳敘大疫，燒香得解，「帝乃厚禮發遣餞送」。博物志的筆調平實朴質；十洲記則與異獸事夾雜敘述，而月支使者的批評，使武帝不平；異獸逞威，驚侍從及上林苑虎，使帝恨使者言有不遜，而準備收捕，結果「明日失使者及猛獸所在」，而香後來神秘失蹤，因此「帝愈懊恨，恨不禮待於使者」。從兩則有淵源關係的漢武故事的對照，可以推知造製者是有意圖的改作。

造製十洲記者既非創作一歷史小說，自可廣搜多種資料以成書。託名東方朔的神異經，以及號稱淹博的張華、葛洪的著作，均足以提供創作的素材，凡此具有民間敘事文學性質的奇特傳聞，不論其為口傳，抑為書傳，均會形成不同的版本以行世。且由於時代格局、地理環境的差異，均會賦予不同的色彩；尤其記錄者或改作者有意藉此材料抒寫一己的感慨、思想，就更會出現較為特殊的作品。十洲記與漢武內傳為同一集團或人物的造製，其拼合之迹尤為顯目。

首先是筆調的不一致，筆記式筆法與駢驪的華麗風格，正同時出現於聚窟洲條中。洲島的散行敘述體，接以史筆的敘述，其下使者的長段對話，則為駢驪體，因而造成突兀、不統一的文字風格。其次就是武帝形象的不一致，鳳麟洲也有西國王使者獻續弦膠、吉光裘一事，武帝既知神效，乃「厚謝使者」並厚賜珍物，又益思東方朔之遠見。聚窟洲的武帝則為一暴虐多疑的帝王。此外在仙道傳說中同受注目的秦始皇，自也出現於十洲記中：祖洲條記始皇遣徐福入海，鳳麟洲條記秦始皇時西胡獻切玉刀，都只平實敘述，何獨嚴責於漢武帝？

由這些有意添加的文字，可推知十洲記的撰成，恰是王靈期激於靈寶大行，因而造構上清經之時，卽東晉孝武在太元之末，昏昧不堪的階段；或其無緣無故的死謎尙流傳於士庶之口的安帝隆安年初㉙。因爲東晉孝武帝讓江南文士或奉道文士由失望，至於絕望，也就是透過使者口中所描述的，原本傳聞中的「好道之君」，却是今日所見的「非有道之君」，所以十洲記仍是諷喩手法中的產物。

三、十洲記的衍變

㈠洞眞外國放品經與十洲傳說

十洲記在上淸經系的傳授史亦與漢武內傳發生同一命運，卽六朝道經，尤其道教類書多不列「十洲記」，而列述性質相近的「上淸外國放品靑童內文」，此事牽涉及東晉末葉至劉宋初道經製作史一錯綜複雜的問題。漢武內傳與茅君內傳之間的相互襲用的關係，及爲何敎內較看重茅君內傳的問題，正是陶弘景等一類道士辨淸眞僞所必顧慮的。而十洲記與外國放品經也產生同一困擾，由於早期道經出世的時代，目前並無明確的文獻可徵，都只能作推測而已；加以現存道藏本道經常有經後代竄增的現象，不易推知原本的情況。因此考辨「上淸外國放品靑童內文」，其重心固在辨明兩者的前後關係；但較有意義的，應在比較其不同的內容及其宗教意義。

上淸外國放品靑童內文上下二卷，收於道藏明字號，其節本見於張君房編雲笈七籤卷二二天地部——有關地理部分，卽節引自外國放品經的「高上外國六品正音」。此部上淸道經的成立年代，根據流行於六朝末唐初期的道教類書「洞玄靈寶三洞奉道科戒營始」卷五列有「上淸大洞眞經目」，其中就列有「上淸外國放品靑童內文」二卷，原註「此三十四卷玉淸紫淸太淸大洞經限，是王君授南眞。」卽清虛眞人王褒授魏華存者，爲楊羲、許謐、許翽所傳眞經，也就是東晉初期出世的上清經，陳國符疑三十四卷「爲楊許眞經，抑或王靈期僞造，已不可考。」㉚又據無上秘要卷三〇經文出所品引用「洞眞太上九眞中經」說：「一名天上飛文，一名外國放品，一名神州靈章，雖有四號，故一書耳。」而九眞中經，依紫陽眞人內傳所述，紫陽「乃登景山遇黃臺萬畢先生受九眞中經」，則可知其爲東晉出世之書。卽使此說不可據，至晚完成於南北朝前半期的「太眞玉帝四極明科經」，就敍述「外國放品青童內文乃上清太眞玉保王上相大司馬高晨師東海玉門青華小童君所受，秘在方諸青宮，傳經玉童三百人。舊科：七千年三出，告盟而傳。」㉛此種教內說法託於神秘的仙眞，但可由此推測其與青童君有關，青童君正是東晉初期上清經系的重要仙眞。此經又被置於丹景道精隱地八術與三元檢三元布經之間，可證其同屬東晉出世的上清古道經。又無上秘要卷三〇兩次引用「洞眞外國放品經」敍述其起源：「凡諸天文三十六國九地之音，皆玄古洞空之書，自然之音，謂諸天上眞帝皇以下及學仙得道莫不受音於太空，佩文以遊行。」此段文字正見於外國放品經卷下，所以非屬後世增益的情形。綜此可證外國放品經當屬東晉出世的上清古道經。

惟有關上清經的出世，福井康順博士的研究指出，「上清經」實應較精密地分出二類：首爲小本的上清經，三十九章，爲一卷，卽是所謂洞眞經，眞誥所言東晉哀帝末出世之作。次爲大本的上清經，流行於宋、齊，近於「上清大洞眞經目」所載，大約在東晉末、劉宋初所造構的。㉜「洞眞外國放品經」顯然是被置於洞眞上清一部中，其出世時間是在東晉中、抑在東晉末，實不易確定。如稽以上清經的造製關鍵，正在太元、隆安年間，就需比較十洲記與外國放品經的造製情形及其異同。

外國放品經卷下「高上外國六品正音」部分，絕無一語及於漢武、東方朔，甚至西王母、上元夫人，而歸諸「高上告上相青童君」。類此情形只有兩種可能：一卽外國放品經編撰者有意刪除青童君以外的其他仙眞，只運用十洲三島部分；二爲編撰者所據爲一共同的祖本——卽原始十洲記，只敍述十洲三島，而無後期上清經系所附加的漢武說話。前面旣已論證外國放品經應屬東晉出世古道經，較今本十洲記爲早，則只有取第二說。最保留的說法，是王靈期編撰十洲記時，又據十洲三島的資料參合佛敎之說編成「高上外國六品正音」，附於外國放品青童內文之後，則此經也屬上清經系造構僞經時的產物。

外國六品正音的結構，分由東方呵羅提之國、南方伊沙陁之國、西方尼維羅綠那之國、北方旬他羅之國及中方太和寶眞无量之國組成。每一部份又首述國名（如東方呵羅提之國）、次錄六品正音（如第一品銘、正音无夷），次乃述外國洲名。前兩部分所使用名詞頗受翻譯佛經的影響，除了其方位外，與十洲傳說無關；但所述外國洲名則襲用十洲記，凡方位、名稱均相一致。呵羅提之國一名星國，國外有扶桑、生洲，及祖洲，屬於十洲記的東海；伊沙陁之國一名火庭天竺之國，國外有長洲、炎洲，俱屬南海；尼維羅綠那之國一名雲胡月支國，國外則有流洲、鳳麟洲，屬西海；旬他羅之國一名天鏡之國，國外則有玄洲、元洲，屬北海；中方太和寶眞无量之國，其下卽崑崙，處於中國的中央。類此崑崙居中，而諸國繞外，正是佛經中所有須彌山的宗敎性宇宙誌與中土原有的以崑崙山爲中心的觀念的結合。漢武內傳所說「立天柱而安於地理，植五嶽而擬諸鎭輔；貴崑崙以舍靈仙，尊蓬萊以館眞人」，與此處將崑崙置於中國的中央，上則爲中方太和寶眞天量之國，構想相同。李約瑟博士（Joseph Needham）曾引述相關的論著，認爲佛敎與耆那敎的觀念中，有四塊陸地以梅魯山（Mt Meru）爲中心；婆羅門敎傳統亦有環狀陸地的說法。㉝外國放品經較諸十洲記，所使用的佛經譯語極爲顯目，尤其宗教性輿圖的自成一說，具有佛經所引介的外爍成分。所以其撰成實在不能排除印度的宇宙誌傳統，形成一種異於十洲記的新仙境說。

外國放品經外國六品正音之襲用十洲記，或同襲自一共同的祖本，只需由其引用文字加以參證：因其敍述異產異物常較簡略，且有組合兩洲於一條之例，如長洲：

長洲，一名青丘，南海辰巳地，方五千里，去岸二十五萬里，則生大樹，長三千丈，大二千圍，甚多靈藥，甘液玉英，無所不有。其上有民人，皆壽二百六十歲。又靈狐之獸，大者如犬，色有五色，叫聲響四千里，威制虎豹萬禽，得衣其毛，壽同天地。左則有風山，山常震聲，上有紫府宮，天眞神仙玉女所遊觀。

此段大抵與十洲記長洲條同，但因外國放品經無聚窟洲，就將其異物猛獸簡筆置諸風山之前。外國放品經重在强調得爲仙眞，而異物的描述非其所重，故加以刪略：像鳳麟洲的續弦膠被刪，而吉光裘的作用原是「入水數日不沉，入火不燋」，卻被强調成「吉光之獸，如貍，能作故語，聲如梵香，與其國人通言，毛生光，奕奕悉仙人所依，得衣其毛，壽同天地。」又如祖洲，十洲記敍述秦始皇、鬼谷先生、徐福事悉被刪略，而只保留養神芝的描述及其神效而已。

十洲記源於河圖的流洲、元洲，放品經又據以改寫：

流洲在西海之南，地方三千里，去東岸十九萬里，其上則有仙家數萬，上有山生昆吾之石，冶石成鐵作劍，光明照洞如水精，割玉如土。元洲，地方三千里，去南岸十萬里，上生五芝玄澗，澗水如蜜，飲之與天地同年，中有三萬仙家，悉飲此水，得仙不死。學者存其國音，羌老仙官三十六年獻降玄澗五芝水也。

比較之下，除標示地理方位部分，放品經有改寫之迹；其特異之處在述羌老仙官事。其餘各方，像東方祖洲養神芝條末云：「入其國宜知其名，存胡老仙官，採之於祖洲，思其色而服之，三年，而有流光，延壽萬年，久久自然有仙人賚此神物降送於身也。」南方則炎洲火浣布：「伊沙陁國人所衣，得此毛，仙人降形，學者存國之音，思越老仙官，三十六年，神人當以此獸及國神奇之物獻送於兆也。」西方則鳳麟洲吉光之獸，「毛生光奕奕，悉仙人所衣，得衣其毛，壽同天地，學者存其國音，氐老仙官，三十六年，當獻送昆吾之劍，吉光之獸於兆也。」至於崑崙條，則於「萬度之柄」前與十洲記崑崙山條大體相同，其下描述「金銀之樹，瓊柯丹寶之林，垂蘇塊以爲枝，結玉精以爲實；其樹悉刻題三十六國音諸天內文」等，「學者常誦諸天內音、外國三十六音、地下九疊之音，九年，仙人自當降送靈山之神奇，三十六年得乘五色雲輿，上登崑崙之山也。」類此諷誦各仙國正音的方法，乃上清經系的持誦咒術，經由唸誦，分別得胡老、越老、氐老、羌老四方仙官的降獻，所以六品正音的宗教化，已異於十洲記的遠方仙島的傳說色彩。

外國放品經將十洲記咒術化，爲原本十洲記衍變過程中的一變，而且因其代表上清經系的道經，因此其天地仙界的構想對教內的影響，具有相當的力量，像北周編的無上秘要就採用外國放品經，而未採入十洲記。此一道教類書的分類編選，也正可反映外國六品正音的組成特色：像卷四「靈山品」，註出洞眞外國放品經的爲長洲、炎洲；另註出「洞眞太霄隱書」的有鍾山、崑崙，則與十洲記鍾山崑崙山大體相同。準此靈山觀念，則十洲三島盡爲靈山。卷四又有「林樹品」，多記仙界神木，引用外國放品經三種：一爲扶桑島的扶桑、青丘的大樹；另崑崙山的金根之樹。至於異獸則未見列品。卷六「洲國品」則除崑崙山外，全都列入，洲國的觀念乃屬於外國放品經；十洲記則無「國」之說。卷二二則有「三界宮府品」，註出洞眞經，外國放品經當爲其中一種，其排列方式如：

墉城金臺　流精闕　光碧堂　瓊華室　紫翠丹房

右在崑崙山西王母治於其所

紫府宮

右在青丘之左風山上天真神仙玉女遊觀之所

卷二三「眞靈治所品」列二種：

北方有旬他羅之國，外有玄洲，四面是海，上有太玄都山，仙伯真公治所。

崑崙墉城是西王母治所。

其實以此種分類法分析「十洲記」的內容，實在也不外乎洲島、林樹異物、仙界宮府及眞靈治所諸項，由此組成一仙境景象。

上清經系的類書，不僅在仙傳類，只取茅君內傳而不取漢武內傳；於仙洲，亦但取外國放品經而不取十洲記，像「上清道寶經」卽爲以上清經爲主的類書，卷二地品中，凡有金根之樹、天鏡國、五色流泉、生洲、祖洲、長洲、炎洲、流洲、玄洲等，其下均有註語，盡出於外國放品經，成爲道教習用的故實。其後張君房編集道藏摘要性質的「雲笈七籤」，也繼承道教的內部說法之一，將外國外品經置於卷二二「天地部」中，因爲此部上清經異於十洲記之處正在於此：一爲卷上述輿圖的「六國品銘三十六首」，解說東方呵羅提之國等六國的景象；二爲卷下「高上九玄三十六天內音」解說道教三十六天的天堂結構。由此再對照十洲的地上仙洲：外國放品經洲國十六天，以及道經中三十二天說實皆源於佛經的天堂說。造構上清經之時，佛教的天堂、地獄說都已輸入中國，基於宗教體系必有樂園——地獄的設計，道教自然悉加吸收，然後與本土的仙島傳說結合。外國放品經可說是六朝初期中印佛道文化交流過程中，吸收外來文化又加以本土化的顯例，形成一種新的宇宙結構。

上清經系的十洲記雖不爲無上秘要徵引，但頗流傳於南朝道派中。五嶽序之外，首爲「元始上眞衆仙記」（道藏騰字號），其書雖是託爲「葛洪枕中書」的一種神仙圖記，但出現的許謐等均爲葛洪以後人，自然非葛洪所撰；但直稱許穆、許玉斧，又說「魏夫人、許氏之徒皆其流也」，語氣非屬上清經派中人。其中引述「眞書」、「眞記」疑爲宋齊之間流行眞跡等名的產物——許玉斧卒於宋元嘉六年；且普遍敘述不同道派的仙眞，而依託於葛洪，或卽靈寶經系所整理的神仙傳記。書中引述十洲記，有扶桑大帝住在碧海之中的扶桑島；玄洲方丈諸羣仙未昇天者在此，太清仙伯太上丈人所治；蓬萊山爲九氣丈人所治；崑崙墉城爲西王母九光所治，羣仙無量，凡五條。既有蓬萊山，自非外國放品經系；而且節引重點置於仙眞治所，乃因其撰述本意卽以「衆仙」爲其中心。

神仙類傳中，見素子撰洞仙傳本卽以上清經系的華陽洞天諸仙眞爲主，現在殘存於雲笈七籤的至少有兩條襲自十洲記，其一爲谷希子傳，全襲用東方朔言先師谷希子記事，只將「崑崙」眞形易爲「閬風」而已；又徐福傳，則襲用祖洲條徐福事，增益沈羲等記事。洞仙傳撰於六朝末，故引述其神仙資料以滙入仙傳中。㉞

洞仙傳同時或稍晚流行的「洞玄靈寶三洞奉道科戒營始」㉟，卷一置觀品中引「科曰：夫三清上境，及十洲、五嶽諸名山，或洞天，並太空中，皆有聖人治處；或結氣爲樓閣堂殿，或聚雲成臺榭宮房，或處星辰日月之門，或居煙雲霞霄之內，或自然化成，或神力造成，或累劫營修，或一時建立。其或蓬萊、方丈、圓嶠、瀛洲、平圃、閬風、崐崘、玄圃；或玉樓十二，金闕三千，萬號千名不可得數，皆天尊太上化跡，聖眞仙品都治，備列衆經，不復詳載。」此段解說仙山的形成，純爲神仙道教的神秘說法，飄渺雲海，飄忽仙眞，以此解說十洲仙境，乃基於神仙新說，而非緯書河圖的素樸性地理觀，此一新說影響及唐朝道教的洞天福地說。

㈡ 十洲記與洞天福地說

十洲記既經撰成，並以不同的方式流傳於六朝社會，但論其普遍爲教內外所接受，則需至於唐代。其重要的衍變有二：一爲「十洲三島」說的提出，二爲洞天福地論與十洲傳說的新發展，兩者的一併演進，奠定了唐以後十洲傳說的基礎。十洲記所傳述的洲島，海內「十洲」爲一確定的數目，也是中國人在聖數傳統下所提出的成數；基於同一思惟習慣，也逐漸將仙島部分併合於「三」的聖數。嚴格說來，史記等史志所說的東海三仙山，所形成的蓬瀛三島，爲狹義的三島說。十洲記中有方丈洲、扶桑及蓬丘，爲構成三島的一組東海仙山；但北海中的滄海島，既不能列於十洲之列，自應歸於後面附加的仙島部分。至於西方系的崑崙、鍾山，也不符三島之數。雖則有六島之多，或將方丈等併爲一，仍有四島，均非三島，所以「三島」說確是中國人神秘數字觀念下的一種成數觀的反映。

唐人普遍接受十洲記的海內仙境說，並標以「十洲三島」之目，但舉三例以概其餘：蘇鶚「杜陽雜編」載盧眉娘事，言順宗永貞（貞）年，南海所貢奇女盧眉娘，工巧無比，善作飛仙蓋，「以絲一鉤，分爲三段，染成五色，結爲金蓋五重：其中有十洲三島、天人玉女、臺殿麟鳳之像，而執幢捧節童子，亦不啻千數。其蓋闊一丈，秤無三兩，煎靈香膏傅之，則堅硬不斷。」（廣記六六）順宗謂盧眉娘爲神姑，後被度爲道士，其後尸解，李象先爲作羅逍遙傳，可見盧氏女本就習知十洲傳說；而當時刺繡技藝中，已有以十洲三島爲圖案。飛仙蓋與繡法華經爲盧氏女的特長，代表道教藝術，十洲三島爲唐人崇道風尚中仙境的象徵。

以十洲三島象徵仙境，王仁裕纂「開元天寶遺事」中有遊仙境條，言龜茲國進奉枕一枚，其色如瑪瑙，溫溫如玉，其製作甚樸素。而作爲貢物必有神奇之處，就是「枕之，則十洲三島，四海五湖，盡在夢中所見。」玄宗因名爲「遊仙枕」。唐帝中以玄宗崇道之事最艷傳於世，所以遊仙枕爲貢物，能投其所好，飄飄然作夢遊仙境之想，夢中所見，十洲三島正代表仙遊的理想境。唐末柳祥撰「瀟湘錄」，有王屋薪者篇，以寓言筆法寫佛、道爭衡事，道士夸言道教之盛事，就有「至於三島之事，十洲之景，三十六洞之神仙，二十四化之靈異，五尺童子皆能知之」（廣記三七〇）極言三島十洲的普遍流傳，正與中國輿圖上的三十六洞天、二十四化並舉，爲海上名山的典型。由此可知「十洲三島」作爲一組仙境觀念，早已流傳於唐代社會，並且已與洞天福地說結合。

將十洲三島作爲詩歌隸事的材料尤爲普遍，各舉二例爲證，多與道士有關，作爲仙境意象：盧照鄰有詩「贈李榮道士」，卽有「風搖十洲影，日亂九江文」之句；陳陶的「步虛引」，有「小隱山人十洲客，莓苔爲衣雙耳白」句，俱以十洲爲仙境的象徵。元稹「和樂天贈吳丹」詩多運用道教故實，以切合吳丹求道的身分，中有句云「遊神夢三島，萬過黃庭經」，十洲記、黃庭經正是茅山道派的道經，與吳生所修道法爲同一道派。王貞白所作「遊仙」詩，起句卽云「我家三島上，洞戶眺波濤」，將仙境置於三島，爲十洲記流行後的新說，與六朝遊仙詩泛言仙境稍有異趣。大體言之，十洲記在唐代文士爲常見的道教地理書，「十洲三島」爲成組的神仙洲島顯示其廣泛流傳的程度。

洞天福地說的形成實與道教教理的發展相一致，卽魏晉道教中人在實際修行的經驗中，將緯書的地理觀吸收並加以組織化；其中包括輿內名山、洞穴潛通、道治設置等，並選擇一種神秘數字以結構成洞天說，此卽爲三十六洞天說。至遲東晉末已形成，所以謝靈運「羅浮山賦」、陶弘景「眞誥」均曾提及；入唐之後，又有十大洞天之說。福地說亦在東晉前後出現，孫綽「遊天臺山賦」有福庭之語；陶弘景「眞誥」有福地之說，其後始構成七十二福地的龐大結構。[36]初期道教的洞天福地說有一特色，卽以中國輿圖上的名山洞穴爲主，爲實際名山的仙道化、組織化；而十洲三島多爲傳說中的仙島，飄渺雲海間。十洲記篇首借東方朔之口，闡述的只是遊翔海內、赤縣的「名山」，名山與地仙爲素樸的仙境說。洞天、福地在東晉及南北朝逐漸發展成熟以後，至唐代始與嶽瀆名山聯結，構成一包含較爲眞實的中國名山，與較爲虛幻的海內名山的綜合仙山說。

洞天福地說在唐代最具代表的凡有二說：雲笈七籤卷二十七收有司馬承禎「洞天福地天地宮府圖」並序，但只錄出十大洞天、三十六小洞天及七十二福地等，而未括入海內十洲。同屬整理洞天福地的道教地理，要到唐末五代的杜光庭，始完成「洞天福地嶽瀆名山記」（道藏、鞠字號），依序言自記在唐昭宗天復辛丑——元年（西元九〇一年）可證唐末編成，代表唐朝道教的洞天福地說的集大成。此序總結道教中人對於洞天福地的地理觀：

乾坤旣闢，清濁肇分，融為江河，結為山嶽。或上配辰宿，或下藏洞天，皆大聖上真主宰其事。則有靈宮閟府，玉宇金臺，或結氣所成，凝雲虛構，或瑤池翠治，流注於四隅；或珠樹瓊林，扶疏於其上，神鳳飛虬之所產，天驎澤馬之所棲；或日馭所經，或星躔所屬，含藏風雨，蘊畜雲雷，為天地之關樞，為陰陽之機軸，乍標華於海上，或迴疏於天中，或弱水之所縈，或洪濤之所隔，或日景所不照，人跡所不及，皆真經秘册敍而載焉。

杜光庭序的觀念充分表現天地爲一宇宙的神秘輿圖說，其中故實，卽以十洲記爲其基礎，所以强調「海外五嶽、三島、十洲、三十六靖廬、七十二福地」等仙境，在嶽瀆衆山中，除了天堂的玄都玉京山爲天界聖山外，緊接著卽是「五嶽三島十洲」，十洲仙境在道教傳說中的崇高，雖低於玄都玉京山，卻出現得最早，且高於其他洞天福地。

杜光庭綜結的十洲傳說，殿以一條解說：「十洲三島五嶽諸山皆在崑崙之四方，巨海之中，神仙所居，五帝所理，非世人之所到也。」由此印證其文，其特色有四：首爲先列海外五嶽說：

東嶽廣桑山，在東海中，青帝所都。南嶽長離山，在南海中，赤帝所都。西嶽麗農山，在西海中，白帝所都。北嶽廣野山，在北海中，黑帝所都。

此爲增加部分，按四方色安置神格化的主神，位於海外；自與中國五嶽不同。其次强調崑崙中心說：

中嶽崑崙山在九海中，千辰星為天地心。

將崑崙視爲大地中央的聖山，由神話崑崙開始，道教化以後仍居於海、陸之中。其次就是「三島十洲」說的提出，十洲記中在十洲之外，實則尚有東方滄海島、方丈洲、扶桑、蓬邱，及西方的崑崙山、鍾山等五島，將其簡稱爲三島，其後「三島十洲」成爲一新的名詞，影響深遠。杜光庭在三島部分增加方壺山、圓嶠山，岱輿山等五仙山神話；又增加新的「酆都山」，乃鬼神管掌之所，六朝上清經系中已頻加使用，至於滄海島則另列於十洲之後。十洲部份則在東海中，增加一「穆洲」，成爲十一洲。杜光庭因其多收洲島，實際數目已超過三島十洲，但卻以「三島十洲」概稱之，可證在杜之前已有此一專稱，十洲傳說至此爲一大變。杜光庭爲唐末重要的道教集大成者，主持整理的道經既多，影響後世最大。以十洲傳說而言，杜光庭的洞天福地理論及其洲島新組合方式，爲後來道教中人所崇奉，並廣泛運用。

首爲宋仁宗年間的李思聰——號冲妙先生，爲虔州大中祥符（宋眞宗年號）宮道士，道藏收其「進洞天海嶽表」（和字號）與「洞淵集」，均與十洲傳說有關。洞天海嶽表進獻於宋仁宗皇祐元年（一〇四九），表中說「粵若三清奧妙之典，煥乎五嶽眞形之圖，古存閬苑之文，今有十洲之記，眞風綿邈，史氏弗論，歷代英儒，罕留編錄。」故以道流身份，採摭事實，形於篇章。所整理的洞天海嶽名山圖，從仁宗明道元年（一〇三二）開始，直至皇祐年初，凡有玉清璇極圖、洞天五嶽圖、蓬壺閬苑圖、大溟靈瀆圖、名山福地圖、金液還丹圖等，其中「洞天五嶽圖，贊五嶽仙山之靈境；蓬壺閬苑圖，頌蓬島十洲之勝概。」李思聰撰圖，其所據「道門秘典，列聖眞詮」中，是否存有古之秘圖，今已不可詳悉。惟文字則留有皇祐二年（一〇五〇）完成的洞淵集，依三界詠序「洞天詠著五嶽洞天之勝概，海山詠述蓬壺閬苑之仙景」，卷二述輿內洞天，卷三始詠三島十洲，卷四則述「天下名山七十二福地」。

李思聰所撰蓬島十洲之勝，較杜光庭嶽瀆名山記更爲詳備，其特色爲：一在其結構：首爲海外五嶽，次爲三島（蓬萊山、扶桑山、方丈山及滄浪山），次爲十洲（瀛洲、祖洲、聚窟洲、炎洲、鳳麟洲、玄洲、流洲、長洲、元洲、生洲），洲島的排列次序不同於十洲記與嶽瀆名山記。二爲其內容，五嶽均比杜光庭詳細，像：

> 廣桑山者，天之東嶽也。在東海之中，為五嶽發生之首，上有碧霞之闕，瓊樹騫林，紫雀翠鸞，碧藕白橘，莫可名狀。卽青帝天君靈威仰統仙官萬衆，鎮此山上，主歲星之精，居九炁青天之內矣。

杜光庭只說青帝而不名，疑兩人同據一共通的祖本。最奇特的爲崑崙山條兼採外國放品經之說：

> 崑崙山者天之中嶽也，在八海之中，上當天心，……西王母統衆真居焉。海中四嶽為幹、十洲三島、八海大川圍繞其側，絕頂之上有金臺五所、玉樓十二，金城千里，地生金根之樹，瓊柯之林，紫鵠翠鸞、碧桃紫奈、百寶裝嚴，莫可紀述。……

三爲文字，對於十洲記加以改寫，或簡化或增飾，簡化者如聚窟洲詳述返魂香的史實，全被刪落；增飾者如炎洲條，原只「亦多仙家」，改爲「上有太山流火之官，仙家萬衆，皆上眞列仙所治，至漢時嘗通中國矣。」大概將十洲傳說納入洞天福地體系中，而且明顯的道教化，成爲唐宋十洲傳說的共通情形。

上清經流行以神洲眞形圖作爲冥想修行的用途，而靈寶度人經系則强調「可以拜章上表，行醮修齋。」道藏三洞中，道法會元敍述其不同的性質：洞眞部「本無章奏之文，不立祛治之格。」而洞玄、洞神二部「始廣敷科法，大布典儀。」所以「中盟經籙，靈寶大法之類，則洞玄部也。」杜光庭所整理道經中，因適應青城道場的需要，既已整理科法，現存科儀之書頗有經杜道士之手。但科法的大爲盛行以兩宋爲最盛，此自與宋代崇道帝王提倡道教有關，道教爲適應社會需要，乃整備、舉行法事醮儀。北宋開始倡導，而南宋流行，此卽南宋金允中上清靈寶大法所說的「宣和之際，徽宗主張科法，教門大興於一時。」道藏中所收洞玄靈寶經頗多宋朝整理者卽因此故。其中天眞皇人撰集「靈寶無量度人上經大法」（霜字號）、寧全眞授王契眞纂「上清靈寶大法」（鬱字號）與金允中撰「上清靈寶大法」（歎字號）等均有十洲傳說的科法，可視爲又一變。

靈寶無量度人上經大法有三處使用十洲傳說，乃承襲杜光庭一系，卷四訓釋經義品，首述「元始祖劫化生諸天」的天堂結構，屬於外國放品經系的說法；其次述「域中仙境名」，即洞天福地嶽瀆名山說：

> 嶽者鎮也，坤原載物而不移，五嶽三島十洲，仙聖之所居。神洲者中國也，王者居之，為域中之大。其中人民修行正道，升而為仙真。上有十大洞天、三十六小洞天、七十二福地，並仙官治之。洞天之中有五山，亦謂之五嶽，作中國之鎮，其餘小國更不列之。神洲三島五嶽十洲，皆在三光之下，大地之上，巨海之中也。

所述鎮嶽的道理，實與漢武內傳、十洲記爲同一說法，將山嶽信仰與道教洞天福地說結合，成爲道教化的宗教輿圖觀。其中強調的「五嶽三島十洲」，即是五嶽眞形圖與十洲記的名山；再配合洞天福地，構成「虛無洞天圖」：

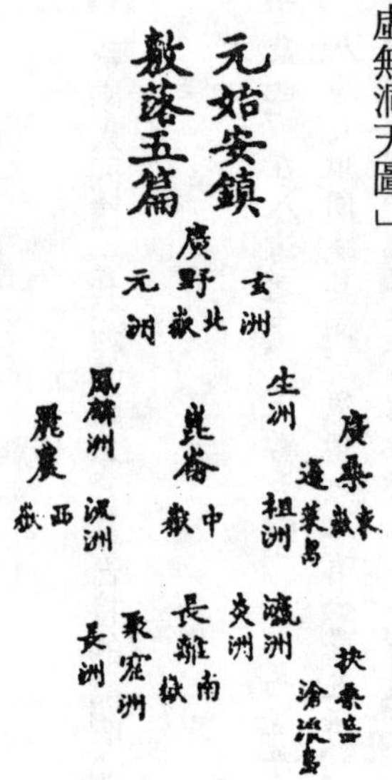

三島十洲爲修眞得道上昇所居的洞天，而昇騰之時需執某種信物爲憑藉。此卽卷四〇還元敍玄品的基本構想，敍述各種符文、呪語，其中「開天玉契品」的中天總眞玉契就是「凡諸蓬萊、瀛洲、十洲三島洞天福地靖廬諸治用之」的信物，所謂「契者劵也，上天之合同也。」乃「天尊頒詔得仙之子，先賜玉契；以俟飛仙，得度天門。」凡修眞學仙之士均需執此玉契。玉契的形式是「只用天篆，以柏木版，長五寸，闊二寸四分，朱書。」使用之法將一版分成兩半：左邊貼於章奏中狀文字之首，右邊燒灰，用水調服，如此卽可昇眞。將飄渺的洲島具體化爲仙眞居所，配合歸眞昇天的宗教儀式，手執玉契等法物，與上章等祈告天神之事結合，此爲其齋儀化的情形。換言之，昇仙不僅是語言符號的象徵，而且是動作象徵的一種儀式。

品類十洲仙眞見於卷一「八明開聰品」，其第八則說：「明大法有三品，必成聖眞仙道：如通玄究微，行諸十品上道，功德合備，則白日登昇；若其餘修誦得一法一教，長生度世，爲地界洞天仙人之首；或朝夕朝禮，尊敬奉事供養，則必獲尸解之仙、十洲三島散仙之民矣。」十洲三島的散仙，卽是天仙、地仙、尸解仙三結構說中的第三級，也是學仙修眞者最易行之道。[37]八明開聰品爲開宗明義第一章，而第八明卽懸三品仙作爲修眞學道的理想境界，由於勤修敬道，始能尸解成仙，遨遊十洲三島之上，享自由逍遙的神仙生活。因此學道的困難都因而得以解脫，靈寶無量度人上經的「度人」旨趣乃得以彰顯。

北宋末靈寶經在徽宗崇道的風尚之下纂集，凡此新立的道經，福井康順博士稱爲「大靈寶經」[38]。南宋爲因應科儀而產生多種新集的靈寶法，且各因所需酌加重編，王契眞纂集的科法書，強調「靈寶大法，貫通三洞」，與「靈寶無量度人上經大法」具有密切的關係，都與依託的「天皇皇人」有關，正是林靈素幫助徽宗製造道教熱潮，因而造出元始天尊演說靈寶度人神霄衆經之說，這些應與神霄派有淵源。南宋渡江的江南時期，「上清靈寶大法」爲一新結集，王契眞所編定的軌儀，其中卷十二濟世立功門敍述立功建德的不同齋法；又有「立壇解禳式」詳述建「三天總炁壇」的方法，其規制謹嚴，可據以推測宋朝作功德立靈壇的情形。關於道場佈置，弘偉壯觀，即以諸仙衆聖的設置，均需「依三層三輪，排列聖位」，而仙聖數目之多，首以三清帝君的三境位帶領衆仙爲上輪，依次凡有三輪，按照仙眞位業，妥加配列；又有三層與三輪不同之處；是第一層天輪、第二層人輪、第三層地輪，而三輪則僅分上輪、中輪、下輪。「十洲三島大小洞天靖廬福地主者」列於第三層地輪六十三位之末，較諸四海龍君、風伯雨師及當處城隍、直壇土地爲低。由三輪三層的神仙譜系，具體反映寧全眞授靈寶大法系的科法及眞仙位業的新說。

金允中約活躍於南宋理宗年間，其神職爲「洞玄靈寶弟子南曹執法典者童初府右翊治」，所編的另一系統「上清靈寶大法」，乃總括當時相當數目的道籍，經其綜理而成的南宋科法寶典，乃此一時期道教齋醮史的重要代表作。其卷五列有三界官曹品、朝元入靖品均有關天地宮府，前者條列天地宮府、後者則敍述仙眞。「三界官曹」的上界、中界、下界，實具體反映上、中、下三品仙的仙眞傳統，上界以無上大羅天、玄都玉京及三清境（玉清、上清、太清）依次排列，十洲三島自然不得預於其列。中界屬於地仙棲集的仙山，「中嶽崑崙山」居於首位，契合原始崑崙的崇高地位；下列「十大洞天、三十六洞天、三百六十名山」則顯然提高輿內洞天福地的重要性；與之相較，十洲等反被置於下界；凡有東霞扶桑宮、暘谷神王府、蓬萊宮、蓬萊都水司、方諸青童宮，次乃列出「十洲」；但較諸九江水帝宮、四海龍王、四瀆源主等爲前。其排列階等，異於寧全眞系，此當源於所據不同，因而形成不同的品級說。

金允中自述其總覽「自宋、齊、唐、洎于宋朝所設羅天醮三千六百位」，參合比勘，終乃「立玄穹主宰品，以明三清三炁之源，繼之以三界官曹品，以備關申之目。」而其用途則在「祈禳升度，拔幽濟顯」，卽是作科法之用。當時排列聖位，望闕朝元，乃是一種莊嚴的禮拜，需要「內外莊嚴，身心同潔」，始能「交眞靈於肹蠁，會至道於洪濛。」朝元入靖品規定「在宮觀則設三境至眞、諸天上帝位次；或居俗舍則中建三寶，傍列衆眞。」其排列聖位的構想，正與三界官府相互配合，三清天尊居首，依照位業，按位次而設，三島十洲諸仙眞：白玉龜臺九靈太眞金母、與東華木公青童道君，仙階頗高；而東霞扶桑大帝、五嶽五天聖帝，與稍後總稱的「洞天福地錄仙眞、崑崙上宮三百六十名山仙衆」同列，凡此諸仙眞作爲「遇朝謁望闕存思」的對象。所以靈寶經法大盛於宋朝，十洲傳說也隨著科法風氣徹底的科儀化，與宋、齊靈寶齋相較，十洲記完全爲道教吸收，此爲十洲傳說又一變。

(三)雲笈本十洲記及其科儀化

十洲記的版本，除今本十洲記外，並無其他異本，像外國放品經、洞淵集所引則屬另一種改編本。因此討論雲笈七籤卷二十六所引十洲三島，應分從兩種角度加以說明：一爲編次錯誤的僞本；一爲有意調整的新本。從僞本立場言，題爲「十洲幷序」，序卽指通行本首段，而末段東方朔自述師承也照錄；其次十洲部分的次序、文字幾乎全同；但三島部分卻顯然有誤。而其致誤之因，則與唐朝流行十洲三島的新說有關：張君房修大宋天宮寶藏，於眞宗天禧三天(一〇一九)進獻；[39]又掇「雲笈七部之英」，乃徵引諸種道書，爲一部極有價值的道藏摘要，於仁宗朝進獻。十洲記必依據道門相傳的完本——極具校勘價値的宋本；但以杜光庭洞天福地嶽瀆名山記爲代表的「十洲三島」新說既已流行，張君房必曾參閱杜道士之書，因此雲笈卷二七爲洞天福地天地宮府圖、卷二八爲二十治，都可見其熟知道教洞天新說，爲了因應「三島」之目，因此根據十洲記改編，成爲改編之本，其特色有二：

一、滄海島附於十洲之後，所以聚窟洲下有「滄海島附」字樣。

二、三島乃以崑崙、方丈、蓬丘為代表，方丈名下有「扶桑附」字樣、崑崙名下則無「鍾山附」，大概將二者視為一體。

張君房既逕題爲「十洲三島」，且實際改編。如按十洲記原有資料更動，當不致有大誤，但不知其所據之本有誤，抑一時不察，卻混亂了三島，將不相干的兩條仙島誤抄爲一，其情形爲：

一、滄海島：自「在北海中」，至「服之神仙」不誤，「外別有圓海」至「唯飛仙能到其處耳」則誤抄蓬邱條的後大半。

二、崑崙附鍾山條，「其北海外」至「從平邪山東南入穴中」不誤，下「乃至內長生」至「仙官數萬衆記之」，除乃至內、仙官諸字外，則誤抄滄海島末一小節。

三、蓬丘條，前一小句不誤；但「北到鍾山」至「有似於崑崙也」，則誤合鍾山條的結尾一句。

類此譌誤情形，當是改編時粘合之誤，無需訝異，奇特的是居然有據此誤本撰成拔度儀者。

張君房撰集雲笈七籤之後，必曾廣泛流傳於道門，北宋開始出現鍊度的法事，而大大流布於南宋，五嶽眞形圖的信仰，就在此一時期，酆都山眞形圖增益血湖眞形圖，作爲鍊度儀式之用。[40]十洲傳說的拔度儀也應基於同一需要而出現，道藏洞玄部威儀類所收靈寶齋儀書爲歷代靈寶齋儀總滙，其中有些資料早至南朝陸修靜，而唐末杜光庭整理的亦多，諸如「太上黃籙齋儀」五十八卷，卽出自杜道士之手；次一部「無上黃籙大齋立成儀」五七卷，則爲南宋孝宗、光宗年間，龍虎山上清正一宮道士留用光（沖靖先生）從蔡元久授法；然後授與蔣叔輿，大約從寧宗嘉泰二年（一二〇二）從受道法，而至嘉定十六年（一二二三）編成，其科法乃留用光「悉以平生得於荆、蜀方士隱君子者授之」，其中代表江南地區、四川地區的道教科儀，廣引陸修靜、杜光庭之遺說，可謂爲南宋齋醮集大成之一[41]。道藏接著錄用黃籙齋儀多種，當與蔣叔輿所編修者有關，其中一種卽爲「黃籙十洲三島拔度儀」。

所謂齋醮，乃祓除不祥，以乞福祐的道教祭典。大唐六典已載有七種醮祭（金籙大齋、黃籙齋、明眞齋、三元齋、八節齋、塗炭齋、自然齋），其中黃籙齋乃爲拔度所有先祖的齋法。舉行齋醮，道士先需齋戒、沐浴，此爲潔淨意義，由世俗進入神聖的禮儀。然後設壇，演奏道樂，焚香上章，祈求天神，黃籙齋十洲三島拔度儀，註明「舉步虛」卽演奏步虛樂；「次舉三天尊」誦天尊名號，下卽「啓白，焚香上啓」，其對象凡有「三淸上聖，十極高眞、東極宮中慈悲太一救苦天尊、十方救苦天尊、九幽拔罪天尊、朱陵度命天尊、黃籙職司，無邊仙聖、十洲三島一切威靈」，希望衆神能拔度祖先昇入仙境。道教的傳統觀念度脫成仙卽是尸解仙，至多爲地仙，此爲必經的仙路歷程，十洲三島卽爲較具體的仙境，故說：「塵外十洲，盡是長生之境；海中三島，無非不老之鄉。」其下以四句爲主題，配合對偶句作爲誦唸之用，極力描摹仙境之美，所謂「金醴玉漿，盈壺不竭；霞裾雲袂，逐念而生；碧耦冰桃，三多結實；奇花異果，四季敷榮」之類，而其主體卽是據雲笈本十洲三島演唱——「演十洲之勝境，唱三島之玄風。」形成齋儀化的十洲新說。

十洲三島拔度儀的結構首爲稱揚功德，「舉大聖飛昇太空天尊」的誦讚名號之後，以七律形式頌揚十洲三島：

十洲佳景是仙鄉　三島瓊樓住渺茫
西望龜臺通玉國　東連鯨海映扶桑
壺天飛達人難到　塵世雖悲道易忘
願度神儀超此境　參陪王母禮虛皇

中爲十洲三島頌辭的主體；末則結以拔度的心願，所謂「仰憑善力，接引眞旍；永脫凡籠，遙超仙界，法衆歸依，稱揚功德。」而以昇登十洲三島的頌辭，作餘音裊裊的齋醮尾聲：

堪嗟人世隙中駒　利鎖名韁秖自拘
不悟因緣皆寄遇　每將勞苦作歡娛
榮華富貴今何用　恩愛親姻了似無
從此便登仙路去　十洲三島是真都

類此齋儀形式當時多有一固定模式，且實際運用於拔度儀式中，所以首尾頌揚功德、禮讚天尊，爲黃籙齋法的一種。

主體部份的特色有二：十洲次序略與雲笈有異：卽瀛洲、玄洲、長洲、流洲、元洲、生洲、祖洲、炎洲、鳳麟洲、聚窟洲，而無所附滄海島；三島次序同於雲笈本：卽崑崙之島、方丈之島、蓬丘之島——原附鍾山部分被删除、扶桑島被融化於方丈島中；最明顯的蓬丘之島，因爲滄海之島本較不重要，删除之後其誤合之跡卽不見；但蓬丘卻不能删，因此沿襲雲笈本之跡昭然若揭：

雲笈本	黃籙齋本
蓬丘，蓬萊山是也。對東海之東北岸，周迴五千里。北到鍾山北阿門外，乃天帝君總九天之維，貴無比焉。山源周迴，具有四城，其中高山，當心有似於崐崙也。	第三蓬丘之島，周回五千餘里，上通三十二天，北距鍾山，中連巨海，北阿門外，為天帝君之宮；溟渤海中，聳三島雲萊之地，飛仙來往，瑞靄迷漫……

雲笈本蓬丘爲誤合鍾山條，黃籙齋本雖簡化，但仍襲其誤。所以十洲之序雖異於雲笈，但三島則取諸雲笈，故「十洲三島」之名襲用雲笈本則可以確定。

次爲其頌辭形式，先以適於誦唸的對偶句敍述，再以律詩形式詠唱。敍述部分不全抄用十洲記，而只取用爲典故，自行演述，像瀛洲之例：

第一瀛洲之境，高居溟海，遙對會稽，瓊室真官，乃二仙之窟宅，神芝靈草必為萬物之嘉祥；鍊昆吾之鐵，則切玉如飛；飲玉醴之漿，則長生不老；青丘隱迹，翠水藏仙，奉薦靈儀，飛昇此境；伏願高登雲路，達自性之逍遙；回謝塵寰，了浮生之幻夢，法衆皈依，讚揚功德。

其中昆吾記事取自流洲；而流洲之境，除地理面積外，其餘全驅遣道教仙境的典故，自由發揮，另成仙境。瀛洲歌辭則總述敍述部分，反覆歌唱：

瀛州宮闕接諸天　象外春光不記年
五色碧鷄啼曉日　千金丹鳳吸朱煙
青丘翠水山川異　玉醴昆吾鐵石堅
願度亡靈超彼處　親聞經法悟真詮

以規律的節奏配合道樂。按照道樂的發展，兩宋道樂曲調甚衆，因為宋代諸帝既重齋醮，必講究音聲，無上黃籙大齋立成儀錄有讚誦多種，其中有雲璈部，且用詞曲。據南宋寧宗嘉泰年間西蜀道士呂太素纂「道門通教必用集」卷三說：「壇外法事，字字皆以拔度為本，誠非細事。況是施主追悼之際，慘戚裝懷，謳歌詞曲，尤為不便。」十洲三島拔度儀的撰成時間應該為同一時期，使用整齊的詩歌形式，便於與道樂配合，正是當時的道教風尚。[42]兩宋道教，因帝王提倡，聲勢盛於佛教，尤其在民間社會與民衆佛教共同擔任宗教的重要角色。祈福致祥，拔度亡魂爲道教通俗化的必然事物；而教團道教也因而趨向通俗化、民衆化，由此負擔起宗教的社會功能。類此十洲三島拔度儀運用於超度祖先的齋儀中，以步虛道樂的舒緩聲調，配合韻律有致的歌辭，烘托出一種飄渺、虛幻的仙境，確能在濃厚的宗教氣氛中洋溢一種仙道的情趣，消除追悼之際慘慘戚戚的悼亡氣氛，此卽道教適應社會、心理需要所表現的宗教性功能。

蔣叔輿纂集的「無上黃籙大齋立成儀」，基於擧行黃籙大齋的實際需要，綜集道經中所見神仙，歸類爲多達六卷的神位門——卷五一至卷五六，其卷數乃依據仙眞的尊卑位業，分爲左右各三班：三班的階位卽三界分品的構想，而左右之分，應與當時神位排列的壇位有關：左一班首列虛無玉帝，右一班首列玉虛上帝，統御衆神，爲仙眞之尊，其左二班凡列蓬萊山上眞、靑丘山上眞、鍾山上眞、滄海島上眞，瀛洲上眞、玄洲上眞、祖洲上眞、炎洲上眞、流洲上眞、元洲上眞、長洲上眞、鳳麟洲上眞、聚窟洲上眞，較諸七十二福地之列於三班爲高。其實，三島十洲的說法較早出現，又屬海中名山，本就應列於洞天福地之上，爲地仙、尸解仙。所以仙眞階位與道派觀念有關，其升降乃反映其神仙位業的具體說法。

黃籙齋還有一種「地府十王拔度儀」（爲字號），乃道教呼應佛經中十王經及十殿冥王之說的產物。本來十王之說，本卽非印度佛教所固有，乃佛教本土化運動的一種現象，從六朝，歷經唐朝，發展成爲民間地獄說，宋朝民間社會流傳十王傳說，夷堅志中就有此類記載，反映宋代社會的地獄傳說[43]。地府十王拔度儀卽是道教地獄說的具體表現，由元始天尊勅十方靈寶眞人分身下降，管理十殿。此拔度儀，首列「法事」，作普獻者三次；先獻大羅諸天無量聖、次獻冥關酆都岱獄府，三獻云：

晉獻無邊聖，香煙遍榑桑，江河淮海濟，雷電雨龍神，十洲三島谷，水府衆仙真，願垂大慈力，超度此亡靈（和）不可思議功德。

十洲三島仙眞爲普獻的對象，正是黃籙齋的構想。喪家請道士舉行拔度儀，多作功德，以超拔亡靈。由道士主頌，而衆和，類此拔度儀對照十洲三島拔度儀，一屬地獄，一屬仙境，氣氛各異，但南宋之人希望藉此齋儀以超度亡靈，其心理與社會需要則相一致。

㈣ 十洲記與道教內丹派

宋、金、元爲道教變革的時期：道教在唐朝臻於鼎盛的煉丹術，由於化學技術之不易突破，因而外丹的發展大受挫折。同一時期內丹派亦以參同契等丹經開展其內丹修煉法門，至於北宋，內丹既已成爲道門修行的主流，同時對林靈素等助徽宗大興科儀的作法，亦隱然有以清修爲重的改革色彩，金、元的全眞道卽爲改革派道教。十洲記流傳至此一時期亦被吸收運用，其中以宋元時期的淨明忠孝道爲主，在洪州西山推展其糅合儒家忠孝綱常與道教煉養之術，三島十洲卽爲其煉養法門之一，此爲一大變。

道藏所收內丹道籍中，運用十洲傳說的凡有「修眞太極混元圖」及「靈劍子」等。「修眞太極混元圖」的三島十洲說與宋時流傳的三島十洲說，名雖同而內容則不盡相同，其「三島十洲」一名較直接的關係應爲「太淸金闕玉華仙書八極神章三皇內秘文」（深字號），因混元圖引述道經首卽「玉華經」，其所述混元初闢與上中下九霄之說卽出自此部玉華仙書。玉華經與題爲「紫微道人序」的「三皇內文遺秘」，當屬同一系的道書。玉華經中所述洞天主神最後有陳摶先生及鍾離嘉，二人均爲宋朝高道，因此其書當不早於唐及宋初。

玉華經對於天地創始及九霄結構的敍述，極爲特殊，此卽卷上神宗章第二的主要內容，所謂九霄洞天的架構，卽上三霄、中三霄、下三霄，每霄又各有四洞天，所以綜共三十六洞天，卽三十六天說的新說，其中表現對於「三島十洲」說法的，凡有兩處：其一先列於「中三霄」的管轄，煙霄四洞天條說：「此四洞天神、四洞天仙並主水府地址海嶽福地之事、三島十洲地仙、散仙、劍仙，積德積行，修行上士之職也」，也就是三島十洲之仙爲四洞天神所管轄。而下三霄之末，提到一種說法，「是以七十二福地、八十一洞天、十洲三島小仙、九地隱士、陰府鬼官、酆都神主、山水小使、江海民神，修行仙子未昇天者，皆不上於玉籍，名號未列於金簡也。」依此經，三島十洲仍居於三品之下，符合道教傳統的說法，但特別强調未能昇天的尸解仙、地仙不能列於玉籍、金簡，則玉籍金簡卽天仙名冊。所謂「三島十洲」一詞，只是泛用，而未列出三島、十洲之名，但既與七十二福地、八十一洞天同列，則仍屬十洲傳說的系列。

混元圖既引玉華經，自然熟知「三島十洲」一名，但所指對象則已翻新意。混元圖全稱「修眞太極混元圖」與另一「修眞太極混元指玄圖」同卷列於道藏調字號，當屬同一系列，可以相互參證其撰述情形。混元圖有「章貢混一子蕭道存」，自述其「觀祖師施眞人修鍊太極混元圖」，又有「古杭竹坡金全子傳」的篇首識語，自言其「遊江南遇華陽眞人施肩吾」，遂授修眞指玄之事。再證以混元指玄圖篇後所述祖師得道：凡有鍾離、呂公、海蟾子、軒轅，而止於施眞人，則修眞指玄二圖與唐元和、長慶道士施肩吾有關：依其中所引的西山參同契——參同契至唐、五代既有內丹化的傾向；又引述清靜經——卽太上老君說常清靜經出現於唐代，爲全眞道重要經典之一。[44]因此其原圖當於唐末、宋初卽已存在；但其中「議曰」部分常與西山、西山十二眞人有關。依歷世眞仙體道通鑑卷四五施肩吾傳，施眞人於長慶時入洪洲西山，感得許旌陽（遜）授五種內丹法；又遇呂洞賓授內鍊金液還丹大道，而終隱於西山。至於作序的「章貢混一子」，章貢卽「贛」的隱名，蕭道存爲宋朝西山道士，所以混元圖、混元指玄圖應爲西山傳承的內丹秘笈，且爲流傳於金元新道教的道籍。

混元圖的撰述形式，先列一圖，再引述道經；特別的部份爲「議曰」的詮釋，代表一種內丹派觀點的解說。其中引述的道經縱使爲一般性的道書，也能詮釋成內丹修鍊的方法；何況其所引如清靜經、龍虎中丹經等，本就是論述宇宙氣化的形上思想與象徵人體臟腑的生理組織。一爲大宇宙，另一爲小宇宙，仍自有相通之處。其中與十洲傳說有關的，凡有海中三島十洲之圖、虛無洞天圖等。前一圖圖形爲奇特的三大圖、一小圖及一座山形所組成：

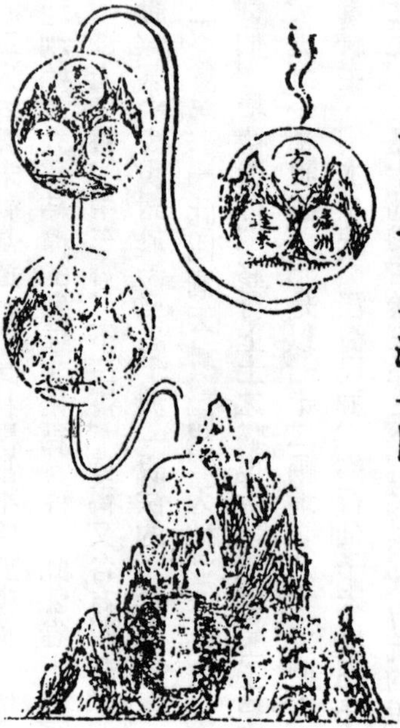

海中三島十洲之圖

圖後引述題名「十洲記」的文字：

> 十洲記曰：風塵之外，而有四海，四海之中，而有三山，三山之中，而分十洲：上島而曰方丈、蓬萊、瀛洲；中島而曰芙蓉、閬苑、瑤池；下島而曰赤城、玄關、桃源；中有一洲而曰紫府。紫府者，太微真君所居，句管神仙功行之所也。若人鍊氣成神，棄殼昇仙，先見太微真君，契勘鄉原，對證功行，先居下島，次以昇遷。

所謂十洲；乃合三島九洲與獨立的紫府一洲之數，其中上島三洲與十洲傳說的靈島有關；但撰者實通曉道教傳統的洞天福地嶽瀆名山之說。因前一幅「人世七十二福地之圖」引用「福地記」，即通行的七十二福地觀念；而與鍊丹有關的也只是「鍊氣成神」的敍述，但「議曰」卻作完全不同的詮釋：

> 塵世如人之腹，福孽因果，如人造化五行，止得安樂長生而已。三島如人肘後三關，棄殼昇仙，非五行之效。當飛金晶，先補泥丸，髓實骨健，自可升騰；又況神水下降，漸出金光，指日棄殼而作仙矣。

以肘後三關、泥丸描述人身經絡；又以金晶、神水、金光等生理體驗作隱喻性的說明，都是典型的內丹派說法，藉以描述氣功修鍊的奇特感覺。

混元圖承襲道教昇仙歷程的說法的還有下述虛無洞天圖，其圖形巧妙組合天地的結構，將三十六洞天、七十二福在及十洲悉數納入，爲混元之圖：

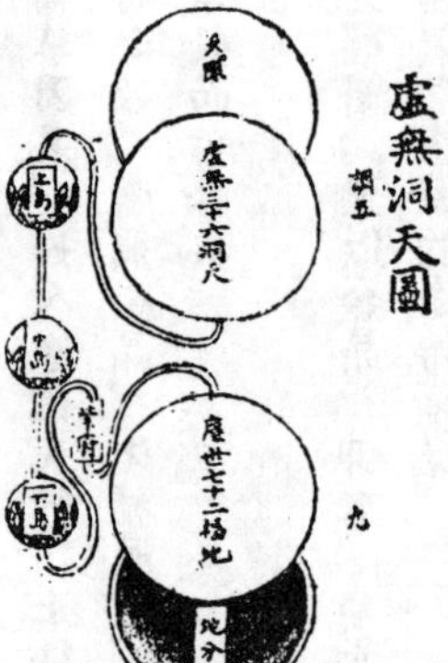

圖中對於洲島的排列位置極爲奇特，自異於十洲記原先的構想，形成以崑崙爲中心的宇宙圖，因此將其他四嶽另作安排；十洲的方位也稍有差異。至於「元始」天尊仍爲傳統說法，五篇又取靈寶赤書五篇眞文，確是組合的新說。

洞天記，其原典既非司馬承禎、杜光庭諸氏的洞天福地諸記，頗疑其另有所本。雖則所述與通行的洞天福地說略異，但敘述修眞學道者度脫的階段，卻能符合傳統的說法：

洞天記曰：若人奉行大道，煉精為丹，自可長生，煉氣成神，自可棄殼昇仙，先居三島。若以厭居三島，當且復來塵世，轉為傳道度人，行滿功成，受紫詔丹書。自三島而入洞天，洞天在虛無之間，是天仙所居之位也。若以厭居洞天，効職以為仙官：上曰天官、中曰地官、下曰水官。於天地有大功，於今古有大行，當為真君而昇陽天，不復再到人世。

構想由塵世昇居三島，復由三島昇居洞天；最後由洞天昇往最高天界，正是由尸解仙、至地仙、最高爲天仙的同一理念；其思想脈絡本極清楚；但議曰則純爲內丹派說法：

> 塵世福地如人運五行，不出心腎之內。海外三島如人肘後般三氣，不離三關之中。虛無洞天如人鍊神入頂，漸有昇仙之期。故知五行，下手在三田也。見功超脫，三關是也。

所謂三田，卽六朝道教早已使用的上、中、下三丹田說，修鍊丹田，氣機由臍下三分的下丹田下手，運行直上上丹田，就是頭部的泥凡宮，故說「鍊神入頂，漸有昇仙之期。」

大抵修眞太極混元圖爲內丹派輯錄適用於內丹修鍊的道經，先敍述天地混元的宇宙構成論，將之轉用於人體結構所形成的小宇宙，此爲氣功術的形上思想；次乃依次敍述修鍊的方法，以圓形爲主體的圖形排列成各種經絡示意圖、輔之以象徵性的地理圖記，再以議論方式申議其中內丹訣竅。此類構成的三島十洲說雖然另有其構想，但基本理念仍取自十洲傳說。因此，混元圖中的十洲傳說爲一別派。

新三島十洲說流行於元朝，最有力的證據爲三教搜神大全與搜神廣記所引用的一條寶貴的元代資料。三教搜神大全與搜神廣記的版本及流傳，李獻璋早已考證明確，兩種版本俱根據「從前已有共通的原本」[45]，此一搜神關係的類書是否有元版的存在，雖難確定。但二本所引同樣的「東華帝君」傳則確爲元代之說，因爲傳末有「聖朝至元六年正月日上尊號曰東華紫府少陽帝君」的記事，至元六年在元代一朝，凡有元世祖至元六年（一二六九）與元順帝至元六年（一三四〇）二朝年號，元世祖至元六年有追封全眞五祖七眞之事，而五祖之首卽爲「東華帝君」——次爲鍾離權、呂純陽、劉海蟾及王重陽㊻，所以東華帝君傳的撰述者正是全眞道中人。東華帝君爲全眞道派興起大受尊崇的仙眞，首節與金母（西王母）共理二氣之說乃襲用杜光庭墉城集仙錄西王母傳的舊說。但自「塵外記」以下則引述兩種不同的內丹派道籍，凡有塵外記、眞敎元符經兩段，其中揷入「故玄綱云東華不秘於眞訣是也」，出於吳筠「宗玄先生玄綱論」神道設敎章第十（尊字號）；至於「元始告十方天人」語與眞敎元符經，均以神格化創世說爲主體，描述宇宙初闢的現象。此種構想與前述混元圖完全相同，如果混元圖確入於全眞道之手，混元指玄圖述鍾、呂、劉三祖之事，與全眞道有關，則東華帝君傳就是將混元圖融入傳中，其中海內三島一段，應卽混元圖「十洲記」的另一種相近的引述文字。十洲記所謂的「風塵之外」，也就是「塵外記」之意，現在比較三段文字，東華帝君傳所引有其更清楚之處：

> 夫海內有三島，而十洲列其中。上島三洲謂蓬萊、方丈、瀛洲也；中島三洲謂芙蓉、閬苑、瑤池也，下島三洲謂赤城、玄關、桃源也，三島九洲鼎峙洪濛之中。又有洲曰紫府，踞三島之間，乃帝君之別理，統轉靈官、職位，較量羣仙功行。自地仙而至神仙、神仙而至天仙、天仙而轉真聖，入虛無洞天，凡三遷也。皆帝君主之釋之名也。

依據字裏行間的文意脈絡，此段可分爲前後兩半：前半述十洲的內容，其中掌管紫府的「帝君」，卽指「十洲記」中的太微眞君，職司爲較量羣仙功行，所以其文乃隱括混元圖的「十洲記」；後半述神仙昇虛過程，尤其使用「虛無洞天」一語，更是明顯採自混元圖所引「洞天記」。撰述東華帝君傳的用意：主要强調帝君與西王母爲共理二氣的創世天眞，接下敍述其職司爲掌管男眞的昇虛，故得羣仙的禮拜云云，至「此東王公之玉童也」爲止。後世仙傳，像王世貞編明萬曆廿八年刊本「列仙全傳」、洪自誠「逍遙墟經」（道藏槐字號）木公、東王公傳都止於此；且均無「按塵外記」至「總統之山有東華臺」一段文字，所以塵外記也可能如玄綱條之例，乃揷引性質。而從元始告語以下顯然是爲了補充說明混元初闢，元始天王乃命東華帝君掌管校量羣仙的職位，與所以上尊號爲「東華紫府少陽帝君」的解說文字。由此可證元世祖至元六年追封全眞五祖七眞之時，東華帝君自爲加封尊號的第一祖，而其仙傳的後一大段，則撰成於至元六年前後，撰述者熟知混元圖一系道經，爲全眞教中人，因此「眞教元符經」的「眞教」二字，恐非泛稱，而即全眞之教。由原本搜神廣記中東華帝君傳，反映元朝全眞道派的十洲新說與仙眞九品、三遷的仙眞理論。

內丹派道籍中又有「靈劍子」一種述及三島十洲，道藏大字號收靈劍子，託云「旌陽許眞君述」，述服氣導引之術，與江西豫章西山的許眞君信仰的淨明忠孝道有關，道藏大字號「靈劍子引導子午記」也屬性質相近的內丹道籍。據靈劍子松沙記第六有許眞君「自」述文字，當即扶箕降筆，或淨明道派依託；其書著錄於鄭樵通志藝文略諸子類道家外丹，「靈劍子一卷，許眞人撰」，陳國符已辨其非屬外丹，而屬於內丹要籍。㊼從書中所述的兩種主要道法：即行善立功、濟困扶危以積陰德的功過格思想，以及以服氣胎息、煉養內丹大藥的方術，爲宋元時期淨明道派的主要特色。可以推知爲北宋末年至南宋初期淨明派道士所造。㊽

靈劍子講述修仙之道，認爲修仙者首需積善行德等修爲，使心迹潔正，其次乃能神調氣足，因而有保養利神之法，靈劍子服氣第三強調得道之士皆從「氣」來，服氣得仙則具現神通：「飛雲走霧，神變通靈，遨遊日月之上、陽界之中，觀行三島十洲、水府陰山之境洞，跨鶴乘龍，上魚皆浮、龜行、蜂飯擲杯、造壁種花、飛符入柱，皆是氣之因依。」又道海喩第四也說得氣的神妙，「虵多藏舍石而不食，乃石化爲虵黃，得氣之效。鳳鶴得氣之妙，遊飛仙洞，三島十洲，大仙乘跨，此乃鳳鶴得氣之妙。」兩段無非誇說氣功修鍊的神奇表現，而「三島十洲」俱爲逍遙遨遊的仙境，因此，此處的三島十洲固然可解爲混元圖一類的新十洲說，但當作傳說的十洲仙境傳說，乃是得仙之士遨遊的樂園之境，而不必定屬內丹派的新十洲。大抵道籍中只將其視爲一種仙境典故，誇說神仙生活的樂趣。

四、結　語

綜觀十洲傳說，其原始型態乃屬神話中的樂園世界與緯書中的河圖地理，有文有圖，流傳於方士術家之手，爲先秦兩漢混合神話、巫術、擬科學的宗教性輿圖，其熱衷於博物性質的海外仙山，具現古人熱烈求知的好奇心與求知慾，也是一種潛藏於民族心靈深處對和諧社會、不死世界的隱微的願望。類此十洲三島，符合於科學的地理知識者雖則較少，但設想中國所在赤縣神洲之外，環繞著瀛海；而海中又隱現著飄渺的仙島：其上有長生不死之物，與珍奇特異之產。棲集其間的則爲自由逍遙、去留自在的仙家，雲海飄渺，帝鄉可企，其中充分表現中國人對於豐盈、快樂的樂園世界的原創力。

道教興起之後，將前此所有的神話、巫術及原始宗教加以吸收，緯書河圖類的地理觀卽被改觀，成爲道教地理，形成新的仙境說。其間佛教的天地結構，尤其天堂說給予極深遠的影響，因而採取其部份外來文化，組合而成更爲弘偉的天地宮府說。六朝時期，十洲傳說有兩大主流：一即與漢武內傳的造構有密切關係的十洲記，屬於上清經系的眞形圖說，以漢武、東方朔爲動作主體，解說眞形圖、文有助於乘蹻遊行的冥思作用。另一爲外國放品經，則爲上清經系間取佛教四大部洲等神話，結構爲本土化的新洲國說，其宗教作用與持誦六品正銘的咒術有關。兩種經典大約完成於東晉中期至晚期，正當上清經始創與大量造製的時期。

十洲傳說被納入洞天福地的天地結構構想中，成爲三島十洲說，爲一大變。杜光庭、李思聰二人代表唐、宋時期，將三島十洲與海外五嶽結合的新說，成爲嶽瀆名山的主體，此中賦與道教地理的完整理念，嘗試以傳統氣化哲學、五行結構及崑崙居中的神話等，建立神仙道教的樂園學說，並將洞天福地的五嶽三島十洲予以排列配置。李思聰的各種洞天海嶽圖，今已失傳，其中是否保留「古之秘圖珍畫」的河圖成分，已不可詳悉；今存只有靈寶無量度人上經大法的簡單配置圖。類似的洞天福地圖，在靈寶大法系道經中，按照不同道派而有不同的排列法，寧全眞、金允中都因所承資料之異，及其仙眞宮府、位業思想之別，而將三島十洲置於三界宮府、神仙譜系之中，此爲三島十洲更具體地被納入洞天福地的結構中。

十洲傳說隨著道派而有兩種衍變：一爲根據雲笈的誤編本所形成的「黃籙十洲三島拔度儀」，將十洲三島的仙境當作黃籙齋法中拔度祖先的極樂世界；與「地府十王拔度儀」中的亡靈超度後昇入的仙境，同屬宋朝科法流行時期科儀化的新階段；而同一時期及稍後，新道教改編的新三島十洲說，以內丹修鍊方法解說三島十洲，結合身心醫學，成爲十洲傳說中的別派。道教發展到此一時期，歷經數變，但其組織能適應社會需要，一走通俗宗教的方向，整備科法，與民衆佛教結合，成爲民間信仰及喪儀中的宗教性角色；另一則走清修宗教的路途，重自力性，力及適應性。

與傳統醫學結合，成爲探索人身神秘的養生方法。由十洲傳說的衍變可以印證道教靈活的應變

道教發展至明朝以後，逐漸固定化，又與民間信仰混合，而顯示三教合一的傾向。㊾三教搜神一類道書，始於元朝，而通行於明代晚期，十洲傳說也出現在三教合一的宗教性傳記中。至於十洲傳說因爲道派發展的漸趨固定，也漸失神話、傳說的靈活創造力。一種傳播力極强的民間傳說，不管是民俗的、抑或宗教本身的思想，應能在不同時代環境、不同歷史格局，不斷創新與變化，始能保持其活潑潑的創造能力。十洲傳說歷經千年，而不斷更新，即因其創造一種理想世界：社會的和諧安樂、個人的長生不老，適足以滿足人類在困厄或安樂中的一大願望：超越時間的短暫、空間的拘限。而此種傳說隨宗教體系的漸趨完備，由素樸而繁富、由平面而立體，成爲寵大而弘偉的宗教性天地結構，十洲三島即其中的一片樂土。而類此說法常被列於道教經典中，成爲共同的財產，早期的「上清道寶經」中爲較簡單、扼要的上清經系類書，而「天皇至清太清玉冊」則代表固定化階段，極爲繁複、龐雜的集大成之作。

「天皇至道太清玉冊」八卷收於續修道藏（陪字號）中，乃明神宗萬曆三十五年續修時收列於道藏之中，最足以代表明代末期總集道書，將各種既已定型的道教學說滙集於一，成爲類書，此即序中所言「大發辟典，纘類分徧，悉究其事，大宣玄化。」而其時間則「自開闢以來，至于今日，上下百千萬億斯年」，道教常自混沌說起，而南極遐齡老人的序作於明英宗正統九年（一四四四），上距道經始創的漢晉之際，長達千餘年，確是集其大成。其中卷八「數目紀事章」，其事類與十洲傳說有關的凡有下列四則：

三　神　山　蓬萊山（一曰蓬壺）、方丈山（一曰方壺）、瀛洲山（一曰瀛壺）

海中三島　扶桑島、蓬萊島、崑崙島（並神仙所居）

海中四山　蓬萊山（東海中）、扶桑山（東海中）、方丈山（大海中）、滄浪山（大海中）

海上十洲　瀛洲（東海中）、玄洲（北海中）、長洲（南海中）、流洲（西海中）、元洲（北海中）、生洲（東海中）、祖洲（東海中）、炎洲（南海中）、鳳麟洲（西海中）、聚窟洲（西海中）。

玉册雖未註明出處，但依數目及次序卽可知悉其所根據：三神山卽史記所載三神山說，較無關係；海中四山，則屬東方海島系仙山，一般常將崑崙獨立，故不列於其數目中。至於海中三島海上十洲，則爲三島十洲的傳統說法；由十洲排列的次序，與十洲記不同，而近於「黃籙十洲三島拔度儀」一系，編者當曾參閱是經。

玉册的編纂，其意義之一，卽是總整理，乃便於道門中人的類書；而另一意義，卽是總結帳，旣已固定，不易變化，故一一歸併存檔。十洲傳說發展至明末，旣隨道教而固定化，則玉册所列，固定數目下的洲、島，就註定其已成爲道教繁多的故實中，一種爲人熟知而不變的道教文化中的財產清單。

附註

❶ 嚴懋垣，「魏晉南北朝志怪小說書錄附考證」（文學年報），第六期，民國廿九年。

❷ 詳參拙撰「漢武內傳的著成及其流傳」，（幼獅學誌），第十七卷二期，民國七一年十月。收於本書第二章中。

❸ 魯迅之說見於其「中國小說史略」，嚴懋垣前引文，頁三三一。

❹ 盧錦堂，「太平廣記引書考」（臺北，中文研究所博士論文，民國七十年）頁二〇五。

❺ 王懸河爲唐道士，上清道類事相多引六朝古道經凡四條（臺北，藝文，民國六十六年）。

❻ 福井康順，「靈寶經の研究」，收於「東洋思想史研究」（東京，書籍文物流通會，一九五〇）。

❼ 小林正美，「劉宋にわける靈寶經の形成」，刊「東洋文化」六二（一九八二），「靈寶赤書五篇眞文の思想と成立」，刊「東方宗敎」六〇（一九八二）。

❽ 詳參拙撰，「魏晉南北朝文士與道敎之關係」（臺北，政大中文所博士論文，民國六十七年）頁四五〇——四五六。

❾ 李約瑟，「中國之科學與文明」㈥地理學曾引述豐富的史料證實宗敎性輿圖之說（臺北，商務，民國六十四年）。

❿ 緯書部份多參陳槃庵先生之說，見「古讖緯書錄解題」㈤（中研院史語所集刊），四十四期四分册，民國六十二年三月，「古讖緯書錄解題」㈥（史語集刊）四十六期二分册，民國六十四年三月。

⓫ 王夢鷗先生，「鄒衍遺說考」（臺北，商務印書館，民國五十五年）頁一二二——一四一。

⓬ 高懷民，「兩漢易學史」（臺北，中國文化學院哲學研究所，民國五十九年）。

⓭ 李約瑟前引書，頁一二四、一七八。

⓮ 同前引註二。

⑮ 同前引注二。

⑯ 陳槃庵先生前引文。

⑰ 同前引注❷，本書第二章。

⑱ 參拙撰，「不死的探求」（臺北，時報文化，民國七十四年）頁三八三—四〇五。

⑲ 李約瑟，「中國之科學與文明」第九册（臺北，商務，民國六十五年）頁四四五—四六四。

⑳ 參M・スワミエ譯，Schipper著，「五嶽眞形圖の信仰」刊於「道教研究」㈡（東京、昭森社、一九六七）。

㉑ 王國良，「神異經研究」（臺北，文史哲出版社，民國七十四年）頁一二六。

㉒ 范寧，「博物志校證」（臺北，明文書局，民國七十年）頁二五—二六、三五。

㉓ 王明，「抱朴子內篇校釋」（臺北，里仁，民國七十年）頁一八二。

㉔ 拙撰，「葛洪養生思想之研究」刊「靜宜文理學院學報」第三期（臺中，民國六十九年）。

㉕ 拙撰，「山經靈異動物之研究」，刊「中華學苑」第二十四、二十五期（政大，中文所，民國七十年）。

㉖ 拙撰，「神仙三品說的原始及其衍變」，刊「漢學論文集」（臺北，文史哲出版社，民國七十二年）。

㉗ 上清經中，如大洞眞經三十九章（雲笈七籤卷八引），紫陽眞人內傳，及眞誥卷十四均一再引述，可見早期上清經系中的玄洲觀念。

㉘ 神秘數字之說，參楊希枚，「中國古代的神秘數字論稿」，刊於「中研院史語所集刊」三十三期（民國六十一年）。

㉙ 參❷拙撰。

㉚ 陳國符前引書，頁一六。

㉛ 太眞玉帝四極明科經，眞誥，無上秘要俱有引，故爲南北朝前半或更早之作，卷三引用外國放品經，藝文版道藏頁三五五。

㉜ 福井康順，「上清經について」，刊「密教文化」四八、四九、五〇合併號，（一九五九年）。

33 李約瑟前引書中譯本，頁一七一——一七九。

34 詳參拙撰「洞仙傳之著成及其內容」，（中國古典小說專集）第一集（臺北，聯經，民國六十八年）。

35 洞玄靈寶三洞奉道科戒營始的撰成問題，有大淵忍爾的唐初說「道教史の研究」（日本，岡山共濟會，一九六四）頁二五六——二五八，與吉岡義豐的陳朝說「河上公本と道教」（道教の綜合的研究）（東京，國書刊行會，一九八一）頁二九一——三三二。

36 三浦國雄，「洞天福地小論」，刊「東方宗教」六一號（日本、東京、一九八三、五）。

37 參拙撰，「神仙三品說的原始及其衍變」，刊於「漢學論文集」三。

38 福井康順，前引注六，頁四九——五五。

39 張君房與大宋天宮寶的修纂關係，近有龍彼得先生（Piet van der Loon）提出新看法，懷疑陳國符氏所述張君房主持宋藏的編修。此一論點極可注意，參Taoist Books in The Libraries of The Sung Period「宋代收藏道書考」London, 1984.

40 施博爾前引文卽據此說明眞形圖的科儀化，參頁一四四——一四五。

41 留用光、蔣叔輿編纂無上黃籙大齋立成儀的經過，參見其所附序跋文字。

42 道樂的發展演進，參陳國符，「道樂考略稿」收於「道藏源流考」頁二九一——三〇七。

43 十王信仰的問題，參酒井忠夫，「十王信仰に關する諸問題及び閻羅王受記經」刊「齋藤先生古稀祝賀紀念論文集」（一九三七），岩佐貫三，「中國僞似經への一考察」，刊「東洋學研究」九期（一九七五）。

44 世界宗教研究所道教研究室，「道藏提要」選刊（上），刊於「世界宗教研究」（一九八四、第二期）頁十六。

45 李獻璋，「三教搜神大全と天妃娘媽傳を中心とする媽祖傳說の考察」，原發表於東洋學報第三十九號（一九五六），現收入「媽祖信仰の研究」。又此文中譯及兩種版本，參「繪圖三教源流搜神大全，附搜神記」（臺北，聯經，民國六十九年）。

46 全眞教的研究，參陳援庵，「南宋初河北新道教考」（臺北，新文豐，民國六十六年），孫克寬，「元代道教之發展」（臺中，東海大學，民國五十七年），窪德忠，「中國の宗教改革」（京都，法藏館，一九六七）。

㊼ 陳國符，「中國外丹黃白術考論略稿」、「說周易參同契與內丹外丹」（收於「道藏源流考」）頁四一三。

㊽ 淨明忠孝道在宋朝的發展，有秋月觀暎，「中國近世道教の形成」（東京，創文社，一九七八）。又前引「道藏提要」選刊，頁十四。

㊾ 道教史的發展，參窪德忠，「道教史」（東京，山川，一九七七）。

第四章：洞仙傳研究

——洞仙傳的著成及其思想

洞仙傳爲六朝的重要仙傳之一，可作爲初期的道教史料，惟見存洞仙傳，斷簡殘篇佚失過鉅，雜厠於雲笈七籤之中，一般筆記小說叢編均未收錄，近代道教史學者也尚未取爲專題研究。故洞仙傳原本的編撰情形、形成時期，及其後流傳的情形，多疑而不能明。此篇卽嘗試考述其歷代著錄、考證情形及原本的編撰過程，並分析仙傳資料所顯示的當時道派的仙道思想。

一、歷代著錄及考證

魏晉南北朝的仙道類傳❶，隋書經籍志著錄多種，其中洞仙傳十卷，不著撰人。惟其後史志著錄，如舊唐書經籍志史錄雜傳類、新唐書藝文志神仙類、宋史藝文志神仙類及通志略道家，則題爲見素子撰。據近人陳國符考證，洞仙傳既已見錄於隋志，「則此見素子至遲當爲南北朝人」，非唐宣宗大中年間女道士胡愔❷。嚴一萍所考，也獲同一結論，以爲「梁陳間撰洞仙傳之見素子既與唐末女子胡愔無涉，則其姓氏殆已無從考得矣。」❸洞仙傳的撰述者與見素子之關係，爲疑問之一。

洞仙傳流傳至宋，據四庫提要卷一四七所載：「晁、陳諸家書目皆未著錄，然太平廣記嘗引之，雲笈七籤第十卷、第十一卷亦全載其文，則宋以前人作也。所錄自元君迄姜伯，凡爲傳七十有七。」此段記載多疏略謬誤：太平廣記徵引兩條，卽卷五茅濛、卷三十三張巨君，又卷十三蘇耽，言出洞神傳，與洞仙傳同，當爲同一書。至於雲笈七籤所錄，提要脫「一百」二字，當爲卷一百一十、一百一十一。且爲傳七十有七，實非「全載其文」，雲笈七籤所錄，如非節錄，卽所據的本子已多闕失，而非全帙。玉海卷五八引書目（卽中興館閣書目），云有十卷，凡二百九十二人。可知雲笈本所殘存的僅得四分之一而已。洞仙傳的原本，宋代書目既有未加著錄者，至於崇文總目道書類道藏闕經目錄卷上云九卷，不著撰人，原書亡佚於宋，故四庫提要疑之，陳國符考證，亦據著錄，持此一說法❹。惟嚴一萍校雲笈本洞仙傳，據元道士趙道一撰歷世眞仙體道通鑑（下簡稱仙鑑），因此懷疑仙鑑所據的爲洞仙傳原本，故「全書在元代尚未亡佚。」趙道一撰述仙鑑，資料甚備，其中卷六至卷二十二，頗多取材於洞仙傳原本，雖未標明出處，但證據明顯。可信洞仙傳的原本尚流傳於元代道士之手，諸家書目皆未著錄，乃因不得一睹方外秘藏耳。

嚴一萍考證：「張君房所見本與趙道一所見者似有不同。書中介琰一條，述孫權事，雲笈本稱權爲先主，歷代眞仙體道通鑑改作吳主。」又「就先主之稱謂而論，作者去三國時代不遠。」宋人張君房所見本與趙道士所見者，是否爲同一種本子，此留下詳證；至少介琰一條資料，不足證其不同。因仙傳資料多累世因襲，每有删改未盡之處，譬如道學傳介像條，多襲葛洪神仙傳，今據太平廣記卷十三、太平御覽卷六六三所引，卽吳主、先生並用❺。洞仙傳介琰條疑卽出自眞誥，陶弘景眞誥復據東晉茅山道派所傳的資料，乃屬未及删改者。而趙道一之撰仙鑑，則多改正字句，重加撰述，於「吳王」一稱謂略有不同，故不能據此疑二本似有不同。嚴氏既疑作者去三國時代不遠；又據雲笈本所錄最後三人：扈謙、朱庫、姜伯眞，其中姜伯眞，仙鑑次於梁人王覇之前，斷定「作者最晚當爲梁、陳間人。」此兩條資料有待商榷，因洞仙傳的撰成，扈謙等三仙眞的記載，卽根據眞誥，陶弘景又據東晉楊羲、許謐、許翽等所錄的眞迹，實與梁人王覇之排列次序無關。故洞仙傳編撰者的身分與年代，爲一大疑問。

大抵而言，洞仙傳十卷本至元以後失傳，今惟能據雲笈本所保存者，考知其資料來源，與茅山道派的關係，並據以推測其題名，及其中的仙道思想，從而略窺其原本的編次情形，與可能見錄於仙鑑的梗概。

二、洞仙傳的著成

(一) 洞仙傳與眞誥及位業圖的關係

雲笈本洞仙傳所錄仙眞七十七人，其中資料多襲自梁陶弘景所編眞誥。趙道一編撰仙鑑時，既已參用二書：或以洞仙傳爲主，依據眞誥改定字句，如周太賓條；或先述洞仙傳資料，再綴錄眞誥所述者於後，如姜叔茂條❻。故元以前的仙眞事迹，仙鑑所述，語有所本，最爲詳贍。洞仙傳所襲錄的眞誥，據雲笈本所錄存者：凡有徐季道、趙叔期、毛伯道、劉道恭、謝稚堅、張兆期、莊伯微、劉道偉、傅先生、姜伯眞等十人，散見於眞誥卷五；又靑谷先生（附劉文饒）夏馥、杜契、范幼沖、展上公、周太賓、郭四朝、張玄賓、趙威伯、樂長治、戴孟、劉諷等十三人，散見於眞誥卷十二、十三、十四。卷五屬甄命授第二；卷十二、十三、十四則屬稽神樞第四，然眞誥所錄的仙眞實不止此數，仙鑑所列尤多，其間前後次序的銜接、行文語氣，幾可肯定其抄自洞仙傳，惜趙道一均未注明出處，因此不能加以指證而已。

陶弘景纂修眞誥，胡適之氏以爲多剽竊佛經之處❼。其實，陶弘景所搜錄的道經，其中上清經系的遺經，多爲東晉的茅山道士楊義、許謐、許翽等記錄降眞之跡，陶弘景本尊崇祖師之意，均一一註明眞經出世的情形。據眞誥敍錄說明，先有劉宋顧歡撰述「眞迹經」、「道迹經」❽，所謂「眞迹」，敘錄評爲「於義無旨，故不宜爲號。」因此改名爲「眞誥」者，乃因所記載者爲「眞人口哸之誥也。」依道敎內部的說法：楊義與許謐等人將上清經系諸仙眞所降誥的眞迹，加以抄錄整理，成爲古上清經中最寶重的道門秘笈。其實，此類資料的來源，大多屬於扶箕降筆。❾或上清經系道士所著重的冥思修煉的方法，在宗敎性的幻覺狀態下，形成見神或與仙眞往返的神秘體驗，將之記錄，亦可視爲一種典型的冥通記。甚至於楊、許將諸種早期的仙眞傳說，筆錄成篇，亦可依託於仙眞的降誥。大體言之，降筆之際頗多以行草急書降眞的文字，其敍述或採有韻的詩體，具現六朝流行的五言詩的風格；並配合雜記體的散文，其語調頗有當時的口語成分。類此眞書，實基於中國古來旣有的巫俗信仰，將巫師集團降誥的見神經驗予以精緻化，配合上清經系新結構而成的仙道思想，形成江南地區極具特色的道法。由於魏華存以下傳承道法的多爲知識分子一階層，其官階並不高，多屬中下層的官吏，因而易於發展其重視冥想、內修的修行方法。此類文士均具有傳統的藝文訓練，能詩能文；尤其在書法的運用上，大多具有能書的專長。因此降筆筆錄或寫經傳錄，均以高明的書法爲文作詩，成爲一種宗敎性的藝術。❿

早期上清經系所錄的降誥文字，由於現存道藏中不易確指何者爲原本，且古道經亡佚過甚。因此顧歡所撰輯的眞迹、道迹，除殘存於類書，如無上秘要等，已不易推知其原貌。而陶弘景旣不滿顧歡所作，因而多方搜集，將當時所見的仙眞誥語重新編纂，在後出轉精的情況下，「眞誥」等書一旦編成，「眞迹經」等自遭淘汰。因此陶弘景眞誥成爲其後整理上清經系仙說的標準本。道藏所藏的本子並非原貌，其原本爲七篇二十卷，依類編次，篇有篇旨，今本的卷數稍經更易，但仍保存原先的構想。其中與洞仙傳有關，亦卽啓發其編撰理念的，爲仙眞修道洞天之說：甄命授第二，多爲眞靈訓戒，卽是「詮導行學，誡厲愆怠，兼曉諭分挺，炳發禍福。」（卷十九，下同）稽神樞第四，則載道敎地理，卽是「區貫山水，宣敍洞宅，測眞仙位業，領理所闕。」今存於雲笈本中的諸仙眞的排列次序，大致與眞誥各篇各卷的前後次序相合，因此也可略窺原本洞仙傳的編次情形。

陶弘景眞誥，除敍述仙眞的神跡，也漸有仙眞位業的觀念，此卽以華陽洞天爲主，構成其神仙福地說，依照位業，配置仙眞，組織完成爲一龐卓複雜的道敎神仙譜。道敎修行本卽山居，初期五斗米道，張天師所設諸治多在山中，有二十四治之說。其後天師道盛行中國，山居修道者皆居山洞，靜室卽築洞旁，爲後世道館之始。從古地質學考察，句容縣在太湖流域，太湖原爲淺海海灣，經斷層後地殼下降成爲淺海。因而環句容的諸山多有洞穴，歷代所修的句容縣志多載各種洞穴及其名稱。在東晉時期茅山道派初期的重要人物，所謂一楊（羲）、二許（謐，翽），就是在茅山設置靜室。故洞室、洞府諸字，具有實際修練處所之意，如許邁「立精舍於懸霤（山），而往來茅嶺之洞室。放絕世務，以尋僊館。」（晉書許邁傳）又許翽「居雷平山下，修業勤精，恒願早遊洞室，不欲久停人世。」「卽居方隅山洞方原館中。」（眞誥卷二十）因山洞爲天然的處所，稍加整治，卽可作爲修道養眞之用。且人迹罕至的洞穴之中，常多生芝草，並有顏色奇特的礦石之類，富於神秘氣氛。故道敎形成之後，洞室、洞府成爲道敎特有的觀念，成爲其洞中天地之說。

洞仙傳的題名，卽襲用道敎，尤其上淸經系的洞天神仙的構想，而其直接的淵源則取自陶弘景眞誥中的華陽洞天說。道教洞天之說，乃是道教在六朝初期既已結構完成的宗教性地理觀，屬於一種混合宗教神話與擬科學的古地理說：其原始形態爲古中國人將宇宙神秘化、組織化、視宇宙爲一神秘有機體，有如人體，故地中氣脈交通，爲一整體。漢緯如河圖括地象即有「名山大川，孔穴相通」之說；託名郭璞所撰的「玄中記」，其中所記多條就有將中國的名山連爲一體的觀念，如「吳國西有具區澤，中有包山，山有洞庭寶室，入地下潛行，通琅琊、東武。」[11]張華所撰「博物志」也保留類似的說法：「君山有道，與吳包山潛通，上有美酒數斗，得飲者不死。」（卷八）洞穴潛通當屬古中國人素樸的地理知識，結合宇宙的有機體觀念之後，就形成通中國輿圖上的名山洞穴爲一體的說法。至遲在晉世，又加上神秘數字的組織化的思惟習慣，因而成立三十六洞天說。[12]而將道教洞天說闡揚最力的，即爲上清經系的道經。

陶弘景眞誥中稽神樞所表現的道教地理觀，雖是二許所記的茅君降眞的誥語，實即代表茅山道團所共通的句曲山傳說，首需注意其洞穴潛通說：

「金陵有洞虛之膏腴，句曲之地肺也。……句曲山源曲而有所容，故號為句容里，過江一百五十里訪索卽得。江水之東，金陵之左右間小澤，澤東有句曲之山是也。此山洞虛內觀，內有靈府，洞庭四開，穴軸長連，古人謂為金壇之虛臺，天后之便闕，清虛之東窗，林屋之隔沓。衆洞相通，陰路所適，七塗九源，四分交達，真洞仙館也。」

其次爲句曲山在三十六洞天中的排名次序，所謂「大天之內有地中之洞天三十六所，其第八是句曲山之洞，周廻一百五十里，名曰金壇華陽之天。」稽神樞一再强調句曲山「洞天神宮，靈妙無方。」道教徒深信修行得道者，出入洞天，爲洞天仙靈。陶弘景編纂仙眞的資料，確立以華陽洞天爲主的宗教地理觀。眞誥稽神樞時有「今在洞中」、「並得在洞中」、「出入洞中」及「今來華陽」等語，卽指諸仙眞在華陽洞天，各有其階位及職司。所載：「洞中有易僊館、含眞臺，皆宮名也。計今在易僊館東廂中，此館中都有八十三人……含眞臺是女人已得道者隸太元東宮中，近有二百人，此二宮盡女子之宮也；又有童初、蕭閒堂二宮以處男子之學也。」華陽洞天不盡爲飄渺地理，且已有宮觀府第以處衆仙。洞仙傳卽以眞誥爲本，題名「洞仙」，乃有取於洞天仙眞之意。其原先必多採用「眞誥」中的仙眞資料，將分別載於各條的仙眞事跡綜集爲類傳。但刪其「今在洞中」、「今來華陽」等語。換言之，其「洞仙」並不限於華陽洞天的仙眞，而是兼括其他洞天的仙眞。

陶弘景眞誥所載的洞天仙眞說，又曾擴大組織成「洞玄靈寶眞靈位業圖」（道藏藤字號），依序中所說「雖同號眞人，眞品乃有數；俱同仙人，仙亦有等級。」故依照「眞靈之位業」，列爲七階，階分左右，標明職司，層次分明，其組織龐雜，被稱作「道教曼荼羅」。[13]位業圖的續成，爲陶弘景的門下弟子，約在梁、陳之際。今存北周編的「無上秘要」（皃字號），其卷八三、八四卽保存位業圖的仙眞資料，惟排列次序相反而已。[14]洞仙傳雖取材於眞誥，却未列出仙眞階位，當未參用位業圖。所以編撰洞仙傳者，當爲梁朝末，熟諳上清經的道門中人。因而襲取洞天之中仙眞所在的觀念，但並不將仙眞配列於固定的階位，仍採史傳體例敍述。

然又有可疑者，雲笈本洞仙傳所存的七十六人盡屬男眞，卽仙鑑此一部分亦多男眞（卷六以下）。華陽洞天中易僊、女眞二館的女眞未見列於傳中；位業圖所列的女眞亦夥，眞誥所遵奉的茅山道派創始人物南嶽夫人魏華存，卽高踞於位業圖第二中位女眞位，而雲笈本洞仙傳却未得一人，若歸因於節錄或遺佚過鉅，恐亦不至無一女眞輯存入卷。故洞仙傳編撰之人，及其編撰標準，亦可怪也歟？

(二) 洞仙傳與眞誥甄命授的關係

眞誥甄命授多記載仙眞學道及受試諸事，今雲笈本洞仙傳自徐道季（爲徐季道之誤）以下，一連數人，前後次序與眞誥所述的相合：凡三十徐季道、三一趙叔期、三二毛伯道、劉道恭、謝稚堅、張兆期（四人合傳）、三三莊伯微、三四劉道偉、三八傅先生，此外則姜伯眞列於七十六，乃因眞誥卷十三載服食之事，餘均載於卷五。姜伯眞傳記洞仙傳撰者融合二條資料，顯有誤解之處：

> 君曰：欲使心正，常以日出三丈，錯手著兩肩上，以日當心，心中間暖則心正矣，常能行之佳。昔有姜伯真者，學道在猛山中，行道採藥，奄值仙人，仙人使平倚日中，其影偏。仙人曰：子知仙道之貴而篤志學之，而不知心不正之為失。因教之如此，後遂得道。（眞誥卷五第十紙）

> 罡山東北有穴通大句曲南之方山之南穴，姜伯真數在此山上取石腦，石腦在方山北穴下，繁陽子昔亦取服。此北蚄山中亦有此物，石腦故如石，但小，斑色而軟耳，所在有之。服此，時時使人發熱，又使人不渴。（眞誥卷十三第七紙）

> 姜伯真者不知何許人也。少好道，在猛山採藥，忽值仙人，使伯真平立日中，背後觀之，其心不正。仙人曰：勤學之至而不知心不正為失。因教之服石腦。石腦色斑柔軟，

形如小石，處所皆有，久服身熱而不渴。後遂得仙。繁陽子服之亦得道。（洞仙傳）

甄命授言仙道試煉之法，或先敍人物次明得仙之方，或先敍試煉之方次言得仙。眞誥此一條，先言心正之法，次述姜伯眞因仙人敎「之」而得仙。洞仙傳則又取同名姜伯眞食石腦附會之，依無上秘要所引姜伯眞條下云：「一云在猛山學道採藥，仙人令向日正心。一云在方山北，取石腦服之。一云許遠遊之徒。」今本位業圖云：「一云在猛山學道，二人（一指翁道遠）映（指許邁）之儔侶。」二者皆因陶弘景於卷五姜伯眞條下注云：「定錄目許先生云姜伯眞之徒，不知卽此姜不？」陶弘景採存疑的態度，位業圖卽據以廣採衆說，而洞仙傳則斷爲同一人，且合二得仙之方而集於一人。可證洞仙傳撰者未嘗參閱位業圖；又此條仙鑑從洞仙傳，未加辨正（卷二二）。

洞仙傳的敍述筆法，以簡潔爲主，多刪去眞誥所述得仙之法，但取其得道成仙之事耳，如徐季道及趙叔期條：

君曰：當存五神於體，五神者謂兩手、兩足、頭是也：頭想恆青、兩手恆赤、兩足恆白者則去仙近矣。昔徐季道在鵠鳴山中，亦時時出民間，忽見一人，著皮袴練褶，拄桃枝杖，逢季道，季道不覺之，數數非一，季道乃悟而拜謝之。因語季道曰：欲學道者當巾天青，咏大曆，躡雙白，徊二赤，此五神之事也。其語隱也，大曆三皇文是也。（眞誥卷五第十一紙）

徐道季少住鵠鳴山，後遇真人，謂曰：夫學道當巾天青，詠大曆，跖雙白，徊二赤，

此五神通之秘要也。其語隱也，大曆者三皇文是也，道季修行得道。（洞仙傳）

比較位業圖云：「徐季道、鵠鳴山」，無上秘要引作「徐季道，受仙人五神事。」洞仙傳誤作徐道季，其省略五神秘要，卽不易詳悉其訣語。趙叔期條亦省略三關之法，但錄其口訣耳。其實存想的法門，不論是五神或三關，俱爲上清經系的特色，省其口訣，固然行文簡潔，却失去道派所强調的訣竅。

洞仙傳之具有略傳性質，還表現於其他傳中，卽將較詳的仙傳，略易數字，求其簡潔，如莊伯微條：

君曰；昔在莊伯微，漢時人也。少時好長生道，常以日入時，正西北向，閉目握固，積二十一年。後服食入中山學道，猶存此法。當復十許年後，閉目，乃奄見崑崙，存之不止，遂見仙人授以金汋之分，遂以得道。猶是精感道應，使之然也，非此術之妙也。（眞誥卷五第六紙）

莊伯微者，少好道，不知求道之方，惟以日入時，正西北向，閉目握固，想崑崙山，積二十年後，見崑崙山人，授以金液方，合服得道。（洞仙傳）

比較無上秘要於莊伯微條下注：「合服金汋者。」位業圖則僅有「漢時人」三字。

眞誥甄命授篇所記的得仙之法，其爲丹藥服食者，屬外丹，其爲黃庭守一者，屬內丹，適爲六朝養生神仙說的主要內容。惟茅山道派黃庭守一說，實與大洞眞經有關，陶弘景載裴君曰一條：「食草木之藥，不知房中之法及行炁導引，服藥無益也，終不得道。若至志感靈，所存必至者，亦不須草藥之益也。若但知行房中、導引、行炁，不知神丹之法，亦不得仙也。若得金汋神丹，不須其他術也，立便仙矣。若得大洞眞經者復不須金丹之道也，讀之萬過，畢，便仙也。」（卷五）類此仙道思想爲洞仙傳的基本觀念之一，毛伯道、劉道恭合神丹，疑卽金丹；謝稚堅、張兆期服茯苓方，卽仙藥；劉道偉得神人賜「神丹」，傅先生亦得神丹。而所謂白日昇天，上升太淸，卽尸解得仙，爲茅山道派共通之說。

㈢　洞仙傳與眞誥稽神樞的關係

眞誥稽神樞第四，分爲四卷——卷十一總述道教地理，卷十二至十四多敍洞天中的仙眞。洞仙傳的仙眞頗多取材於此：卷十二有劉文饒及其師靑谷先生（洞仙傳第六五位）、夏馥（六六）；卷十三有杜契（六三）、范幼沖（六四）、展上公（六八）周太賓及姜叔茂（六九）、郭四朝（七十）、張玄賓（七一）、趙威伯（七二）、樂長治（七三）；卷十四則有戴孟（五十）、劉偉惠（六七位）等。大抵眞誥詳述諸仙眞成仙之法，並載其職司；洞仙傳則專述其成仙的經過而略其職司，其餘文字小有異同，乃刪錄眞誥成篇者。

眞誥稽神樞旣述仙眞及配置華陽洞天的情形，洞仙傳每多刪略，如眞誥卷十二原文云：

「劉文饒一旦遇靑谷先生降之於寢室，授其杖解法，將去入太華山，行九息服氣，修之得成。今在洞中，作童初府帥上候，主始學道者。」（第十一紙）

「明晨侍郎夏馥……又遇桐柏眞人授之以黃水雲漿法，得道。今在洞中。」（第十二紙）

眞誥卷十二的敍述體例，即以得仙的方法，得仙後的仙位爲主，因而劉文饒的傳主自是劉文饒，青谷先生只是授道者。洞仙傳則反以青谷先生爲傳主，先述其修行九息服氣之道，後合爐火大丹，得道之後乃降授劉文饒。此爲不同之處之一；其次劉文饒「今在洞中」的華陽洞天的階位，洞仙傳予以刪除，只保留其視民如子，好行陰德的記事。夏馥傳亦同一情形，將「明晨侍郎」，「今在洞中」的洞仙階位刪除。洞仙傳的編撰者旣然保留其洞仙的構想，却又刪除其具體的洞中仙眞的職司名稱，爲不可解之事。頗疑其取材來源因不只眞誥一種，尙有其他資料，且均無洞中階位，爲求撰述的筆調全體一致，因而有意改寫。其原本序當曾說明其撰述的體例。

洞仙傳取自眞誥卷十三的，有關仙眞的仙官仙職約有兩種處理方式：一爲刪其職名、職司，而只保留其記事者；一則載其職稱，顯示其爲華陽洞中的仙官。兩種筆法同時出現，只能解釋爲編撰者的體例不一，因而有兩歧的現象，否則卽雲笈所存的爲節錄本，刪除其職稱。

「范幼沖……受胎化易形，今來在此。……范監者卽其人也，昔得為童初監，今在華陽中。」

「此二人（周太賓、姜叔茂）並已得仙。今在蓬萊為左卿。」

「（郭）四朝燕國人，兄弟四人並得道，四朝是長兄也。真法其司三官者，六百年無違坐，超遷之。四朝職滿，上補九宮左仙公，領玉臺執蓋郎。」

「樂長治主災害。」（右四條皆見眞誥十三）

前述的四人皆刪除職名及職司。惟亦有四人仍載其職稱者：

（杜）契與徐宗度、晏賢生合三人，俱在茅山之中，時得入洞耳。（眞誥）

（杜契）後居茅山之東，時與弟子採伐、貨易山場市里……數入洞中得仙。（洞仙傳）

展（上公）先生今為左宮內右司保，其常向人說：昔在華陽下食白李……。（眞誥）

上公得道，今為九宮右保司，其常白諸仙人云：昔在華陽下食白李……。（洞仙傳）

張玄賓昔在天柱山中，今來華陽，內為理禁伯，主諸水雨官。（眞誥）

張玄賓……昔在天柱山，今來華陽，內為理禁伯，主諸水雨官。（洞仙傳）

趙威伯……昔亦來在華陽，內為保命丞。（眞誥）

趙威伯……來入華陽，內為保命丞。（洞仙傳）

前述的四仙，洞仙傳將眞誥原載的職司一併抄錄；但所用的華陽，洞中以及各種仙官、仙職，如觀覽者不知悉其出自眞誥，實不易明白其意。因此趙道一所撰仙鑑，卽多直接採錄眞誥，或特加註明。由此可證，洞仙傳的撰述體例確有不一之處。

洞仙傳中還有一種常見的筆法，卽喜用「不知何許人也」一語，故示飄渺。其情況也有兩種：一爲眞誥原文明記其郡籍、職司，而洞仙傳却改寫作「不知何許人」；二爲眞誥原文旣已未載其明確的籍貫，自方便其使用「不知何許人」的敍述法。類此情形，仙鑑多直接引據眞誥的文字，載明其爲何時何地之人，否則卽付之闕如。屬於第一類的凡有四例：

明晨侍郎夏馥字子治，陳留人……（眞誥）

夏馥者不知何許人也。（洞仙傳）

昔高辛時有仙人展上公者，於伏龍地植李彌滿其地。（眞誥）

展上公者不知何許人也，學道於伏龍地，乃植李彌滿所住之山。（洞仙傳）

秦時有道士周太賓、及巴陵侯姜叔茂者來往句曲山下，又種五果，並五辛菜，叔茂以秦孝王時封侯。今名此地為姜巴者是矣，以其因叔茂而名地焉。（眞誥）

周太賓、巴陵侯姜叔茂者，並不知何許人也。學道在句曲山，種五果五菜，貨之以市丹砂。今姜巴地韮薤，卽其種耶？（洞仙傳）

其一丞是咸陽樂長治，東鄉司命君鄉里人也。為小君所擧用，漢桓帝中書郎。（眞誥）

樂長治者，不知何許人也，仕漢桓帝，至中書郎。（洞仙傳）

前述的四條乃明知爲何人或可推知者，一皆以「不知何許人」故作飄渺不測之筆。然也有確爲不知其時地者，如以下三例：

昔趙叔期學道在王屋山中，時時出民間，聞有能卜者在市閭中，叔期往見之（眞誥卷五）

趙叔期不知何許人，學道於王屋山中，遇卜者謂叔期曰……（洞仙傳）

昔有姜伯真者，學在猛山中，行道採藥。（眞誥卷五）

姜伯真者，不知何許人也，少好道，在猛山採藥。（洞仙傳）

一旦遇青谷先生降之於寢室，授其杖解法。（眞誥卷十二）

青谷先生者，不知何許人也，常修行九息服氣之道；後合爐火大丹，服之得道。……

（洞仙傳）

此一類乃眞不知何許人者，因其時代綿邈，不可確知。眞誥卽是錄自楊、許手跡，自是六朝以前的仙眞，故「姜伯眞」雖被列於梁人王覇之前，實也是古之仙人。

陶弘景纂集眞誥，固然有建立華陽洞天的構想，將句曲山在道教三十六洞天中的地位加以突顯；但對於其他名山與仙眞也一併敍述。眞誥卷十四仍屬稽神樞，就敍述「大茅山之西南有四平山，俗中所謂方山者也。其下有洞室，名曰方臺洞，有兩口見於山外也。與華陽通號爲別宇幽館矣，得道者處焉。」以茅山爲敍述的主體，又由此洞天相連的觀念，繼續敍述其他名山洞府，形成不限於華陽洞天及仙眞的名山洞仙說。洞仙傳的「洞仙」也採取此種名山洞仙說，且擴及眞誥所未載的名山洞仙。因此推斷洞仙傳的編撰者，是在接受陶弘景眞誥的洞仙觀念之後，又加以靈活運用，形成六朝晚期較爲成熟的洞府群仙的思想。

眞誥卷十四所敍的名山，仍是楊、許眞迹，所敍的名山、仙眞，凡有四平山、燕口山、鹿迹山、武當山、靈山、廬江潛山、華陰山、括蒼山、委羽山等。凡名山中的得道成仙者，眞誥稱爲「洞主」。陶弘景所撰述的楊、許諸人的敎內說法，卽是前代的修眞學道者一旦成仙—地仙或尸解成仙，可居於名山；或自由來往名山，故使用今在某山的敍述法。其中有兩段敍述見錄於洞仙傳中：

武當山道士戴孟者，乃姓燕，名濟，字仲微，漢明帝末時人也。夫為養生者皆隱其名字，藏其所生之時，故易姓為戴，託官於武帝耳。…遂入華陽山，服朮，食大黃…受法於清靈真人，卽裴冀州之弟子也，得不死之道。裴真人授其玉珮金鐺經，并石精金光符。…仙人郭子華，張季連，趙叔達，晚又有山世遠者，此諸人往來與之遊焉。

洞仙傳的戴孟傳大體取材於此，而多「字成子，武威人」等字。另外劉諷傳也全本於眞誥所述的司馬季主事，卷十四有關委羽山石室大有宮中及司馬季主事跡，出於楊羲手迹，是以司馬季主爲敍述的主體，而兼及其他同門與門弟子，凡有鮑叔陽、王養伯、劉瑋惠、段季正；有師事西寧子都的，也有師事司馬季主的—司馬季主卽師西寧子都而得道。洞仙傳中今已不存司馬季主傳，而尚存劉偉惠傳，據此可以推知洞仙傳的原本當甚爲繁富，其中必曾大量整理眞誥中所保存的仙眞傳記。

洞仙傳編成於眞誥流傳之後，縱使眞靈位業圖尙未爲其取材的對象，但其洞仙觀念已極爲明確。因此六朝晚期的三十六洞天說及仙眞棲集名山說，爲洞仙傳編撰者的中心思想，反映出洞仙爲當時道教普遍流行的觀念。

四 洞仙傳與其他仙傳的關係

洞仙傳除採諸眞誥外，也多鈔錄六朝的仙傳，其中部分猶可追溯其來源。六朝仙傳的資料凡有仙道別傳、個傳及類傳，又有筆記雜傳間載仙道事跡，此乃因爲神仙傳說騰播於魏晉南北朝社會，其初以口頭傳播方式流傳，後來文士以文字記錄。洞仙傳卽成書於梁、陳時期，近於南北朝末期，故能輯錄南北朝前半期以前的仙道傳說。

洞仙傳與十洲記、漢武外傳的關係，爲仙傳資料的一大問題。洞仙傳十三條九源丈人、十四條谷希子、四三條徐福與十洲記有累同之處：

> 臣先師谷希子者，太上真官也，昔授臣崑崙鍾山、蓬萊山及神州真形圖。（十洲記）
>
> 谷希子者，學道得仙，為太上真官。東方朔師之，受閬風、鍾山、蓬萊及神州真形圖。（洞仙傳）
>
> 祖州，近在東海之中。地方五百里，去西岸七萬里，上有不死之草，草形如菰苗，長三四尺，人已死三日者，以草覆之，皆當時活也，服之令人長生。昔秦始皇大苑中多枉死者……齎草以問北郭鬼谷先生，鬼谷先生云：此草是東海祖州上有不死之草，生瓊田中，或名為養神芝，其葉似菰苗，叢生，一株可活一人。始皇於是慨然言曰：可採得否？乃使使者徐福，發童男童女五百人，卒攝樓船等入海尋祖州，遂不返。福，道士也，字君房，後亦得道也。（十洲記）
>
> 徐福字君房，不知何許人也。秦始皇時大苑中多枉死者，橫道數有鳥如鳥狀。銜草覆死人面，皆登時而活。有司奏聞，始皇使使者齎此草以問北郭鬼谷先生，先生云：是東海中祖州上不死之草，生瓊田中，一名養神芝。其葉似菰，生不叢，一株可活一人。始皇於是乃謂可索得，因訪求精誠，得道士徐福，發童男女各五百人，率樓船等入海尋祖州，不返，不知所在。逮沈羲得道，黃老遣福為使者，乘白虎車，度世君司馬生乘龍車，侍郎薄延乘白鹿車，俱來迎，由是後人知福得道。（洞仙傳）

比較二者，洞仙傳襲用十洲記明甚：十洲記載眞形圖之事，乃承漢武帝內傳授眞形圖的構想鋪述成篇，崑崙、鍾山、蓬萊及神州眞形圖，爲眞形圖傳授譜系的神秘性宗教輿圖，洞仙傳摘錄谷希子授圖一段，並易「崑崙」爲「閬風」，因其單獨列傳，故「閬風」二字不覺其突兀，但如與十洲記比較，則可見洞仙傳有意改易之迹。徐福傳的襲用，因將有關十洲記所述祖洲的方位，仙草諸事省略；而直接敍述銜草活人的神異事跡，故有突兀之感。惟洞仙傳又增補一段得道成仙事，更顯出其爲仙傳的當行本色。

十洲記，漢武外傳與漢武內傳爲相關的仙傳，約出於東晉孝武帝時期或稍後，爲王靈期等一類人於上清經大量造構時所編成，也可列爲上清經系的仙傳。雖則陶弘景撰眞誥等道書，均不取漢武內傳等書，將其視爲僞作，而洞仙傳則採用。⑮今本漢武外傳，六朝時期仍稱「漢武內傳」，其王眞傳見採於洞仙傳中：

> 王眞……尋見仙經雜言說郟閒人者，周宣王時郟間採薪之人也。採薪而行歌曰：巾金巾，入天門，呼長精，噏玄泉，鳴天鼓，養泥丸。時人莫能知，唯柱下史曰：此是活國中人，其語秘矣。其人乃古之漁父也，何以知之，八百歲人目瞳方正，千歲人目理縱，採薪者乃千歲之人也。（漢武外傳）
>
> 長桑公子者常散髮行歌曰：巾金巾，入天門，呼長精，吸玄泉，鳴天鼓，養丹田。柱下史聞之曰：彼長桑公子所歌之詞，得服五星、守洞房之道也。（洞仙傳）

眞誥卷十四云莊子師長桑公子，洞仙傳此條另有所本。漢武外傳王眞傳不云長桑公子，而漢武內傳載西王母語上元夫人：「夫人不當憶向爲長桑公子請吾求八光揮疾藥玉樹乎？」外傳卽爲闡述補益內傳者，豈反不知此歌訣爲長桑公子所歌？此其一；王眞傳又詳述歌訣之意：「（道士）乃語訣云：巾金巾者恆存肺氣入泥丸中，徐徐以繞身，身常光澤；嗡玄泉者漱其口液而服之，使人不老，行之六日有效……習閉氣而吞之，名曰胎息，習漱舌下泉而嚥之，名曰胎食，行之勿休也。」洞仙傳行文多刪其闡說學道之方，長桑公子條亦如其例，此其二，若非漢武外傳另有所本，卽洞仙傳有參考外傳之處，姑闕其疑！

洞仙傳又有多條當據茅山道派的經典，而不易確指者，如「龔仲陽者，受崇山少童步六紀之法。」無上秘要卽錄朱火丹陵宮龔仲陽、龔幼陽，註云：「此兄弟二人受靑童君仙忌眞記得道。」位業圖作：「兄弟二人受道於靑童君。」所指得道之法近似。洞仙傳九條長存子：「學道成爲玄洲仙道。」位業圖第三中位列玄洲仙伯，無上秘要未引；又洞仙傳四二條介琰，云其「師白羊公受玄白之道」，後孫權欲殺之，眞誥卷十三云：「琰者卽白羊公弟子。」陶注云：「琰卽禁山符，云爲孫權所殺，化形而去，往建安方山，尋白羊公。」無上秘要卽根據此條，云：「介琰，白羊公弟子，爲孫權所殺，尸解，去入建安方山，並能禁劾。」洞仙傳疑卽取材於此。洞仙傳四六條張巨君，載許季山從其受易法。無上秘要卽云：「張巨君，授許季山易法。」位業圖但列張巨君耳。然眞誥不載，疑另有所本，或今本眞誥間有遺佚者？

大抵而言，洞仙傳所據資料，多有所本，而與茅山道派的關係最爲密切，多據其經典撰輯。故洞仙傳詳於南朝，而略於北朝，其於寇謙之條云：「寇謙之者，不知何許人也。弱年好道，入東魏岱宗山，精苦累年，一旦得眞人分以成丹，白日昇天。謙之符章，救治百姓神驗，至今北方猶行其道者多焉。」寇謙之乃北朝高道，喧騰一時，而云「不知何許人」，又不敍其清整道教事，且云：「至今北方猶行其道」，其行文語氣爲南朝人語，且距北魏寇謙之傳道已有一段時日，所以定爲南朝末的道門中人所撰，大體無誤。

洞仙傳廣輯多種神仙傳記，因而得以保存六朝初期較爲素樸的仙眞傳說，像茅濛傳，敍事平實，其中强調濛爲「東卿司命君盈之高祖」，師北郭鬼谷先生，應取材自李遵所撰「太元眞人東嶽上卿司命眞君傳」（雲笈一百四），或更早既已流傳的茅山地區的傳說：其中所採邑歌，與葛洪神仙傳等所引述的，都是流傳於民間的口語文學。所以茅濛傳所表現的爲較平實的民間傳說中的仙眞，而非道教化以後的仙官。這一情形也見於蘇耽傳，其質朴的文筆與平實的事迹，正是與祠廟信仰有關的早期仙說，所以文末有「百姓爲之立祠」的記載。關於蘇耽傳說流傳於東漢末的桂陽一帶，據水經耒水注引桂陽列仙傳：云耽，漢末時郴縣人，少孤，養母至孝，後仙去。今本神仙傳亦載「蘇仙公者桂陽人也。漢文帝時得道。」洞仙傳所載蘇耽事跡，正是强調其以至孝著稱及事奉母親的情事。桂陽列仙傳，以及太平御覽所列桂陽先賢畫讚。[16]均屬桂陽的仙眞傳說，葛洪撰神仙傳當亦取材於「蘇耽傳一卷」或桂陽列仙傳一類書，洞仙傳又引述世似的神仙傳記，撰述成篇。

洞仙傳除引用雜傳類仙傳，對於同列於雜傳體中的別傳也加以取材。別傳的寫作興盛於晉世，多以一人爲主，敍述人物傳記，爲當時史學思潮中自我意識的醒覺，因而廣泛撰述一些逸脫於正統史傳之外的人物事跡，形成別傳的撰述形式，其中卽包括方士、道士一類。杜祭酒別傳卽此一別傳風氣下的產物，今經清人輯於晉諸公別傳中。[17]太平御覽卷三八五引述杜祭酒別傳可與洞仙傳中的杜昺傳比較：

君在孩抱之中，異於凡童，舉宗奇之。年六七歲，在縣北郭與小兒輩為竹馬戲，有車

> 行老公停車視之，歎曰：此有奇相，吾恨不見。（別傳）
>
> 杜昺……年七八歲，與時輩北郭戲，有父老召昺曰：此童子有不凡之相，惜吾已老，不及見之。（洞仙傳）

吳郡錢塘杜氏爲奉道世家，杜昺一作杜炅—晉書安帝紀隆安二年所載杜炯亦爲同一人。洞仙傳載昺曾有預言「吾去世後，當有假吾法以破大道者，亦是小驅除也。與黃巾相似，少時消滅。」卽暗示晉書所載的，杜炯爲前任新安太守，孫泰於隆安二年九月新任，假用其道法「反京口，會稽王世子元顯討斬」。洞仙傳的敍述，語氣平正，不甚涉於虛誕。文末所記：「諸道民弟子爲之立碑，謚曰明師矣。」類此語氣當卽本於杜祭酒別傳，時代與杜昺卒時不遠，正是晉人的敍述筆調。除洞仙傳外，陳馬樞撰「道學傳」也有取材於杜祭酒別傳之處。

隋志雜傳除前述諸種，尚有筆記小說，專述奇聞異事，屬志怪系統。惟六朝人傳述仙眞事迹，常將其視爲具有眞實性；辯論神仙之有無，可列爲論據，如葛洪「抱朴子」之例；撰述神仙的傳說，也常取材於此，作爲仙傳，洞仙傳卽爲其例。其中王質傳卽取材於漢以來流傳廣泛的王質傳說，梁任昉整理其資料，撰寫成篇。⑱述異記的傳本，迭經佚失與重輯，幸而保存此一王質遊歷仙境的始末，爲六朝時期極具典型性的仙境小說。洞仙傳引述之，因其符合洞府仙眞的說法，今比較二者：

> 信安郡石室中，晉時王質伐木至，見童子數人，棊而歌，質因聽之。童子以一物與質，如棗核，質含之，不覺饑。俄頃，童子謂曰：何不去！質起視，斧柯盡爛，既歸無復時人。（述異記）

王質者東陽人也，入山伐木，遇見石室中有數童子圍碁歌笑，質聊置斧柯觀之。童子以一物如棗核與質，含咽其汁，便不覺饑渴。童子云汝來已久，可還。質取斧柯，爛已盡，質便歸家，計已數百年。（洞仙傳）

洞仙傳將王質所遊仙境，當作洞天中的仙眞。六朝末王質傳說流行愈廣，陳陰鏗遊始興館詩「徒教斧柯爛，會自不淩虛」，周弘正和庾肩吾入道館「逆旅陽舊里，追問斧柯年。」均豔羨誤入洞府的仙境遊歷傳說。

三、洞仙傳的仙道思想

洞仙傳的編撰者，疑爲茅山道派中人，其活動時代約在梁、陳。惟隋志著錄時，不著撰人；唐志以下多逕題爲「見素子」，此一可疑問題早經指出。[19]較合理的解釋是，原本洞仙傳所表現的仙道思想，確與南朝的道教主流茅山道派有密切的關係；而其後復經茅山派另一名爲見素子的女道士整編，此一改編本頗疑爲刪節本，卽今存於雲笈七籤中的本子。雖已非原編的本來面目，但仍可探索其仙道思想，正反映南朝茅山道派的思想性格。

(一) 洞仙傳的洞府仙眞說

洞仙傳所揭櫫的洞府仙眞說，爲六朝時期三品仙說的地仙與尸解仙觀念。不論爲地仙，抑爲尸解成仙者，洞仙傳的敍述體例，主要的卽在成仙的方法，成仙的品級。尤其今存雲笈本，如非原編，而已經刪節，更表現其僅保留前述的成仙的不同方法，及一小部分的成仙事跡。類此敍述方法顯然深受陶弘景眞誥的影響，包括取材及貫串其中的洞仙思想。東晉時期楊許集團所整理的仙眞降誥文字中，頗爲重視新興的修煉法門，陶弘景在顧歡之後發願整理這些事迹，自有其編撰的體例；卽在篇名之後常有綜論性質的敍述，其下則邊論邊舉例說明。所以陶弘景除以註語方式表現其見解，篇名的選用與楊、許手迹的編排，亦爲其仙道思想的具體表現；同時也代表南朝茅山道派的共通看法。

楊、許諸人所處的東晉時期，神仙三品說最爲流行，而其中又以地仙、尸解仙最能表現服食變化以成仙眞的理想。眞誥運題象爲第一篇，其卷四部分凡有許長史抄寫的九眞經，許掾抄寫的劍經，論及服食尸解的事。第二篇甄命授，卽旨在勉勵修行，所以先述當時所出的道經；强調每部經所具有的不可思議的功能。二許所錄裴清靈的誥語中，一再訓誡「彼必試子」、「仙道十二試皆過，而授此經」，此卽道教內部的試煉說－先經試煉其心性之後，再授予經訣。基於試煉的說法，此下卽舉例說明，凡有劉道偉、靑烏公、莊伯微、張子房、傅先生、黃觀子、毛伯道、郭聲子、閭成子、黃子陽、劉奉林、高丘子、趙叔期、徐季道、姜伯眞、白石子、郭崇子、范零子等－其中除姜伯眞外，殘存於洞仙傳者，均列於卷一。眞誥原有的文字較詳，尤其解說道法時更是詳盡，如趙叔期調三關，卽先解說三關。此外論說文字中，說明成仙之要，如人生有骨錄，必須篤志；又警惕學道者有九患，有大忌，並說明仙府的組織。可知陶弘景原先是將神仙理論與例證並舉，爲一完整的神仙說的構想。

眞誥中協昌期第三，稽神樞第四的編纂方式相近，闡幽微第五則爲眞靈位業圖的原始型態，多敍鬼神官府諸事，近於條列形式。稽神樞所敍洞府眞仙，文字較詳。陶弘景原輯的資料中，諸仙濟濟，且有女眞。而闡揚洞中仙眞的品級之說的，除了敍述仙眞事迹時隨文發揮；其第三卷首詳說由地下主昇爲尸解仙諸事，爲早期仙說中保留兩漢舊說，逐漸過渡到道教新說的珍貴材料，華陽洞天的構想正是配置仙眞之所。依稽神樞所述：地下主者有三等，鬼師之號復有三等，「並是世有功德，積行所鍾；或身求長生，步道所及；或子弟善行，庸播祖禰；或諷明洞玄，化流昆祖」，凡此情形得解者按「四明法」——四極明科逐階昇進，始能步入仙階。眞誥所說今在洞天中的，就是由地下主昇入洞府，爲仙眞的始階。洞仙傳所列於卷二的，雖未全照稽神樞的次序，但大體均屬洞府中初登仙階的洞仙而已。洞仙傳將尸解觀念廣泛運用，既使非取材於眞誥的，也因魏晉以下尸解仙說的流行，特別強調尸解成仙：凡有范豺、郭志生、韓越（杖解）、郭璞、郭文舉、徐鸞、王嘉（杖解）、劉㦗（杖解）等，這是三品仙說衍變過程中所反映的神仙說。⑳

六朝仙傳的敍述體例中，對於成仙方法一向作爲敍述主體，眞誥所告誡的傳授道經與服食方，即爲洞仙傳所本，自有各種成仙的方法；其他本於魏晉古仙傳的，也有類似的筆調，因爲同是新神仙思想中的產物。首先需注意的是金丹的伏煉，在中國煉丹史上魏晉時期開始突顯黃白術，將前此流傳的丹經整理，並嘗試作實際的燒煉，葛洪抱朴子內篇所論可謂金丹大道的集大成；楊、許的時代相近自能注意及金丹之術。但由於其構成的知識層文士，反而強調內丹的修煉法。洞仙傳綜合各類服食變化說，並不限於一種。

關於黃白、仙藥諸術，屬於礦物性的：有元君合服九鼎神丹，九元子鍊紫金合神丹，茅濛受神丹之方，蔡瓊受還丹方。至於泛言神丹的，可能包含礦物，或植物所合成的丹藥，不限於金石藥一類：帛舉服陰丹，毛伯道等在王屋山共合神丹，莊伯微得授金液方，劉道偉於嶓冢山時仙人賜以神丹，傳先生於焦山時太極眞人授以金液還丹，姚光得神丹之道，寇謙之入東嶽岱宗山，得眞人分以成丹，杜契師介琰，受黃白術，青谷先生合爐火大丹；此外夏馥遇桐柏眞人，授以黃水雲漿法，周太賓市丹砂。類此金丹傳說的形成，顯示魏晉時期道教中人對於煉丹術的熱切願望，也間接證明這是早期煉丹史的第一頁。

金石藥的「合作」，是一種人爲的操作，乃當時道士基於役用自然的理念，實際試驗，希望作成人造的金丹。但依當時的科學水平，煉丹術、煉金術仍舊有其實際的困難存在，不易全爲人力所控制，所以金丹、丹經的傳說大體只能滿足服食求仙的心理願望而已。與金丹的人爲合作相較，當時尚流傳自然物的服食，無論是礦物，或動、植物，俱被視爲仙藥，此亦爲魏晉時如抱朴子仙藥篇所反映的仙藥說。[21]常生子常漱水成玉屑、夏馥服雲母、朱庫久服石春、姜伯眞服石腦，俱屬礦物性仙藥。延明子高服麋角，昌季得仙人以角煎藥，則近於動物性仙藥。而較普遍的仍爲植物性的芝草之類，凡有蒲先生採芝草於茅山、黃列子服神芝、崔野子服朮、靈子眞服桃膠、匡俗於覆笥山見靈草異物、徐福入海尋祖州的養神芝、劉憒頗以藥術救治自姓，「用藥多自採，所識草石，乃窮于藥性。」此外王質食棗，爲仙棗；展上公所植柰，「所謂福鄉之柰，可以除災癘。」在神仙服食傳說中，神芝、朮草等早見於漢鏡銘文及遊仙詩中，爲神仙之藥的典型，魏晉時期仍保留此類素樸的仙藥。但在當時本草學的分品觀念中，這些實用的草木藥反而逐漸被置於下品藥，而金石藥則由於神秘之故，常被視爲上品藥，充分反映道教形成期仙藥說的新內涵。

道教的服食成仙說，乃基於巫術性思考原則，及對尸解成仙的不死信念，其原始固可溯源於巫術、方術，但至魏晉時已被道教吸收，組織爲一套較體系化的神仙理論。道教中人以巫術性思考方式，認定天然的玉石、芝草等物，俱具有長年、不朽的屬性；而化作黃金、白銀，也具有不腐、不朽的屬性，依據交感巫術的定律，經由服食等接觸方式，可以傳達不腐、不朽的屬性，因而使服食者獲致不死。類此類推的原則，魏晉時期的道敎理論，如葛洪在抱朴子中所述的，顯見其爲極普遍的看法。而洞仙傳所傳述的服食傳說，即是這種服食變化說的具體反映。眞誥所保留的上清經系的修煉法門，極爲重視大洞眞經的讀誦，遠在金汋神丹之上，此即爲重存思、冥想的法門，如魏夫人所傳的黃庭經，以及相關的冥思性質的方法。洞仙傳中近於存想之法的，即承此一系統：長桑公子所歌之詞，得服五星守洞房之道；敬玄子修行中部之道，存道守三一，其歌詞正是三丹田法；趙叔期修三關之法；莊伯微存想崑崙，亦屬內丹法。范幼冲受太素胎化易形之道，常旦旦存青白赤三炁，直入口中；青谷先生常修行九息服氣之道；劉諷服日月精華；張玄賓受服朮，行洞房白元之事；趙威伯挹日月之景，服九雲明鏡之華。凡此存想丹田、洞房，並挹取日月精華，都近於內丹法。將身體內部的結構當作一宇宙，因有洞房之說，且洞房之中又有神君，作爲冥想的暗示作用。洞仙傳所反映的冥思法，不僅爲上清經系的修行法，也屬魏晉時期共通的養生成仙之說。

(二) 洞仙傳的法術思想

洞仙傳的敍述中，另外反映道敎特有的風格，就是一些法術修練及法術變化的傳說。強調神通是道敎具現其超自然的能力，且保有濃厚的遊戲人間的性格。傳述中的法術傳說，乃綜集古來，尤其兩漢以下的幻術、方術而成，又加入當時外來的幻術表演，與佛敎神通說的成分，形成炫奇詭異的法術。洞仙傳中所描述的有飛履術、分身法、隱形法，以及預知術等：飛履術較常見於民間傳聞的爲王子喬，後漢書方術列傳及題名劉向列仙傳均有記載，說王子喬往來，不見有車馬跡，而見雙鳧飛來，網羅得之，原是一隻履。洞仙傳另有盧耽，每時乘空歸家，一旦元會，耽後至，迴翔閣前，以帚擲之，得一隻履墜地。著履而能自由迴翔，爲人類對飛行的願望，盧耽飛履較爲晚出，當是襲用王子喬事。

分身術爲魏晉時期受佛經影響而顯現的神通說，神仙傳說又特別强調這種一人而分作數身的奇想：馬榮「或一日赴數十處請，而各有一榮」、姚光能分散形影、任敦能隱身分形、石坦「能分身同時詣十餘家，各家有一坦，所言各異」，其中任敦少在羅浮山學道，後居茅山，修練「步斗之道」；而上黃先生亦「修步斗之道，得隱形法」，可知隱形法與步斗有關，當屬於存思北斗的修行法。洞仙傳又載介琰從白羊公受玄白之道，「能變化隱形」；張玄賓師樊子明，授以遁變隱景之道。在宗教體驗中，集中精神所獲致的神秘經驗，分身術與隱形法均涉及幻覺狀態；爲以後神魔小說中常見的奇異表演。

至於前知、預言的能力，多與古來傳統的占卜術有關。方術與道術的關係，亦顯示出由方士變爲道士的血緣關係，這與洞仙傳取材於方術傳記有關，但至少善卜預知之術是被當作神仙，道士的奇能。王仲高常在淮南市行卜，范財善吉凶，雖萬里外事，皆如指掌；張巨君傳許季山筮訣，遂善於易占；郭璞擅能占命，自知死期；扈謙精於易占，預知國運。占卜爲擬科學，表現中國人集體潛意識中對預知能力的技術與信念，尤其六朝亂世，預知未來尤爲政治、社會心理的具體反映：像郭志生預見孫恩的妖亂；王嘉以隱語「金堅火强」、「未央」，點出符堅的亡兆。與占卜預言相類的又有讖緯之學，亦爲道教中人的看家本領：西門君惠明諸讖緯、馬榮作牽車三詩，類乎讖緯；郭文舉書箬葉上著金雄記、金雌記，與緯相似。讖緯常遭禁斷，而道士仍仿效作詩，預示未來。或如趙威伯解說河圖語「吳楚多有得見太平者」，說此驗不久。道士之能見微知著，除了表現宗教修行者在長期的冥思修行中所獲致的特異能力；更重要的是反映紛紜時局中的集體意識。將現實世界的挫折感、無力感，借滿紙荒唐言抒發其潛存於意識深處的理想與願望，是爲道士之所以爲智慧者的造型。

道教傳說不管流傳於教內，或廣泛流傳於民間，常有相互襲用之事，這種蹈襲非有心造僞，而是無心的契合，乃是取用同一模子，將類此的事件與類型的人物反覆敍述，依據此類化原則，期望獲得親切而易知的效果。所以飛履之術可以重演；而蔡瓊以陽生符活已死之人，也只是老子傳說的翻版。黃列子因射五色神鹿，逐跡尋穴，亦近於誤入仙境的情節。傅先生以木鑽穿石盤爲立志故事的模式。馮伯達運用神通，使兩龍俠梁翼船，快速到達，爲唐人小說中的神通術；他如徐巒作法召魅，叱之而現白龜的原形，則爲法術除妖的習套。洞仙傳所保留的多爲初期道教傳說，其中既有相互蹈襲的類化傾向，至於唐以後踵事增華，尤爲神仙小說的熟典，套語。

(三) 洞仙傳中的歌訣

洞仙傳所保存的早期仙傳，兼具民間口語文學與道教傳承的口訣，多採韻文形式以便流傳，其語言風格與文人系詩歌稍有異趣：較近於民間歌謠的如茅濛傳，標明爲其邑中流傳的歌謠；丁令威傳，白鶴之言也採用歌謠體。教內歌訣常採用民間歌訣體，長桑公子行歌的「巾金巾」徐道季遇眞人所授的「巾天青」訣，均採用隱語。除因宗教的秘傳性外，實源於民間諸隱的語言習慣。三言體外，五言體如公孫卿合藥時所頌的「玉女斷分劑」，仍是素樸的歌訣，與民間歌訣爲同一風格。

值得注意的是一些與仙眞有關的詩歌，疑與扶箕詩有關，郭四朝遊於塘上，扣船而歌，凡有「清池帶雲岫」等四首；扈謙常飮酒而吟，凡有「風從牖中入」等二首。郭四朝爲周時燕人，秦時得道，自不可能作出六朝風格的五言詩。依眞誥的編寫過程，如非模仿仙歌所作，卽是降眞詩，近於楊、許集團所造，爲魏晉詩風格。而扈謙爲東晉人，與海西公同時，所吟二詩，亦有些玄理詩的格調，而其情趣則近於當時玄談風尙中的任誕之風，故其「性縱誕，好飮酒」，不免沾染東晉文士的生活習尙。洞仙傳所載的魏晉人，又有張玄賓「善談空無」，桐柏諸靈仙亦不能折之，這也是時代風尙反映於仙眞傳說的例證。

四、結　語

大體言之，今傳雲笈本洞仙傳二卷，不僅洞仙數目殘佚甚多，而所存仙傳，文字亦多刪節。其目的似僅爲撮錄成仙的方法及其神通表現而已。除少數如杜昺、扈謙等，較爲完整的保留外，像王仲高，與歷世眞仙體道通鑑相較，其文字刪節殊多。元君，龔仲陽等，幾僅成條目而已。大概魏晉以前的古仙刪節較多，而魏晉人之昇進爲仙者保存得較爲完整。南北朝的學仙者現存的不多，北朝的寇謙之，其敍事亦較略。此因所據眞誥的資料，多詳於南朝、尤其是茅山道派，從而推斷原編者與茅山道派的關係。至於改編的見素子與茅山道法有一層密切的因緣，俱屬茅山道的有關人物。

唐宣宗大中年間的女道士胡愔，道號見素子，其人爲黃庭經傳授史的重要人物，新唐書藝文志著錄女子胡愔黃庭內景圖一卷，崇文總目醫書類有黃庭內景五臟六腑圖一卷，題女子胡愔撰；另道書類又著錄黃庭外景圖一卷，但云胡愔撰。今存道藏有黃庭內景五臟六腑補瀉圖一卷（國字號），題「太白山見素子胡愔述」，序作於唐宣宗大中二年；又修眞十書卷五四，黃庭內景五臟六腑圖一卷（葉字號），題「太白山見素女胡愔撰」，二書論旨相同，文字略異[22]。可證唐女道士確有胡愔，道號爲見素子，居太白山，傳黃庭經。然六朝末撰洞仙傳者則非此女道胡愔，因隋志未錄其名，見存六朝仙傳，如近人輯存陳馬樞道學傳，其卷二十爲女冠傳記，未見道號「見素子」的女眞，故疑六朝末無號見素子的女冠。

依道教神仙養生之說，黃庭經爲茅山道派的重要道經，其開山祖師魏華存夫人，即爲傳授黃庭經的關鍵人物，其後歷世相傳，黃庭守一爲此派淸修之法：眞誥重視黃庭守一法，洞仙傳亦極言誦習黃庭之功效。入唐之後，茅山道派與唐代宗室頗有因緣，唐代道教的重要人物，如王遠智、及王軌、潘師正、吳筠、與司馬承禎等，均屬茅山道派傳人㉓，其勢力雄厚，爲唐道教的基幹，此一女道胡愔疑卽系出茅山道派，或與茅山道派有密切關係，故撰述黃庭經法；又嘗重修纂輯洞仙傳，故唐志卽因此逕題爲「見素子」撰。不云胡愔者，則此見素子乃當時名道士，或一時未著錄本名，體例未嚴之故耳，後世史志遂多承其誤。

附註

❶ 仙道雜傳之分類，有個別立傳之個傳，標名別傳之別傳，及分類纂集之類傳，詳參拙撰「魏晉南北朝文士與道教之關係」（政大、中文所博士論文、民國六十七年）頁三三五—四〇四。
❷ 陳國符，「道藏源流考」附錄一（古亭書屋翻印本）頁二三九。
❸ 嚴一萍，「洞仙傳序」收於「道教研究資料」第一輯（臺北、藝文書局、民國六十五年）
❹ 同註㈡。
❺ 陳國符「道學傳輯佚」收於「道藏源流考」附錄七，頁四九一。
❻ 二條見仙鑑卷六，其他證據尚多，均見仙鑑。
❼ 胡適之，「陶弘景眞誥考」見「胡適文存」第四集卷二。按陶弘景多非直接鈔襲佛經，而爲整理道教的遺經。
❽ 顧歡與眞迹經之關係，參石井昌子，「眞誥の成立に關する一考察」，刊於「道教研究」一（東京、昭森社、一九六五）
❾ 許地山早期的扶箕研究既已指出此一特質，參「扶箕迷信底研究」（臺北、商務、民國五十五年）
❿ 關於書法的重要性，陳寅恪的研究早已注意及此，參「天師道與濱海地域之關係」。
⓫ 周豫才，「古小說鉤沈」，頁三六九。
⓬ 三浦國雄，「洞天福地小論」，刊於「東方宗教」六一（道教學會、一九八三）
⓭ 此名詞爲常盤大定，「支那に於ける佛教と儒教、道教」所用。（東京、東洋文庫、一九三〇）
⓮ 石井昌子，「眞誥の成立をめぐる資料的檢討」，副題爲「登眞隱訣、眞靈位業圖及び無上秘要との關係を中心に」刊於「道教研究」三，曾列表比較（東京、豐島書房、一九六六）
⓯ 參拙撰「漢武內傳研究」，本書第二章。

⑯ 清、侯康、補後漢書藝文志卷三、蘇耽傳一卷條、引御覽卷三百四十五、八百二十四、九百八十四。

⑰ 逯耀東，「魏晉別傳的時代性格」，刊於「國際漢學會議論文集」（歷史考古組）（中研院、民國七十二年）

⑱ 述異記有題名祖沖之、任昉二種，其文獻資料考證參：森野繁夫，「祖沖之述異記について」（刊於「支那學研究」二四、二五合刊號，（一九六〇）及「任昉述異記について」刊於「中國文學報十三期」，（一九六一）

⑲ 嚴一萍前引文。

⑳ 參拙撰，「神仙三品說的原始及其衍變」，刊於「漢學論文集」（臺北、文史哲、民國七十三年）

㉑ 參拙撰「不死的探求」（臺北、時報文化、民國七十四年）、頁三三二—三五四

㉒ 參王明「黃庭經考」刊於「史語所集刊」二十號（中研院、民國三十七年）

㉓ 茅山道派傳授史，參陳國符「道藏源流考」，又宮川尚志，「唐室の創業と茅山派道教」刊於「佛教史學」一—三（一九五〇）

（附表）

洞仙傳與眞誥，位業圖對照表

一、洞仙傳依雲笈本一百一十、一百一十一兩卷，順序編號。

二、眞誥依道藏安字號卷數、紙數。

三、無上秘要卷八三、八四引，其人物順序與位業圖相反。

四、位業圖依道藏勝字號，由第一中位起順序。如第一中位左位之一（一左一）

五、仙鑑卷六至卷二四，依其卷數及紙數列出。

洞仙傳	眞誥	位業圖	無上秘要	仙鑑	備註
1元君					位業圖四、右、一〇三（秘要三五五有太一元君）
2九元子				六、一	
3長桑公子				六、三	真誥云莊子師，漢武外傳王真傳同。
4襄仲陽		三、左、五	五〇八	六、十一	
5上黃先生				六、一	

6	蒲先生				六、二
7	茅濛		四、左、廿九	四五一	六、七
8	常生子				六、一
9	長存子		三、左、十五		六、一
10	蔡瓊				六、三
11	張穆子				六、二
12	童子先生				六、二
13	九源丈人				六、二
14	谷希子				六、十一
15	王仲高				六、十一
16	陽生				七、九
17	西門君惠				六、七
18	玄都先生				七、十三
19	黃列子				
20	公孫卿				六、十二
21	蔡長卿				七、十三
22	延明子高				
23	崔野子				七、十三
24	靈子眞				七、十三

25	宛丘先生					
26	馬榮				二八、十三	
27	任敦				七、十三	
28	敬玄子				七、十三	
29	帛舉				七、十三	
30	徐道季	5、10	四、右、七七	三八六	七、十三	洞仙傳作徐道季，非是。
31	趙叔期	5、10	四、右、七一	三八七	七、十三	
32	毛伯道	5、8	四、左、四五	三九五	七、六	
	劉道恭	5、8	四、左、四六	三九四	七、六	
	謝稚堅	5、8	六、鹿跡山、一	一五〇	七、六	
	張北期	5、8	六、地仙、二〇	一五七	七、六	
33	莊伯微	5、6		三九二	七、十三	
34	劉道偉	5、6	四、右、七二	三九一	二十、十四	仙鑑作劉偉道，非是。
35	匡俗				七、十三	
36	盧耽				七、十六	
37	范豺				二八、十二	
38	傅先生				七、十六	
39	石坦				七、十七	
40	鄭思遠				二四、一	

41	郭志生				二八、六
42	介琰	13、13			五、十七
43	徐福		四、右、九〇	三七七	六、七
44	車子侯				七、一
45	蘇耽				十一、十
46	張巨君		四、右、八一	三七九	七、十七
47	馮伯達				二八、十三
48	韓越				二八、十四
49	郭璞				二八、六
50	戴孟	14、6	六、地仙、十六	一	七、四
51	郭文舉				二八、十
52	姚尖				十六、四
53	徐鸞				十六、五
54	丁令威				十一、四
55	王嘉		七、左、四〇	四五	二八、四
56	寇謙之				(二九、一)
57	董幼				二八、十二
58	劉憘				十二、二
59	王質				二八、十一

60 干　吉				二十、一	
61 昌　季					
62 王子喬				二十、六	
63 杜　契	13、13	六、山外其東者一	一〇七	十五、十三	
64 范幼冲	13、7	六、右、十二	一三一		
65 青谷先生	12、11	六、地仙、十八	一九七	二十、十	
劉文饒	12、11	六、右、四		二十、十	
66 夏　馥	12、11	六、右、九	一三三	二十、十四	
赤須先生	12、11	六、地仙、十七	一九九	(三、十六)	仙鑑作赤須子
67 劉　諷	14、12			十二、一	
68 展上公	13、8			四、四	
69 周太賓	13、9	四、左、四四	四二八	六、十	
夏叔茂	13、9	四、左、四三	四二九	六、十	
70 郭四朝	13、9	五、左、三	二七一	六、七	
71 張玄賓	13、11	六、右、三	一四一	三一、八	
72 趙威伯	13、12	六、右、五	一三六	二十、十二	
73 樂長治	13、12	六、右、六	一三七	二十、十二	
李先生		六、右、十八	二一五		
74 杜　昺				二二、一	

75 扈謙				二二、十五
76 朱庫	5、11			三二、三
77 姜伯眞	13、7	六、地仙、十	一六一	三二、三

第五章・・道教嘯的傳說及其對文學的影響

——以孫廣「嘯旨」爲中心的綜合考察

一、前　言

嘯的傳說流傳於中古社會，六朝至唐的筆記雜錄中記載有關嘯的種種傳聞，多與道士及奉道文士有密切關係；至其成爲詩歌中一種富於神秘色彩的意象，也出現在六朝及唐人詩集。嘯對於文士行爲的影響，具有多方面意義：一般均將嘯傲、嘯詠等狂放不羈的形象，視爲文士的一種逸態、狂態，所謂嘯詠風流、嘯傲自得等觀念可爲代表；也有將吟嘯、嘯歌等詞語一併使用，成爲一種音樂性的歌嘯表現。但嘯傲、嘯歌之所以流行於中古世紀，應該是與當時鼎盛的道教養生之風相互關連，乃是基於道教煉氣原則所形成的一種奇特表現；至於圍繞於「嘯」的奇特行爲及附麗於上的神奇傳說，就形成中古道教的藝術。

嘯的風氣盛於六朝，道士及奉道文士曾熱烈討論，並形諸歌賦，但完整的紀錄並整理爲一套體系化理論，則需至於唐朝。唐人封演「聞見錄」卷五長嘯條提到：永泰中（西元七六五—七六六年）大理宗評事孫廣著「嘯旨」一篇，並錄存其序，且引孫廣之言「其事出道書」，可知「嘯旨」爲唐人孫廣總結前此道書的資料所集成的一卷書。現在所見嘯旨爲明人保存校刊：其一爲顧氏文房本、依夷白齋舊本重鐫，據云原出宋元舊本，商務叢書集成卽據此重印❶。其二爲夷門廣牘本，文字小異，藝文百部叢書卽據以校錄❷。此二本皆無撰人姓名，但其序與封演所錄之序，雖有訛異，但可確定爲同一篇，應該是明人未見封演聞見錄，故不明孫廣與嘯旨的關係。其實唐人筆記如王叡「炙轂子」及唐語林等均引嘯旨序，只文字小有出入，但可信當時頗爲流傳；而且宋編太平御覽也全錄此序，其後類書如明人陳耀文天中記也承襲錄出，而校刊顧氏本的都穆、唐寅，反不能深究撰人名氏❸。明代尙有另一系統嘯旨，爲明程若水編嘯餘譜，其中收有「嘯旨」一篇，題爲「玉川子」所撰，謂出於道藏。其序文與分析嘯法諸條與孫廣所撰者相類，應指同一部書，玉川子近於道號，大概是據當時所見道藏，今坊間正統道藏却未收「嘯旨」。唐人撰輯有關嘯的文字，以「嘯旨」爲最具代表性，其中附會、依託之處也有，但保存嘯法的原始，不失爲研究道教之嘯的重要道門秘笈。

有關嘯的文獻資料及其性質，除嘯旨一書外，就是散見於類書的徵引，其中所列的類目，也可幫助瞭解古人心目中嘯的性質。唐白居易白氏六帖事類集卷十八列有嘯類，與樂及各種樂器列於同一卷；宋、孔傳續輯白孔六帖卷六十二，也將嘯置於琴、瑟等樂器之末，視爲發聲的器具及方式的一種。這種觀念爲其他類書所採用，宋葉庭珪海錄碎事卷十六音樂部也特列嘯門，收錄有關嘯的事跡。其餘如明陳耀文天中記卷四十三，也置嘯於有關樂器之末。從這些類書的歸類，可以看出嘯是被視爲發聲的樂器一般；而且所舉之例，基於隸事所需，都取諸文士的行爲及其作品。其實嘯的形成應溯其源於方術、道教，這是類書嘯類未曾引述的範圍。

近人對嘯的研究，大多能運用「嘯旨」一篇，探討嘯的傳說及其意義。但研究角度却各有不同。其中較早的爲趙憩之，從語音學觀點對嘯歌的興替，作「音理的解釋」，所據爲程若水一系本子，因此認爲較封氏所引加詳，且疑「孫氏原文，大概佚亡。」❹饒宗頤嘗取敦煌石室所出本與文選本成公綏嘯賦互作斟證，注意及嘯對文學的影響❺。莊申則在其研究「王維的道家思想與生活」時，引用顧氏本孫廣嘯旨詮釋王維詩中「嘯」的意象，認爲富於道家修煉的神秘氣氛，爲極新穎而有趣的新解❻。較近的是謝文孫所作分別從音樂的嘯歌原理、及嘯傲山林的隱逸作風，闡述嘯的特有風格，頗有新意；惟其未參考前述諸文，也未引用嘯旨原文，而只運用藝文類聚、六帖事類集及天中記等類書，未能參照原典文字，所以仍有闡述未盡之處❼。同一時間，筆者撰述六朝文士與道教之關係，則從道教養生思想及其法術的觀點，論述嘯與道教之關係，及其對文士的影響，粗發其蘊。❽此外，日本澤田瑞穗氏早以「嘯的源流」爲題，對於嘯的形成及其衍變，也有頗具創發性的研究。❾大概說來，歷史上有關嘯的文獻資料，較常被引用的嘯旨及類書所引，多視爲歷史上的奇特行爲之一。其實嘯的本身仍爲道士傳統的練氣法門，傳習不絕。

此文將以「嘯旨」爲中心，考察嘯在道教養生術中的重要性，及其對筆記小說與詩歌文學的影響。所論時代由六朝至隋唐，此正嘯由原始型態，通過道教的吸收，賦予養生、法術的意義，而廣泛影響及文士的時期，最後孫廣懼其或失，乃搜集道書，歸納成體系完整的「嘯旨」，所以由嘯旨返觀六朝的嘯之傳說，則可在語音原理、音樂原理之外，肯定其作爲一種道教修煉的養生原理；也可在唐代詩人的習嘯行爲或運用的嘯之意象中，追溯其原始意義，發現「嘯」在文學中具有特殊的感受，是一種涵意豐富的象徵。

二、前道教時期嘯的傳說

嘯的原始型態及其流傳過程，道教派的說法與文獻史料不同，「嘯旨」說是「老君授王母，母授南極眞人，眞人授廣成子，廣成子授風后，風后授嘯父，嘯父授務光，務光授堯，堯授舜，舜演之爲琴與禹。自後湎廢，續有晉太行山僊君孫公獲之，湎得道而去，無所授焉，阮嗣宗得少分，其后湮滅，不復聞矣。」這種法術傳授的譜系，自是道門依附之說，但其所述多有所據：像西王母之嘯、孫阮逸事之類；另外嘯與琴的關係，雖託於大舜製琴的神話，却表示嘯本身所具的音樂性格。至於六朝至唐的筆記小說中所盛傳的嘯的傳說，其主要來源也可從「嘯有十五章」裏尋獲其來源及解說的理論依據。但孫廣所說禹以後湎廢及阮籍之後湮滅，實在不合史實，乃臆測之辭。

其實要研討有關嘯的原始，應先瞭解嘯的本質：一卽歌嘯，其列於類書中的歌類，就因其聲音的本質，由此需溯及人類表達感情的形式。次卽氣嘯，見列於道書中的樂類，屬於道士練氣的法術，又可發爲宗教性質的樂音，由此需溯及原始呪術性的巫歌。結合不依樂理的嘯歌及道士練氣之術，因而形成奉道文士的嘯傲之態；而此種傲態、逸態自也有其傳統，可知嘯的原始是多元的，且互有關聯。

道教形成之前的嘯，絕非如道書所說創始於神秘的老君或太上道君，而是一種原始的自然之聲，爲人體口部所發出的樂音。最早的用法見於詩三百篇：「其嘯也歌」（江有汜）、「條其歗矣」（中谷有推）。江有汜表現男子傷其所愛者捨己而嫁人，其感情激烈，所以說「其後也悔」、「其後也處」，至於又嘯又歌，更有發抒鬱抑，狂歌當哭之意。而中谷有蓷則是一首婦人被夫遺棄之詩，「條其歗矣」就是長嘯，與首章「嘅其嘆矣」、末章「啜其泣矣」相類，都指一種激烈情緒的表達，另外類聚等引用「嘯歌傷懷，念彼碩人」，題爲「白華」之詩。大抵歌要講究合乎節拍、有聲有詞，古人用歌表達情感，也以中節爲標準，但情緒激動，只求宣洩內在的情感，自不能以合乎節拍、具有意義的詞句充分表達。鄭詩箋：「蹙口出聲」爲嘯，所以朱熹順著發揮：「蹙口出聲，以舒憤懣之氣……歌則得其所處。」姚際恒則說嘯歌本爲一類，王先謙則說「園有桃章句云：有章曲曰歌，無章曲曰謠。此嘯無章曲而亦得稱歌者，發聲清越，近似高歌耳。」⑩趙憩之因此解說歌是樂譜與詩或謠的聯合，俱有明確的意義；嘯歌則可說無明確之意義⑪。其實，嘯應該是不合節拍、沒有字義的發聲，逾越作爲歌的「有章曲」的節制，縱使「近似高歌」仍不是歌。至於嘯的出聲方式，趙憩之從音理解釋，是不振動聲帶，「蹙口出聲」，因口腔爲發音的共鳴器，由口鳴的大小決定聲音的洪細。嘯既然只利用口腔發聲，不要表達明確的意義，所以雜字解話解爲「吹聲」，所謂吹嘯，但求有聲而無字，吹氣而無辭。至於說文解字「嘯，吟也」的解釋，强調曼聲長吟，而非短歌，所以「條其歗矣」就是長嘯，將抑鬱的情感長聲抒放，同爲慨嘆、啜泣的激烈宣洩情緒的方法，像這樣的嘯法，說是「有音樂的節制，不是任性哭喊」，顯然是局限於音樂觀點的解釋。所以嘯爲具有狂放、不羈的發聲方式，爲情感的自然表達；其與歌一起使用，則爲無字無辭、也不中章曲的近於高歌的音樂形式。因此類書都與歌置於一類，但又獨立而不相混淆，像類聚就將吟、嘯、嚬同列一卷，與謳、謠、歌分開；六帖、天中記也歌、嘯相連而不同一類，表示嘯終究與歌相近而又不相同。

嘯爲內在情緒的自由、奔放的表達，載於漢朝筆記。吳越春秋載吳王闔閭將欲伐楚，而苦於無知曉軍事者，就「登臺南向而嘯，有頃而歎，群臣莫有曉王意者。」嘯與歎相繼，而又不明言，正是抑鬱之情藉嘯表現；而越王勾踐要復仇，「乃中夜抱柱而哭，哭訖承之以嘯。於是群臣咸曰：君王何愁之甚也，夫復讎誅敵非君王之憂，自是臣下之急務。」也是憂愁之甚的感情表現。將嘯與憂、愁、悲相連，爲有關嘯的傳說系列的特色：列女傳說魯漆室之女，過時未適人，而穆公又君老子幼，因此女子「倚柱而嘯」，鄰婦以爲是未嫁而悲嘯，女子回答「吾憂魯君老而太子少也」。因憂愁借嘯以抒幽憤，這與詩三百篇的嘯具有同樣的意義。

嘯的放浪不羈性格，也常與傲態、逸態相關；因爲正常的、合乎禮節的表現，要求歌有節、行有節，衝決這種禮數所形成的社會規範，乃採一不合節拍的嘯加以表現，這是隱逸精神的一種型態。漢晉春秋載：桓帝幸樊城，百姓莫不觀之，有一老父獨耕不輟，議郎張溫使問焉，「父嘯而不答」，隱耕的農夫，將其不滿或高傲之情，盡付一嘯中。另有一種採用坐嘯形式的，後漢書載南陽太守成瑨委功曹岑晊，郡中流傳民謠：「南陽太守岑公孝，弘農成瑨但坐嘯」，以坐嘯表現其無爲而治的道家精神，成爲詩中「坐嘯徒可積」，「坐嘯昔有委」的典故。坐嘯的另一典型是諸葛亮在荊州遊學，「每晨夜常抱膝長嘯」（魏略），也是用長嘯、坐嘯的方式發抒心中的壯志悲懷。類此嘯法多與隱逸之士、道家者流有所關聯。因爲在儒家的禮樂文化中，制定各種制度、儀節，使人遵循合理而正常的方式，抒發其內在的情感，這種有節制、合乎節拍的樂，就是樂教之下的音樂、詩歌，爲儒家精神的具體表徵。但有時人的情緒無由而達，因此採用不盡合乎禮數的嘯，基本上也是可接受的表情達意的形式。只是在道家、隱逸之士有意表現另一種否定正格的禮樂時，就會形成逸格的精神；不應帝王的詢問，既已自視爲方外，因而不必依禮而答，但長嘯之，就具現爲道家的傲態、逸態。

嘯的另一種意義，就是招魂的巫術性行爲，相關的資料見於前道教時期的並不多見，但最有名的則爲屈原所作「招魂」—楚辭中這首招魂，究係屈原招懷王之魂，抑屈原自招，或宋玉招屈原，仍有待進一步的考察。但有一事實要指出的，就是招魂、乃至大招都是依據原始巫歌中的招魂歌再創作而成。招魂本身不只是徒歌，而是描述招魂的儀式行爲，它安排於前後兩大節目中：前半歷述東、南、西、北四方及天上、地下諸不祥，類此敘述容或有修飾、美化之處，在當時必有道具，或以歌辭暗示。然後有一段實際招魂的行為，屬於再招，作為過渡：

魂兮歸來入脩門些
工祝招君背行先些
秦篝齊縷鄭綿絡些
招具該備永嘯呼些
魂兮歸來反故居些

首先要說明這是巫師的招魂儀式：工祝就是巫祝（工為古文巫字），却行而向所招之魂，引導其經脩門（儀式場所的象徵性門坊），進入招魂的場所：「秦篝」句即是以五色彩線結縷，置之於靈筵的招具。有此招魂的道具，因而長聲的「嘯呼」，也是實際的招魂之法。王逸以陰陽解說：「嘯者陰也，呼者陽也，陽主魄，陰主魂，故必嘯呼以感之」；朱熹則據禮記禮運篇所述的復禮，號曰「皐某復」，解釋為皐。大抵這是巫祝招導靈魂的呪法，澤田瑞穗氏指明楚俗與明代猶族的習俗，有類似的民族學的興味。⑫

招魂所記錄的嘯呼之聲，不管其是否類似儒家禮書所說的皐聲，在其後的文獻資料中都只零散的紀錄，而且類此巫祝之法兼受道法的影響，一部分成為道教化的招魂之法（詳後）；另一部分則保存於較為原始的民族的習俗中。嚴格來說，招魂式的嘯法對於東晉的嘯，是具有啓發性，但並非是直接的淵源。同一情形還有漢代的方士之嘯：東漢晚期嘯早已與方士、道士的行爲發生關係，後漢書獨行傳中有向栩，類聚所錄則出英雄記，向栩爲方士化名士，其行徑極爲奇特：「恒讀老子，狀如學道」──老子在東漢晚期已成爲宗教性的經典，至少他是以學道之狀讀老子道德經；又張角起兵，他譏刺左右，不欲國家興兵，只建議遣將於河上北向讀孝經，賊自當消滅──所謂孝經，王先謙集解引惠棟之說：袁紀云有孝經六隱，諷誦之，可消却災邪；風俗通亦云郅伯夷坐誦孝經，疑爲緯書之類，向栩奏議誦讀的應爲孝經緯，這樣「好被髮，喜著絳綃頭」的狂生，「不好語言而喜長嘯」，正是一種方術味的嘯法。⑬至於他對黃巾所採的同情態度，因而獲罪被殺，都暗示其所嘯正是一種道法。類此嘯法都足以引發魏晉時期的道士者流進一步發展。由於文獻資料所限，不能確知當時的嘯法流行的情況，但可以推知術士是推進、提昇嘯法的重要角色。

嘯法爲古巫呪術之一，而兩漢時期又爲方術之一，周至漢的古嘯，不單是音聲的技藝，原來是巫祝、術士召集靈魂、役鬼、精靈、鳥獸、風雲、雷雨等異類異物的呪法之一；至魏晉時期，逐漸脫却其呪術性，逐漸向技藝化發展。其關鍵卽爲道教興起之後，轉化巫術、方術而成爲法術，澤田氏既已敏銳地指出嘯法作爲術士、道士的異樣的發聲，與胎息法有關，乃是經由呼吸所作的鍛鍊心身的健康法的一種。此外佛教的梵唄（聲明）所影響的音聲的技藝；均有値得精查之處。⑭確實如此，嘯法之被精緻化、體系化，有賴道教中人的提昇，尤其是上清經系的冥思、服氣法確能將其吸收爲道教法術之一。

三、六朝時期嘯的仙道化

嘯法在漢晉之際獲得突破，其與歌、琴等聲樂、樂器的結合，爲一重要的關鍵。其次就是與禁術、嘘法的聯結，形成修練方法的進一步發展，這兩大新方向均與道術中人有密切的關係。孫廣在嘯旨序中，將嘯、言作一對照，就是根據其所搜集的材料，析言其異同之處；但當時他所能得見的道書必多，因而將其視爲一種道法：「夫氣激於喉中而濁謂之言，激於舌而清謂之嘯；言之濁可以通人事、達性情，嘯之清可以感鬼神、致不死；蓋出其言善，千里應之，出其嘯善，萬靈受職，斯古之學道者哉！」趙憩之從音理分析，凡言俱帶元音，故振動聲帶而謂之濁；而嘯既激於舌端而清，當然是不振動聲帶所發出子音性質的清音。語言作爲表情達意的符號，需要表達清楚、生動的意義，而嘯是一種符咒秘字，無字無辭，唐寅由「今黃冠師符咒秘字，亦有聲而無字」，逆推嘯的方法，確是精卓之見。因爲感鬼神、萬靈受職，適爲嘯的傳說中所具有的法術性：而致不死，則爲道教中人煉養生的法門。孫廣所描述的神秘功能，並非是其本人的推測，而是有所據而云然，所有道書均强調嘯法的法術性格。

嘯爲氣的法術，而且與禁氣術有關，這是因爲早期史料所顯示的，常有同時兼擅禁氣與嘘法、嘯法者，且與巫法有所關聯。其中最爲人矚目的是趙炳與徐登，其事迹載於葛洪抱朴子內篇、干寶搜神記，其後又爲劉敬叔異苑及水經注所錄，後漢書方術傳也將之收錄。葛洪在道教教理史是首先有系統地建構氣化理論，並嘗試以「炁」解說一種特殊的能量，其中釋滯篇、雜應篇、至理篇及登涉篇等，都是解說氣功的珍貴史料，有助於瞭解當時道教將巫術精純化爲法術時，對於練氣的法門確是有所提昇與綜理。也就是傳統的巫術、戰國以下的方術及盛行於兩漢社會的導引行氣法，經融會爲道教的煉氣法。嘯法就是在這種時代背景形成，並成爲道教化的技藝。

首先說明趙炳、徐登這兩位方術之士，其法術的淵源疑與閩巫、越巫的巫術有關：徐登爲閩中人，正是巫法流行區；趙炳爲東陽人——李賢注爲婺州，卽浙江，故「能爲越方」⑮。他們善於禁術；如以炁禁水，使水逆流；或禁枯樹，樹卽生荑；又能禁架，治療奇症，爲典型的氣功的超能表現，經由精神集中術產生一種特殊的能。其禁法被稱爲「趙侯禁法」，流傳於江南一帶，用以療疾。而嘯也是一種氣功表現，「趙炳嘗臨水求渡，船人不許。炳乃張帷蓋，坐其中，長嘯呼風，亂流而濟。於是百姓敬服，從者如歸。」（搜神記卷二）能驅遣風雲，近於神通，爲六朝道教法術傳說之一。嘯與禁氣之術有密切關係，疑與原始巫術有其淵源，當時一併以方術、異術視之。此類傳說也見載於劉宋時劉敬叔異苑，其中記錄了二則禁氣、嘯法同樣高明的術士之神通表現，一爲晉時南陽趙侯（一作度），一爲劉宋上虞孫溪奴。南陽在河南，而上虞屬浙江餘姚縣西南，也卽是越方流行地域，故趙侯乃是較屬於個人修練的一種異術：

晉南陽趙侯少好諸異術。姿形悴陋，長不滿數尺。以盆盛水，閉目吹氣作禁，魚龍立見。侯有白米，為鼠所盜，乃披髮持刀，畫地作獄，四面開門，向東長嘯，群鼠俱到。呪之曰：「凡非噉者過去，盜者令止。」止者十餘，剖腹看臟，有米在焉，會徒跣須屐，因仰頭微吟，雙屐自至。人有笑其形容者，便佯說以酒，杯向口，卽掩鼻不脫，乃稽顙謝過，著地不擧。永康有騎石山，山上有石人騎石馬，侯以印指之，人馬一時落首，今猶在山下。（異苑九）

元嘉初，上虞孫溪奴多諸幻伎，叛入建安。治中後，出民間，破宿瘤癖，遙徹腹內令不痛，治人頭風，流血滂沱，噓之便斷，瘡又卽歛。虎傷蛇噬，煩毒隨死，禁護皆差。向空長嘯則群鵲來萃，夜呪蚊虻，悉皆死倒。至十三年，乃於長山為本主所得，知有

禁術，慮必亡叛者，縛枷鏁極為重複，少日已失所在。（異苑九）

二則傳說的構成；與趙炳故事頗多相通之處：徐登「善爲巫術」、趙炳「能爲越方」，而趙侯所好爲異術、孫溪奴多諸幻伎，具體地說，都是一種氣功。作嘯或能群鼠俱到，或則群鵲來萃，卽是感應萬物，驅遣禽獸的法術。而與嘯相關的法術，像吹氣作禁、噓氣作法，都爲氣功的同一種表現；至於咒術的文字巫術，感應萬物，也與嘯的只作聲而非必爲有意義的文字有關。這種修煉氣功，應是一種巫術，道教吸收之後，常與存思之法配合，遵循放鬆、入靜、集中精神的程序，發展出一套內在修練的法術。

後漢時方術之士善於運用嘯法，還有劉根、欒巴等，其事迹均載於葛洪「神仙傳」中，欒巴擅於噀水救火等幻術，又能以嘯法勅令鬼神接符除妖，就是嘯旨序所謂的「萬靈受職」：

（欒巴）遷豫章太守，盧山廟有神……巴曰：「廟鬼詐為天官，損百姓日久，罪當治之，以事付功曹……」此鬼於是走至齋郡，化為書生，善談五經，太守卽以女妻之……巴謂太守：「賢婿非人也，是老鬼詐為廟神，今走至此，故來取之。」……巴乃作符，符成，長嘯，空中忽有人將符去，亦不見人形，一坐皆驚。符至，書生向婦涕泣曰：「去必死矣。」須臾，書生自齎符來至庭，見巴不敢前，巴叱曰：「老鬼，何不復爾形。」應聲卽為一貍，叩頭乞活。巴勅殺之，皆見空中刀下，貍頭墮地。太守女已生一兒，復化為貍，亦殺之。（卷五）

「符成長嘯」，可見嘯具有命令鬼神的能力，因而與符咒相連，成爲道教的法術傳說：孫廣所依據的就是這類感鬼神的奇譚。

有關嘯具有萬靈受職的法術能力，另一則有名的例子就是姑蘇男子，見載於劉敬叔「異苑」卷八：

> 後漢時姑蘇忽有男子衣白衣、冠白冠，形神修勵，從者六七人，遍擾居民，欲掩害之，卽有風雨，郡兵不能掩。術士趙晃聞之，往白郡守，曰：「此妖也，欲見之乎。」乃淨水焚香，長嘯一聲，大風疾至，聞室中數十人響應。晃擲手中符如風，頃若有人持物來者。晃曰：「何敢幻惑如此。」隨復旋風擁去，晃謂守曰：「可視之。」使者出門，人已報云：「去此百步，有大白蛇長三丈，斷首路旁，其六七從者，皆身首異處亦黿鼉之屬。」

這傳說又被不明撰者的「三吳記」所收錄—太平廣記卷四六八引用，題爲「姑蘇男子」，此外卷一一八劉樞、卷四二五王述及卷四六八王素，均爲後漢至劉宋間事，所以應是專記載三吳地區的傳說的早期地理書鈔。只是所除的妖怪作「大白蛟」而已；另外在敕令妖怪前來後，多了「按劍曰：誅之」，然後旋風擁出，是爲了與斷首路旁呼應。如果從術士使用法術之時，常兼用符、劍二法物，則三吳記所錄的較爲完整。趙晃施行法術時，要淨水焚香，然後長嘯一聲（三吳記作數聲），保存了當時作法的一部分實態。至於靈至的情形，是風至而不現形，與欒巴敕符，「空中忽有人將符云，亦不見人形」同一筆法。類此敕符役靈，指揮自如，確能增加道士、術士作法的詭異氣氛，具體而生動地表達了道教藝術的豐富創造力。

六朝筆記小說中；將精於嘯法的術士多說成後漢術士，或是晉宋間好異術、幻伎者，可證嘯在早期爲方術之一，從術士衍變爲道士，嘯法才逐漸精緻、純化，成爲較高明的道法。葛洪基本上只是援引諸例，借以說明氣的理論與實踐，至於將其提昇爲道教法術，則由東晉上清經系的道士集體完成。

以茅山爲中心的上清經法，從魏華存以下．經一楊（羲）、二許（謐、翽）的發揚，形成特重冥思的道法。當時其所搜集、紀錄的眞迹，後來經顧歡「眞迹經」（一稱道迹經）及陶弘景重編爲「眞誥」（道藏安字號）⑯。因而眞誥所代表的可作爲東晉時期所顯示的道法，其時期約略與葛洪同時或稍後，均代表嘯法的極盛時代的傳說。最值得注意有兩則；一是卷三薛旅事，爲右英夫人降告、楊羲手書：旅（季和）其人好慈和篤，「又心愛嘯音鳳響，及玄絃之彈，是故虛唱凝神，徽聲感魂，魂不遂落，由好嘯唱願鳳鳴之故矣。」薛旅曾學眞道於鍾山北阿，爲周武王時學道不成者—御覽六六六引出抱朴子，所以是傳說人物。另一傳說爲卷十三趙威伯事—又見卷十一第十二紙陶注，後來錄於洞仙傳中。威伯曾在中嶽授玉佩金鐺經於范丘林，爲華陽洞天中的保命丞，也是傳說中的仙眞。曾受范丘林口訣：「善嘯，嘯如百鳥雜鳴，或如風激衆林，或如伐鼓之音。」時在天市壇上，「奮然北向，長嘯呼風，須臾，雲翔其上，衝氣動林，或冥霧飆合，或零雨其濛矣。」趙丞之嘯爲上清經系的典故之一，所以茅山志卷十五錄周弘讓題桓法闓所築玄洲精舍，就有「李基遺故鼎，趙丞絕風雲」之句（第三紙）類似的仙眞行徑多見於道經；像無上秘要卷八十七引「洞眞太極帝君塡生五藏上經」，就說趙成子受赤松子鎭生五藏上經，因得太陰解脫法，改貌化形，「散髮偃據，洞嘯靈谷，面有玉色，髮色流澤。」

（第十二紙）均可證嘯爲道士修眞時的道法傳說，反映當時人將嘯道教化、神秘化。

嘯的神秘化，在詩歌或降筆文字中常成爲描述仙眞道法的意象。眞誥卷三右英王夫人歌云：「阿母延軒觀，朗嘯躡靈風。」（第二紙）南嶽眞人歌：「鳴絃玄霄顚，吟嘯運八氣」（第四紙）卷八紫微王夫人授誥：「朱軒四駕，嘯命衆精，騁訖玄州，飛雲浮冥。」（第六紙）卷十呪法：「右命玉華，左嘯金晨，命我神仙，役靈使神。」（第二十紙）及卷十三陶弘景所作華陽頌才英條：「清歌翔羽集，長嘯歸雲翻。」凡此用法，不外强調嘯具有命神、役靈的特殊能力。因而仙道類雜傳無不運用嘯法，借以表現仙眞的神通力，上清經系有關的「漢武內傳」卽仿此技法：

王母言粗畢，嘯命靈官，使駕龍嚴車欲去，（武）帝叩頭請留殷勤，王母迺止。

西王母與嘯的關係，應淵源於蓬髮戴勝時所作的巫術行爲「其狀如人，豹尾虎齒而善嘯」（山海經），而成爲道教女仙眞後的西王母，卽以嘯來命令靈官。與西王母傳說常一起出現的另一箭垛式人物，就是東方朔，據西京雜記或東方朔傳的說法，他也「善嘯，每一曼聲長嘯，塵落瓦飛」，都是屬於被增飾的道教化形象。

道教內部之廣泛運用嘯的意象，到寧全眞授王契眞纂「上清靈寶大法」時，卷二十五「分別經中品類」整理道經故實，其中樂類就特別列出嘯的部分，以與碧落空歌、隱韻之音、諸天遙唱、百魔隱韻等同列：凡有「前嘯九鳳齊唱，後吹八鸞同鳴」、「嘯歌邕邕」及「嘯詠洞章」三條（第二十一紙）其中第一條，就是出於道藏「上清後聖道君列紀」（有字號），敍述上清金闕帝君神通廣大，其中就有「前嘯則九鳳齊唱，後吹則八鸞同聲。」這是王遠遊所作，自是上清經系的說法。而同一經系的「洞眞太上說智慧消魔眞經」（內字號），卷二也一再提到嘯法，太上大道君所召的太微天帝君，就能「凝化精炁，操眞策虛，嘯吒萬神。」（第三紙）屬於嘯命萬靈之類；至如「上清太極隱注玉經寶訣」（遜字號），也是南北朝上清經，在太上智慧經讚中所說的「嘯歌徹玄都，鳴玉叩瓊鍾」（第十九紙），則屬於嘯歌玉音之類。由此可證六朝上清經系的道經常用「嘯」字，借以描述仙眞的法術神通力，也烘托仙眞世界的靈妙氣氛。這種現象一方面反映出當時道法中所重視的特殊神通，一方面則顯示道教中人及奉道文士所盛行的修行法門。

從六朝古道經中所保存的仙傳，均可歸納出一共通的筆法，就是常依據道派中新創的道法，重新賦予傳說中仙眞的新神通。所以仙眞常因時代、道派而有不同的造型，這是在層累積成說之下所能推知的敍事文學的通則。嘯之與上清經系的仙眞結合，正是以東晉前後爲鼎盛時期，眞誥所輯降筆手錄眞迹有此一情形，而時代相前後的諸種仙傳亦然：雲笈七籤卷一百四傳類中太和眞人傳，所描述的尹軌仙術可謂集大成的筆法：「面發金容、項負圓光、乘虛登霄、遊宴紫庭、變化萬方、適意翱翔、嘯命立到、徵召萬靈、攝制群魔、決斷生死，駕霄乘煙，出入帝庭」，以四字句的整齊句法舖述仙眞，爲仙傳常見的筆調，具有呪語的效果。在此嘯法是作爲神通術的代表，與飛行術並列，其被突顯而出的奇能表示這是新的道法，爲練氣士所修練的理想之一，自也刺激奉道之士勤加修練，冀獲仙眞般的奇特能力。

四、六朝時期文士的嘯法與理論

六朝時期的嘯法，方士、道士作爲養生練氣的法門，也由於奉道風尙，逐漸盛行於奉道世家，家，成爲名士的風範，在魏晉談玄論道外，成就名士表現其內在涵養的功夫，因此嘯進一步與傲態與隱逸結合，而有精采的逸事流傳後世。其次嘯與音樂的關係，在此期間也常相伴出現，成爲瀟洒而美好的文士行爲之一，可說魏晉是嘯的黃金時代。

(一)六朝文士的奉道與嘯法

六朝文士之奉道世家，不僅參與道治的厨會活動，相信上章首過的宗教倫理，更有興趣的是服食養生，像琅邪王氏，其中王會、王正兩系都是舉家奉道的，王正之後，王廙、王彬、王曠都相傳道教信仰，王曠之後羲之、羲之諸子：玄之、凝之、徽之、操之、獻之無不虔奉道法，故此支壽命較長，族亦較旺。⑰其嘯法疑卽自家的傳授：

王道與庾亮遊于石頭，會遇廙至爾，是日迅風飛帆，廙倚樓而長嘯，神氣甚逸。（御覽三九二引王廙別傳）

又曰謝太傅盤桓東山，時與孫興公諸人泛海戲，風起浪湧，諸人色動，並唱使還，太傅神情方雅，王逸少吟嘯不言。（同右）

晉書、世說也載其長嘯、吟嘯之事，逆風倚樓而作嘯，實與登山臨潭之嘯同一作用，而名士所爲，就被目爲一種逸態。謝太傅與王逸少的鎭靜表現，一方面來自平素的修養；而另一方面何嘗不是嘯旨序所說的「心常樂，神常定」的調息功夫。王家之喜好吟嘯，世說新語就紀錄其逸行傲態於「任誕」、「簡傲」篇中：

王子猷嘗寄人空宅，便令種竹，或問：「暫住何煩爾？」王嘯詠良久，直指竹曰：「何可一日無此君。」（任誕）

王子猷嘗行過吳中，見一士大夫家，極有好竹。主已知子猷當往，乃灑掃施設，在聽事坐相待。王肩輿徑造竹下，諷嘯良久，主已失望，猶冀還當通，遂直欲出門。主人大不堪，便令左右閉門不聽出。王更以此賞主人，乃留坐，盡歡而去。（簡傲）

修竹之下的嘯法，嘯旨列為高柳蟬嘯，屬於道門的修養方法。劉義慶則目之為與任誕、簡傲相關的表現，因此更加深後人將嘯視為逸態、傲態的印象，且成為固定的印象。

當時陳郡謝氏也曾奉道，湯用彤析論謝氏族人與佛教常生因緣，但其與道門中人來往密切，洞仙傳載謝安、謝玄與道士杜昺屢有過從，謝靈運生後即送杜家道治養育，其親切可知⑱，因此謝家子弟也頗嫻習嘯法：

謝鯤鄰家高氏有女，常往挑之，女方織，以梭投折鯤齒，既歸，傲然長嘯曰：「猶不廢我嘯也。」（世說，簡傲）

（謝奕、桓溫辟為安西司馬），猶推布衣之好，在溫座，岸幘嘯咏，無異常日。宣武每曰：「我方外司馬。」（世說，簡傲）

謝萬北征，常以嘯咏自高，未嘗撫慰衆士。謝公……從容謂萬曰：「汝為元帥，宜數喚諸將宴會，以悅衆心。」萬從之，因召集諸將，都無所說，直以如意指四坐云：「諸

君皆是勁卒。」諸將甚忿恨之……及萬事敗，軍中因欲除之，復云：「當為隱士。」故幸自得免。（世說，簡傲）

謝家子弟的簡傲行爲，爲不守儒家禮法；而其喜嘯詠，又以方外、隱士爲高尙，都是道家思想的具體表現，應無疑義。前述謝太傅（安）東山泛舟事，世說雅量即將吟嘯不言者歸諸謝安，則謝安也以能嘯爲高，其言行擧止被歌頌成爲一種隱逸風流的典型。

與琅邪王家有婚姻關係的陳郡長平殷氏也是奉道世家，中興書載殷融著象不盡意，大賢須易論，理義精微，爲談家所稱，其平居生活「飮酒善舞，終日嘯詠，未嘗以世務自嬰。」其季仲堪，娶王臨之女，晉書稱其「少奉天師道，又精心事神」，能爲道教上章書符之事，又善醫術，爲典型的奉道文士；其伯父浩也妙解經脈，名入「眞誥」的神仙譜系中。殷仲堪「將離詠」就有嘯的意象：

爾乃理轡杖策，或乘或步，行悲歌以諧歡，朗長嘯以啓路。

其爲眞實之嘯，而非只象徵，正因仲堪本夙習嘯法。

魏晉名士與嘯具有淵源，多可從道教嘯法加以解釋，一般均只視爲名士風流的行徑而已，如桓玄（靈寶）、桓石秀，屬於譙國龍亢的世家，多能嘯，疑其奉道。晉書載桓石秀善老莊，常獨處，具有隱逸之風（卷七十四），而桓玄生卽有異象，故小名靈寶，其人形貌瓌奇、風神疏朗，博綜藝術，常負其才地，以雄豪自處（卷九九）；又嘗日與道士推算數厭勝之術，以滅亂事。又潯陽記載桓宣穆事，也與嘯有關。故三人之嘯也具有傲態、逸態：

> 桓石秀風韻秀徹，叔父沖嘗與石秀共獵，獵徒甚盛，觀者傾坐，石秀未嘗瞻眄，嘯咏而已。（晉中興書）
>
> 尋陽姑石山，在江之坻，初桓玄至西下，令人登之，中嶺便聞長嘯聲，甚清澈，及至峯頂，見一人箕踞石上。（異苑一）
>
> 桓宣穆使人尋廬山，見一人謂之曰：「君過前嶺必逢二年少，相隨長嘯，試要問之，若不與言者可速去。」此人過嶺，果見二年少以袂掩鼻，長嘯，狀如惡獸，呼不與言。（潯陽記）

桓石秀的嘯詠風格，也可列入簡傲一類，是晉書所謂的「性放曠」的具體表現；至於桓玄遇長嘯之人，也暗示此一形貌奇特的才俊能嘯能豪。

大抵而言，道教嘯法本來就是別於語言的一種表達方法，魏晉論辯主題之一就是言意之辯，正反兩方辯難，即集矢於語言表達能力的問題，不過最少承認「言」有其示意作用。但道教的有聲而無字的嘯法，本具符咒秘字的功能，至奉道文士的口中，却成爲一種否定「言」的不言形式，基本上這種不言的「嘯」比辯論「言」不能盡意更有徹底的否定傾向。因此，世說新語將嘯視爲傲態，列於任誕、簡傲之篇，視爲一種非循正規語言形式的表達方法。將傲、逸的態度表現在實際行爲，更徹底的就是避世，隱居山林，連世俗的生活一併隔絕，而嘯在隱逸行爲中也與山林隱逸有關，嘯傲山林成爲隱士的形象。這種嘯風的轉變是由於道教養生風氣趨於鼎盛之時，也正是道家的名士風流瀰漫於魏晉之世，所以巧妙融爲一體。奉道文士善於嘯詠，而一般文士也沾染嘯風，今各舉一例爲證：

周僕射（伯仁）雍容好儀形。詣王公（導），初下車，隱數人。王公含笑看之，既坐，傲然嘯詠。王公曰：「卿欲希嵇阮邪？」答曰：「何敢近捨明公，遠希嵇阮？」（世說，言語第二）

宗測欲遊名山……齎老子莊子二書自隨，子孫拜辭悲泣，測長嘯不視，遂往廬山，止祖（宗）炳舊宅。（南齊書五四，高逸傳）

王導能欣賞周伯仁的嘯傲，除具有雅量外，實因其家世對嘯之行爲也不陌生，而將嘯與嵇阮風流並題，正是一種魏晉名士的風範。南陽宗測長嘯之後，離棄世累，隱居名山，恰爲隱逸的行爲，所以晉書隱逸傳序歷述隱逸的典範，就說：「譙元彥之杜絕人事，江思悛之嘯詠林藪。」嘯詠於高山幽谷、林藪深潭，成爲隱士的風采，而煉養之嘯也就別具另一種高逸情趣。

從上述六朝文士與嘯有關係的，可以說明一件事實：就是以嘯被目爲任誕、簡傲的人物，俱出於奉道世家，常與道士有所往來；如王羲之與許邁交遊之類。因此諸人善嘯，不能僅以行爲放誕視之，而應當作其平素就以嘯爲養生之法，既有這種習慣，故放誕任意時自可傲然嘯詠，而成爲傲逸之態。

嘯的傳說在六朝時期還有一種現象，就是不限於道士或奉道士族，其餘也能嘯，較特殊的有女子之嘯、和尚之嘯及胡人之嘯等。晉書列女傳中有王渾妻鍾氏（琰），爲鍾繇曾孫，「聰慧弘雅，博覽記籍，美容止，善嘯詠，禮儀法度爲中表所則。」可見嘯詠並不必與禮法有所衝突，且可成爲雅事。同樣的考慮也出現在和尙身上，嘯的行爲是否與戒律相抵觸，梁慧皎高僧傳載慧遠弟子僧徹，徧學衆經，尤精般若；問道之暇，一賦一詠，輒落筆成章，「嘗至山南，扳松而嘯。於是清風遠集，衆鳥和鳴，超然有勝氣。」退還之後，請問慧遠：「律禁管絃，戒絕歌舞，一吟一嘯，可得爲乎？」慧遠的回答是：「以散亂言之，皆爲違法。」從此以後，僧徹就不復嘯吟。（卷七）此一故事暗示：吟嘯較管絃、歌舞，少樂歌的成份；但以戒律言，也是違法。或者因嘯法爲道門之法，而非釋門之戒，慧遠才不許僧徹長嘯顯現神通。

胡人之嘯以石勒最爲出名，晉書、趙書都有記載，疑其嘯也是有所隸習：

> 石勒年十四，隨邑人行販洛陽，倚嘯上東門。王衍見而異之，謂左右曰：「向胡雛吾觀其聲，視有奇志，將恐為天下之患。」馳遣收之，會勒去。（御覽三九二引晉書）
>
> 石勒屯葛陂，值天雨不息，勒長史刁膺勸勒降旨，勒愀然而嘯，張賓勸勒還北，勒攘臂曰賓計是也，膺宜斬。（同右引趙書）

嘯聲可表現內在的懷抱，自有其傳統意義；而王衍能觀聲相，也是細心之人。或者王衍也有琅邪王氏的專長，故能體會嘯爲不言之言。與胡人有關的還有劉琨清嘯：

> 劉越石為胡騎所圍數重，窘迫無計，劉依夕乘月登樓清嘯，胡賊聞之，皆悽悲長歎。（御覽三九二引晉書）

劉琨的月下嘯聲，能令胡賊悲悽長歎，其嘯聲之動人可以想見；而越石之雄邁也可以髣髴得之，其自述懷抱的扶風歌，寫自己長征生涯的困境，「資糧旣乏盡，薇蕨安可食。攬轡命徒侶，吟嘯絕巖中。君子道微矣，夫子故有窮。」也以吟嘯發抒衷情。

(二)六朝嘯法與音樂、詩歌

嘯法流行所激成的風尚，就是開始理論化，因而嘯與歌的問題，爲魏晉時期的討論課題之一，而且由於嵇、阮與蘇門之嘯傾動一時，故其嘯聲相和成爲討論重心之一。其次就要論列嘯與歌的關係，現存於藝文類聚的有桓玄與袁山松的論難資料：

> 桓玄與袁宜都書論嘯曰：讀卿歌賦，序詠音聲，皆有清味，然以嘯為髣髴有限，不足以致幽旨，將未至耶！夫契神之音，旣不俟多瞻而通其致，苟一音足以究清和之極，阮公之言不動蘇門之聽，而微嘯一鼓，玄默為之解顏，若人之興逸響，惟深也哉。
>
> 袁山松答書曰：嘯有清浮之美，而無控引之深，歌窮淵根之致，用之彌覺其遠。至乎吐辭送意，曲究其奧，豈脣吻之切發；一往之清吟而已。若夫阮公之嘯、蘇門之和，蓋感其一奇，何為徵此一至，大疑嘯歌所拘邪。

桓玄因其自身與嘯的密切關係，對於袁山松的「歌賦」貶低嘯的論點不能贊同。因此引用阮籍嘯動蘇門爲例，說明嘯有深奧之旨，這是賦予玄學意味的嘯旨，將嘯比言、歌等表意抒情的約定俗成的媒介物，給予更高妙的評價，正是可與「不言、忘言」及「聲無哀樂」等論題同觀的一種立論方式；而袁山松據世俗立場，肯定歌的價值。雙方的論難，與言意之辯、聲無哀樂同一意趣。其實，嘯也可併入養生論的論題中，但當時清談主題之中，嘯與歌的對立論題，似只有桓玄、袁山松的討論，未能成爲魏晉文士的普遍注意的論題⑲。應歸因嘯與歌仍有其相通之處，本就不是截然二分的兩組論題。

晉成公綏就有嘯賦一篇，其論點自然與袁山松「歌賦」不同，臧榮緒晉書說他「少有俊才而口吃」，則言艾艾不能出口者就可透過嘯表現出來；又因「時人以其貧賤不重其文」，則志鬱鬱不得舒伸也可借嘯賦發抒，所以說「作嘯賦，義見於文」，正與嘯以抒憤傳統有關。但這篇資料應在夸飾嘯的優越之外，代表早期文士對嘯的認識與觀感。全篇仿照漢賦的格套，假借烏有的「逸群公子」希求隱逸山林，養生頤志，正是當時隱風的反映，在篇中所述嘯的種種，有數項極可與後出的嘯旨參看：嘯爲養生之法：「精性命之至機，研道德之玄奧」，乃捨棄流俗在時、空所遭的阨僻，而高蹈學仙；其次嘯爲煉氣之術：「發妙聲於丹脣，激哀音於皓齒。響抑揚而潛轉，氣衝鬱而熛起，協黃宮於清角，雜商羽於流徵，飄遊雲於泰清，集長風乎萬里，曲既終而響絕，遺餘玩而未已，良自然之至音，非絲竹之所擬。」說明氣如何由丹田經過口腔而激出，呂向就注得扼要：「潛轉於脣齒之間，激氣沖口而出。」其次嘯的形成及其特性：成公綏把握嘯的自發性與模擬性：「聲不假器，用不借物，近取諸身，役心御氣，動脣有曲，發口成音，觸類感物，因歌隨吟，大而不誇，細而不沈。」說明嘯聲與歌相似之處，在於使用人體器官，自由變化，不受樂器的限制，爲自具自發的聲籟。又說：「因形創聲，隨事造曲，應物無窮，機發響速，怫鬱衝流，參譚雲屬，若離若合，將絕復續。」其所模擬之聲及表現的聲相；像胡馬長嘶、鴻雁群鳴、猛虎嘯谷、清飆振木等，均爲自然界的聲音；又述及嘯的時地：

高臺文軒、崇崗巖側，或流川清泉、皐蘭修竹，都可「喟仰抃而抗首，嘈長引而憀亮」或「吟詠而發散，聲駱驛而響連。」與嘯旨所述類似。嘯賦之作，早已嘗試論述其音樂性，想從音樂解說其調性，其中可注意的是將五音、五季與嘯的聲相比擬——「發徵則隆冬熙烝，騁羽則嚴霜夏凋，動商則秋霖春降，奏角則谷風鳴條。」與嘯旨所述各種嘯法的調性，都注意其聲音的高低起伏，很有啓發作用。當然嘯賦中鋪陳「慷慨而長嘯」的動機，顯示社會風氣能接受嘯，且視之爲高雅的行爲；至於稱贊「長嘯之奇妙，蓋亦音聲之至極」，則爲道教化的觀點。據張彥遠歷代名畫記，南齊畫家王奴畫「嘯賦圖」（卷七），畫已不傳，但應與成公綏之作有關係；或許正如嘯旨所述，因其嘯聲而作形象化的刻劃。成公綏較桓玄、袁山松早寫嘯賦，大概嘯賦流行之後，因推崇之極，而使稍後的袁山松作「歌賦」，略貶嘯的價值；又影響王奴據爲畫題。這是美術史料中與嘯有關的。此外近年大陸出土資料中，有嵇康等竹林七賢雕刻，嵇康的造型據云也是作嘯狀，都值得注意。

嘯與歌有關；六朝詩中所謂「何事待嘯歌」、「嘯歌琴緒」即是，但道門中人與文士之嘯似仍有高低之分：晉書載夏統善歌，因其居海濱，能小戲，且作歌，曾因賈充之請，「操柂正櫓，折旋中流，初作鯔鰋躍，後作鯆鮃引，飛鷁首，掇獸尾，奮長梢而船直逝者三焉，於是風波振駭，雲霧杳冥，俄而白魚入船者有八九，觀者皆悚遽，充心尤異之。」其歌聲的神奇確是神乎其技，絕非普通之歌，尤其應衆之邀，作河女之章、小海唱：

> 統於是以足叩船，引聲喉囀，清激慷慨，大風應至，含水嗽天，雲雨響集，叱咤讙呼，雷電晝冥，集氣長嘯，沙塵煙起。王公已下皆恐，止之乃已。（晉書九四，隱逸傳）

「集氣長嘯」爲其所以悚邈群衆之處，所以非尋常之歌可以比擬，而是氣的表演。至於一般文士的歌嘯，雖未盡讓人嘆而聽止，也是有其可以留連之處：

> 劉道真少時，常漁草澤，善歌嘯，聞者莫不留連，有一老嫗識其非常人，甚樂其歌嘯，乃殺豚進之，道真食豚盡，了不謝。（世說，任誕）

嘯之與樂器的結合，據傳說幾乎只與「琴」有關。琴爲適宜作爲與朗誦和奏的一種樂器，因此也可以與嘯和諧相應，孫登別傳就這樣描寫——「公和（指登）苫蓋被髮端坐巖下鼓琴，嗣宗自下趨進，既坐，莫得與言，嗣宗乃嘹嘈長嘯，與琴音諧會，雍雍然。」還另有早期資料也同時出現嘯與琴：劉敬叔異苑卷六載劉元遊吳郡虎丘山，「夜臨風長嘯，對月鼓琴於劍池上」，忽有一紫衣女子相訪，指示其離開劉裕，而北去仕魏。又太平廣記卷三二一引博物志（陳本作續博物志），有一情節相類的驚艷故事：敍述蕭思遇居虎丘東山，性愛琴書，每松風之夜，罷琴長嘯，一山皆驚。常雨中酣歌，忽有一美女相訪，臨別並贈一金釧子，爲陳文帝元嘉六年事。嘯聲琴韻，正是所謂「嘯歌琴緒」，如此情境，引帶一奇幻的神秘女子出現，實在與嘯能感應鬼神的傳奇性有關。此種琴、嘯相和的意象，固然是出現在筆記雜傳中，近於傳奇，但至少表示唐朝以前已有這樣的發展，因而啓發唐人小說中也有與嘯有關的故事。

六朝筆記所載的嘯，都集中於魏晉前後，宋以後嘯的傳說較少，難怪嘯旨序說阮籍之後湮滅，確也較少嘯中高手。因此六朝詩中使用嘯的意象也出現在魏晉詩人的作品：其中有些以嘯象徵神秘的修煉，具有神秘色彩，爲道教嘯風的產物；有些借嘯一抒懷抱，爲表現壯志未酬的傳統；另外就是偏重嘯的音樂性，像曹植對於音樂以及歌舞藝極有涵養，其詩中的嘯多與歌相關，像美女篇寫妖閑美女在采桑路上的姿態：「羅衣何飄飄，輕裾隨風還。顧盼遺光采，長嘯氣若蘭。」這種嘯，趙憩之解釋爲「徒嘯」——即是自由的歌嘯，而無章曲的限制。即使表現遊仙情境的遠遊篇，也是嘯歌相連，所謂「鼓翼舞時風，長嘯激清歌。」（遠遊篇）只爲塑造神仙自由自在的樂趣，而非養生或命神的神通表現。此外，玉臺新詠引徐幹情詩，也有「峙嵋雲屋下，嘯歌倚華楹」之句，都是與歌密切相關的音樂意象，可作爲魏晉詩中較爲通用的嘯歌傾向，而較少練氣的嘯法色彩。由此也可證六朝早期的嘯，仍有濃厚成分的聲樂色彩，所以嘯與歌二字連用。

六朝詩中的嘯歌意象，用以表現抒寫懷抱的，基本上也是承襲漢人的遺意，將心中的憤激之氣，不平之感盡付諸一嘯中，所以嘯歌爲抒憂遣悶之意。這種嘯歌的用法，見於左思的招隱詩：「非必絲與竹，山水有清音。何事待嘯歌，灌木自悲吟。」就是以自然之音爲最高境，嘯與歌都只是模寫之音，故差一等，屬於一般性用法。左思詠史詩則以嘯表志氣，「雖非甲胄士，疇昔覽穰苴，長嘯激清風，志若無東吳。」成爲後世豪情壯志之嘯的傳統。奉道文士所作詩，才將嘯賦予一種神秘色彩，郭璞遊仙詩的「靜嘯撫清絃」，爲冥寂之士的神仙行徑，以此奇特行爲登場塑造成神仙世界：

……綠蘿結高林，蒙籠蓋一山。中有冥寂士，靜嘯撫清絃，放情凌霄外，嚼蕊挹飛泉。赤松臨上游，駕鴻乘紫煙……

這是較早將琴、嘯和諧相應當作神仙樂事，所以王維「獨坐幽篁裏，彈琴復長嘯。」不僅是雅事，更是企慕神仙境界的一種舉止。此外遊仙詩之八，也設想遊仙的歷程，幻設一想像的世界：「仰思舉雲翼，延首矯玉掌。嘯傲遺世羅，縱情在獨往。」將嘯傲的出世之姿，作爲衝決世羅、塵網的象徵，因而得以縱放於獨往塵外的神仙世界，正是郭璞借遊仙詩以抒衷懷。

類此具有隱逸色彩的嘯傲意象；在六朝詩中，一方面反映出當時崇尚神仙、隱逸的風尚；另一方面則是詩史中，嘯意象本身已具有傲、逸的性格。詩人在其思想、性格相近的情況下，也就襲用此類意象。時代稍後的陶淵明，其服食習慣及其思想都頗受道教影響，作品中出現的嘯的意象最爲本色：飲酒詩之七先說「秋菊有佳色，裛露掇其英。汎此忘憂物，遠我遺世情。」菊與菊花酒爲服食養生之物，也是陶然忘憂之物，只有獨進一壺、看歸鳥趣林的樂趣，才是眞意，因此「嘯傲東軒下，聊復得此生。」仍是以嘯表現傲態。至於歸去來辭中述隱歸之趣：「登東皐而舒嘯，臨清流而賦詩。」實近於眞實的嘯，與陸雲的佚詩：「逍遙近南畔，長嘯作悲歎。」（類聚引）在時地的選擇及嘯的方式上，較近於道教的嘯法。類此嘯的用法，至唐代詩人的手中又迭加變化，成爲詩歌中隱逸，豪放的隱喻。

五、「嘯旨」的撰成及其意義

陶弘景在眞誥中所保存的嘯史資料，除了具有傳說性質的人物外，也反映出當時實際從事嘯法修煉的道士、方士。像卷四有句容許氏家族的許映（邁）事迹，乃是楊羲手書許邁修道的經過，其中有段紀錄映與三官答問的文字，顯然是扶乩降筆的，三官譴責映的先人及許家的罪咎，於是「映自强長嘯，振褐撫髮，爾乃整氣扉口，叱吒而答」（第十一紙），答辭中辯說其祖宗積德之事。類此長嘯是應答仙眞、神祇的方法，雖是眞誥，但也反映出東晉修道之士擅於嘯法。另一類則爲弘景注語所保存的晉世情形，卷十三敍述秦道士周太賓善鼓琴，曾授孫廣田（登），「獨絃能彈而成八音，眞奇事也。」注云：「孫登卽嵇康所謂長嘯者，亦云見彈一絃之琴，斯言非虛矣。」此一資料除反映孫登善琴也善嘯，也說明嘯與音樂的不解之緣。

將嘯的原始及其傳授，歸諸傳說中的人物，爲道敎內部的說法，表示嘯之作爲一種修練的道法乃具有傳授的譜系。但有關嘯的原理及其修練方法，葛洪確曾奠定氣的理論，陶弘景也指出東晉所錄的善嘯人物；至於實際的修煉法則未詳載於道書中，應是口傳心授的秘訣，這是方士、道士嘯法的共通點。現存資料雖未明載全部的傳授事迹，但練氣方法與嘯歌方法却有其合流的一支，顯示其與琴絃等樂器配合，成爲嘯歌嘯法的另一特色。將練氣與嘯歌的發展結合爲一，就是孫廣「嘯旨」的旨趣；而且將其共通的修煉法作扼要的總結，成爲嘯史上最珍貴的文獻。

嘯旨中所列十五章，其第一章權輿爲嘯之始，第十五章畢音爲五聲之極，爲堯舜以後已亡之聲；其餘二章流雲、七章下鴻鵠及十章動地，與音樂名師的神話有關；三章深溪虎、九章龍吟、六章巫峽猿、四章高柳蟬、八章古木鳶及五章空林夜鬼，與大自然動物或風聲有關，爲一種模擬法術；至於與道士相關者：十章動地出於公孫、十一章蘇門、十四正章孫登所傳，十二章劉公命鬼，仙人劉根所嘯，只有十三章阮氏逸韻，與奉道文士有關，稱爲阮籍所作。十三種的嘯法儘管不同，但其嘯的原則却是一樣：就是氣功。嘯的運氣方法，孫廣在權輿章中保存一些道門煉氣的資料，極爲珍貴：

夫人精神內定，心目外息，我且不競，物無害者。身常足，心常樂，神常定，然後可以議權輿之門。天氣正，地氣和，風雲朗暢，日月調順，然後喪其神，亡其身，玉液傍潤，靈泉外灑，調暢其出入（之）息，端正其唇齒之位，安其頰輔，和其舌端，考擊於寂寞之間，而後發折，撮五太之精華，高下自恣，無始無卒者，權輿之音。

道教氣功的修練法，大都遵循放鬆、入靜、精神集中等程序，逐漸進入忘我的狀態。孫廣所述的正是靜坐調息的基本功法，由此形成各類千百種法門，嘯法是在練氣的築基工夫之上，朝向與聲樂結合的道法。可以單獨吐納氣息，作純氣功的鼓盪音聲之法；也可配合各種樂器，成為與有字詞（言）的歌略為異趣的發聲法，這是中國式聲樂的根本原理。孫廣所歸納整理的十五章、十二法，為極有系統的歸類與解說，可謂為唐以前嘯法理論的集大成。

嘯旨序及權輿章接著強調端正唇齒、安具頰輔、和其舌端等技巧，也就是口腔運用的基本方法，凡有十二法：外激、內激、含、藏、散、越、大沈、小沈、疋、叱、五太、五少。講究利用唇齒位置的不同、口腔大小的不同以及舌端所處的不同，將內在所調養之氣經由口腔的共鳴，成為變化不同的聲音。嘯旨所述十二法及所附解說，趙憩之即舉現代音理加以解說，確可說明其聲音發出的原理。但十二法中應可分成三種敘述方式，首為直接敘述法：

以舌約其上齒之裏，大開兩脣而激其氣，令其出謂之外激也。

用舌以前法閉兩脣於一角，小啓如麥芒，通其氣，令聲在內，謂之內激也。

　用舌如上法，正其頰輔，端其脣吻，無所動用而有滑發於內也。（藏法）
　以舌約其上齒之內，寬如兩椒，大開兩脣而激其氣必散，之為散也。
　用舌如外激法，用氣令自高而低，大張其喉，令口中含之大物，含氣煌煌而雄者謂之大沈也。
　用舌如上法，小遏其氣令揚大，小沈屬陰，命鬼吟龍多用之。

詳述口腔與脣齒的大小、位置，形成發音的共鳴器，當氣流通過，也就發出洪細不同的聲音，所以調節共鳴器的方法，就成為不同的名稱。其實唐寅後序早已從語言的發音作為解說之便，所謂「神珙則以內外八攝總其聲，三十六母總其音，法雖不同，其於聲音則括盡而無遺矣。」趙頵之更較之進一步，作現代語音學理的解釋。嘯旨第二類更明顯以唐代逐漸為人所知的聲韻之理為比喻：

　用舌如上（內激）法，兩脣但起，如言殊字而激其氣，令聲含而不散矣。（含法）
　用舌如上（散）法，每一聲以舌約其上齶，令斷氣絕，用口如言失字，謂之越也。
　用舌如上（外激）法，如言疋字，高低隨其宜。（疋法）
　用舌如上（外激）法，如言叱字，高低隨其宜。（叱法）

趙頵之即舉為例，說殊、失、疋、叱諸字，皆近於不振動聲帶之子音，「蓋避免與氣激於喉中而濁之言相混」，確可從音理解說。至於五太、五少，中國人言「五」本就易於使用陰陽五行的模式，嘯旨先說五太卽五色，「宮商徵羽角所爲之五太」，配合五色、五音與仁義禮智信五德，爲一種常套，但由「以宮商發」的推論方式，嘯法也可通於音樂之理；至於五少則相應於五太之陽，屬於陰。嘯旨輯錄者有意使用音樂作爲說明，就是將「十二法象一歲十二月」的比附之後，更明白指出「內激爲黃鍾、外激爲應鍾、大沈爲太簇、小沈爲夾鍾、五太爲姑洗、五少爲仲呂、散爲蕤賓，越爲林鍾、疋爲夷則、叱爲南呂、含爲無射、藏爲大呂」。這種比附，乃借律呂說明嘯的基本十二發音的性質，但也暗示嘯具有音樂性。

十五章中除去權輿首章及最末的畢音，凡有十三種嘯法，任何一種嘯法都不外將十二法加以參酌錯綜而成，就像以黃鍾十二律呂喩「相生相成」，自然會形成不同的調子，也產生不同的嘯法，雖然嘯法失傳，但揣摩其發音部份，確可彷彿其起伏飛沈的聲相。如流雲之嘯，「始於內激，次散，自含、越、小沈，成於疋、叱，具五少，則流雲之旨備矣。」也就是由閉脣激起內氣，然後再開脣發散，又轉爲像發殊、失的子音，遏制氣流，而完成於如疋字、叱字的閉脣音，屬於五少再的陰法，將又種聲相具像的描摹，就是「淫潤流轉，妙中宮聲，沈浮起伏，若龍游戲春泉，直上萬仞，聲遏流雲，故曰流雲。」使用象徵性的解說方法，將嘯聲的起伏高低具象表達，近於一種詩的手法，正是唐人的品題方式，其他各種嘯法都採用類似的手法敍述。

由於孫廣採用音樂的原理解說嘯的構成，不僅符合類書中列於音樂類的分類法，更提醒研究嘯法者需注意其聲樂的因素。這就是中國發聲學的基本原則，訓練丹田的吐納，造成效果特佳的共鳴效果，因而造成中國唱法。

「嘯旨」所錄十五章，其中十三種嘯法約可涵括筆記雜傳中所載的嘯的傳說，每章的敍述包含來源，聲相或命名原因，練習的季節、時辰與天候、處所，以及練習的方法——也就是將十二法錯綜變化的組織形式。十三種嘯法，都是基於巫術、法術的類似律、象徵律，所形成的一種聲音法術。據弗萊哲（Sir Frazer）「金枝篇」（The Golden Bough）的交感巫術之說，依據模仿、象徵的律則，產生一種超自然力，屬於一種模擬巫術（Imitative magic）[20]。當然，嘯所模擬的聲音，就如同中國古代的音樂神話，都是有所取象的，嘯旨即揭示其理——「琴象南風，笙象鳳嘯，笛象龍吟，凡音之發皆有象，故虎嘯龍吟之類，亦音聲之流。」象大自然之聲而製造樂器，爲樂器製作神話，因此嘯聲也自有其創作神話，嘯旨常說聽某聲而「寫」之，也就是模擬某種聲音，因爲聲音產生的季節、天候以及場所不同，也就成爲不同嘯法的練習原則。

「嘯旨」所列嘯法，以模寫自然界聲音爲最多，其次爲模擬名師名曲——因爲樂曲還是取象於大自然的聲籟；至於以傳授者命名，則因孫廣覺得其嘯法特殊、或早爲世人艷稱，始增列專章，如劉公命鬼，以及公孫、阮氏之嘯，其實其嘯法應可歸入具體模寫某聲之類。至於筆記雜傳中所錄嘯法，依其敍述的特點，有些可從其場景、時間推斷其究屬何類，有些則只泛泛敍述，也不易歸諸何類。有關取象於自然聲籟的，約有深溪虎、龍吟及巫峽猿的動物類嘯法、高柳蟬的昆蟲嘯法，還有古木鳶的禽鳥類嘯法：

深溪虎，「古之善嘯者聽谿中虎聲而寫之」，獸中虎嘯最爲威猛，六朝人詩所謂「猛虎憑林嘯」、「雕虎嘯而清風起」，或如李白詩「虎嘯谷而生風，龍藏溪而吐雲」（鳴皐歌），極寫虎嘯、谷風之壯，故模仿其聲，「雄之餘、怒之末，中商之初，壯逸寬悠，略不屈撓。」爲雄壯的商調，配合這種氣勢，其練習季節爲「當夏鬱蒸，華果四合，特宜爲之。」至其處所雖未寫出，恐也以深山溪谷爲宜。古來龍、虎多並提，嘯旨正有「龍吟」之法，「龍吟水中，古之善嘯者聞而寫之。深沈鬱沒，重厚濕潤，高（疑衍文）不揚不殺，聲中宮商。」龍乃神話裏水中靈物，則模習龍吟，也應選擇「傍暎嵓巒，俯對潭洞，特宜爲之。」因爲潭洞等開闊的處所，傳聲效果較佳，也適宜於長嘯。因此後世在高山深林、或者潭際湖畔之處作嘯，應屬此類。

巫峽猿，也與深山巨壑之處有關，鮑照登廬山詩兩首就有「叫嘯夜猨清」、「猨嘯白雲裏」之句，李白詩「江猿嘯晚風」（江夏送宋之悌）、「猿嘯千溪谷」之類都是聽覺鮮明之聲。所以「古之善嘯者聞而寫之」，特別强調其聲調——「幽隱清遠，若在數里之外，若自外而至，自高而下，雜以風泉群木之響，迥然出於衆聲之表，中羽之初。」羽聲較清較遠，而適應猿嘯的性質，「日暎空山，風生衆壑，特宜爲之。」莊申據此推斷王維一首記實之詩，其詩題「自大散以往，深林密竹，蹬道盤曲四五十里，至黃牛嶺見黃花川」其中有句「靜言深谿裏，長嘯高山頭。」大概練習巫峽猿嘯法。王維曾官濟州（在今山東），又隱居過河南嵩山，都是道教流行地域，其詩中題贈焦道士，正是嵩山焦鍊師；又與賈道士、尹道士（尹愔）以及呂逸人等道門中人來往，所謂「中年頗好道」，好道學嘯，也是必然的行爲，這是有趣的推斷[21]。

高柳蟬嘯法則模仿蟬聲聒噪之音，「飄揚高舉，繚繞縈徹，咽中角之初，清楚輕切，既斷又續。」此種昆蟲之嘯就不在高山深谷，而是「華林修竹之下，特宜爲之。」莊申也由此論斷王維竹裏館詩：

獨坐幽篁裏，彈琴復長嘯，深林人不知，明月來相照。

在人不知的幽篁裏長嘯，別具一種神秘的意境，疑爲練習高柳蟬嘯的記錄。竹爲道教信仰中特別被喜愛的植物，奉道者常喜歡種竹，或選擇竹林作爲修練的處所，大概華林修竹因而也是嘯的佳地。

禽鳥之聲也可模擬，六朝詩中出現的鳥嘯，像「哀禽相叫嘯」、「茅棟嘯愁鴟」，或者「梟鵠嘯儔侶」、「鳴儔嘯匹旅」，大多形容孤禽求侶的哀愁之音。所以古木鳶嘯法，其聲情也偏於淒厲：「飛射哀咽，洪洞繚遠，若有所不足，鬱鬱振蕩，適斷又續。」採用古木之上繞飛的鳶作爲象徵，確有孤特哀傷之情，所以練習時，「寒郊原野，陰風若霧，特宜爲之。」洞仙傳所錄早期道教神仙趙威伯，所受道法爲「存明鏡」的存思法，就是眞誥中的趙丞嘯法，一嘯則衆鳥鳴，風雨集，疑卽此類嘯法。

嘯法模寫自音樂的有流雲、下鴻鵠及動地，自然也是依託於古代名家，像流雲乃「聽韓娥之聲而寫之」；下鴻鵠，「出於師曠清角之旨」，另有動地嘯法則是「出於公孫，其音師曠清徵」，至少暗示其與音樂有關。據樂府詩集卷四四吳聲歌曲序引古今樂錄，言及舊樂器有篪、箜篌、琵琶，後又有笙箏，樂曲中有所謂「命嘯十解」——「存者有烏噪林、浮雲驅、雁歸湖、馬讓，餘皆不傳。」吳歌正六朝初期江南地域的產物，既有這類標名爲「命嘯」之曲，曲名也可相通，其關係之密切可想而知。浮雲驅與流雲嘯法，取象於大自然中雲的流動舒卷之態；烏噪林、雁歸湖的標題，與下鴻鵠作一對照，則爲禽鳥的不同聲音表現。中國古樂常有取象自然的模擬傾向，類此嘯法應該也是古命嘯的一類，孫廣收錄爲嘯法的類型之一。

有關這類如標題音樂式的嘯法，常與練習的情境有關，由外境而引發相宜的內情，因而成爲特重情境之嘯：流雲嘯法，既是濕潤流轉，沈浮起伏，「此當林塘春照，晚日和風，特宜爲之。」王維晚年的輞川之友裴廸，也是追求道教長生術，他對王維輞川集的和詩：

空闊湖水廣，青熒天色同。艤舟一長嘯，四面來清風。

莊中也解釋為春日黃昏，最宜練習「流雲」之嘯，是大有意味的。下鴻鵠與古木為相對照，為完全不同的情境，其聲寬綽浩渺，洪洞不絕，其聲清遠，乃能使鴻鵠翔於冥冥之間，聞而下之，是一種清角之音，自然要找「高秋、和風景麗」的季節，作悠遠之聲直上寥廓。

動地嘯法，則近於清徵，言其出於公孫，也是種古嘯法，「其聲廣博宏壯，始末不屈，隱隱習習，震霆所不能加，鬱結掩遏，若將大激大發。」練此嘯法，要「以道法先存，以身入於太上之下，鼓怒作氣。」為典型的道門嘯法，藉此成其動地之聲，故「地氣閉涸，煙凝陰沍，特宜為之。」屬於一種閉塞中怒發之音。嘯法之中，另有一種空林夜鬼，也需要「以道法先呼群鬼，聚於空林之中，遞為應命，心當危危然，若有所遇。」即需存思命鬼，因此其練習情境，也選擇「濃雪晝暄，淒風飛雪之時，特宜為之。」而其聲則「點柳蟋蟀，鐵竊璠絕，輕不舉，纖不滅，中徵之餘。」這種鬼嘯，只是強調其愁暗淒慘，鮑照「木魅山鬼，野鼠城狐，風嘷雨嘯」（蕪城賦），及李白「木魅風號去，山精而嘯旋」（過四皓墓），其情境近似；至於夜嘯、鬼嘯，也是淒厲的意象，莊子引用的民間俗諺，所謂「童子夜嘯，鬼（影歷）數若齒」，確是陰森淒慘的氣氛，所以李白想像娥皇女英遠赴洞庭，探尋故夫，就幻設「日慘慘兮雲冥冥，猩猩啼烟兮鬼嘯雨」的情調，所云鬼嘯只是極寫其淒厲、陰森，而存思命鬼的古嘯法，應與巫術中招魂攝鬼之法相關，為道術中極為奇特的一類。

嘯法中孫廣也有因應道士、方士化文士而設的，就是劉公命鬼章、蘇門及正章，為道士嘯法；至於阮氏逸響則可算是名士嘯法的代表：

嘯法中的劉公命鬼章，劉公卽劉根，葛洪神仙傳載其嘯法命鬼事，而范曄後漢書方術列傳亦收錄而較略，葛洪詳述劉根於嵩山學道成功後，從學者衆，太守史祈以根爲妖妄，收執詣郡，數其罪，根於是長嘯，「嘯音非常淸亮，聞者莫不肅然」，結果祈的亡父祖近親都反縛在前，向根叩頭而責備太守。「嘯旨」也簡述其事，特稱爲元剛格，據說「其聲淸淨徑急，中人已下惡聞之，雖志人好古嘯者多不隸習，以故其聲多闕，後之人莫能補者。」這是孫廣採自仙傳中極具特色的嘯法，因人而名嘯。

其次因地而名嘯：如蘇門嘯法爲「僊君隱蘇門所作，聖人述而不作，蓋僊君述廣成、務光，以陶性靈，以演大道。」但未明言僊君爲孫登，而阮籍則因之論嘯，且傳寫之「十得其二」，其練習情形「深山大澤，極高極遠，宜爲之。」正章，才是「近代孫公得之」，這種「深遠極大，非常聲所擬」的嘯聲，能「致平和而却老不死」，但早已失傳。「嘯旨」將僊君與孫登判爲二人，不失早期史料的正確性，孫廣是有所據而云然。

嘯法中與孫登嘯法有關的，爲阮氏逸響，就是史傳豔稱的孫、阮對嘯故事，因嵇康、阮籍名士風流之故流傳特盛。但根據較早的資料，並無直接證據說善嘯者是孫登，而只是一位莫知名姓的眞人、隱者，像世說新語棲逸篇、竹林七賢論都說是「蘇門山中忽有眞人」，魏氏春秋說是「蘇門山，山有隱者，莫知其姓名。」蘇門山一名蘇嶺，卽河南輝縣西北的太行山，眞人爲漢晉以來修眞道士的稱呼，爲道士身份，像「竹實數斛，臼杵而已」的簡單服食器具、食物的描述，更襯托出道士修眞的形象。阮籍與之嘯和的精采情節，以世說所載較爲完整：

> 蘇門山中忽有真人，樵伐者咸共傳說。阮籍往觀，見其人擁膝巖側。籍登嶺就之，箕

踞相對。籍商略終古，上陳黃、農玄寂之道，下考三代盛德之美，以問之，仡然不應。復叙有為之外，棲神導氣之術以觀之，彼猶如前，凝矚不轉。籍因對之長嘯。良久，乃笑曰：「可更作！」籍復嘯。意盡，退，還半嶺許，聞上猶然有聲，如數部鼓吹，林谷傳響。顧看，迺向人嘯也。

世說所述較佳，乃由樵伐傳說引起阮籍往觀的動機，竹林七賢論只說「時蘇門山中」，較直截而缺少傳奇性，魏氏春秋則說是「少時嘗遊蘇門山」，依阮籍思想至中年以後轉變的痕跡看，似非少時就有高深的嘯法；其次阮籍商略終古，世說多復敍一節，所謂「棲神導氣之術」，增加此句導氣功夫的說明，才夠引起長嘯的情節。眞人擁膝箕坐，凝矚不轉，不答不對，乃眞修眞之士，也因此激起一向蔑視禮法的名士胸中的一股激盪：言語之道只能通平常的人事、性情，而不能引起內在感應，尤其所謂聖王之道更是糟粕、無爲養生也是口談，需待嘯聲一作，乃見出其內在修爲的工力，傳達其內心的消息。故一笑之後要求復嘯，乃眞人有所感應，才趁其意盡而退時，以嘯聲相許。魏氏春秋說「蘇門生亦嘯，若鸞鳳之音」，較爲具象化；竹林七賢論只說「若數部鼓吹」，都不如加一「林谷傳響」生動，「嘯旨」稱林巒草木皆有異聲即此意。至於孫登別傳，及唐人編晉書，就直接說是孫登，且列於藝術傳中，其地點爲「汲郡共縣」（別傳）、「卬北山中」（晉書阮籍傳）；而嘯和情節則與音樂系列的傳說有關：孫登「被髮端坐巖下鼓琴」，阮籍「乃嘹嘈長嘯，與琴音諧會，雍雍然。」登於是笑而嘯和「妙響動林壑，風氣清太玄」。顯然這是嘯歌傳統的遺響，將其與琴聯結；而且孫登的出場，也接受嵇康故事的暗示。

嘯旨序說「太行山儓君孫公獲之，迺得而去，無所授焉，阮嗣宗得少分，其后湮滅。」其時，阮籍之嘯未必得諸孫登，阮為方士化、道士化名士，善養生，嘗寫大人先生傳，其人「性樂酒，善嘯聲，聲聞百步；箕踞嘯歌，酣放自若。」（竹林七賢論）乃自己棲神導氣的心得，而嘯歌的表現，則世說簡傲篇所述：「晉文王德盛功大，坐席嚴敬，擬於王者。唯阮籍在坐，箕踞嘯歌，酣飲自若」乃一種狂放不羈的嘯，也成為嘯與音樂不可分的歌嘯傳統。嘯與琴在阮籍並無必然的關聯，只是氣的表現或簡傲之態而已，因為詠懷詩中都只說「起坐彈鳴琴」，而未與長嘯相和，大概只是一種單純的長嘯而已。

嵇康與汲郡孫登有關，在其「幽憤詩」中有兩句：「昔慚柳惠，今愧孫登；內負宿心，外恧良朋。」對孫登自覺有愧，因為辜負他的勸戒。據世說棲逸篇：「嵇康遊於汲郡山中，遇道士孫登，遂與之登。康臨去，登曰：君才則高矣，保身之道不足。」其交往情形，文士傳、王隱晉書也都記載，而晉語陽秋特別强調：「嵇康見孫登，對之長嘯，逾時不言，康辭還，曰：先生竟無言乎？登曰：惜哉。」其情節與阮籍見眞人事相類，所以孫登別傳才有所見為孫登之說。嵇康也是講究服食養生的方士化名士，嘗撰養生論與向秀往返論難，深信養生延命之理㉒，嘯也是導引煉氣的道法之一，所以幽憤詩在「今愧孫登」的情緒下，表達其獄中的山林隱逸、與道士遊的理想——「採薇山阿，散髮岩岫，永嘯長吟，頤神養壽。」嵇康之嘯也是名流勝事，其詩中常有「微嘯清風，鼓檝容裔」（酒會詩）或「心之憂矣，永嘯長吟」（贈秀才入軍）等嘯的形象。顧愷之魏晉勝流畫贊中有「嵇輕車詩」，張彥遠歷代名畫記說：「作嘯人，似人嘯，然容悴不似中散，處置意事既佳，又林木雍客調暢，亦有天趣。」（卷五）正畫著林中作嘯之情景。

「阮氏逸韻」又强調其嘯法與音樂配合的方法，需擇「天氣淸肅，氛垢之外，迺可雜塡箎俗態之樂，鄭衞入耳，善嘯者多能爲之；林泉逸人每爲呼風，亦偶作一韻。」以嘯而雜俗樂，又能去其俗，暗示嘯與樂器可以結合表現。

六、唐代文學中的嘯法傳說

唐朝的嘯風，孫廣有不復聞之歎。其實有唐一代道教風氣盛極一時，融合南、北道法之長，因而習嘯之風雖不若東晉前後的盛行，而在筆記雜錄中仍時有記載。類此有關嘯法傳說，約可分作兩類：一爲道士隱者，或慕道之士的嘯的行爲；二爲道士化的術士，長嘯招魂的法術、及其與嘯法有關的禁術。可證嘯聲仍時有所聞，只是修眞之士隱於深山幽谷中，常人不易得聞而已。

㈠道士隱者的嘯法傳說

練氣士所修習的嘯法，基本上是屬於精深的內功修爲，需要隱居練氣，因而典型的道士之嘯都具有高隱的性格。由於嘯之爲氣功，非常人所能爲，因而道士行嘯，常有遊戲、表演的傾向，引致聽聞者有驚咤的效果：譬如唐初編的藝文類聚引神境記，應屬於六朝傳說：

> 滎陽西，有靈源山，有石髓紫芝。昔者有採藥此山，聞林谷間有長嘯者，今樵人往往猶聞焉。

石髓紫芝等靈物，配合林谷長嘯，構成一幅仙境圖；又白氏六帖事類十八引「內傳」，也是佚失的仙傳，也載一則道士練嘯的奇譚：

海春仙人居髑髏山，善嘯術。時太山道士鍾約字期，往來欽其藝。春變為石人，約不知乃坐石上，仰面而嘯，石亦復嘯於下，傾山動澗，響遏行雲。約再拜謝之。春知其意，莫止，卽於坐石上，對敎三事，不飲不食，乃得嘯，而風生於虎也。

仙人、道士的善嘯、學嘯傳說，適合其身份；而嘯聲傾動山澗，或卽深溪虎一類的嘯法。比較眞實的嘯法，則有封演聞見錄所載（也見於唐語林）：

天寶末，有峨嵋山道士姓陳，來遊京邑，善長嘯，能作雷鼓霹靂之引：初則發聲調暢，稍加散越，須臾，穹窿砰磕，雷鼓之音，忽復震駭，聲如霹靂。觀者莫不傾悚。

陳道士的長嘯應該是道門正統嘯法，其氣功之精深乃久經修練，始能產生觀者傾悚的雷鼓之音。唐朝文士豔羨道士之能嘯，所以小說中作意好奇，也縷述有關嘯的逸聞，廣記卷八三引牛僧孺玄怪錄的張佐條，說開元中，張佐遇一老父，因請其飲白酒而結緣。老父自述其生平及奇術中，就有「長嘯獨飲」，忽覺耳中兜玄國的二童子出而訪之，童子强調「向聞長嘯月下，韻甚清激，私心奉慕，願接清論。」這是牛僧孺巧妙運用嘯法的傳說，作意好奇，虛構一耳中世界的小說。從嘯法之作爲小說中推動情節的要件，可證一般文士多是耳聞其事，私心奉慕，而實際嫻習者已不多，故易於將其神秘化、傳奇化。

惟嘯法在唐代社會中，仍有其技藝性格的存在；就是不將其作爲精深的練氣之法，而成爲一種與氣有關的技藝，其中一種就是嘯歌傳統，爲聲樂技藝的範圍。此類故事有袁郊甘澤謠所載韋騶，「明五音，善長嘯，自稱逸群公子。」屬於嘯歌能手，因其弟溺死於洞庭湖，要焚湖神廟，湖神許還屍於岸，並酬以至音，「金石羽籥，鏗鏘振作」（亦載於廣記三一一）可證嘯爲與音樂相關的技術。前述王維的「彈琴復長嘯」，在華林修竹中，琴韻嘯聲，韻致清幽，確也可證文士既是嫻習道法，自有機會將嘯法與音樂技術結合，成爲詩中帶有神秘色彩的嘯歌意象。

大抵唐世嘯法已不流行，孫廣深致其慨，以爲嵇、阮流風遺韻不復得聞，因此慕古文士也以不聞阮氏逸韻爲憾，白孔六帖載李翺事最能表現此種心情：

> 李翺守盧江，有重囚當刑，引慮之，乃哀鳴曰：「某有薄伎，願於貴人前試之，乃長嘯也。」乃命釋械，俄而，清聲上徹雲漢。公曰：「不謂蘇門之風出於赭衣之下，可與孫、阮同躅乎？」卽赦其罪。

文士將嘯與蘇門傳說結合，成爲嘯的典型，則所欣羡者在其風流遺韻，而李翺生於蘇門之風日遠的中唐之世，雖則其人爲當刑的重囚也願赦罪，可證孫廣確是懼其或失，因而立志整理嘯旨。

唐代詩人仰慕嘯法，也如六朝，像北周庾信奉和趙王隱士，「阮籍唯長嘯，嵇康訝一弦。」將嵇阮之嘯作爲隱逸象徵效果者，像孟浩然「題終南翠微寺空上人房」所說的「風泉有淸音，何必蘇門嘯。」與左思同一意趣，只作爲隱逸的象徵。而在題贈道士詩中，常見的煉丹，如

「何時還清溪，從爾鍊丹液。」（山中逢道士雲公）因爲唐朝道士鍊丹風氣最盛之故。王維也鍊藥服食，所作詩中的「嘯」之意象較具眞實性，不管是深林幽篁中的長嘯、或是高山深谿裏的長嘯，都深具道教煉養的神秘性。但唐代詩人中最能表現嘯趣，又使用得最頻繁的仍首推道教徒李白。

李白詩中使用嘯字，謝文孫統計說達三十三篇之多，又將其用法分爲四類：眞實的人體發音的嘯、山林隱逸的嘯、表抱負天下的嘯，以及動物的猿嘯，虎嘯等㉓，其中最能表現道教嘯法的情趣的自以第二類爲主，另外第三類中也有部份使用嘯的典故。李白一生，求仙學道，曾親赴岷山、嵩山、隨州及山東等道教聖地；又曾與道門中人來往：像東巖子、元丹丘、元演、紫陽先生、蓋寰、高尊師、參寥子等；而在實際修爲中，又拜過尊師，受過道籙，學作道士。這些經歷使李白詩中出現的道教意象特別豐富而生動，除了當時盛行的鍊丹術外，道門的吐納之法，也常成爲其嚮往神仙世界的象徵。「嘯」就是其中一種修煉之術，李白練習過嘯，體會到適宜嘯法的時、地，因此只要情境相宜就會激發其長嘯的逸興。其中遊泰山詩可爲典型，泰山爲道門中的洞天福地，所以李白筆下的飛泉松聲、奇嶂石扇，襯托出仙境的氣氛，刺激其想像力：

登高望蓬瀛，想像金銀臺。天門一長嘯，萬里清風來。玉女四五人，飄飄下九垓。含笑引素手，遺我流霞杯。稽首再拜之，自愧非仙才。……（於泰山六首之一）

高山頭之嘯有類於巫猿猿嘯法，因嘯感應仙侶。這種「想像」的激發，合乎道教的傳說，將登道教名嶽由現實世界轉入幻想世界，「長嘯」一意象成爲轉捩之處，玉女以及流霞，成爲仙境中事物。另外一首「遊秋浦白苛陂」之嘯也富於神秘色彩，近於巫峽猿或深溪虎嘯法：

白笥夜長嘯，爽然溪谷寒。魚龍動陂水，處處生波瀾。……

溪谷夜嘯，選擇白笥陂，其情景爲月明溪谷，山水積雪，又有猿影，趁著「清興」正宜長嘯，這種嘯都大有意味。

李白自己習嘯，也深知嘯的傳說掌故，因此在與道友的交往贈答之詩中，自然對嘯的意象倍感親切，常取與仙道意象組合，形成題贈詩中的貼切之作。像李白詩集中出現多次的王山人，其中一首「贈別王山人歸布山」：

王子析道論，微言破秋豪。還歸布山隱，興入天雲高。爾去安可遲，瑤草恐衰歇。我心亦懷歸，屢夢松上月。傲然遂獨往，長嘯開巖扉。林壑久已蕪，石道生薔薇。願言弄笙鶴，歲晚來相依。

「長嘯」一意象，借用其神通力的神秘性作爲象徵，表示其隱居林壑，傲然遺世的氣慨。此嘯有修煉之意，也兼有傲態，正是道教之嘯的傳統。另一首「送韓準、裴政、孔巢父還山」，也出現類似的意象，韓準等爲李白早年共同修道之友，隱於徂徠山，號稱「竹溪六逸」，李白深知宦途無情，不足留戀，「所以青雲人，高臥在巖戶。」此三子就有志「坐磐石，漱清泉」

(成公綏，嘯賦)所以李白即圍繞嘯的意象說：「峻節凌結松，同衾臥磐石。時時漱寒泉，三子同二屣。」緊扣與嘯相關的背景，然後再突顯出「長嘯」：

時時或乘輿，往往雲無心。出山揖牧伯，長嘯輕衣簪。

將長嘯由修煉提昇爲一種隱士傲態。

嘯在魏晉時期早已與傲態、逸態結合，而後世詩歌也不必辨其爲眞實修煉之嘯，或只是一種簡傲，而融鑄爲「嘯傲」的形象。李白在第三類中所用諸葛亮的長嘯，是志氣的表現，而謝王之嘯則表示傲態。像述志的詩「我今携謝妓，長嘯絕人群；欲報東山客，開關掃白雲。」(憶東山)「玆前謝朝列，長嘯歸故園。」(聞丹丘子於北城山)及「安石泛溟渤，獨嘯長風還；逸韻動海上，高韻出人間。」(與南陵常贊府遊五松山)謝安之嘯本有道教養氣的修養，李白使用其攜妓嘯傲、傲歸東山、吟嘯呼風等意象時，却只作爲典故，象徵其名士風流的狂放風釆而已。又如使用王羲之、徽之故事，也只歌詠其名士風流的行徑，所謂「好鵝尋道士，愛竹嘯名園。」(水亭)將子猷雅事比附王姓友人。李白作爲傲態、逸態的長嘯，固然不能全自嘯旨所論嘯法加以解釋，但典故、或陳腐意象之使用，貴在將舊有的因襲的意象活用，使之置於上下文意中產生新意，而不覺其陳爛，就需要作家的創作天份。李白連用三十餘次嘯，却能不斷迭出新意，而且變化無窮，講究詩中整體情境的一致，而非只因襲。譬如「拂拭倚天劍，西登岳陽樓。長嘯萬里風，掃清胸中憂。誰念劉越石，化爲繞指柔。」(留別賈舍人至)以劉琨典故寫抒發懷抱之情、「送君登黃山，長嘯倚天梯。」(登黃山凌歊臺送族弟)「壯士心飛揚，落日空嘆息。長嘯出原野，凜然寒風生。」（酬崔五郎中）或如「長嘯倚孤劍，目極心悠悠。歲晏歸去來，富貴安可求。」（贈崔郎中宗之）這些都屬於送別、贈別之作，需要貼切表達所贈送者的心情，李白所交往的也多豪邁不羈，且多不如意者，贈人慰人也兼自慰。因此，同一「長嘯」就因情境不同而表現出不同的情緒，但作爲一種傲態、逸態及抒發懷抱則一。㉔

王維、李白等慕道文士，本身既曾修習道法。又擅於運用嘯的意象作爲詩的象徵，此一文學表現的手法，因應唐世時有所聞的嘯客行徑，也不斷地出現於詩中。大抵有唐詩人常與方外人士交往，道士隱者的高隱，對於不得意於仕途的文士，常是其心中欣羨的對象，這是唐代士人的風尚。加以當時佛、道兩教盛行，出家爲僧、爲道者也感染時代風尚，與詩人相與唱和往來，賈島（七七九—八四三）早歲爲僧，名無本；後來與韓愈等相識，還俗，喜作詩。所作有「「阮籍嘯臺」，寫遊嘯臺，有懷「如聞長嘯春風裏」的舊蹤迹。所交遊中有一呂逸人，集中所知此一逸人善嘯，故有詩「夜期嘯客呂逸人不至」—一作夜期呂逸人不至、夜期嘯客不至：

> 逸人期宿石牀中，遣我開扉對晚空。不知何處嘯秋月，閑著（一作閉、一作却）松門一夜風。

詩題特別點明其人爲「嘯客」，詩中又以「不知何處嘯秋月」，寫其不至之因，都可知嘯與逸人具有不可分的關係，而且值得特予點出。同一情形也見於僧齊己的「寄南岳白蓮道士能于長嘯」，表明道士爲能于長嘯者，可見其特長之所在：

猿揉休啼月皎皎，蟋蟀不吟山悄悄。大耳仙人滿頷鬚，醉倚長松一聲嘯。（全唐詩卷八四七）

唐朝社會雖有三教論辯，但僧侶、道士則常相往來；齊己爲詩僧，除與詩人唱和，也與道士交往，特別以「醉倚長松一聲嘯」，點明詩題的「能于長嘯」，正表示當時人已覺得道士之中並非人人能于長嘯，因此强調嘯的特殊情境：在月下、在松下，極靜的時空—蟋蟀不吟、山中悄悄，始能對照出嘯聲的悠長。這是唐詩人想像中的嘯的情境，都與逸人、道士有關，嘯的道教化色彩至此已大致定型。

由於嘯的神異色彩隨著能者漸稀，也倍增其特殊性，成爲與隱士、高人有所關連的意象、動作。全唐詩卷七八四引錄葆光錄，云婺州有僧入山，見「一人古貌，巾褐，騎牛，手執鞭，光鑠日色，扣角而歌」，完全是神異人物的形象，僧揖之而不應。其所歌正是仙意濃厚的仙歌，暗示其人爲仙界中人：

靜居青嶂裏，高嘯紫煙中。塵世連仙界，瓊田前路通。

將高嘯作爲神仙中人的行徑，配合相關的意象群：青嶂、紫煙、仙界、瓊田，就造成神仙世界的情調。類此嘯與道士的關係，成爲常見的聯想方向，公孫杲有「五言贈諸法師」就在仙道意象中排比出修眞之士的生活：

駕鶴排朱霧，乘鸞入紫煙。凌晨味潭菊，薄暮玩峯蓮。玉葉低梁下，金颸引窗前。嘯傲雲霞際，留情鱗羽年。（全唐詩卷八八七）

以嘯傲雲霞爲仙眞逍遙的樂趣，爲道書中常見的寫法，也是唐人印象中的神仙行徑。一旦成爲詩中的典故，嘯就已在詩歌文學中定型。或如廣記載唐憲宗時，海上仙境中的仙人「吟嘯自若」（卷四十七）；趙知微以術帶諸生一遊仙境，有清嘯者、步虛者、鼓琴者（廣記八五引三水小牘），均爲唐人小說中仙道化的嘯的印象。

(一) 招魂禁術的嘯法傳說

孫廣嘯旨序强調嘯能感鬼神，致不死；又云出其嘯善，萬靈受職，自是指嘯所具有的招致異物的感應能力。其中與原始巫術中的招魂之法一脈相承，中經術士的方術化、道士的法術化，成爲更爲精緻的招魂術。道書中對於招魂一法，大體都秉道門口傳心授的秘傳原則，不詳載細節，因而傳說中但述說其然，而未能明其所以然。尤其唐人小說中所述的，大多神化其事，具有離奇而可觀的驚咤效果。嘯法在招魂術中，爲招致神鬼的方法，所扮演的角色極值得重視，可謂爲古巫的遺法、術士的奇術。

牛僧孺撰成於貞元至元和年間的玄怪錄，有齊推女篇，敍述元和中，饒州刺史齊推女，適隴西李某，方娠，在州宅爲漢吳芮的鬼魂敺死，後其夫見女魂，告以往訪田先生，此人爲「九華洞中仙官」，隱爲村兒教授，經苦求之後，爲其作法；北出，「止於桑林，長嘯，倏忽見一大府署，殿宇環合，儀衞森然」，而田先生已爲衣紫帔，據案傳呼地界諸神者，最後將吳芮執送天曹，並以續絃膠膠合數女，賦予魂體，終得復活。此種嘯法爲仙官的法術，一嘯而敕聚諸神及惡鬼，所以杜光庭收於「仙傳拾遺」，題名田先生，作爲張皇道教神蹟之用。㉕這是道教法術的嘯法。

唐僖宗乾符年間人陳翰撰異聞集，中有白皎事，敍述樊宗仁客遊途中，得罪舟子王升，因而其舟爲其「所禁」，失事沈沒。後得山獠之助，言「南山白皎者，法術通神，可以延之，遣召行禁」，請出白皎，其人「黃冠野服，杖策躡履，姿狀山野，禽獸爲祖」；其術，則「規地爲壇，仍列刀水」，引氣呼叫，召王升，「發聲清長，激響遼絕，達曙無至者」；又別建壇墠，暮夜而再召之，「長呼之聲，又若昨夕」，終於招致王升之魂，罰以血痢，果死。陳翰此篇，未見他書揭載，不知其本源爲何？疑是自記所聞。㉖所記的白皎，穿戴是黃冠，又能築壇行禁，具有道士化性格。類此以禁制禁，爲道法高下的鬥法傳說，其中召魂行法的一段描述，爲禁法，也是嘯法，均與道教法術中的攝召之法同一性質，顯然當時民間，尤其在行船艱險的蜀峽，旅人危困，故流行巫術，至今長江流域仍流行其術，均反映行船者借巫術以保平安的心理。

最典型的嘯法召魂，見於唐至五代間編成的「靈異記」——廣記卷二八三錄許至雍一則，言許至雍妻亡故，八月十五日夜撫琴翫月，忽聞吁嗟聲，乃是亡妻，告以往訪趙十四，乃是蘇州男巫，「能善致人之魂」，因請其召魂，於是擇良日，灑掃焚香，結壇場，致酒脯，「呼嘯舞拜，彈胡琴」，果招得亡妻之魂至，相與對談，最後許生求一物爲記，乃以汗衫予之，妻取而蔽面大哭。旣去，取視汗衫，淚痕皆血。這篇趙巫的法術，正是以呼嘯招致亡人之魂，趙生又曰「某之所致者生魂」，可見所常招的是生魂，類此招魂之法，原承楚辭所云招魂之術，而長久流傳於民間，至今猶有術士、道士的關亡、關落陰之法，爲古來巫師的遺技。

道士善嘯，乃因其具有特殊的靈力，能敕令異物，廣記卷三三引南唐沈汾「續仙傳」，載馬自然治道術，這種法術近於禁術，故能「指溪水令逆流食頃，指柳樹令隨溪水來去，指橋令斷復續」，又善幻術，「以瓷器盛土種瓜，須臾引蔓，生花結實」；又善符術，「書一符令，帖於南壁下，以筯擊盤長嘯，鼠成群而來，走就符下俯伏」經訓示後群鼠作隊出城門去。這是與晉趙侯相類的命鼠之法，作法者都能兼擅禁術、嘯法，同屬修練氣的法門，類此道士役使異物之法，仙傳中多有記載。

廣記卷三一四又引南唐徐鉉「稽神錄」，記江南內臣朱廷禹的海上見聞及江行所見，其中後者與嘯法有關：乃自江西如廣陵的水路，諸親攜一十歲兒，忽「爲人召去」教以嘯法，「乃吹指長嘯，有山禽數十百隻，應聲而至，毛彩怪異，人莫能識。自禹東下，時時吹嘯，衆禽必至。」最後博訪醫巫，乃逐漸痊癒。這段文字一再强調爲人所召，乃學嘯法，可見是兼有召人生魂，並嘯聚禽鳥的兩種情節；而巫法所中，也有賴於醫巫的治癒。

大抵言之，嘯法因其淵源於古巫的招魂、方士的禁術，因而道教在發展過程中，從六朝至唐均不斷在與巫祝的相互依存關係中，逐漸精緻化其奇特的法術行爲，嘯法是兼有養生練氣及呼噓感應的特長，故爲道法中的一大特技。教團道教的形成，並無妨於民間巫術的繼續流傳，且常有道教反饋的現象，借以提昇其法術的形式，嘯法召魂卽爲其中的顯例。

㈢ 唐以後的嘯法傳說

唐朝之後嘯的流傳漸不受注意，但既是道門的法術就不會失傳，且也不限於道門中人始能習嘯。宋釋文瑩「玉壺野史」卷一有段記載，說宋太祖凱旋，幸龍興觀，道士蘇澄隱，年九十，霜簡星冠以迎，太祖問以所學何術？道士卽答得「長嘯引和之法」，因而試其嘯聲，果然其聲清，入於杳冥，移時不絕。太祖因賜以「頤素先生」之號。這是宋初時事，嘯法作為養生之法，而能壽至九十，可證道門傳續其道法，並未中絕。其實道士以嘯練氣，只是氣功應用的方法之一，本就秘傳於道門之內，並非失傳的道藝。類似的嘯法未見載記，或今已佚的必多。除道士之外，禪門也有精於此技的。

釋門中人偶而運用嘯法作為梵唱，雖較少見，但宋高僧傳雜科聲德篇載南宋錢塘靈隱寺智一就擅長此種聲技：

> 釋智一者，居靈隱寺之半峯，精守戒範，而善長嘯，嘯終乃牽曳其聲，杳入雲際，如吹笳葉、若揭遊絲，徐擧徐揚，載哀載咽，颼颼淒切，聽者悲涼，謂之哀松之梵。頗生物善，或在像前讚詠流靡。於靈山澗邊養一白猿，有時蓦山踰澗久而不還，一乃吮吻張喉作梵呼之，則猿至矣。時人謂之曰：猿梵。

稱為哀松之梵、猿梵，因智一為釋門中人，在嘯法中加入梵詠的成分，所以在像前讚詠。這種長嘯與戒範的精守不相違背，剛好與慧遠示戒者不同，應該是時代不同之故。

宋人的記載並不多見，但唐及其前代的嘯法傳統流傳已廣，因而附麗於上的傳說，助長其流傳，而影響及詩歌的，已由眞實的嘯發展成為重要的象徵，也就是非實指修煉氣功的行為，而只是象徵寓意而已，這種例子不勝枚擧，像韓愈的「遞嘯取遙風，微微近秋朔。」（納涼聯句）蘇轍的「蕭然倚檻嘯，遺響入雲霄。」蘇軾的「劃然長嘯，山唱谷應，風起水雲」，乃至據傳爲岳飛所作滿江紅的名句「擡望眼，仰天長嘯，壯懷激烈。」都是嘯在文學中的流風遺響，其聲籟清遠，流傳千古，也算是道教藝術對中國文學的一大貢獻。

明清時期嘯僅偶而見於文人筆記中，作爲風雅的勝事，澤田瑞穗氏曾引唐伯虎集卷下、王士禎池北偶談卷十三，張潮虞初新志卷十一及王韜瀛壖雜志卷四等數事，說明嘯的傳承漸稀，也倍受文士的欣慕，故載諸集中。

七、結語

總上所述，嘯之傳說確實與道教有密切關係，六朝道教的興起，其部份理論本就以老莊道家（the philosophical Taoism）的哲學爲基礎，諸如坐忘、心齋等養神之法，但作爲一種「宗教的道教」（the religious Taoism），也自有其一套進步的養形之法，「嘯」就是其中一種與煉氣有關的氣功。從漢朝末葉的趙炳、劉根等表現出「嘯」是一種法術，可以治病、可以通神，其傳說的背景應具有某種實際實行的神秘養生之法。但孫廣只錄劉公命鬼之嘯法而不及趙炳。葛洪抱朴子是較早論及氣的理論的，但並未特別强調嘯的重要性，只在神仙傳中視爲一種神通力的表現。嘯既屬於內在之氣的修煉，因此至於六朝各自發展的道派中，自以南方講究精緻的修煉的上清經系較爲重視，像漢武內傳、洞仙傳等仙傳，都記載過嘯法，且與修明鏡之道的內修法相連，正符合其上清經系的特色，這是嘯的傳說在早期道派中的發展情況。入唐以後，南北道派統一，而茅山道士頗受帝室尊崇，但像陳道士善嘯之例，就不易嚴格界定屬於何道派，應屬於一般道門所傳。孫廣只說出於道書，而未言何類道籍，不然就可依此探討嘯法與道派的關係。

依文獻所載，善嘯文士以魏晉爲最多最爲內行，歸納其特色，幾乎都出現在奉道世家之中：像琅邪王氏、陳郡謝氏以及譙國龍亢桓氏、陳郡長平殷氏，所佔比例最高，此一情形絕非巧合，而是奉道文士學自道士，作爲一種養生方法，不然，其他以嘯著稱之例，爲何比例極少，其中緣由，實應自奉道或與道士有親密關係一點加以解釋。魏晉名士之奉道者，其思想在儒、道之間，實近於道家。因此，其崇尙自然、嗜好隱逸；乃至行爲有悖禮教等倫理大秩也是必然的。嘯本就是與「言」、「歌」相異的表達方式；言、歌爲心意、感情的約定俗成的表達方式，受社會契約關係的約束、節制，而嘯則具有反言、反歌的不守約制性格。在儒、道的合同離異關係，近於道家一路，也近於神仙道教一路。因此名士風流的選擇「嘯」的特殊表達方式，就易於把「嘯」的行爲列入任誕、簡傲一類；而六朝隱風的盛行，「嘯傲林藪」也成爲隱逸傳的一個典型。所以嘯成爲傲態、逸態的象徵，這種轉變之迹確是時代風尙的反映。

嘯既爲一種氣功，其形式近於黃冠者流的符咒秘字，而佛教中人的梵唱也可參入長嘯之法中，同屬一種宗教性的誦詠，正因爲誦詠之聲卽爲宗教儀式的音樂，或吐氣納息的發音形式，因此文士之善於音律者也易於揣摩其奧妙。嘯賦以至嘯旨都不免使用五音的調性解說各種嘯法的性質，乃因爲同屬一種口腔發聲的人體之聲，不同於樂器之聲。因此，趙憇之、謝文孫從音理、音樂加以解說，自可清楚瞭解嘯的激氣、吹氣的方法，這是近代科學式的解說。但嘯本身所具的道教煉氣的基本性格，及由此產生的醫療性、神異性，也不能棄而不論，而作單方面的强調。也許中國式的發聲之法，像平劇中的名角也在吐氣的方法中鍛鍊其唱腔。因此，如能從中國式戲劇的發聲法加以解說，必定更能親切體會嘯法的調息要領，以及唇齒、舌端等的部位安排，有其巧妙的作用。

謝文孫從歌嘯與西洋歌劇的比較，提出發聲者的體型及站立姿態等歌劇演唱方式的說明。但依據六朝至唐的文獻，舒嘯者採用立嘯者固然不少，像扳松而嘯的偺測；但採用坐嘯者也不少，像謝安穩坐船上的吟嘯，以及一些卽席坐嘯之例。大抵而言，常出現嘯的場所，多以高處能望遠爲上，所以高山峻嶺或城牆高樓之類，或者視野寬闊之處，如原野、平潭之類。至於坐席之上，乘船之際，隨時隨地皆可呼嘯。只在練習特殊嘯法時才需選擇時節、場所，而姿勢也自由採取，登上東皐可以舒嘯，獨坐幽篁也可以長嘯，因爲練習氣功者本來就可採坐式立式。因此嘯固以立嘯爲便，而坐嘯也不必就是故意採取與「立」相異的姿態。至於嘯者身材，固然可從唱歌劇者聯想其腰圍壯碩，但顧愷之所畫行嘯的嵇康，其容卻甚悴，其餘嘯者或壯碩或修長，也隨人而異，究竟，練氣之士以內在之氣爲主，古仙多癯，仙風道骨的形象反以清瘦者爲常見。

嘯的傳說，從六朝起，成爲道士、文士的特殊養生方法，也作爲名士風流的象徵表現。因此嵇阮的率性與玄趣、王謝的簡傲與逸態，均一一成爲文士行爲的典型之一，也成爲詩歌文學中的重要意象。孫、阮以下，嘯聲漸歇，孫廣嘯旨只是一種嚮往的表現，但這種道教藝術之影響於文士行爲及文學表現，證明有其所佔的重要地位。

附註

❶ 商務印書館「叢書集成」初編第一六八〇種。

❷ 藝文書局「百部叢書」只收顧氏文房本，但將夷門本校附於書後，其異文可幫助顧氏本文意不通之處。

❸ 顧氏本嘯旨後有正德庚辰（一五二〇）都穆跋，云：「嘯旨不著作者氏名，觀其命辭，殆似出於唐人而今不可考矣。」又有唐寅、嘯旨後序亦云：「館閣曁鄭、馬諸書目不著所撰人名氏。」乃朱子儋所有，相與校勘刊行。

❹ 趙憩之卽趙蔭棠，「嘯歌之興替與音理的解釋」，民國廿六年所寫，曾發表於中央日報文史副刊，後收於「等韻源流」作爲附錄（文史哲臺版，民國六十三年三月）。

❺ 饒宗頤「敦煌本文選斠證」刊於「新亞學報」三卷三期（香港、新亞書院、一九五八年）。

❻ 莊申「王維的道家思想與生活」，收於「王維研究」上。

❼ 謝文孫以江南書生之名發表「仰天長嘯——中國音樂上的嘯」（民國六十七年三月三十一日及四月一日，中國時報第八版）、「嘯傲山林——中國文學的嘯」（民國六十七年四月十六—十九日，中國時報第八版）。

❽ 拙撰「魏晉南北朝文士與道教之關係」（政大中文所博士論文，民國六十七年六月）。

❾ 澤田瑞穗，「嘯的源流」，刊於「東方宗教」四十四號（日本、道教學會、一九七四、十）頁一——一三。此一獨立的研究與前引諸研究應無相互參閱之處。筆者於民國七十一年撰述有關嘯的論文時，亦無緣參考，今趁增補出版之際附注於此，以表對前輩學者注意及此一論題的敬意。

❿ 朱熹，詩經集傳上。姚際恒，詩經通論上；王先謙，詩三家義疏上。

⓫ 趙憩之前引文。

⓬ 譯田瑞穗前引文，頁八。

⓭ 此條資料未爲類書所引。

⑭ 澤田瑞穗前引文，頁一〇—十一。

⑮ 宮川尚志，「三國時代の道教史拾遺三則」，原刊於「福井康順頌壽紀念論文集」（一九七五），後收於「中國宗教史研究」（東京，同朋舍，一九八三）頁一三一—一四八。

⑯ 陳國符，「道藏源流考」（臺北，古亭書屋，民國六十四年）頁六—六一。

⑰ 王以繡，「王謝世家之興衰」比較二支，而提出疑問。

⑱ 同注八前引論文，此一部分論六朝文士的奉道，不另加注。

⑲ 林麗眞「魏晉清談主題之研究」在經史子集的分類中就未收此題，當即因論辯者較不熱烈之故（臺大中文所博士論文，民國六十七年六月）。

⑳ J. G. Frazer. *The Golden Bough*（N. Y. 1960）

㉑ 莊申前引文（下引莊文均同，不另加注）。

㉒ 參拙撰，「嵇康養生思想之研究」，刊於「靜宜學報」第二期（臺中，靜宜學院，民國六十八年六月）。

㉓ 參謝文孫前引「嘯傲山林」。

㉔ 李白與道教之關係，參張芝「道教徒的詩人李白及其痛苦」（臺北，長安臺一版，民國六十四年五月），謝文孫「劍俠李白」一卷之三（臺北，時報文化，民國六十七年十二月）。

㉕ 王夢鷗先生，「唐人小說研究」四集（臺北，藝文，民國六十七年）頁一〇。

㉖ 王夢鷗先生，「唐人小說研究」二集（臺北，藝文，民國六十二年）頁三三—三四。

㉗ 高僧傳三集卷二十九、雜科聲德第十之一。白孔六帖卷六二、天中記卷四三嘯類都引此條，而不全引至與梵有關部分。

第六章・・唐人創業小說與道教圖讖傳說

——以神告錄，虬髯客傳爲中心的考察

唐人小說中關於李唐帝王創業的一類，是最能具體表現唐代社會對於隋唐之際起義英雄的傳奇性說話。其敍述方式固可說是歷朝開國帝王創業神話的翻版，但却增多一層道教圖讖思想的色彩，與原本樸素的創業君王的王命之說稍有異趣。此一現象實與道教史的發展有密切的關係。

道教初起，卽充分吸收運用漢朝的圖緯之學，又雜糅外來的印度佛教的新說，綜合條貫爲一種道教化的政治性預言，魏晉南北朝紛擾的亂世更賦予此類詭秘之說具有一層現實意義。從宗教與革命的關係史論之，道教在中古時期扮演一種奇特的角色，其圖讖性政治號召作爲反亂（或革命）的口號，確能發揮其微妙的作用。從東晉前後開始，就已流傳一種李氏當王的圖讖，成爲當時起兵爭奪政權者的政治預言，有關的事跡見於史傳記載；至於隋末天下紛擾，群雄紛起，其中李姓的李密、李淵等集團均參與角逐王位之列，諸李亦均巧妙運用「李氏當應圖籙」的口號，最後李淵父子終能開國創業。關於隋唐間的紛爭史實，近代史家早已從不同角度加以析論，其中自然會牽涉及利用圖讖一問題。

有關諸李運用李氏當王的圖讖傳說，自是圖讖之學流傳到六朝隋唐，與道教興起之後所具有的政治、宗教性格結合，成爲一種特異的革命預言，作爲革命實踐的合理化的解釋。由於圖讖傳說所特具的詭秘性，因而以隱秘的方式流傳於中古社會，唐人創業小說就是圖讖傳說流行

之際的產物，顯示一些有心的作者利用當時神秘的時代思想背景，利用符命的政治宗教傳統，創作出別具意義的政治性小說。由於圖讖與革命的詭秘關係，類似的事跡都僅殘存於史冊，或六朝至唐人盛傳的筆記小說中，數量並不算多。其所以如此，自與歷代帝王的禁制有關。由於禁制之故，其間改造、運用之迹不甚彰顯。因此本文將從道教與圖讖的關係，多取用道藏中的史料說明類此圖讖形成的來龍去脈，兼及唐代士庶對於符命說的看法，借以瞭解創業小說的隱微的意義。

一、六朝的李弘圖讖傳說

隋朝末季，由於煬帝昏暴，屢起征伐，大興徭役，因而亂事紛起，群雄割據，其反叛集團達一、二百之多，勢力較強者約有四十六集團。❶其中以李姓爲首領，並曾利用「李氏當應圖籙」爲政治號召，凡有李密、李淵、李軌等，爲反叛集團中巧妙運用圖讖，號召起義的一種典型。關於諸李與「李氏當爲天子」的政治性預言，爲隋唐之際宗教與革命關係史的史實，因而治史者多注意及新、舊唐書與大唐創業起居注等史料，說明諸李逐鹿中原，爲朝代嬗變之際的常見現象。惟其中運用謠讖一點，由於史料都只敘述其然，而未言其所以然。因而其隱微之意多有值得繼續深入剖析之處。

李氏當受命爲王之說，早在李密、李淵起事之前既已流傳，所以諸李只是運用、改造者，而非始創其說的。關於此事，據舊唐書卷三十七五行志所載：

（隋末有謠云：「桃李子，紅水繞楊山。」煬帝疑李氏有受命之符，故誅李金才。後李密據洛口倉以應其讖。）隋煬帝盡殺李金才家族事，在大業十一年（六一五）。通鑑隋紀六煬皇帝載隋文帝夢「洪水沒都城，意惡之，故遷都大興」；至煬帝時「會有方士安伽陀，言李氏當爲天子，勸帝盡誅海內凡李姓者。渾（嗣李穆之位）從子將作監敏，小名洪兒，帝疑其名應讖，常面告之，冀其引決。敏大懼，數與渾及善衡屏人私語。（宇文）述譖之於帝。」結果煬帝「殺渾、敏、善衡及宗族三十二人。」此一椿疑案與「洪水」（或紅水）、「桃李子」（李氏）等讖言有關。將這一件事的構成要素分析，可以推知隋煬帝之前，旣已流傳李氏有受命之符；而且其名號與「洪」有關。「李洪」的讖記正是沿用六朝末期的李洪傳說，而其形成則可溯源於「李弘」。因此有關「李弘」圖讖傳說的形成與沿用，正是解說此一歷史疑案的關鍵。而讖緯的形成與沿用，在中國學術思想中正有其一慣的通例，就是革命的預言、政治的預言，以咒術的神秘的方式被製造出來，強調其權威性、絕對性，因而在流傳過程中常被巧妙地沿用，成爲極爲奇特的讖言懸記。「眞君李弘」一讖言，就是形成於東晉前後，流傳於南北朝，因而有機會爲隋末諸李所沿用，是道敎圖讖傳說影響及中國政治、社會的具體例證；也是中國政治的特質之一，強調創業帝王受命的徵驗，爲時代變革的原動力。因而値得深入探討其來源，及其錯綜複雜的關係。

㈠六朝史傳中的李弘圖讖

六朝時期有關李氏應讖當王的圖讖傳說，就是道敎信仰形成之後的眞君李弘傳說，與金闕後聖李帝君信仰，同屬老子神化以後的老子信仰。作爲道敎敎主的老君，當此紛擾不安的亂世，被塑造爲救世主的形象，成爲革命預言中解救世厄，締造太平盛世的眞君。因而有關眞君李弘的讖言懸記，成爲對旣成政權的反抗者的革命口號，在六朝史傳中都被冠以「妖賊」之稱—稱妖者就是因爲起事者利用圖讖等預言形式，「妖言惑衆」，引發亂事。六朝社會佛道並盛，部分佛教徒也曾運用佛經中的宗教思想，改造爲反抗政權的政治口號；但基於較爲濃厚的本土性，道教更易轉化兩漢以來的災異、圖讖之說，成爲最具號召力的革命的預言。對於民間社會具有深遠的影響力；也引發道教中人的靈感，企圖篡奪眞君李弘的革命的草根性，改造爲現世帝王的太平盛主的形象。所以眞君李弘是錯綜複雜的宗教—政治的理念，值得治史者多加注意。

有關李弘反亂的事件，爲中國典型的革命類型，其原始型態多成於社會中下層的農民之手，而後再轉入於御用的道士或角逐政權的士族手中。最早揭擧其秘的，首推湯用彤於一九六一年所作的「妖賊李弘」札記；其後啓發了方詩銘、王明及唐長孺等的繼續闡述。❷而日本砂山稔氏應是獨立地搜證史實，在一九七一年以後連續撰文，析論李弘反亂的史實。❸綜計從東晉到南北朝末，見於正史記載的凡有九件；而隋朝則有一件。換言之，在隋唐之際諸李沿用李弘傳說，至少有十證，敍述反亂者借用「李弘」的名義，作爲革命的預言。可證李弘圖讖信仰絕非孤立的反亂事件，且其見諸正史的僅爲犖犖大者，實際數目絕不止此數。

李弘事件，層出不窮，所以北魏寇謙之以淸整道教自任，對於舊天師道的教法加以改革，對於民間運用老君信仰的作法更是嚴加批評，認爲「世間詐僞，攻錯經道，惑亂愚民。」因而依託老君而造構「老君音誦誡經」，自稱於神瑞二年（四一五）得老君賜書，始光初（四二四）呈獻北魏太武帝。經中一再假託神靈老君之口，強烈指摘借用「李弘」聖號反亂的逆亂之首：

天下縱橫，返逆者衆，稱名李弘，歲歲有之。其中精感鬼神，白日人見，惑亂萬民，稱鬼神話，愚民信之。誑詐萬端，稱官設號，蟻聚萬民，壞亂土地，稱劉擧者甚多，稱李弘者亦復不少。吾大嗔怒，念此惡人以我作辭者，乃爾多乎？愚人誑詐無端，人人欲作不臣，聚集逋逃罪逆之人，及以奴僕隸鬼之間，詐稱李弘，我身寧可入此下俗臭肉奴狗魍魎之中！❹

這段珍貴的史料，說明當時反亂者，「但言老君當治，李弘應出」，老君轉生爲李弘，應刼而出治理天下，類此借用天師道的聖主老君之事，既是「歲歲有之」，雖有些夸大其事，但想亦不在少數。寇謙之在嵩山苦修，頗思清整舊教，故以正統自居，將衆返逆者視爲異端，道言中老君口吻的嚴厲、憤懣，正是寇謙之意識深處的憤怒與不滿。這種強烈的斥責口氣，已遠遠超越宗教流派的正統、異端之爭，而表現爲政治態度上的正統與異端之對立。從史傳所實錄的妖賊李弘，到寇謙之所上的太平眞君的北魏帝號，顯示李弘傳說的變質與改造。寇謙之以後，作爲亂世人民的革命口號，仍在農民間流傳，直至李淵等士族之手，又再度變質，且獲得政治的成果。

李弘反亂的事件見於史傳的，以晉書周札傳爲最早，也就是東晉初。但梁劉勰在「滅惑論」中則提出漢末說──「張角、李弘，毒流漢季」，因而史家勾稽史料，想一探漢末李弘諸事蹟，法人Anna Seidel、日本宮川尚志氏曾引述常璩華陽國志卷十、三國志集解卷三十八補注，說明蜀漢地區的李弘，與「李洪之祠」的祠廟信仰，與眞君李弘的複雜關係。❺一九七九年方詩銘引述華陽國志卷十二治中從事李弘，及皇甫謐高士傳卷中所載蜀人李弘的生平事跡，認爲李弘爲西漢人；唐長孺則以爲蜀人李仲元的李弘，並非史稱妖賊的李弘。作爲道德君子的李弘，確與反抗政權的李弘有所不同；史家筆下的妖賊，應與宗教、與圖讖有所關聯。但前引資料多集中於蜀漢地區，東漢末的蜀漢，恰是天師道傳教的地區，李姓的老君則爲天師道所依託崇奉的教主，「李弘」爲當時道教傳說中老子轉生的聖號之一，對於眞君李弘具有啓發作用。與此相互激盪的還有「李家道」信仰，由蜀中而流傳於孫吳時期的江東地區，東晉初葛洪在抱朴子內篇及神仙傳中，一再敍及李八百傳說：八百的聖號正具體顯示其永年、高壽，爲道教不死的符號；而且李姓的強烈暗示，均與神化後的老君傳說，有微妙的聯想。故當時李家道的傳道者李阿、李寬之流，常借用李八百的傳奇性，透過宗教醫療的方式，深獲江東士庶的信仰。李家道的信仰確能在道教初期形成其聳動的聲勢，對於不同階層的社會具有深遠的影響力。❻劉勰在當時所得的資料，當有東晉以前妖賊李弘的諸種事跡，故有此一說法。

六朝時期的李弘反亂事件，其發生時間在東晉時凡有五件：一在元帝永昌六年（三二二）王敦舉兵之後，周札等義興陽羨周氏家族與李脫、李弘，「謀圖不軌」（晉書卷五八）、二爲東晉咸康八年（三四二）後趙石虎治下，貝丘（今屬山東）人因衆心之怨，連結姦黨（晉書卷一〇六）；三爲東晉永和年間（三四五—三五六）劉岵、胡驍討平荊州附近的「妖賊李弘」（晉書卷九十八）；四爲太和中—當海西公五年（三七〇）蜀盜李銀（一作根）廣漢妖賊李弘，「並聚衆爲寇」（晉書五十八）；五爲義熙年間（四〇七—四一七）後秦姚興治下，貳原（今屬陝西）妖賊李弘與氐族仇常謀反（晉書卷百十八）此五件反亂，爲當時較受注意的，反映出政治、社會的不安定：由於北方的士族南下，或大江南北的世家大族居於支配者的地位，因而士族間的利益衝突，以及中下階層（包括小農、貧農、奴隸）、蠻族與支配階層之間的衝突，導致各種反亂。類此事件，其分佈地域東起山東、西至四川、陝西、南到安徽，均有李弘圖讖傳說的流傳，其範圍可謂廣泛。

寇謙之對於類似的李弘反亂現象，深致不滿，因而造構眞君，呈獻太武帝，並建議改年號爲太平眞君，以應眞君的符命。將民間以讖記虛構的太平願望，轉化爲北魏帝王；將北魏統治者改造爲帶來太平的「眞君」，以符合眞君李弘的讖言，這是寇天師清整舊天師道之後，所要實現的道教爲國教的一大理想。從三張的政教合一的宗教王國到北魏帝權庇護下的教權輔佐政權，雖則其權力已經退縮，但對道教的穩固，借以對抗日益壯大的佛教，確有實質的益處。寇謙之將道教的眞君、種民的理想世界，與崔浩的儒家政治的理想構圖結合，希望在胡人統治下實現太平願望。因而眞君李弘就被改造、利用，只是北魏拓跋氏並未改姓更名爲「李弘」，這是與民間起事者不同之處，也是太武帝不徹底之處，這應與老君音誦誡經中老君不要「惡人以我作辭」的告誡有關。

寇謙之極力批駁假託李弘的反亂，其影響於北朝的，並非李弘圖讖傳說的完全戢止，而是改稱爲「李洪」，北魏書所錄的兩件，顯然是辟獻文帝諱：其一發生在始光年間（四二四—四二七）由於太武帝討伐北涼、北燕、西秦、後涼等，軍役大興，仇池城（今屬甘肅）李洪稱兵作亂（魏書卷五十一）；一在孝明帝孝昌、武泰年間（五二五—五二八）由於六鎭反亂，人民生活不安定，蠻師李洪於陽城（今屬河南）起逆，扇動諸部。（魏書卷四十四）在李弘傳說過程中，由李弘諱改爲李洪，是導致隋末有關「洪兒」、「洪水」等傳說的直接原因。可證圖讖傳說在民間社會，由於其所具的變通性格，常能適應不同的政局與世情。而且一旦諱改之後，竟可因而繼續譌傳，而由「洪」字輾轉聯想，一方面可因諧音，變成「李紅」；或由洪的字義聯想到洪水、紅水。水可浩浩懷山襄陵，成爲示警的徵兆。李淵就在「水」的類似點下工夫，因而造成受命的徵驗。

寇謙之的告誡，對於江南並無影響力，因而南朝的反亂事件中，仍繼續有借用「李弘」作號召的。因爲主流道派，如茅山的諸高道，只將老君轉生說，往宗教性格的李帝君發展，形成另一信仰特色，這也是道教與齊梁帝室結合的必然發展，加強其宗教性，而減弱其政治性。但民間社會則仍繼續流傳李弘當王之說，因而仍有假託李弘名號的情事，宋齊均有：一爲宋元嘉二九年至大明四年（四五二—四六八）司馬黑石推立夏侯方進爲王，「改姓李名弘以惑衆」（宋書七六王玄謨傳）；一在南齊永元二年（五〇〇）趙續伯反，「奉其鄉人李弘爲聖王」（南史十三、宋宗室及諸王傳）。梁陳二朝未見有何相關的記載，除了史料不盡實錄之外，頗疑以茅山爲主流的道派有計劃地造構道經，造成金闕後聖李帝君的宗教性格的信仰。（詳後）

從六朝史料顯示，稱兵作亂的事迹史不絕書，而其所以作爲政治號召的口號也頗爲多樣化，稱佛稱道，均有其例，因而妖僧、妖賊之例，都是借用宗教有關的謠讖，充分發揮兩漢以下讖緯的呪術性神秘；其次就是假借前朝的後裔，中衰之後當再受命，也多受倡正統說的歷史道德主義者的稱許。所以寇謙之所說的「稱劉擧者甚多」，就是依仿劉秀中興之例，詐稱劉漢之後；此外則詐稱晉後，而借用「司馬」之姓，作爲革命起義的政治號召。❼至於「詐稱李弘」，則是道教色彩的圖讖傳說的運用，凡利用此一名號的都具有其一致性，就是政治—宗教性格合一的革命預言。

史家敍述李弘反亂的事件，自依例稱其爲「妖賊」—妖字在當時意指妖言、妖術，其形式多採圖讖。道教所造出的圖讖，本意或僅運用讖言懸記虛構一將來的太平之世，作爲奉道者的期望。而一些對於政治統治者深懷不滿的，則可運用其呪術的神秘性與權威性，類此信奉天意，期待變天的思想，正統史家多以異端視之，斥之爲妖。六朝史傳中就是習用此一筆法，且均載明其事：建業李弘「養徒灊山（今安徽灊山），應讖當王」、貝丘李弘「自言姓名應讖，連結姦黨，署置百僚」、廣漢李弘「自稱聖王」；仇池李洪「自稱應王，天授玉璽，擅作符書，誑惑百姓」；至於夏侯方進的改姓名，自是爲了應讖；最奇特的爲趙續伯所奉爲聖主的李弘，竟是「乘佛輿，以五彩裹青石，誑百姓云：天與己王印，當王蜀」。

綜觀六朝發生的李弘反亂，其所以能聚集徒衆必有其原因？「應讖當王」厥爲主因，這一革命口號，自有其不可忽視的影響力：詭秘而有力。因而史筆中所批判的「妖術惑衆」、「誑惑百姓」、「扇動諸落」…其所以能一惑萬餘人，除了起事者激於時局的不安，善於「因衆心之怨」；還有其組織方式：「署人官位」、「署置百僚」等，配合其自稱聖王、聖道主、聖主，乃天授玉璽、天與玉印，儼然爲受命當王的救世主，這是東漢圖讖、符應說的翻版，而且是道教化的新版。凡此十件起事，其發生的地域應與圖讖流行的時、空及道教流傳的地域有關。

根據中村璋八氏統計漢碑中載有圖緯的數字：山東省最多，約有十七碑，其次四川省有十碑、河南省有七碑、河北省有四碑、陝西省有三碑、甘肅省有二碑，餘山西省、湖南省、江蘇省各一；至於後漢書列傳載有學習讖緯之說者：最多的是以南陽爲中心的河南；廣漢、四川爲中心的四川，均有二十四人；山東也有十一人，此三地域爲讖緯學者倍出之區；其次陝西十人、江蘇九人；河北、浙江各三人；其餘甘肅、湖北、江西、安徽各二人。比較兩者，緯書說的分佈大體一致。[8]東漢讖緯勃興，至於六朝仍極盛行，故也禁制特嚴，但其流行地域則大抵承續而下，一脈相承。其間道教流行的地域又刺激緯學，因而有道教化圖讖的出現，李弘圖讖卽爲其典型。反亂的地域以四川爲最多，凡兩件，餘山東、河南、陝西、甘肅、湖北及浙江各一件，類此事件發生的地域，一方面與漢碑、後漢書的緯書出現比例相一致，可證讖緯思想的流行，確具有其深厚的地區性傳統。同時道教興起之後，初期卽以四川的天師道區最爲盛行，其次江北，天師道之前，早有黃巾的太平道流行；黃巾滅後，至曹魏時，張魯降曹，道治隨之進入關中，傳教勢力也逐漸分佈於華北一帶，甘肅、陝西、河南、湖北及山東均可括入此一大範圍內。其中義興陽羡周氏所奉的李家道，也可說是源自四川。天師道崇奉老君，且老君信仰在東漢晚期神格化以後，本就盛行於華北地區，天師道只是在道德經聖經化、老子神格化的基礎上再進一步。眞君李弘轉生說、李弘應讖當王說，就是這種神秘思想的具體化、流言化。由此可知中國呪術性的神秘信仰的流傳，具有其強固的韌性與變化的能力。這就牽涉到道經與民間通俗思想相互影響的複雜關係，也是人類學上所說的大傳統與小傳統之間相互依存的錯綜複雜的關係。

史官在紀錄史實時，大多只據事直書，所以自稱應王、應讖當王、自言姓名應讖等敍述方式中，並未明白實錄其讖言的內容，這是否與帝王禁制之故，因而不欲顯言讖文的本來面目。至於爲何應讖卽可稱王、聖王，其背後支持的神秘思想，也多無暇細敍，因而有關李弘反亂的前因後果就不易索解。六朝史傳中的李弘作爲反亂，或所謂的農民革命的口號，近世研究道教史，或因特定史觀研究農民革命，始逐漸抉發有關李弘的記載及其歷史意義。對於流傳於中下層社會的這一則讖言懸記，其來龍去脈需求諸道經中殘餘的史料，始可知此一傳統的形成與沿用。

二 六朝道經中的李弘信仰

道教眞君李弘的思想與金闕後聖李帝君的信仰，現在見錄於道經的，大多出現於南北朝，最早只可溯至東晉末。但李弘反亂事件見於史傳，至遲東晉初旣已出現，因而其間相互影響之處就頗值得探究。道經中所錄的道言、或降筆，雖則依託於道教的仙眞，但大體可視爲當時道派中流行的思想，經由睿智的奉道者紀錄、流傳，所以道經的「出世」——道教內部的說法指其筆錄行世，一方面可說是紀錄時期時代背景的反映，一方面則因筆錄之前常以口頭傳播方式早已流傳於民間，所以經中反映的常比紀錄的時間要早，這是以道經爲史料的基本認識之一。其次道經的思想常取諸先秦、兩漢的儒家、方術；也有源於民間社會流傳的通俗化思想，兼容並蓄，含融爲一，因而不易釐清其源自大傳統或小傳統，而且筆錄道經的奉道文士，其融鑄、創發的理念，有些靈感來自鄉民社會；但道經因爲傳教流布之故，也經由不同的管道爲中下層的百姓所接受，簡易化、通俗化，成爲易知易傳的流通形式。眞君李弘的信仰卽是在這錯綜複雜的情況下，逐漸形成並不斷地被沿用。

李弘應讖當王的思想，融合了兩漢社會的符讖、天命說，老子轉生說，以及外來的彌勒下生說，成爲一種兼具政治、宗教性格的救世主思想。漢代學者承襲先秦的天命觀、糅和陰陽五行說，強調漢武封禪以著漢家之受命。類此帝王受命說是以神權的方式強調帝王權力的合法性、權威性，西漢初董仲舒在春秋繁露中所說「王者必受命而後王」（卷二十三），就是結合天命、五行的政治思想。而東西漢之際，王莽的製造符命以奪漢家天下，劉秀也製造符命，再興漢室，因而形成各種讖緯紛出的局面。運用圖讖，強調漢家歷運中衰，當再受命，可說是以隱秘的方式，利用圖讖的呪術的神秘，強烈暗示受命帝王的權威性、絕對性，認爲天意的啓示，足以指導人間帝王轉移其權力。漢朝帝王多喜運用符命，彰顯帝德，所以讖緯之學盛行，儒家經生間取緯說，而一般學者也修習圖緯之學，成爲漢朝學術的特色，也奠定中國政治的特質。班彪撰「王命論」，具體解說五行與天命的關係，強調漢據火德，高祖之得位，具有靈瑞符應，乃是受命之主，殆爲天授，非屬人力。而劉歆在王莽篡漢之際，對於讖緯的態度，也顯示學者對於受命之徵驗，別有用意。❾讖緯原可分讖類（依天文曆數、或據自然、社會、人事諸現象）、釋義釋經類（解說經義、字義），其中有關受命之符常具有史事讖的特性。由於其所具的革命預言的政治性格，屢遭禁制。道教興起之後，因應六朝仍極盛行的讖緯之說，因而吸收其中有關帝王受命的思想。

李弘傳說的本質，就是老子轉生說，為頗具中國本土色彩的轉生應現，也與讖緯有關。將帝王神格化時，緯書常強調其異常風貌、出生異常、星宿徵驗與受圖受命說；老子神格化過程中，諸如老子相好、代代應現為國師說，都是讖緯化的老子形象。東漢末葉老子神化已近於完成，邊韶「老子銘」有老子變化為帝王師之說，而早期道經「老子變化經」（斯二二九五），敍述老子「變易身形，託死更生」，都具有轉生的傾向。由於史書所述老子的名號凡有多說，因而結合轉生說之後，就成為應現卽更其名號的說法。早期的天師道系道經多方神化老君，成為老子傳說中老君傳記的一大特色，至少東晉前後老子變化已大體具有道教化老子形象的情形。❿因而南北朝初期的道經都出現老君、李弘的名號：寇謙之在眞經中所指摘的世間僞說，所謂「老君當治，李弘應出」，就是老子代代應現，不僅為帝王師，且被改造為應為帝王。而南朝劉宋初出世的「三天內解經」，綜括諸說，在轉生變化中，就出現「殷湯時號錫則子，變化無常，或姓李名弘，字九陽。」有關「姓李名弘」之說，應是新說，且是反映東晉前後的老子變化說，這是老子變化思想中值得注意的變化。

眞君李弘的形象，從國師、帝王師的輔佐帝王，轉變為應讖當王，成為救世主，其主要關鍵應是受到佛敎彌勒下生信仰的影響：彌勒思想早在後漢安世高譯「大乘方等要慧經」既已傳入，西晉竺法護譯有「佛說彌勒下生經」、「彌勒成佛經」；後秦鳩摩羅什也譯出「佛說彌勒下生成佛經」等，據考齊梁之際僧祐出三藏記集中，約有十種與彌勒有關，其中兩種即彌勒下生經；又新集疑僞撰雜錄第三也有彌勒下教一卷。從現存的北魏造像、紀年銘文等，均可證六朝時期彌勒信仰的隆盛。⓫原本彌勒下生的思想，並未帶有濃厚的政治色彩，但在輸入中土之後，却被民間改造、俗化。故在民間信仰中彌勒下生之時，人民增壽，國家豐樂安穩，而不再遭受水火刀兵及諸饑饉的毒害。將轉輪聖王應現之說吸收後，對於亂世的百姓，自有一種救世主的宗教─政治願望。道教將其改造爲當來的眞君李弘，這是當時起事者有取於道教說法之處：道經提供有關李弘的變化說，再吸取彌勒下生說，就造成老君轉生爲帝王的新形象，故可說眞君李弘是大、小傳統相互激盪所形成的政治─宗教理念。

將李弘新說反映於道經，現存古道經凡有多種，代表不同階段的眞君李弘信仰：與北魏「老君音誦戒經」相前後的有「洞淵神呪經」，二十卷中前十卷，其卷一、五兩卷中的大部分約完成於東晉末宋初，代表南北朝初期有關眞君李弘的最早資料；其餘陸續增益的諸卷：卷二、三撰於梁末陳初，未提及眞君李弘；其他約在陳末編成，其中一再提及眞君李弘，爲南北朝末期的李氏應王說的典型；⓬類似的完成於南北朝末期的多部道經，顯示隋朝之所以會產生李氏當王的時代背景。現存者至少有道藏本「老君變化無極經」（滿字號）、「太上靈寶天地運度自然妙經」（人字號）；及敦煌斯二〇八一號「太上靈寶老子化胡經」等⓭，均爲隋唐之際李氏當王圖籙說的張本。六朝古道經現在殘存的，只是其中的一小部分，當時必有更多的記載，也顯現其流行程度及本來面目。

有關李弘的圖讖，在道經中保存其部分眞象，其中有關名號及讖語形式是最珍貴的史料：神呪經卷一所錄的當較近其原始狀態：

> 及漢魏末時，人民流移，其死亦半。至劉氏五世，子孫紹其先基。爾時四方嶅嶅，危殆天下，人民悉不安居。為六夷馳逼，逃竄江左。劉氏隱跡，亦避地淮海。至甲午之年，劉氏還住中國，長安開霸，秦川大樂，六夷賓服，悉居山藪，不在中川。道法盛矣，木子弓口，當復起焉。

道藏本再參校敦煌本（伯三二三三），可以推知其時代背景當在南北朝初：南北分立，江南人民渴望統一，重建漢族政權。其中一再提及「劉氏」，自與劉宋王朝有關，也與晉誦讖經所說的「劉擧」有關，所以其撰成的時代不至於早到東晉。但最後加上一句道法盛矣，「木子弓口」，當復起焉；與同一卷中，「眞君者，木子弓口」參看，就可發現神咒經卷一、卷五只使用「眞君」、「木子弓口」，而不直呼「李弘」，是保留了較素樸的形式；其後陸續完成的有時就有使用「李弘」之例。

「木子弓口」爲隱語，乃離合格，將「弘」（六朝俗字作引）拆字，確合乎讖語造作的傳統形式。神咒經當是沿用東晉李弘反亂事件所揭擧的革命口號，或者直接承續天師道系的道經。而道經中使用隱語的原因，有其複雜的背景：一則是不欲直呼眞君之名，以示敬意；一則是基於讖語的傳統，以表神秘。神咒經之外，其他道經大體遵循此一傳統，約略同時代編成的老君變化無極經應有傳續舊天師道系遺說之處：

> 老子變化易身形，出在胡中作真經……胡兒弭伏道氣隆，隨時轉運西漢中。木子為姓

諱口弓，居在蜀郡成都宮。赤名之域出凌陰，弓長合世建天中。乘三使六萬神崇，置列三師有姓名，二十四治氣當成。

南北朝末的老子變化說，既已參合化胡說、蜀郡李弘及三張立治等，因爲隱語方式流傳故加以採用。另一種離合方式爲天地運度自然妙經所說：「至於水龍時，仙君乃方起。弓口十八子，高吟相管理」、「十八旣出治，子來合明眞。吳地偏多仙，荊湘最困貧。」卽隱喻聖君受任於壬辰年，類似的離合爲隱語，爲圖讖的常見形式。

漢代圖讖的形式，常有簡略整齊的表現法，這種短文化的傾向，一則省略句子結構的前置詞、接續詞、語尾詞，脫略至於語意不完，具有神秘感。其次爲謎語符號式的表現法，拆字、離合卽爲謎語手法。漢代史事讖中，劉字被分解爲卯金刀，或減略爲卯金、卯等卽爲典範，因而「木子」、「十八子」的拆字法，卽是劉字的依仿。再從全句的韻律形式分析，不管是字數相等的三言、四言，或是有意押韻，都有助於口頭的傳播，在民間易於流傳。綜而言之，謎語化、詩語化的結構，在簡略中具有預言，最符合圖讖的呪術性、神秘性，李弘圖讖完全承續了漢讖的傳統。⑭

有關讖言的內容，神呪經、天地運度自然妙經都提出謳歌太平願望的構想。後者「荊湘最困貧」之說，仍較簡單，只爲引出李弘出治。神呪經則因其造構，本就託言「道言」，因而驅遣世間諸魔，「魔」一漢字當是梵語māra的音譯——有時也作「魔羅」、古譯有作「磨」，後因魔能惱人，字宜從鬼。神呪經的製作本就受漢譯神咒經類的影響，所以經中標目的誓魔，與卷二以下各種遣鬼、縛鬼、殺鬼、禁鬼、誓殃、斬鬼等品目名，都象徵化表現當時世局的混亂不安，大水、疫氣流行。對於東晉中葉以來的天災地變，神咒經一律以「刼」運解說—「道言：汝等諦聽，吾今爲汝等說來世刼盡之運」、「道言大刼欲至」、「道言刼運垂至，人民多惡」。卷一一連數條道言，都在文章開始就昌言刼運，將當時人民的災數歸諸不可測知的「刼」。刼運之年見於經訓，宮川尙志博士指出壬午、壬辰，尤其甲甲之旬年（三八四—九三），均具體反映出江南，尤其建康的水災情況。⑮將已發生的事件依託於「道言」，固然不盡如預言的靈驗，却可增強道書的神秘性；其次將人世災難歸諸不可知的刼運，對於不信道者確可產生威嚇作用。刼運之說融合中國的歷史機械主義的週期說與翻譯佛經的刼數觀念，成爲道教解說災難的新觀念。類此刼運、大刼等詞彙，及其所象徵的災異意義，神咒經爲一部重要的道經。而六朝古道經也紛紛接受此類深具神秘、呪術性的浩刼觀念，成爲道教化的宇宙週期說。北周編撰的道教類書「無上秘要」卷六特闢一刼運品，初唐三洞珠囊卷九也有刼數品，可謂爲古道經刼運說的集大成。

神呪經對於刼運的欲至、垂至等說法，造成厄運將至的威嚇感，其目的自是要人民奉道修行—凡奉道卽成爲「種民」；卷一強調說魔王等不使下魔賊害種民；又說凡奉此經，「供養行住，持之身中，萬病自瘥，仕途高遷，所願從心，亦可見眞君。」其下一段描述眞君將來的訊息，極有神秘性：

> 真君不遠，甲申災起，大亂天下，天下蕩除，更生天地，真君乃出。真君旣來，聖賢仙人及受經之者一切助左右，東西南北道士為佐……

「眞君乃出」，乃應劫而出，係受佛經的啓發。可從「太上靈寶老子化胡經」並舉佛道二教世主得到證明—「眞君來下，及彌勒衆聖，治化更生。」因此眞君來下是結合中土與外來的新說：中國原有五百年必有聖王出的舊說，與五行運轉的歷史週期說，激盪而成讖緯中創業帝王受圖受命說，又轉化爲老君轉生下治說；且增益彌勒下生，普濟衆生，六朝的宗教、政治背景適足以提供眞君救世主思想形成的大好時機。

眞君以救世主的形象來下，將帶來烏托邦式的太平世界，其中表達出亂世百姓意識深處集體的理想與願望。道教思想家的樂土思想，一方面源諸天師道系及所有道派公認的聖經—老子道德經；另一方面則改造外來的佛說彌勒下生經，成爲一種極爲虛幻的神奇美景。老子所理想的無爲而治的小國寡民社會，爲先秦道家的共同體生活的典型；而佛教往生阿彌陀淨土，或彌勒淨土，正是六朝最爲奉佛者崇信的阿彌陀與彌勒信仰。彌勒下生經敍述釋迦牟尼佛正法滅後，世界陷入苦境，一切罪惡，次第顯現。至彌勒佛現世之後，則立成極樂世界——「時閻浮地極爲平整，如鏡清明。舉閻浮地內，穀食豐賤，人民熾盛，多諸珍寶，諸村落相近，鷄鳴相接，（彌勒下生經）；此外「增一阿含」第四十二品八難品八大人念經也敍述彌勒佛出現，「瞻部州廣博嚴淨，無諸荆棘，谿谷堆阜，平正潤澤；金沙覆地，處處皆有清池茂林，名華瑞草，及衆寶衆，更相輝映，甚可愛樂。」彌勒降生後，天下豐樂安穩，爲六朝以來逐漸發展，終於爆發彌勒教亂的革命預言。[16]老子道德經的誦讀與彌勒下生經的流傳，本就有運用宗教的虛幻感滿足亂世人民的撫慰作用；但更積極而有效的行動，則是利用宗教的信仰、口號，因而引發不絕的李弘、彌勒等敎亂。

南北朝道士中不乏有心之士，因而分別造構道經藉以宣揚眞君來治的太平盛世，其造構動機都是借用民間軍事起事者的宗教信仰，改造爲迎合現實政權執掌者，作爲一種符應。反過來說，也是統治者有意無意地示意道士編撰有利於政權的造假行爲，藉以攬有民間或教內有政治、革命意識者的成果。其證據在於神呪經中常提及一特殊的年分—「壬辰之年」，爲聖君受任之年，也是賦予特殊意願的祈願年，此一年分實與劉宋政權有關。因而經中多次出現「劉氏」，並將劉氏還住中國，秦川大樂等事與木子弓口復起聯結而說，類此強烈暗示劉宋爲眞君的筆法，都顯示劉宋帝王與神呪經的製作有關。而更爲直截而積極的作法，則是寇謙之聯合世家大族崔浩，與北魏太武帝合作，老君音誦誡經的製作，其宗教—政治動機就與神呪經有異曲同工之妙。因而兩部道經中所呈現的太平世界，其原始型態應是流傳於奉道之民或一般農民的烏托邦信仰，而非劉宋諸帝或北魏太武帝所能完成的理想社會。

神呪經作者或寇謙之等一類道士，固然有依附國王以興道教的深思熟慮，借以形成道教國教化的宗教動機。但亂世子民勿寧是期望一種理想中的太平社會，而非寄望於劉宋、北魏諸帝；因爲眞君來下所造的世界，完美已極，是作爲革命預言書的型態：

> 道言：真君者木子弓口，王治天下，天地大樂，一種九收，人更益壽，壽三千歲，乃復更易；天地平整，日月光明，明於當時。
>
> 道言：…真君出世，無為而治，無有刀兵刑獄之苦。純有先世今世受經之人，來輔真君耳。無有雞豚犬鼠牛馬六畜也。鳳凰白鶴為家雞、麒麟獅子為家畜。純以道法為事，道士為大臣、男女貞潔、無有淫心，人民長大，亦不復是今之道士耳。…

神呪經卷一所引述的這段文字，「天地平整，日月光明」，正是襲用彌勒下生經「閻浮地極爲平整」的構想；而「人民豐樂」等句也有襲用之迹；至於「無爲而治」，則是老子道德經的常言。而同一構想也出現於寇謙之所依託的「太上老君樂音誦誡令文」，一開始先以神君口吻斥責世人作惡者多，運數當然，「疫毒臨之，惡人死盡」，因而引而遠去，之崑崙山。但又愍良善者的辛苦，「時復東度，覆護善人」，類此宗教家口中的指斥語調，幾爲宗教書籍的敍述模式。值得注意的是與神呪經有類似的行文，凡有數處：

> 吾治在崑崙山，山上臺觀衆樓，殿堂宮室，連接相次。珠寶金銀，衆香種數，衆合錯節，蘭香桂樹，窮奇異獸，鳳凰衆鳥，棲於樹上。神龍騏驎，以為家畜。仙人玉女，盡集其上。

這段文字，與「鳳凰白鶴爲家雞，麒麟獅子爲家畜」相襲之迹，極爲明顯。但神咒經是作爲眞君下治後，人間成爲仙境的景象；而音誦誡經則襲用類似「老子變化經」之說，此一曹魏時天師道系道經說老子「則去楚國，北之崑崙，以乘白鹿，訖今不還。」將崑崙作爲地仙棲集的名山爲兩漢前後崑崙神話的舊說，也是道教所襲用、改造的三品仙說，[17]這是不同之處。其次一段是：

> 若我應出形之時，宜欲攻易天地，經典故法，盡皆殄滅，更出新正。命應長生之者，賜給神藥，昇仙度世，隨我左右。惡人化善，遇我之者，盡皆延年。若國王夫子，治

> 民有功，輒使伏社如故；若治民失法，明聖代之安民。平定之後。還當昇擧，伏宅崑崙。
>
> 我出之時，乘九龍之車。……徵召天下真官海獄風伯雨師，役使萬鬼。傾天網，縮地脈。迴轉天地，如迴我身。把捉日月，能令天地晝闇。仙人玉女，騈車侍從。鐘鼓音樂，遍滿虛空，百獸真徒，鳳凰衆鳥，翔於其上。天地運動，人衆鬼兵，無有邊際，見我威光，無不弭伏我哉！

楊聯陞氏引述「正法念處經」第十八：「有日月故則有光明，若無日月則應晝冥。我今寧可覆蔽日月，令天黑闇」等，說明此節描述，顯然受佛典影響；唐長孺則引此道經說明神咒經所說「改易天地，平整日月」，兩者相近。⑱不管其與佛典的關係爲何？已被改造爲太上老君的語語，其「我」、「吾」所自稱的，正是聲勢威赫的太上老君。而神咒經卷一的道言，也疊用過「吾」、「我」，正是「太上」承天尊旨意，下教萬民；也要諸天魔王及夫人，悉三禮奉太上教。可見這裏「太上」是奉天尊之意降告世人，也就是太上老君。

神咒經曾受彌勒下生經的影響，卷一誓魔品一開始，就有太上問明羅「子從閻浮來乎？」；而眞君下治，「天地平整」，也就是「閻浮地極爲平整」，因而眞君乃下，確有彌勒下生的同一構想，其說出現於東晉末劉宋初。音誦誡經是寇謙之在北魏神瑞二年得老君賜書，則時間幾乎相近，因而互相襲用之處，可能卽襲自一共通的祖本，也就是舊天師道系有關李弘的道經。北朝南朝也基於同一清整舊天師道的動機，同時改造，因而經中自稱「吾」、「我」的太上，都具有重新指示世人的苦心，只是一託於北魏太武帝、一託於劉宋朝劉裕，兩朝帝王均非符合

「木子弓口」的名號，却都自居太平眞君，這是眞君李弘信仰的衍變過程中極爲巧合之事。隋唐之際，諸李運用圖讖的模式，較諸兩朝帝王確有其高明之處。

六朝另一與眞君李弘信仰有關的，還有一金闕後聖李帝君系，也早在東晉時期既已出現，並繼續在南朝以茅山爲主流的上清經系中流傳。惟金闕後聖李帝君較多宗教性格，但也不失其期望祈願年、期望太平之君的政治理想。類似的宗教願望早在東晉上清經系構成的初期既已出現，且卽以降筆方式作預告，陶弘景所輯楊羲、二許（謐、翽）的眞誥中，卷六借西城王君降誥之言，有「値太平壬辰之運爲難」語（第七紙）；又假紫元夫人告以天下有五難，最後一難卽「生値壬辰後聖世」（第八紙），這些「衆靈教戒所言」，是經由神秘的方式表達生値太平年的願望；又卷十一稽神樞敍述仙境的洞天福地說，提到茅山洞穴爲大茅君（盈）要請王（褒）君太虛眞人、東海青童合會之地，好道者如篤志誠心乞請，就可授要道，以入洞門，「辟兵水之災，見太平聖君」，這是許謐所書。降誥所示的「壬辰」之年，依許謐生當東西晉之際（三○五—三七六），則降筆所預示的壬辰年應是東晉成帝咸和七年，反映出東晉初期望在動亂中圖治的願望；而成帝卽可作爲太平聖君的暗示。但在宗教家的觀念中，太平聖君以及太平年應有更理想化的構想，而且會以不同的方式繼續流傳。

道教頗爲強調生命的價値，所謂五難之說，就是難得不容易之意，在亂世之中能夠生存，又逢聖君好年，更是難能可貴之事。其後衍變爲「種民」之說—有作爲聖君的選民的宗教意義，只有奉道的種民，始可在歷刼中平安。至於後聖，其作爲太平聖君就非李君莫屬，老君信仰在六朝早期道經中，明顯地具有救世聖君的形象，所以東晉李弘反亂事件才如此層出不窮。就因爲各種不同的道經同時強調解救厄難的太平聖君，就是李弘；而其應刼出現的年歲是壬辰；因而入道信奉，得以救度的，就是種民。所以起事者能據此流行的宗敎信念號召，一聚萬人。從東晉至宋齊，與此眞君、種民思想有關的道經，據吉岡義豐博士精采的研究，將相關的資料排比參閱，就可發現同一時期所共同具有的思想，不僅是經典構成材料的襲用問題；而是同類思想在同一時代中的熱烈反映：就像在東晉末「正一天師告趙昇口訣」中提到太上老君使李君下世治民；又說授籙種民，至太平之世，衆尸更生，與聖君同出。經中所說太平聖君卽是李君，又強調壬辰之運，得見太平之世，均與眞君李弘信仰有相通之處。南北朝上清經系多承襲太平之君的說法，宋齊時「洞眞太上說智慧消魔眞經」說「代見太平之君，名入種民之錄」；又有「金闕聖君」名號，約略同時的「上清後聖道君列紀」也說壬辰之年，上清金闕後聖帝君來下，以察種民。⑲至於金闕後聖帝君的名諱，則爲姓李諱弘，元曜堂，一諱玄水，字子光（或光明）一字山淵（或曰淵），仍與李弘有密切關係，「元始无量度人上品妙經」（道藏寒上）注引唐李少微說：「聖君者，金闕後聖太平李眞君也，諱弘。來刼下爲人主，故預稱後聖君也」，可爲其總結性的說法。

在金闕後聖君思想的流傳過程中，以南朝茅山敎團最爲主流，其中又以陶弘景及其弟子最爲關鍵：此說經由陶弘景弟子恒法闓整理的「太平經」，可能卽將此一譜系作一新的編修，因而經中有上清金闕後聖九玄帝君，姓李，在壬辰之年出世的說法。上清經系金闕帝君的固定化，可以茅山敎團所編「洞玄眞靈位業圖」爲代表，其第二中位爲「右聖金闕帝晨後聖玄元道君（注：壬辰運當下生）」；第三中位爲「太極金闕帝君姓李（注：壬辰下敎太平主）」。這是上清經系中較具宗敎性格的金闕李帝君。其實陶弘景努力建立敎團，倍受南朝帝室的敬重；又以國師身分對蕭梁王朝有所貢獻：其所獻國號爲梁帝採用。又撰「胡笳曲」一首就頗具預言的色彩：

「自戾飛天曆，與奪徒紛紜。百年三五代，終是甲辰君。」（全梁詩卷十一）曲中的甲辰君具有現實意義，卽指梁武帝。因爲梁武帝普通五年（五二四）恰逢甲辰年，而所云百年，則可上溯至劉宋武帝永初年（四二〇）。曲意以爲晉朝之後，百年之間，與奪紛紜，終於甲辰君當出，期待其爲太平帝君。配合上清經中一再強調的太平願望，梁朝帝室在梁武帝天監十一年，恰逢壬辰（五一二）。中國歷法中採用六十甲子的歷數方式，造成附會的最大方便，陶弘景及其茅山教團在梁朝可以此配合蕭梁政權，異代而處，自可啓發唐太宗時，茅山後起的宗師繼續運用的靈感，這就是中國道教的宗教、政治性格兼具的一大契機。

圖讖之學中屬於史事讖一類，與現實政治關係密切，也最易被沿用。六朝圖讖之說盛行，因而史志中常有「五行志」記載其事，其讖言的製作並不限於道教中人，幾乎遍於各類，眞君李弘只是其中一種圖讖而已。由於讖記具有威脅統治者的力量，歷朝均加以禁制，以免危害政權。李弘圖讖既然一再被利用爲反亂的號召，勢必一併列於禁制之列，從圖讖禁絕的歷史，也可考察李弘傳說的形成與衍變：晉武帝泰始三年（二六七），「禁星氣讖緯之學」（武帝紀），晉律禁「天文圖讖之學」（太平御覽卷六四二引），可證晉世圖讖之學流行。符堅治下，也「禁老莊圖讖之學」（晉書符堅傳）李弘事件在禁制之下，仍一再發生，其影響力大，故無法禁絕。南北朝時諸帝深知其弊，尤其擅用圖讖者更是嚴禁：北魏太武帝在太平眞君五年（四四四）詔禁「挾藏讖記、陰陽、圖緯、方伎之書」（魏書太武帝紀），因其深刻體會眞君信仰固可爲己所用，也可爲反抗者所用，故在利用音誦誡經之後，一律禁絕。其次孝文帝太和九年（四八五），又詔禁「自今圖讖秘緯，及名爲孔子閉房記者，一皆焚之，留者以大辟論。」（魏書孝文帝紀）。至於南朝也不例外，隋書經籍志載，「宋大明中（四五七—四六四），始禁圖讖；梁天監（五〇二一五一九）以後，又重其制。」⑳因爲劉宋、蕭梁二朝最擅於利用道經中的圖讖，而且宋文帝元嘉二九年（四五二）至大明四年（四六八），正是「淮上亡命司馬黑石推立夏侯方進爲王，改姓李名弘以惑衆」之時，其嚴厲禁制政策，自有其現實的顧慮。陳宣帝太建十四年（五八二），也條列僧尼道士，挾邪左道等，一律禁絕。（陳書六後主紀）可見圖讖大行，因而禁制也不絕於歷朝。

綜上所述，李弘事件的發生與激盪，大體與圖讖的禁制相終始。利用李弘的革命預言，大起於東晉十六國，又延續至南北朝早期，也與道經的製作、流傳有關；東晉是創發此一政治—宗教理念的時期，因而號召力最大，詐稱李弘，歲歲有之，爲充滿生發力量的狀態。南北朝帝王與御用道士相互合作，改造道經，配合當政者，想造成太平聖君的假象，所以道經中所保存的已非其原始面目，而是變形的新說。但由其中仍不難推知原有的眞君李弘的圖讖，雖是道教化的史事讖，却仍具有圖讖本有的呪術性神秘。只是在有意改造、利用的情況下：所有的祈願年、太平世，尤其所謂眞君、太平之君等名號成爲當政者自神其說的一種虛榮：北魏的寇謙之、與梁朝的陶弘景均力使道教國教化，因而清整之後的教團道教自然減少或改變其政治性格，這就是眞君、金闕帝君漸由反亂者的號召口號轉變爲較屬宗教性格的神君的契機。

二、唐高祖、太宗對李弘圖讖的運用

隋朝的李弘圖讖傳說，以煬帝殺李金才家族事爲最受史家的注目，但這件事絕非孤立地發生，而是六朝末至隋李弘信仰的具體表現。從文帝、煬帝對於圖讖、災異思想的態度，自可推知當時朝野之利用圖讖的風尚。隋文帝得位後對待圖讖，一面禁制，另一面又深自愛好，在開皇十三年（五九三）禁止隱藏圖讖，所以隋書經籍志說：「及高祖受禪，禁之踰切。」但其本人好禨祥小數之說，蕭吉好陰陽五行之學，曾考定古今陰陽書，多言徵祥之說取媚文帝，「五行大義」即此類陰陽五行說的著作。㉑這是針對隋文信符命讖緯之說而發，當時影響所及，宣揚災異祥瑞思想的筆記凡有多種：除蕭吉尚有「五行記」等之外，王劭有「皇隋靈感志」，據隋書本傳說「劭于是采人間歌謠，引圖書讖緯，依約符命，捃摭佛經」撰成三十卷。其內容必有助於隋帝，故文帝令宣示天下。

隋煬帝自是隨從其父之法，利用與禁制兼而有之。嘗「言及文帝受命之符，因問鬼神之事，敕（許）善心與崔祖濬（賾）撰靈異記十卷」（北史卷八三文苑傳）。王劭、崔賾與許善心俱相友善，也同好撰奇異之事，善心還撰有「符瑞記」十卷，同屬帝王有所好，臣下撰述以迎合的情況。㉒雖則煬帝相信其得位，乃上符天命，一旦「即位，乃發使四出，搜天下書籍與讖緯相涉者，皆焚之，爲吏所糾至死。」（隋書經籍志）禁制如此之嚴，但其專制統治之不能順服民心，則起事者仍將繼起。其中一件發生於大業十年（六一四），「扶風（今陝西鳳翔）人唐弼舉兵反，衆十萬，推李弘爲天子，自稱唐王。」（隋書卷四煬帝紀下）舊唐書卷五五薛舉傳說是「立隴西李弘芝爲天子」，通鑑卷一八二也從薛舉傳作「李弘芝」，只能聊備一說。因唐弼所推所立的只是作爲號召之用，一旦薛舉招降，就殺之歸從。這一被擁立的應是「李弘」，可證隋末李弘傳說仍繼續在流傳中。因爲在這種圖讖流行的時代背景下，方士安伽陀進言「當有李氏應爲天子」，才可以得到確解；而宇文述勸誘李敏妻，「可言李家謀反，金才嘗告敏云：汝應圖籙，當爲天子」，也是有所據而云然。

隋唐之際有關李弘的圖讖，在至今流存的史料中，有四種敘述方式，顯示其衍變過程中，有所因襲，也有創新之處。一種是拆李字爲十八子，爲道經所載的方法；一種直接指明「李氏當應圖籙」、「李氏當王」；或者因應隋季，改變爲「隋氏將滅，李氏將興」；而最大的變化，則是由諱改的「李洪」，引發出洪水的夢徵，以及李淵得以牽連的巧妙聯想，這是天作之合。至於最具創意的，則首推「桃李歌」等一類歌謠；屬於謠讖。基本上與前述圖讖的性質相同，採用字句合於韻律形式，謎語式的組合方法，暗示一種革命預言。這四種圖讖有時交相運用，成爲極爲有效的傳播力量，在起義的團體中，發揮其不可忽視的精神作用。因而探討隋唐之際的政治權力的轉移，除了有形可見的軍力、經濟力等因素外，必須考慮及諸李運用圖讖的動機與功效。

依據新舊唐書以及唐人筆記，隋唐之際起義的諸李，常「自以」應讖當王；或有些擁護諸李者，也以爲所輔佐的就是圖讖中的眞命聖主，就如許世緒見隋祚將亡，言於高祖的一句話「公姓當圖籙，名應歌謠」。這些敍述的筆法頗有意味，固然今人對新舊唐書的編修，所用資料多成於唐代史臣或文士之手，懷疑其有合理化李唐政權之嫌。但殘存至今的各種來源的史料，都不約而同的敍述應讖當王一事，可見這並非是一件完全由李唐臣民揑造的問題，而是諸李之中孰能妥善變造、利用圖讖。換言之，李弘（洪）圖讖之流行是因，而如何巧妙解釋、襲用是果，瞭解東晉至隋末，將近三百年的李弘反亂事件，則其因果關係就不言可喻。所以史家所用的諸李「自以」姓名應讖的筆法，非常傳神地記錄了諸李及其擁護者的心態：就是諸李均自以爲上應天命，而隋朝王位可取而代之也。所以這句意味深長的話近於實錄。

有關諸李運用圖讖的考察，主要的核心人物就是李密和李淵，其餘僅附及。二李爲當時逐鹿群雄中的要角，也都試圖運用此一革命號召，固然其成敗不全繫於此。但兩大集團的勢力互有消長，在彼此爭奪王位之戰中，都不時引用圖讖作爲精神領導的重心，爲一件極有趣的事。首先要說明關於桃李歌的出現，最早的就是舊唐書卷三七五行志中的：「桃李子，紅水繞楊山」，因而煬帝疑李氏有受命之符。通鑑隋紀所記載較爲詳細，除有方士安伽陀所說「李氏當爲天子」一語外，還引用高祖（文帝）曾有「洪水沒都城」的夢徵。這條夢徵的資料唐天寶時劉餗「隋唐嘉話」亦曾引用，且有所解說：

隋文帝夢洪水沒城，意惡之，乃移都大興。術者云：洪水卽唐高祖之名也。

術者云云，決是小說家言，非眞有先見，通鑑卽不錄此句。且隋文帝時，李淵僅爲千牛備身，或只作譙隴刺史，樓煩太守，看不出有足以當天子的氣運，所以小說家只是後見。但「洪水」、「紅水」一讖則爲眞有其說，通鑑載煬帝之殺李渾，就在於其從子的小名卽爲「洪兒」，因而「疑其名應讖」。所有有關的「洪」字，應該是「李洪」，由於北魏辟諱「弘」因此改爲「洪」，可能其後民間卽流傳爲「李洪」；或者由於李弘反亂在歷經類似寇謙之的指摘之後，有意辟嫌，改稱李洪。可知李洪一名早就有其長遠的傳統，而且與老君轉世爲天子之說有直接的淵源。經一再禁制之後，民間謠讖轉而從「洪」字聯想爲洪水—本來就有「民可載舟，民可覆舟」的成語，加以神呪經的洪水記憶，更使洪水具有一隱微之意。由此可證洪水原與李「淵」無關，但卻可以形成附會的解釋。

其次李密曾與桃李歌有關，記載李密較眞實的資料應首推李密的舊屬賈閏甫所撰「蒲山公傳」（新唐書藝文志稱李密傳三卷）；或杜儒童「隋季革命記」、劉仁軌「河洛行年記」，爲隋末的好史料，通鑑、通鑑考異曾引用其中一部分。㉓通鑑隋紀大業十二年追記李密爲楊玄感的謀主，事敗亡命，往來諸帥間，說以取天下之策，始皆不信，久之傳言「斯人公卿子弟，志氣若是；今人人皆云：楊氏將滅，李氏將興。吾聞王者不死，斯人再三獲濟，豈非其人乎！」李密的出身屬遼東李氏，爲漸次沒落的關隴支配集團，故被稱爲「公卿子弟」；而其志氣在其幼時從包愷受史記、漢書；又因讀項羽傳，受楊素的賞識，因而結識楊玄感。此處所言讖語，卽是人人皆云，則李密當時已與圖讖有所聯結，且早在李淵起事於太原之前。

李密其後進入翟讓集團，且逐漸接近權力的核心，此時桃李子歌又與李密發生關聯：

> 會有李玄英者，自東都逃來，經歷諸賊求訪李密，云「斯人當代隋家」。人問其故，玄英言：「比來民間歌謠，有桃李章曰：『桃李子，皇后繞揚州，宛轉花園裏。勿讓語，誰道許。』桃李子，謂逃亡者李氏之子也；皇與后皆君也；宛轉花園裏，漢天子在揚州，無還日，將轉於溝壑也；莫讓語，誰道許者，密也。」旣與密遇，遂委身事之。

李玄英從東都逃出，東都正是李密爲楊玄感謀略中所攻取的洛陽，因此這首桃李章之流傳民間，大有可能是經李密改裝的歌謠。本質上李密是一極具權謀的謀主，自然不會放棄原已流傳民間的桃李歌。這可從李密進入翟讓集團後，深結曉陰陽占候的軍師賈雄，示意賈雄託術數以說服翟讓一事看出，結果翟讓相信，「與密情好日篤」。加以密的統御能力，頗能得到隋官僚派的支持，因此能在翟讓集團中逐漸獲得領導權，將瓦崗寨變質爲李密集團，當時李密的勢力確具有成王之勢，所以溫大雅撰「大唐創業起居注」卷中，特筆敍其爭覇的形勢之餘，提及「隋主以李氏當王，又有桃李之歌，謂密應於符讖，故不敢西顧，尤加憚之。」溫大雅爲李淵初起的主要幹部之一，坦然承認隋的主力不敢西顧，乃爲李密集團所牽制，因此李淵能在太原起義之後從容擴張其聲力，此爲學者所公認的史實。

溫大雅除了記述中承認圖讖應屬諸李密外，也直書密之爲人「恭儉自勵，布衣蔬食，所居之室積書而已，子女珍玩一無所取；賑貸貧乏，敬禮賓客，故河汴間絕糧之士多往依之。」可見李密形勢壯大時，李淵集團對李密的情報極爲靈通。李密又曾「作書與帝（淵），以天下爲己任，屢有大言。」創業注中不錄其書，但李淵却有覆書載於其中，且說明是一種策略：「宜卑辭推奬，以驕其志，使其不虞於我」——此一卑辭推奬之辭全錄於創業注，也爲「譚賓錄」所錄，乃是高祖起義時一件頗受矚目的文件。

> …天生蒸民，必有司牧，當今為牧，非子而誰？老夫年踰知命顧不及此，欣戴大弟（李密），攀鱗附翼。惟冀早應圖籙，以寧兆庶，宗盟之長，屬籍見容，復封於唐，斯榮足矣。（起居注中）

這封覆書；在李淵的策略中自是一種權便之辭——舊唐書史臣對高祖一生所下評語，就有「屈己求可汙之援，卑辭答李密之書」，以此鬆弛李密對李淵的防範之心。但從另一角度言，最早佔有先機，運用圖籙的，毫無疑問的首推李密。所以當李密最後要降唐復叛之際，賈閏甫仍不忘提醒他「應讖」之事。只是李密大勢已去，天命已失，終於落得一悲劇英雄的下場。

李淵較之於李密，其整體策略就要深沈而周備，治史者多已辨明李淵集團的形成與發展，無論其軍事力量的擴大，與結納外援，鞏固地盤，均具有較周詳的計劃，此處不必具論。即以對於圖讖的運用，亦較有效：圖讖既早已流傳，且李密亦已得其先機，因而加以改裝、詮解，作爲已用，即爲其基本策略。關於桃李子歌運用之事具載於創業注中，可見初起時其謀臣早已妥善策劃運用：

又符讖尚白……開皇初，太原童謠云：法律存，道德在，白旗天子出東海，—亦云白衣天子，故隋主恒服白衣，每向江都，擬於東海，常修律令筆削不停，並以綵畫五級木壇自隨，以事道。又有桃李子歌曰：「桃李子，莫讓語，黃鵠繞山飛，宛轉花園裏。」按李為國姓，桃當作陶，若言陶唐也。配李而言，故云桃；花園宛轉，屬旌幡。汾晉老幼，謳歌在耳，忽覩靈驗，不勝歡躍。帝每顧旗幡，笑而言曰：花園可爾，不知黃鵠如何，吾當一舉千里，以符冥讖。（起居注上）

此兩條謠讖確是實錄，但已經過改裝。因爲歌謠早在隋文帝開皇初，並非全是李淵集團所能僞造。所謂「東海天子」，依然是李氏圖讖的傳統，只要比照創業注卷下的慧化尼歌詞，首章「東海十八子，八井喚三軍。手持雙白雀，頭上載紫雲。」所謂「十八子」即離合「李」字，乃南北朝李弘信仰的習慣；至於「東海」是否與眞君李弘的流傳地域有關，仍不易索解；但隋末反亂之事確起於山東，且與煬帝屢征高麗，加重山東地區的傜役，因而成爲民變的首起之處。而最早運用的則與李密有關，王夢鷗先生解說李密的祖籍是遼東襄平，因疑這歌詞本為李密而作

㉔，而慧化尼雖為佛徒，但顯然也是可以勝任改造以符李淵的起事。

桃李歌在隋末謠讖中，凡有多種形式，前引舊唐書五行志「桃李子，洪水繞楊山」，將淵與洪水相連為其一；而此處所引的謠讖中，溫大雅所錄的李淵謀士之語，只解了一句「宛轉花園裏」，起居注的文字，全唐詩卷八百七十五讖記，斷作「桃花園，宛轉屬旌旗」，稍有出入。花園一意象與旗幡有關，起居注載李淵起兵，「旗幡赤白相映，若花園」。當時所用旗幡的顏色問題，牽涉到五行、五色與謠讖的謠傳。太原童謠有「白旗天子」、慧化尼歌詞有「手持雙白雀」，都是因所持之物（旗或雀）為白，具有隱喻掌握政權之意，這是五行運轉的歷史週期說的運用：隋書高祖本記載：隋依赤雀降祥，五德相生，因而旗幟「盡令尚赤」，赤雀、赤旗，屬於火德。文帝是曾贊同蕭吉撰五行大義者，火德赤旗的構想自有其符合帝德的意義。五行中續火而生的是「土」，屬黃色；但「白」的神秘色既已出現，自可利用，所以「黃鵠」繞山飛，這一黃鵠意象終不如白雀之得乎讖意。因而李淵集團的謀士都贊成使用白色，據載高祖起事，「衆請法周武，執白旗。帝兼絳雜半續之焉。」衆謀士與李淵的決定不同：衆人只一味想法周武，想應童謠，贊成白旗，想法單純而直接。而李淵則老謀深算，更為週到。因為李淵終究是隋室臣屬，當起事之初，為表示並不脫離隋朝，且將來唐將繼之而興，因而雜以絳赤，形成了「赤白相映」的花園景象。

花園景象的感覺，是李淵起兵旗幡群舉，因而顧盼之際有花園之感。但頗疑這並非謠讖的原意，只要細心體會群謀士有意避開「莫讓語」一句，就可知其氣短。因為李玄英早已使用桃李章，其中有「勿讓語，誰道許」句，解作「密」字；而且已有「宛轉花園裏」一句，李玄英解說煬帝在揚州，無還日，將轉於溝壑，代表當時牽合煬帝往揚州遊玩，兼有觀變鎮壓的現實意義。隋書五行志引作「桃李子，鴻鵠繞陽山，宛轉花林裏。莫浪語，誰道許。」解作「莫浪語，爲李密；誰道許，爲宇文化及國號。」其實有關「莫浪語」二句，本就可因實際情況加以揑造、附會。但花園、花林一意象必有其緣故？頗疑這是謎語式謠讖中，將楊氏父子的姓，演生爲楊柳；而李弘（洪）自可解說爲李樹，這些由聲音所譌傳的方式，可輾轉生出「陽山」、「楊山」；也可由楊柳等衍生花園、花林的景致。另有一種李花謠，「江南楊柳樹，江北李花榮。楊柳飛緜何處去，李花結果自然成。」（全唐詩卷八七五與迷樓記所引，文字小異）也正從楊柳樹、李樹大作隱喩，這就近於花園的原初構想。

創業起居注中載義寧二年—卽武德元年（六一八），文武將佐裴寂等上疏勸進，依東漢赤伏符故事，引用神人慧化尼、衞元嵩等歌謠歌賦。其中運用讖言手法的，像「白雀」、「白旛」的方色；「八堂」、「坐堂」「唱堂堂」的聲喩「唐」，「驅羊」影射驅逐隋楊，都易於索解。其運用並改裝的「李」姓，則有拆字的「十八子」法；另外具有新意的是「童子木上懸白旛」、「童子木底百丈水」：前者組合「子」、「木」爲李，後者更是「李淵」的拆字，其意顯豁，造僞之迹也昭然若揭。造構之因，顯然早已發現與「李弘」不盡相符，因而需要重加創造，以便更適合「李淵」的符命。其形成時機從「丁丑語甲子」一讖加以分析，正是恭帝義寧元年—丁丑年；而甲子可以泛解爲六十甲子的總稱，或是文帝仁壽四年—在位最後一年，甲子年。而最能揭穿其造構之迹的，就在「興伍伍」一首的末句：「我語不可信，問取衞先生」，完全是虛構而假託的不自信心理的反映。

惟衞先生所依託的衞元嵩確是値得注意的人物，其人好言將來之事；在天和中著詩，預論周隋廢興及皇家受命，並有徵驗，乃是典型的具有預言色彩的道士。[25]在北周末隋初，諸種圖讖趁機流傳，其中必有有關李氏當王的一類。李淵集團之選用其人，除因衞元嵩善言將來的形象外，必有些相關的圖讖尚遺存於當時，故可據以改造，所以李弘圖讖傳說的影響，仍舊隱然在焉。因而創業起居注將其時間推前五十多年，定於北周天和五年（五七〇）閏十月，借以顯示其預言性，其歌讖乃是融會新舊而成說：

> 戊亥君臣亂，子丑破城隍，寅卯如欲定，龍蛇伏四方。十八成男子，洪水主刀傍。市朝義歸政，人寧俱不荒。人言有恒性，也復道非常。為君好思量，□□□禹湯。桃源花□□，李樹起堂堂。只看寅卯歲，深水沒黃楊。

其中的謎語凡有「十八成男子」—李，「洪水」—淵，是由「李洪」轉變，故有「深水沒黃楊」之說。而桃源、李樹，顯然是由「桃李子」轉變，配合「堂」（唐），而有「李樹起堂堂」之句。至於干支的運用，最具革命起事的年歲意義：恭帝義寧元年，歲次丁丑，所以「市朝義歸政，人寧俱不荒」，中鑲「義寧」二字；次年戊寅，舉行禪讓；再次一年已卯，李淵早已稱號武德，奪取天下，將這些年號分別拆散，成為戊亥、子丑、寅卯，而「寅卯」歲，武德一、二年正是要隋帝讓出政權的年分。類此勸進的技倆，本就是歷代常用的政治神話，一再勸進，然後接受禪讓，順天應人，得登王位。裴寂等人勸進文中，夸夸其言—「八井深水之圖讖，唐唐李樹之驍歌，固以備在人謠」，可說是典型的中國政治的特質之一。

李淵及其集團對於圖讖的運用，自是一種政治性的號召，以便收攬民心，合理化其革命行動。但其集團又抱持著何種態度？當時李淵集團確能通力合作完成此一創業的政治神話。老謀深算的李淵從太原起義前就已自覺地有意建立其應於符命的形象，創業注的資料應是現存較新舊唐書爲可靠的實錄，表現李淵及其集團創業時期的心態。㉖其開宗名義就記載：

> 隋大業十二年，煬帝之幸樓煩時也。帝以太原黎庶，陶唐舊民，奉使安撫，不踰本封，因私喜此行，以為天授，所經之處，示以寬仁，賢知歸心，有如影響。（起居注上）

「天授」之說與稍後一年，任太原留守時，私竊喜甚，謂秦王（世民）說：「唐固吾國，太原卽其地焉。今我來斯，是爲天與，與而不取，禍將斯及」天授、天與都是李淵早已明起義之念的明證。而其天命之徵，就是李氏符命說，創業注載其利用圖籙以滿足其心理，並合理化其革命行動，傳神之至：

> 帝（指高祖李淵）自以姓名著於圖籙，太原王者所在，慮被猜忌，因而禍及，頗有所晦。時皇太子在河東，獨有秦王侍側耳。謂王曰：隋曆將盡，吾家繼膺符命，不早起兵者，顧爾兄弟未集耳。

舊唐書及通鑑敍述這段時，首謀者就非高祖本身，而變成李世民乘間屏人說淵，其勸說的話中也有「世人皆傳李氏當應圖讖，故李金才無罪，一朝族滅。」高祖在疑慮之中，為其言所動，故而大膽起義。兩種資料所述的太原首謀者，創業注是明指李淵，「自以」姓名著於圖籙；又說「吾家繼膺符命」，乃以天命所歸，捨我其誰的自任姿態發言；但舊唐書的敍述，變成李世民力勸高祖起事，顯然已經太宗示意下的史官略加更動。㉗但以當時的情勢，李淵確是最具有上符天命的實力，終究王位爭奪之戰中，擁有足以傲視群雄的威望與能力，才是號召的主力。

李淵的實力，可從另一姓李的李軌的態度獲得證明。因爲李軌初以涼州爲根據地，在漢人與胡商集團的支持下據要地而稱王。當時曹珍就說：「常聞圖讖云：李氏當王。今軌在謀中，豈非天命也。」所以武德元年，高祖要與薛舉用兵，因而計謀遣使與之結好，稱軌爲從帝。軌頗爲躊躇，召群僚商議：「今吾從兄膺受圖籙，據有京邑，天命可知，一姓不宜競立，今去帝號受冊可乎？」（舊唐書卷五五）曹珍勸軌參與稱王號帝的競逐之列，而不要受封。可知「自以」姓當圖籙，具有實質的宣傳效果，因此創業注中要一提再提，借以自高其受天之命的獨尊之局。

李氏當應圖讖之說最具效驗的應是對於群雄的號召，以及集團內部的團聚力。李淵集團的構成幹部，自然一再宣揚圖讖，除前述裴寂等改造圖讖外，武士彠「嘗陰勸高祖舉兵，自進兵書及符瑞」（舊唐書五八）許世緒勸高祖首舉義雄，爲天下倡，理由之一爲「姓當圖籙，名應歌謠。」（舊唐書卷五七）唐儉因太宗之故，高祖密召之，其勸說之辭就有「明公日角龍庭，李氏又在圖牒，天下屬望，非在今朝。」（舊唐書五十八）此數人均屬集團中重要幹部，一再勸說的目的，就是增強李淵的起義決心，這完全是心理建設的工作。

李淵爲應讖當王的形象一旦宣傳完成，在當時群雄中具有號召之效，除前舉李軌之例外，還有崔義玄、范君璋等人均在隋末起事，李淵均因優厚的條件，獲得諸人的先後歸順。高祖初入關時，黃君漢守據柏崖，義玄前往遊說之辭就在強調「今群盜蜂起，九州幅裂，神器所歸，必在有德。唐公據有秦京，名應符籙，此眞主也。」（舊唐書卷七十七）因而使黃君漢歸順。另外在武德三年，劉武周引兵南侵，范君璋身爲部將，竟勸說其主：「唐主擧一州之兵，定三輔之地，郡縣影附，所向風靡，此固天命，豈曰人謀。」（舊唐書卷五五）雖然舊唐書的資料均爲有利於李唐王朝，爲成於唐代史臣之手的，但這些普遍存在的記錄應可代表當時的共通看法：就是李淵太原起義，無論在軍力的佈署、勢力的擴張等都極有計劃；而其善於製造政治形象，在群雄競起中，造成獨特的吸引力。事實上當時諸雄多各有一套製造圖讖的本領，[28]但以李淵所襲用的李氏圖籙最爲奇特，配合其神速擴張的勢力，儼然已是救世眞主，上應天命，甚而造成遠非人謀、人力所及的誇張印象。

「眞主」乃名應符籙者，則這個「眞」字不是普通的「眞正」之意，而另有一層呪術性權威感。其意源於天命神授說、仙眞下刼說。在原始用法中，「眞」字已被賦予神仙神話的色彩，指「眞人」、「仙眞」，可去而上僊，是與天界可以溝通的神奇角色。待符命說形成後，上符天命者可作人間帝王，梁慧皎高僧傳載釋僧含密謂顏峻：「如今讖緯不虛者，京師尋有禍亂，眞人應符，屬在殿下。」（卷七）這裏所說的「眞人應符」，就是指上符天命的眞主。另一系統則爲道敎的「眞君」說，眞君爲人間的統治者，上應天命，所以道士作爲傳達天的旨意，已是原始巫師薩瞞性格的轉化。在六朝時期，尤其北魏自命爲眞君之後，都需要由國師地位的道士授籙，自是「每帝卽位，必受符籙，以爲故事。」又「後周承魏崇奉道法，每帝受籙，如魏之舊。」（隋書經籍志）受籙卽是由道士幫忙，將天命授與帝王，故眞君確是道敎化以後的「王」、「天子」。

李淵之爲眞主，在史家的筆法中還被賦予另一傳奇性色彩，就是骨相說。此說爲傳統讖緯中的異常風貌，與中國觀人之學的進一步發展，成爲帝王將相的傳統敍述筆法。類此兼有呪術、擬科學、宗教的人學，對於創業帝王的解說，在號召群雄的階段，確具有其神化的作用。而有關的唐代史科，依循開國英雄的慣例，自可依樣在其眞主、眞人的眞命天子之相予以文飾，像舊唐書高祖本紀所述：李淵補千年備身，累轉譙、隴、岐三州刺史，就有一善相人史世良恭維他「骨法非常，必爲人主，願自愛，勿忘鄙言。」而李淵也「頗以自負」。相學的可信度如何，以合理主義的儒家立場固可非相；但中國自古以來卽流傳其說，是一種經驗性的陰陽五行之學，可說是集體意識，代表傳統文化中的意識型態，言者聽者自有會意之處，因此很難說這些記載一定是史臣所神話化的奇說，這是隋文帝時的事。到煬帝大業十一年，李淵爲太原道安撫大使，負責於河東討捕所部盜賊，請夏侯端爲副，「端頗知玄象，善相人」，其用以勸說的話，乃是審度時事，觀察心志，再巧妙安於一預言性的說辭中，自具有動心之處：「金玉床搖動，此帝座不安；參墟得歲，必有眞人起於實沉之次。天下方亂，能安之者，其在明公。但主上曉察，情多猜忍，切忌諸李，強者先誅，金才旣死，明公豈非其次？若早爲計，則應天福，不然者則誅矣。」（舊唐書卷一八七）這段話並非全是唐朝史官爲李淵「造反有理」所作的飾說，而是明白剖析李淵的處境。隋煬帝晚年猜忌大臣，連續誅殺，以李淵的功高位重；又姓在符籙，豈能安然。通鑑就將夏侯端之言與許世緒之言合併一起，作爲李淵留守晉陽之時，情勢所逼，不能不反。由此可知李淵的起事，確是有意無意地利用圖讖、謠讖，以及神秘的傳說，造成創業眞主的形象。

李唐創業除了自動運用圖讖，作爲製造圖讖的道教中人自也有所行動：南朝的茅山道、北朝的樓觀道士確也在革命預言的製造中，有所呼應，此正爲其拿手的本事。首卽爲王遠知（五二八—六三五）曾師事陶弘景及臧矜，接掌茅山的敎務，其生平依新舊唐書及道教史料所見，乃以一國師身分出入於陳、隋以至於李唐；陳主嘗召見，特加禮敬；而隋煬帝與之往還，則始於爲晉王鎭揚州時，其後更且親執弟子之禮，勅都城起玉淸玄壇以處之。及煬帝將幸揚州，遠知諫其不宜遠去京國，由此可知其與煬帝的關係頗深。在隋末群雄紛起之際，據舊唐書所載，王遠知卽以道敎中人的身分對於李淵、李世民有所指點：

高祖之龍潛也，遠知嘗密傳符命。武德中，太宗平王世充，與房玄齡微服以謁之。遠知迎謂曰：此中有聖人，得非秦王乎？太宗因以實告，遠知曰：方作太平天子，願自惜也。（卷一五二）

這段史料唐代史臣當取材自道敎之說，由於其關繫及李唐的創業，道藏中的茅山志、雲笈七籤以及玄品錄等均一再提及㉙；此外胡璩「譚賓錄」所記王遠知事也都有關。以茅山高道的政治、宗敎性格，應有所據而云然。其中有關太宗當作太平天子一事，乃爲了解說太宗卽位的合法性、合理性，疑爲史臣在授意之下所改造、增飾之說。這一問題並不重要，只是太宗爲王說的錦上添花之舉；但對於虯髯客傳等的撰作與流傳，却提供了重要的道敎背景，至於王遠知所密傳的符命究爲何事却大可注意。

王遠知所能掌握的上淸經系的符命說，應該就是太平金闕後聖李帝君一系。今傳道經與太平經有關的，有一「太平經複文序」，正落實了金闕後聖李帝君的傳說。其中敍及「南朝湮沒，中國復興；法敎雖存，罕有行者。」因爲桓法闓重編太平經之後，又不能風行經法；但由於時局的紛紜不安，六朝末季以至隋末，金闕後聖李帝君的太平願望仍舊繼續流傳下去。序中有一段文字極具有影射的用意：「壬辰之運，迎聖君下降，覩天平至理。仙侯莅事，天民受賜，復往古斯文之功彰也。」壬辰之運，吉岡義豐氏即據此認爲是唐太宗貞觀壬辰年以前所製作。由於符合太宗爲太平天子的意願，王遠知倍受高祖、太宗的禮遇；而茅山道與李唐帝室所具密切的關係，也實肇因於王遠知與李唐創業的一段因緣。

道教史上樓觀爲北朝高道的道法重鎭，北周通道觀近於國立宗教研究機構，即選任樓觀道士主持。其傳記應即爲陸續編成的「樓觀先生本行內傳三卷」—「終南山說經臺歷代眞仙碑記」即節錄此書，而高道傳、眞仙體道通鑑亦多取材於此。樓觀道士之與大唐創業有關的傳說，一爲李順興，一爲岐暉：前者因津陽門詩注：「眞人李順興，後周時修道北山。神堯皇帝受禪，眞人潛告符契。」王夢鷗先生考定李順興的時代不可能與李淵相接，當是鄭嵎記載有誤，或另有根據。㉚故鄭嵎所據必屬民間傳聞，而且與北周樓觀有關。因爲所潛告的符契，即爲類似衞元嵩所作歌讖，爲李氏、或洪水等說話，而後經民間傳聞異辭，使李順興成爲箭垛式人物。這可從岐暉事獲得旁證：大業七年煬帝征遼，岐暉主持樓觀，就以預言式告其弟子：「天道將改」、「當有老君子孫治世，此後吾教大興」，這些淸修的高道依據道經所示的老君當治、李氏應出的傳統，而作前知性的預言，是符合其政治、宗教性格的。因此大業十三年李淵起義兵時，岐暉「逆知眞主將出」、又喜曰：「此眞君來也，必平定四方矣！」且實際「盡以觀中資糧給其軍」、又「發道士八十餘人，向關應接。」仙鑑卷三十的原始素材應即樓觀先生本行內傳卷三部分，爲唐高宗時尹文操所撰。樓觀據傳老君授尹軌，所以對老君傳說極爲親切，自易顯揚老君轉生眞君下世的讖言，這些圖讖大有助於李淵的起義行動。所以道教實質幫助李唐創業的固極有限，但其精神上的支持，適時顯揚李氏應讖當王之說，則不可忽視其影響力。

李唐創業與道教的關係，極爲隱秘，多屬符讖一事。創業注中除吐露其運用李洪圖讖等事，也一再透露老君、李君護佑之迹，如霍太山神化身「白衣野老」，告以破宋老生之計，條件卽爲「可爲吾立祠廟」；曁其建國後，大修樓觀，並親祀老君，謂曰：「朕之遠祖，親來降此」，詔改爲宗聖觀。唐初對道、佛二教的態度，固然未必不重佛教，但其崇拜事蹟中，尊崇老子一事，則毫無疑問。李唐崇祀李姓老子，非單純地攀附之說可解釋；而應從道教早有老君子孫當下治世的圖讖傳統加以瞭解，因爲受命之符對於創業建國的本身具有類似主義、信仰的微妙作用，這是傳統創業君主所特意製造的政治神話。李淵在一再勸進中受禪卽位，其卽位告天册文說「值鼎祚云革，天祿將移，謳歌獄訟，聿來唐邸。人神符瑞，輻輳微躬。」這種順乎天應乎人的革命符瑞，道教思想取代漢緯而勝任之，三百年的李氏應讖當王說終於實現於李淵的策略之中。

三、唐人小說中的李唐創業傳說

李唐創業前後的事蹟在唐代社會流傳，又經筆錄於筆記小說中，實可反映出不同時間不同地域的複雜說法，但其中有一共通點，就是民間社會更喜歡以神秘性的眼光加以渲染，借以解說英雄創業的成敗得失。而其中又因唐代文士的作意好奇，常有所寓託與諷喻，因而所賦予的表層意義，就與時代格局密切相關。凡此與李氏當王有直接或間接關係的圖讖傳說，唐人小說約可分作四大類：一爲以李密爲中心的李密傳說；二爲以李淵爲主的創業眞主說；三爲以李世民作爲核心人物的眞命天子說。四則爲武周專政，中宗中興的李氏再受命說，均與圖讖的運用相關。最後値得一敍的是有關桃李子歌在唐朝流傳的情形。

㈠ 有關李密的兩種傳說

首先注意唐人對李密這位降唐又反叛而死的悲劇英雄，從史料所顯示，李密雖敗，但其部將及山東地區的百姓仍對之深有懷念，此自與李密對待部屬的態度有關；只是由於瓦崗寨集團中，李密的舊世族派與翟讓的農民派一直未能眞正合作，導致其內部組織解體；而李密在一連串的與王世充、宇文化及的征戰中，削弱實力，終於成爲敗軍之主。太平廣記卷二〇〇李密條所引「河洛記」，卽劉仁軌「河洛行年記」，主要在其所作五言詩一首，兼及其他簡略事跡，故列於「文章」類中。這是近於雜史記事的事跡，不涉玄怪。

唐人筆記之於李密有兩種評價：一是站在李唐立場，認爲成則爲主，敗則爲寇，批評李密不能獲得天命；另一則多方維護李密，將其塑造爲讓出天下的隱者形象。兩種傳說都各有時代意義，並表明作者的政治思想。第一類承認李密不能稱王，早有徵驗：分別載於唐初竇維鋈撰「廣古今五行記」（廣記卷三九六引，列於風類），其後太和中進士鍾輅又收於「感定錄」中，文字小異。鍾輅所撰前定錄、感定錄多言徵應、定數等定命之事，所以廣記卷一百四十二也列於徵應類。其事敍述大業十三年李密於鞏縣南設壇，大張旌旗，告天卽魏公之位。結果黑風從西北暴起，吹密衣冠，又吹折旗竿，其後「果敗」。其中「西北」影射太原李淵；風起竿折爲李密終敗的徵應。因此解說李密無成王之命，完全是從護李唐立場出發，廣古今五行志甚至使用「賊軍惡之」的字眼。與此相近還有一篇魏先生，收於廣記一百七十一精察類，出袁郊「甘澤謠」—袁郊在咸通中感春雨澤應而載謠異事，其記述魏先生的目的實在辯析李密乃「亂世之雄傑」；而太原李氏始爲「帝王規模」，袁郊透過魏先生之眼，精察李密亡命時「氣沮而月亂，心搖而語偸」；因而勸告一番「天人厭亂，曆數有歸」的天命有定說，其中精察之處「吾嘗望氣汾晉，有聖人生，能往事之，富貴可取。」結果李密不能聽，直至敗覆，進思魏生之言，遂有歸唐之舉。類此小說家言，自是不足怪異。但文中強調李唐之得天下，乃聖人復生，上應天命，却表明了晚唐文士冀望李唐多有甘澤之謠的瑞應心情。

但唐人並非全是以李淵立場作小說，至少陸藏用「神告錄」一篇就較能從另一觀點論李淵的創業。神告錄一篇，當曾單篇流傳，廣記卷二九七所收，題爲「丹丘子」；另外爲中晚唐陳翰異聞集所收，而爲類說節錄的一種。篇中的丹丘子，其影射對象經王夢鷗先生考定，當卽李密：因爲丹丘子姓李，受命在李淵之前；而且其隱迹的鄠杜之間，本是李密的寄籍所在。㉛這確是一篇影射二李之間爭奪天下的小說，其中關繫圖讖傳說的約有幾點值得細加尋味：首爲小說開場卽出場的「老翁」，其作用與筆法極似創業注中的「白衣野老」，屬於小說人物中的原型性角色，代表著智慧老人—智慧以人的化身出現，幫助主角解決困境，老人常是知識、睿智、聰敏與直覺的象徵；同時常表現出一種預言、前知式的超自然能力。在中國文學傳統中道士、老翁、高僧等常是這種集體潛意識的表現。高祖面臨宋老生的強敵，準備旋師，霍太山神化身白衣野老指點迷津，類似的筆法可能啓發陸藏用；或者根本在民間流傳時已出現這一原型性人物。老翁以「狀貌甚異」的形象，又出現於高祖徬徨之際—開皇末，其告語中極具有啓示性：

> 隋氏將絕，李氏當興。天之所命，其在君乎！願君自愛。既為神授。寧用爾耶？隋氏無聞前代，繼周而興，事踰魏晉。雖偷安天位，平定南土。蓋為君驅除，天將有所啓耳。

這些文字與前述史世良之語神似，應是有所承襲。而天命、天啓的習套，也是習語。問題在「李氏」爲何李？老翁的指點與李淵、丹丘子的對話，正環繞著這一關鍵。實際史實中二李的關係，乃是一冷酷的革命集團間的角逐。但李密先膺受圖籙；而且由於瓦崗軍制住隋軍主力，李淵始獲得由山西渡河入陝，進而奪取長安的機會。所以李密雖是失敗的英雄，却頗引發部分唐人對其具有一種同情心。神告錄以一極坦蕩的口吻敍述「神器所屬，惟此二人」、高祖「若應天受命，當不勞而定。但當在丹丘子之後。」都是公平而合於眞實的史論。從正史論二李：李淵老謀深算，較諸李密爲深沉，因而神告錄中二人的形象迥異：李淵在老翁指點之下，竟袖劍往詣，將不利於丹丘；而這位被神仙道敎化的丹丘先生則是凝情物外，貌若冰壺－廣記因而列於「神」類。通篇情節的發展具體而微，先由老翁出場引發高祖與丹丘子見面的動機，簡練的文筆交代李淵的心理狀態極爲傳神：先寫被說破之後，「煬然自失，拒之」；經開導之後，又「陰喜其言，因訪世故」，逐漸導出一袖劍前往的緊張場面。作者至此塑造出道德玄遠的丹丘子作一對照，殺氣陰鷙的李淵在這情境之下，不禁「覩其儀而心駭神聳」，然後展開一場對話－一篇具體而微的王命論，推進了情節，逐漸解除李淵心中的結，也解決了危機感。

神告錄的作者主要是從批判首謀者李淵爲着眼點：丹丘先生隱几持頤，塊然自處，完全是世外高人的神情；對談時只是「笑而頷之」，確有隱者、高道的氣象。因此其議論代表隱士之流、或得道之士對於陰謀家、革命家一輩的批判。在道家的眼睛裏，從塊然自處的高角度下，冷眼觀照李淵誠惶誠恐的演出：又是伏謁於苫宇之下、又是愕而謝之，一種急切張皇的形象。丹丘先生只用一句「吾久厭濁世，汝擅於時」，點明幸毋見忌的旨趣，就解除了李淵內心深處的殺機；以下幾乎只剩李淵的自話，一種類似內心獨白的筆法，讓首謀者李淵在丹丘先生之前、在道家隱者之前、在廣宇悠宙的歷史之前作一番自我辯白與解說。這種手法雖是特意安排的戲劇性場景，但也可看出它顯然是作者命意之所在。

李淵的二段對白中，清楚表明當時二李之運用李氏圖讖確有矛盾之處：「隋氏將亡，已有神告，當天祿者，其在我宗」，因此兩雄相爭必將導致重大的傷害。在兩難的情況下，李淵表明自己是有心輔佐，欲躋斯民於塗炭。如以隋末群雄而論，李淵確是野心最大，李密也有「彼可取而代之」的項羽的豪情，其餘頗多只能算是草莽英雄。李密為楊玄感主謀事敗後，從雍州亡命，「往來諸帥間，說以取天下之策，始皆不信」；而最後所依的翟讓，本質上也只是農民派的首領而已，均有其見識、氣度上的局限性。薩孟武氏論中國歷史上，有爭奪帝位的野心者不外兩種人：一是豪族，有所憑藉，便於取得權力；二是流氓，無所顧忌，勇於冒險。[32]當中自也有變數存在：李密、李淵俱出身於關隴集團，俱屬豪族：李密就因「斯人公卿子弟，志氣若是」，故漸得諸帥的敬意。但因其已是沒落，初起時失其憑藉，只好往依翟讓，又終因農民派不完全服從，終於失敗。李淵集團的形成，除了以血緣集團為核心（諸子及其家族、姻籍）；又因其豪族身分，大得隋官出身者的附從（太原及近旁的地方文官、鷹揚府官、與隋官等）其他豪族（許世緒、唐儉一類）也願參與；又有財雄勢大，足以號召亡命者（長孫順德、劉弘基）及隸人（錢九隴、樊興），因此其集團力強固，勝算較大。[33]至於翟讓則與劉邦、朱元璋等「流氓」型猶差一大截，只想穩守一方，作為將來討價還價的本錢而已。李淵的本質既是豪族，所以其對話中一再以堯舜、漢祖自比，因而其心志是以順天應人的革命者自我期許。其勢壯、其志大，因此能綜合豪族的身分、士族的輔佐以及廣大百姓的實際力量，締造一統王朝。丹丘先生教誨的，代表中國人的一種史觀：卽時運—「功業隨時，不可妄致；廢興旣自有數，時之善否，豈人力所爲」。帝業之成，除了客觀條件具備，還需配合自然的運數，這是中國人對於歷史的宿命論調：隨時應數，而道教中人又特別突顯此一說法的神祕性。

神告篇末敍高祖「悵然而返」，後卽帝位，仍「密遣太宗鄠杜訪焉」，此事可解說李密之死，頗得其親信的敬愛，李淵因懼其潛力尙普遍存在，故微行察訪。㉞從譚賓錄所述，李密死後，徐勣仍在黎陽堅守，經李淵以密的首級招降，「勣發喪行服，備君臣之禮，表請收葬，大具威儀，三軍皆縞素：故人哭之，多有嘔血者。」其夙得人心，不僅剛死之後，其後山東一帶仍多流傳的瓦岡寨說話，顯示李密確有値得廣土衆民懷念之處。

(二) 李淵受命的瑞徵傳說

李淵作爲太原起義的首謀者，爲歷史上的眞實事情，但唐人小說中對其敍述則有兩點値得注意的：一是從李密維護者的立場，將李淵描述爲一老謀深算，急於得位的形象。一是太宗卽位後，將得天命者歸於太宗一人，反而讓李淵起義事漸隱而不彰。幸而溫大雅隨侍身旁，所撰的創業起居注未經竄改，且繼續流傳於唐代，因而保持於書中的資料，仍爲唐人創業瑞徵說的取材來源。其中有關丹書奇石，爲典型的河圖洛書式的讖記手法：

> 太原獲青石龜形，文有丹書四字曰：「李治萬世」，齊王遣使獻之，翠石丹文，天然映徹，上方下銳，宛若龜形，神功器物，見者咸驚奇異。帝初弗信也，乃令水漬磨以驗之，所司浸之經宿，久磨其字，愈更鮮明，于是內外畢駕，帝曰：「上天明命，貺

> 以萬吉，恭承休祉，須安萬方……

「李治萬世」的丹書青石，必爲創業階段其主要幹部的傑作，至少是有意牽附。這種開國神話其後以不同的版本流傳：代宗廣德年間渤海塡撰「廣德神異錄」載爲「李淵萬吉」（廣記一三五唐齊王元吉條）；大中、咸通時李璋「太原事跡雜記」也作「李淵萬吉」（廣記一六三唐高祖條）且同爲齊王元吉所獲於太原。凡此均保留齊王元吉也有功於創業的記載，而未經太宗示意史臣所竄改的，其翠石丹文無非強調李淵之得天下，乃屬天意。

與此相近的則見於道士系統的資料，杜光庭在唐末整理的「歷代崇道記」記載羊角山有素衣金冠神，命吉善行告訴李淵，預告有獻石龜者，有文曰：「天下安，子孫興，千萬歲，千萬葉。」這條資料也見於杜光庭錄異記，文字大體相同，爲高祖武德三年事，獻石龜者爲邵州，但只有六字「天下安、千萬日。」素衣金冠神卽是老君。由老君潛告符契，爲道教流行的說法，杜氏所輯的必曾流傳於道教內部，而非唐末才出現，也是道教製造圖讖作爲政治參與的模式。

李淵應爲眞主，太平廣記卷一六三讖應類曾引芝田錄，言淵高顏面皺，煬帝目爲阿婆面，頗爲不樂，竇皇后則解說爲「公封於唐，阿婆乃堂主，堂者唐也。」李淵因而喜悅，與秦齊諸王私相賀。「堂」字的諧音疑源自衞元嵩歌謠中的「李樹起堂堂」，成爲李唐。廣記一三五徵應類又引感定錄：

> 隋末望氣者云：乾門有天子氣連太原，甚盛。故煬帝置離宮，數遊汾陽以厭之。後唐高祖起義兵汾陽，遂有天下。

望氣者言太原有天子氣，疑卽虬髯客傳「望氣者言太原有奇氣」的依據，但得其氣數者爲李世民罷了。有關氣的理論，自兩漢氣化說流傳，結合陰陽五行，成爲術家的基本觀念。六朝小說有風水地理之說，強調王者之出與地穴之佳者有關，望氣可以預知未來。隋末望氣者所言，代表中國社會對於王者的呪術性神秘感，強調天命的權威性，具有其宿命論傳統。

(三) 李世民爲眞命天子說

李世民與圖讖的關係，其動機並非如李淵之逐鹿中原，而是爲玄武門之變所作的飾說。今人李樹桐氏反覆論證李世民因其所得王位之不正，於是授意改竄歷史，新舊唐書中卽頗多飾說之辭。㉟其主要改動之處，有將太原起義的首謀者由高祖移往太宗之嫌；又將建成、元吉的軍功淡化，而增飾自己的功勞；尤其三人在王位之爭中，諉過於建成、元吉，類似的作法無非爲了造成太宗爲締造李唐的主要人物的形象。

李世民自是一才略過人的英才，所以李淵集團中的幹部劉文靜、裴寂稱讚爲「非常人」；高祖對之也極倚重。尤其正史新、舊唐書中這種稱譽尤爲顯然。武德九年，傅奕奏：太白晝見於秦，秦國當有天下。高祖以狀授世民。（舊唐書三六、天文）通鑑引述此段，而且有太宗召傅奕賜食，並謂「汝前所奏，幾合吾禍，然凡有天變，卿宜盡言皆如此，勿以前事爲慮也。」（一九二、唐紀）傳奕爲道士，爭王行動中太宗顯然頗在意各種瑞徵的出現。現收於册府元龜卷二一，帝王部徵應中，就有多條太宗當爲天子的記載：如方士喬伏仁善言符命，見三兄弟爭王，就散布「秦王應天上籙，當爲元君」之說；又有太史奏「太白入南斗，秦王得天下」等說辭。

類似的徵應當時必多，後世也必流傳，因此瞭解道教在李世民登基過程中，其所參與的製作傳說的記載，有助於說明「虬髯客傳」的形成。

杜光庭主持編撰「仙傳拾遺」，乃引錄各類仙眞傳記資料而成，因而其中的看法並非代表晚唐人之說，而是唐人長時期的傳說的結集。其中有兩則與太宗有關：一是孫思邈，這位多才多藝的道士，除以名醫爲一時所稱，也具有預知前事的能力。太平廣記卷二十一引述仙傳拾遺及宣室志，說在後周宣帝時，卽因王室多故，隱居太白山。及隋文帝輔政，徵爲國子博士，也稱疾不起，常謂所親：「過日五十年，當有聖人出，吾方助之以濟人。」及唐太宗卽位，召詣京師。這段簡要的敍述，今傳太平廣記有注明引自杜光庭（八五〇—九三三）仙傳拾遺、張讀「宣室志」。此外，又見於舊唐書卷一九一孫思邈傳中，文字相類。席文（Nathan Sivin）懷疑舊唐書不一定取自這兩種資料，且將「聖人」定爲高祖（應高宗）——六五〇—六八四。[36]

席文之說自可備一說，但杜光庭所用資料常有更早的來源，雖則太平廣記已不見宋朝原刻之眞，但也無確實資料懷疑廣記所注出處。因而這兩書所引的孫傳仍可作爲晚唐以前的事迹，且可能爲舊唐書撰者所引用。至於孫氏預言中的聖人，不應意指「唐高宗」，發言的確定時期也不應在西元六〇〇年前後，楊堅輔政之末期。

有關孫思邈的生年爲解決問題的關鍵：對於他出生於「辛酉年」，四庫提要改爲「辛丑」（隋開皇元年），而不信其隱居太白山之事，山崎宏氏卽採此說[37]；但馬伯英氏則認爲「辛酉」之說不誤，但不是開皇元年，而是梁武帝大同七年（五四一），因而採信有關孫思邈早年的事迹。[38]依照後者的說法，則孫思邈早年諸事均可得到解釋：三十八歲時，知王室多故而隱居；

隋文(楊堅)在周靜帝時爲相輔政(五八〇),徵爲國子博士。則太宗召見時,已是八十六歲,故「嗟其容色甚少」。由此推斷其作預言的時間,卽楊堅輔政,而非建國之時。則「後五十年」—五十年以後正是太宗貞觀初,剛好是徵召之年;而「聖人出」自是指太宗。從太宗有意居於創業帝王的意圖言,這一解說是合理的:聖人並非是高祖,因爲按五十年的計算法,是嫌早;而高宗則又嫌晚,且不合乎世宗爲聖人說。顯然孫思邈的聖人出之說,也是唐太宗改史以後的說法,至於孫思邈的生年仍有些謎團。但可嘆服的是,如是造假的,確是極用心機的一段史料。

太平廣記卷十九又引神仙拾遺,也就是仙傳拾遺,敍述馬周是華山素靈宮仙官,「唐氏將受命,太上敕之下佐於國」,但却沈湎於酒,汨沒風塵間二十年,經袁天綱點破,前往一山見老叟,老叟開悟的一段話中,有「太上命汝輔佐聖孫,創業拯世」之語;又引入宮闕,經歷一段奇異境頭,忽覺心智明悟,併憶前事,「二十餘年,若旬日之間耳。」等到再詣長安,袁天綱驚其奇遇,並勉其「一日九遷,百日位至丞相。」其下敍述馬周在「貞觀中,敕文武官各貢理國之策,周之所貢,意出人表。是日拜拾遺監察御史裏行。自此累居大任,入相中書令數年。」這是小說筆法下的馬周傳奇。舊唐書卷七十四有馬周傳,敍述平實,年少時也日飲醇酎,而其發迹,則因至京師,舍於常何之家,剛好太宗令百僚上書言得失,周爲中郎將何具草陳事,而得到太宗賞識,因而召見,一再陞遷,最後曾攝吏部尚書,加銀青光祿大夫。

比較兩種敍述方法,仙傳拾遺顯然強調其特殊身分:「汝本素靈宮仙官,今太華仙王」,爲唐人小說中習見的謫仙。所以其卒前,夢「群仙降其室」,說明佐國功成,可以退矣。而更重要的是神化其輔佐太宗一事,先說唐氏受命,又說輔佐聖孫,創業拯世。也就是將太宗說成受命「聖孫」、創業君王。這位騎牛老叟稱太宗爲聖孫,不正是影射老君,因爲只有李姓的老子，才騎青牛，正是李唐攀附的神仙遠親。運用小說筆法神化太宗爲創業的聖人，應是唐人有意塑造的太宗神話，只有強調出李世民爲上受天命的眞主，才可消除其殺害兄弟奪得大位的陰影。將王遠知、孫思邈以至騎牛老叟搬出，自可在民間形成了李世民當爲天子的符命既成事實。將這些傳說加以綜合以後，形象化表達出來的就是著名的「虬髯客傳」。

虬髯客傳的著成，王先生引用蘇鶚演義「近代學者著張虬髯傳，頗行於世」一語，斷定爲咸通至於光啓之時，適當龐勛、王仙芝、黃巢相續作亂以至李克用朱全忠互爭雄長的亂世。[39]這近代學者固是觸類興懷，託小說以寄，但頗疑其所使用的素材早已流傳民間，只是加以文飾，並興發議論耳。因爲傳中所述史實常多不合，如李靖得見楊素之類，只要學者略加翻檢卽可避免。所以其原始疑直接以民間流傳的秦王說話爲小說素材，因杜甫送重表姪王砅評事使南海有句云：「隋朝大業末，房杜俱交友。⋯上云天下亂，宜與英俊厚，向竊觀數公，經綸亦俱有。次問最少年，虬髯十八九。子等成大名，皆因此人手。下云風雲合，龍虎一吟吼，願展丈夫雄，得辭兒女醜。秦王時在坐，眞氣驚戶牖。及乎貞觀初，尚書（王珪）踐台斗。」[40]詩中指王珪，與虬髯客傳不合；但所述故事則有些類似，或許類似的秦王說話曾以不同版本流傳於民間，虬髯客傳採用其中的一部分。

虬髯客傳中陸續登場的人場，雖是李靖、紅拂妓以及虬髯客—後稱風塵三俠，但主要的仍舊爲襯托出李世民。傳中對於三俠的俠骨豪情的形象塑造，其著墨各有輕重：李靖雖著布衣而胸有奇策，紅拂妓除外形殊色而其識見亦能賞鑒李靖與虬髯客，對二人的筆法都屬重點描述，因而其外表造型俱是簡筆爲之；但對虬髯客則花費較多筆墨，描摹其赤髯而虬的形貌，騎坐蹇驢—驢雖蹇却其行若飛，成爲奇特的配合；再加以革囊、人頭等動作，形象化一豪俠形象。其所以特意刻劃，正是爲了突顯李世民的眞主身分。因爲神告錄以李淵與丹丘子（李密）對照組合的構想流行在先，爲了強調李世民爲太原的首謀者、爲李唐的創業主，自也需要構想出另一組配對性的人物：文皇與虬髯客卽基於此一動機而出現—關於虬髯（或鬚）客的虬髯問題，頗多爭議：或說是太宗的影射，其實是以奇表的李存勗爲影射。作者的用意是否要表現世民虬髯—「神氣揚揚，貌與常異」，夙有龍鳳之姿的帝王相貌；而虬髯客「紗帽裼裘而來，亦有龍虎之狀」。兩人的外形確有異於常人之相，都是非常人也；但要成爲垂福萬葉的大唐帝國之王，却需要受自天命。

受命是太宗佈置其登基時二大工作之一：一造父命、一造符命，而符命正是竄取當時屬諸其父的「李氏當應圖籙」。虬髯客傳雖運以虛筆，先寫李靖，紅拂妓的風塵知己，繼寫虬髯客的出場，但傳中運用對話以推動情節的巧妙手法，主要的却是爲李世民的上場預下伏筆；而且伏筆一直圍繞著神秘的氛圍：李靖口中的「眞人」、虬髯客所傳聞的，「望氣者言太原有奇氣」，都是爲了要先造出異人登場的氣氛。等到李世民出場，以虬髯客的觀點是「不衫不履，裼裘而來，神氣揚揚，貌與常異」；而第二次道士眼中的是「精采驚人，長揖就坐，神氣清朗，滿坐風生，顧盼煒如也」，唐人小說運用「觀點轉移」（Shifting of View-Point）已極自然純熟。比較虬髯客與李世民的登場筆法，則作者創作的心意照然若揭。至於傳中判定李世民的兩次場景與人物，其安排是具有深意的：虬髯客是以「善相者」的身分被引見—當然虬髯客也眞善相，所以一見之下，「默居末坐，見之心死」；而道士本就是中國人集體潛意識中具有預知未來的睿智人物，一見之下，慘然斂棋，說出「此局全輸，救無路矣」的雙關語。由善相、道士之眼側筆寫出太宗之得王位，正是李唐創業以來士庶普遍接受的正統觀念。

傳中一再強調的「眞人」、「眞天子」，以及後半虬髯客口中的「太原李氏，眞英主」、「持余之贈，以佐眞主，贊功業」，所有使用的「眞」字，實均源於「眞君」的眞：眞爲道家哲學、道教思想中的關鍵字，原始於僊眞的神仙意義；衍變成眞君時，又在宗教意義之外，賦予一層政治色彩。李唐王朝使用的眞命天子，融合符命說、眞君說，成爲新王朝的眞主。文中經由虯髯客之口預告「三五年內，卽當太平」，太平之主、淸平之主就是結束紛擾的戰局，帶來太平願望的救世主。將李世民塑造成救世的英主，其意趣猶如岐暉等道士所盼望的當來眞君，必平定四方，因此「逆知眞主將出」。眞君、眞主、眞英主、眞天子等名詞，充分表現出道教眞君思想中宗教性落實於政治現實的一種轉化，後世習用的「眞命天子」也卽是道教圖讖傳統下的使用法。瞭解虯髯客傳的道教背景，也就會接受文中特別安排一道士的出現，作爲揭曉爭奪天下一局棋的結局。因此，杜光庭編「神仙感遇傳」時，將此篇收編進去，不僅是要彰顯這位道兄的有功李唐，更是要肯定道教傳統中具有預知世局的特殊能力。

虯髯客傳中兩雄一爭天下的構想，雖受神告錄的啓發，但這位「學者」却是別有用心用意的所在。只要比較神告錄中的李淵，謙卑地跪拜於丹丘先生之前，說明「兩不相下，必將決雌雄於鋒刃，衒智力於權詐。苟修德不謹，僕懼中原久罹劉項之患」；而虯髯客則聽從道士「此世界非公世界，他方可也」的勸告，將「某本欲於此世界求事，當龍戰三二十載建少功業」的初衷完全放棄，另外到東南數千里外另建一世界。顯然這種對照是創作虯髯客傳者「作意好奇，假小說以寄筆錄」之處，而最顯豁的一段文字則是傳後太史公作史論式的議論：「眞人之興也，非英雄所冀，況非英雄者乎？人臣之謬思亂者乃螳臂之拒走輪耳。我皇家垂福萬葉，豈虛然哉！」這是一段雄壯有力的警告之辭：首先肯定太宗之受天命；將石龜預告的李淵萬葉、李淵眞主，完全移至太宗身上，屬於太宗授意改史後的正統說法；其次警告謬思亂的人臣—影射龐勛、以至西突厥族出身的李克用等有力軍人，勿存非分之想。當然，最主要的是要這些心存異圖的非英雄，多學習英雄人物虬髯客將其能力轉用於中國邊區，「扶餘國」除寓扶持唐室之餘外，可泛指東南、西北各區，只要不在中國。所以這位學者確是唐代開國二百多年以後的文人，以其盡忠於唐家的心情構造出虬髯客傳奇。由於他有所寓託，自不便明寫太宗，但又處處寫他；雖不直寫護唐，但又處處護唐。因此活用了唐人的定命觀念，將傳統天命論、道教圖讖說融合為一，有力地為李唐王朝作積極的說解。類此運用李世民當為創業眞主的傳說，自是中唐以後逐漸定型的說法，李世民不僅利用了符命，也利用了民間傳說，成為李唐眞正的創業聖主。

(四)　武周前後的李弘傳說

李唐創業立國之後，雖有禁制圖讖的政策（詳下節）；而有關李弘，及李氏當王的傳說則仍繼續流傳，至少王室之內多信有其說，且各依不同的需要加以利用，最奇特的就是武則天與李弘傳說的關係。

近代有關武氏的研究，均顯示其人確有如史志所言，「素多計，兼涉文史」（舊唐書則天皇后本紀）、「巧慧多權數」（通鑑卷一九九），凡此可從其為長子命名為弘一事證明。[41] 孝敬皇帝弘為高宗第五子，其出生時間在永徽三年（六五二），時在返宮之前，因而史家考出武后與高宗的關係，早在永徽五年高宗幸感業寺見而悅之，因而由王皇后引返宮中之前。甚或懷疑武才人者根本就未入寺為尼，只是在太宗崩後暫時出宮，而仍與高宗有所往返，故在返宮任昭儀之前既已生子。永徽六年議論皇后廢立問題，高宗就提出「（王）皇后無子，武昭儀有子」，

因而廢后立武氏。㊷

武則天陰與高宗往返，生子之後且命名爲「弘」，絕非一尋常命名事件，而是多計的權數運用。唐長孺推測其命名弘，「很可能就爲了爭取皇太子之位而造作依據」。從武氏家族的宗教信仰言，屬於夙奉佛教；但佛教的相關圖讖無可利用，而道教李弘傳說則盛傳於內廷，武才人時期得侍從太宗，其人又兼涉文史，不可能不知有關李弘應讖的傳說。因而在出生之後取用圖讖傳說中的應讖當王的「弘」字，顯已寓有權謀，返宮爲后料已在其算計中。武氏多權謀而又迷信的性格，陳寅恪氏分析其與佛教的關係，在政治上新取得地位，而改造大乘急進派經典「大雲經」，頒行天下，以爲受命的符讖，都可知其性格中，迷信神秘性符讖，而又運用計謀，爲其一貫的行事準則。㊸

關於高宗於永徽六年廢長子忠，而在明年顯慶元年（六五六）改立弘爲皇太子，正是武后的奸計之一。廢忠立弘，合乎天意，只是借口；而武氏之利用高宗的孱懦個性，積極鞏固自己的權勢，乃是主因。在神呪經研究中，可作校勘的敦煌寫本伯三二三三（同卷一）、伯二四四四（同卷七），明白寫明「麟德元年七月一日奉勅爲皇太子於靈應觀寫」，其校對者除道士外，又有「專使右崇校衞兵曹參軍事　蔡崇節」、「使司藩大夫　李文暕」。據大淵忍爾博士考知：靈應觀在「唐兩京城坊攷」卷三，屬南永崇坊，隋道士宋道標所立；而司校的職官，則屬太子左右監門率府。㊹抄寫神呪經的原因，唐長孺氏所推測的是「爲了表示李弘是應讖當王，廢忠立弘，合乎天意。」這是見解獨到的解釋。因爲麟德元年（六六四），武后慫慂高宗，殺上官儀而擁有政權，則所寫經中，有「木子弓口，當復起焉」，確也有符應之意。但還有另一層意義，與唐人寫經及神呪經的性質有密切關係，值得深入探索。

孝敬皇帝弘的事迹，舊唐書卷八十六，新唐書卷八十一有傳。據傳中所述，其人確有如制曰「天資仁厚，孝心純確」，而不似其母的機詐。但其健康情形則甚差，傳稱「太子多疾病，庶政皆決於（戴）至德等（為輔佐的左右庶子）」，制曰更一再說「沈瘵嬰身…庶其痊復」、「腠理微和，將遜于位」。換言之，李弘體弱多病，神咒經的書寫正是唐人抄寫佛經、道經，以增功德的習慣。因為神咒經正是道教神咒類經典中最有名的，其名稱為誓魔，斬鬼，運用「道言」形式，指令神兵天將殺鬼斬鬼，以道教的咒力驅除魔鬼，以除疾患。卷一、七及其他諸卷，均強調類似的咒術功能，因而道士為太子在道觀中寫經，確有功德的習俗、思想為其背景。這就是現存敦煌寫卷中，有關神咒經者達七種之多，而當時應有更為盛行的宗教習俗的因素。當然，有關李弘的應讖當王說自是武氏特意製造的神話氣氛。只是弘卒於上元二年（六七五），無從應讖當王；而武氏攝國政恰在是年，由垂簾聽政而直接攝政，李弘之死，應是一大刺激，且逐漸往女皇帝之路進行。利用大雲經的符讖，合理化、神話化其政治野心。

武氏雖有權謀運用李弘圖讖傳說，而民間社會亦能沿用同一傳說，表達其對武氏臨朝稱制的不滿。其中有一則即發生於上元初，武氏稱天后，垂簾聽政之際。太平廣記卷三九一引張讀宣室志—又錄於全唐詩卷八七五讖記類中。言及「上元初，有洛川郜縣（一作告成縣）民，因採藥於（嵩）山，得之」—所得之物，先已述明是寇謙之刻石為記，藏於嵩山。上獻縣令樊文，又由州轉獻朝廷，高宗詔藏於內府。其銘記文均有說解：

「木子當天下」。又曰「止戈龍」。又曰：「李代代不可移宗。」又曰：「中鼎顯真容。」又曰：「基千萬歲」。所謂木子當天下者，蓋言唐氏受命也。止戈龍者，言天后臨朝也。

止戈為武，武天后氏也。李代代不移宗者，謂中宗中興，再新天地；中鼎顯真容者，實真宗之廟諱，真為睿聖之徽謚，得不信乎。基千萬歲者，基玄宗名也，千萬歲蓋曆數久長也。後中宗御曆，樊文男欽賁，以石記本上獻，上命編於國史。」

這段筆記透過讖記表達對武周朝的不滿情緒：其中「木子當天下」的讖言，託於寇天師的嵩山石刻，顯然與音誦誡經有所關聯，是好事者熟知李弘圖讖，因而利用其說；也有可能採自嵩山一帶的民間傳聞，爲有關唐氏受命的讖記之一。不過其主要造構的動機，在諷喻武后臨朝，與韋后臨朝；強調中宗中興，玄宗登基。武、韋亂政爲唐人記憶中的大事，對政制、科擧、社會均有所影響，[45]在民間或文士階層必有作意好奇者加以渲染。大中年間，張讀以此等文字傳述其事，大約相距百年，正是中唐時期的傳聞。寇謙之以「後魏時得道者」，又因造音誦誡經，因而其人被當成箭垜式人物，預言二百年後的事。

唐人對於中宗中興一事，迭有反映。全唐詩卷八七五又記一上陽銅器篆：「長宜子孫」，也說是上元中，韋弘機充使造上陽宮，掘地所得銅器，中有隱起雙鯉之狀，魚間刻有此四篆文，「時人以爲李氏再興之符」，這是採筆記形式，簡短解說中宗中興之例。而袁郊甘澤謠—也錄於廣記中所載謠異事，有素娥的花月之妖，變化爲武三思的妓人，善歌舞。三思遍邀公卿大夫，唯狄仁傑稱疾不來。三思有所怪責，素娥堅阻仁傑之來。迨其來，妖乃見形，明告三思：「上帝遣來，亦以多言蕩公之心，將興李氏」等語，而後消失不見。明日，三思密奏其事，則天歎曰：「天之所授，不可廢也。」這篇花月妖女傳奇，所要表達的也就是此數言。將李唐中興一事使用不同傳說形式傳達，屬於形式化的解說方式。因爲中唐時，韓愈、柳宗元及劉禹錫等曾展開有關天命說的辯論；此事當時轟動一時，足與民間傳達的天命說相互激盪。對於李唐之得天下，乃天授、天與，一者屬之開國創業時，再者繫之中興再受命時，均顯示唐代社會的天命觀中，確有李氏之得天下，乃有命定的宿命論調。張讀、袁郊在中唐稍後陸續紀錄這些傳聞，也可說是當時意識、思想的紀錄。

大抵言之，武、韋二后相繼掌權，在中國政治史上可謂開其先例，牝雞司晨，唐人每多議論。今分析其性格，則利用圖讖，以符天命，正是權謀之極，而李氏當王的圖讖傳統，由於其深遠的影響力，就被巧妙運用。武氏固然以取名冀以應之，而後人也以其道還諸其人，可說是李弘傳說史的趣事。

㈤唐代的桃李子歌

隋唐之際流傳一時的「桃李子」歌謠，在李唐創業立國之後，因其具有預言李家天授的意義，自當特別受到重視。而其產生變化則在玄宗時，被列於法部中。新唐書卷二二禮樂志中有關玄宗條文，有天寶十三載，「始詔道調法曲，與胡部新聲合作」一事；另唐會要卷三三諸樂內有關條文，亦爲佐證的史料。岸邊成雄博士證以元稹樂府「立部伎」（按：當爲法曲）的注解，說明胡俗兩樂融合的事。其中所謂道調法曲的道調，爲唐朝俗樂二十八調之一，與仙呂調均爲具有道教意義的調名，爲高宗命樂工所作。至於法曲，則係玄宗在梨園親自教授的音樂，有正樂之意；因其道教思想背景極濃，故有法曲之名：其中以霓裳羽衣曲和赤白桃李花較著名。[46]前者實爲胡曲之中國化；而後者則是具民間歌讖色彩而潤色改編，屬於燕樂系統，由太常寺和教坊的樂工、樂妓遴選教習的梨園弟子演唱。

玄宗所作「赤白桃李花」，以其熟習道樂，曾於內道場親教諸道士步虛韻；又崇信道教，則所謂道調法曲必有道教音樂的成分，與隋唐之際素樸的謠讖有所不同。依照霓裳羽衣曲的表演情況，屬於大曲的多段大型歌舞曲，則赤白桃李花必有可觀者。郭茂倩樂府詩集卷九六題解，將霓裳羽衣曲列於餘曲之類；而將赤白桃李花列於前面，視爲法曲中其曲之妙者，可見其綜合器樂、聲樂之美，作爲紀念李唐開國的祥瑞徵兆。其演場的梨園，應是居宜春北苑的藝人，❹爲玄宗親自指導的弟子。這些玄宗所潤色的道調法曲其後流傳，直到文宗開成二年，始改名爲「仙韶曲」。

有關赤白桃李花的流傳，大曆詩人李益（七六六—八二七）曾有「聽唱赤白桃李花」一詩記其事：

> 赤白桃李花，先皇在時曲。
> 欲向西宮唱，西宮官樹綠。

此詩雖未詳其寫作年月，㊽但距玄宗作曲之時尚不出百年，「西宮」爲玄宗晚年移居之所—乾元三年七月，因李輔國離間肅宗，故移居西內。所以詩中有其曲猶傳，而人事全非的感慨。此詩只是聽曲而有所感懷，而元稹（七七九—八三一）所作「新題樂府」中有法曲一首，則是有所諷喻。本來元和詩人中，元稹、白居易集團曾有諷喻詩運動，而李紳則爲創始者，元稹在「和李校書新題樂府」序中，既已明言「予取其病時之尤急者列而和之」，其寫作時間約在元和四年前後，法曲所諷喻的就是對於當時胡俗的流行，頗致其慨。玄宗天寶年間，將道調法曲與胡部新聲合作，「識者深異之，明年冬而安祿山反。」也就是一種不祥的異徵。元稹先歷述黃帝以下，賢君作樂足以安邦定國：伏熊羆、苗革心……；但歌曲之作需有賢德，且要謹慎曲中之意。其次論述玄宗作法曲一事：

> 作之宗廟見艱難，作之軍旅傳糟粕。
> 明皇度曲多新態，宛轉侵淫易沈著。
> 赤白桃李取花名，霓裳羽衣號天落。
> 雅弄雖云已變亂，夷音未得相參錯。

玄宗時已漸變亂雅弄，但仍是兩者不相參錯。此下即展開諷喻，「自從胡騎起烟塵」之後，唐人學胡妝、務胡樂，「胡音胡騎與胡妝，五十年來競紛泊。」（元稹集卷二十四）元稹將唐代西域音樂、習俗的傳入，視為大唐衰微的象徵，這是從諷喻時俗的立場所作的批評，而玄宗則是變亂之始。其實─赤白桃李花不儘是法曲之妙者，與黃帝鼓清角、舜持干羽作一對照，均屬威服四方、創業立國的音樂。元稹除了取用其曲音之妙，似亦體會及這層微意。

玄宗所作的赤白桃李花，其歌辭雖已不能確知，但與「桃李子」歌謠有關當無疑問：一則因其屬道調，桃李子謠讖正是以道教圖讖為背景而形成；而赤白二字，表面上是桃李的花色，其實是作為影射的桃李樹。從法部所列的曲名：如破陣樂、一戎大定樂、長生樂；及餘曲所見「堂堂、望瀛、霓裳羽衣曲、獻仙音、獻天花」之類，約有兩大類：一是與道教神仙說有關：長生樂、望瀛等屬之；另外則是創業開國的紀念曲：「堂堂」正是「李樹起堂堂」。因而判斷

「赤白桃李花」，也非尋常歌詠風花雪月之作。從李益、元稹二詩中，均未特別點明其與開國創業的關係，除因詩題、詩旨所限，似乎二人已不強調其意蘊，而只當作玄宗所作的法曲而已。有關桃李子歌在民間流傳，還有一種李花謠，無從證明其產生於隋唐之際，也有可能爲後來傳唱出來的。據信爲唐以後作，又闕作者名號的「迷樓記」曾載：大業九年，（煬）帝將行幸江都，有迷樓宮人抗聲夜歌：「河南楊柳謝，河北李花榮。楊花飛去落何處，李花結果自然成。」帝聞其歌，召問得知爲民間童謠，默然久之，感慨曰：「天啓之也，天啓之也」。迷樓記雖是後人所撰，但重要的是撰述者反映出的意識：隋滅李興，謠歌皆驗，「方知世代興亡，非無自也」。大概謠讖一類常在朝代末的亂象中，以一預言式的歌讖，預示舊朝將滅，新王朝將再度建立。

四、唐人論符命及其意義

對於李唐創業前後的圖讖傳說的綜合考察，其實應該從思想史的角度論其淵源，及其後錯綜複雜的發展：在內容上包括了漢朝以下的王命論、讖緯學；至六朝時期正史中五行志、天文志等瀰漫各種符瑞的記載。道教在此一階段，以其擅於吸收駁雜多端之學的特性扮演一極積有力的角色，利用老君轉生與彌勒降生說所構成的眞君李弘信仰，提出一種類似追求救世主與太平社會等宗教政治理想的革命口號。經歷二、三百年之後，隋末群雄紛起之際，所提出的政治口號雖各有一套，但諸李所運用的李氏應讖當王之說，無疑的是最具號召力。因此析論李唐創業的圖讖思想，其中涵括天命論、圖讖說等，牽涉到儒家、道教等不同學派。下面卽分從帝王所代表的官方立場、文士所代表的不同身分的知識分子，以及唐人小說與天命論的關係等加以考察。

李淵、李世民二人由於親身體驗到圖讖等符瑞之物的力量，因此在起義前後所表現的不同態度最可注意：李淵承認道士的功勞在於製造圖籙，有功於起義時的號召行動，創業注一再敍及其善於接待人倫，不限貴賤，道士與圖籙的密切關係自爲其所矚目。所以在敎令中特別提到「義旗撥亂，庶品來蘇。類聚群分，無思不至。乃有出自靑溪，遠離丹竈，就人間而齊物，從戎馬以同塵。咸願解巾，負茲羈韘，雖欲勿用，重違其請。逸民道士，誠有可嘉，並依前授。」這是利用道士所製造圖籙，突顯自己爲王乃天授、天與，屬於神學的天命論。因此，像武士彠之流進呈兵書及符瑞，高祖勸其「幸勿多言，兵書等物，尙能將來，深識雅意，當同富貴耳」。李世民也善於利用圖讖等物，借以奪嫡爲王，像薛頤密謂「德星守秦分，王當有天下，願王自愛」（舊唐書卷一九一）又傅奕所奏「太白晝見於秦」，都利用「太白經天，天下革，民更王」說（漢書天文志語）類似的利用儒家天命論、道教眞君說，宣揚神授論，論證其政權出於天命，屬於解說其王位合理性的一套理論與實踐。

高祖、太宗固然構造天命說爲理論，但對於圖籙的力量由於體認及其中詭秘之處，因而卽位之後力加禁制。武德九年八月九日登基，九月壬子下詔，禁絕「雜占」；其禁奏祥瑞詔中，卽以極理性的立場說「每見表奏符瑞，漸恧增懷。且安危在乎人事，吉凶係於政術。若時主肆虐，嘉貺未能成其美；如治道休明，咎徵不能致其惡。」其能認識政術與百姓的關係，多採魏徵之說，認識百姓之力足可關繫國之安危，爲其治道的主因。所以「苟陳虛飾，徒事浮詞」的瑞應一律禁奏。因爲太宗一旦成王，受命說既已利用，自然懼怕野心家如法泡製。所以貞觀十五年，命呂才整理「陰陽雜書」，呂才正是唐初的無神論者，反對命定論的虛妄，由他與諸術士搜集刊定，實有淨化各種圖符奇說的目的。而最具體的作法就是針對擅製圖讖的僧道，立法禁制，就是道僧格的頒布與實施。李唐帝室乃集前此僧制之大成，在其第一條卽有關道僧反亂的規定，內容是「道士女冠僧尼，上觀玄象，假說災祥，語及國家，妖惑百姓，並習讀兵書，殺人姦盜，及犯詐稱得聖道等罪，雖會赦，猶還俗；並依法律，付官司科罪。」㊾所謂觀玄象、得聖道，只要瞭解唐初彌勒敎匪之亂，卽可推知類似模式的李洪眞君，既經李唐創業君主運用之後，自要加以掩飾，並禁制其流傳。不僅災異怪說一律禁絕，對於儒家經典也進行其正統化的整理：「始詔名儒，撰定九經之疏，號爲正義，自爾以來著爲定論。凡不本正義者，謂之異端。」（歐陽文忠公全書卷一一二）這是從學術思想著手其正統化、純正化；因而讖緯雜說被目爲異端，自被列於禁制之中。

天命說至中唐引起熱烈的討論，而其展開固然外表只是韓愈一派與柳宗元、劉禹錫之間對於天命說的不同立場，實際上代表著保守與革新派的不同觀點，但由於韓、柳等人俱屬新興的士族，對於舊有的天命說就不免有時也會有些矛盾之處。韓愈（七六八—八二四）並非是舊士族，屬於科擧出身的新官僚，並由此逐漸建立其社會地位。他既能排斥佛敎、道敎的虛誕；却又擁護天命論，卽官方正統哲學。韓愈與李吉甫、裴度等豪族的看法相近，對讖緯之學有所嫻習，又以國語等典籍證成其性情的天命論。說后稷、文王的性由天定，而這些正是神話中的帝王異生譚。韓門弟子中年歲較晚的皇甫湜，就在天命論的基礎進一步發揮：「我（唐）受之隋，隋得之周，周取之梁，推梁而上，以至堯舜，得天統矣。」這是他在「東晉元魏正閏論」一文中所要得出的結論，也是當時士人所要論列的唐受命於天說。此論的前提正是天命說：「王者受命於天，作主於人，必大一統。明所授，所以正天下之位，一天下之心。」在天命觀之下，朝代之間的禪代，聖王的受禪得位，均獲得圓滿的解說。類此解釋創業帝王得位的必然性、合理性，爲官方正統的哲學。

中唐時期由於趨向改革，借以改變現狀的思想漸起。對於政治的改革主張，勢必重新檢討傳統的天命說，有利於運動的展開，如柳宗元（七七三—八一九）劉禹錫（七七二—八四三）也從科舉出身，但在新興士族的身分下却贊成王叔文派的革新主張，且因此受到政治上的打擊。柳、劉二人討論天命的文章應該是在永貞（八〇五）貶謫後寫成，柳氏「作天說以折韓退之之言」；而劉氏天論則是對柳說的進一步發展。這裏不詳論其全部天命說的新論點，而只在其理論依據上論其唐之受命說。柳宗元在貞元年間猶上賀嘉禾、芳草、甘露等一系列的賀表；尤其在永州時，還寫「唐鐃歌鼓吹曲」，並曾上表。第五獸之窮言「李密自邙山之敗，其下皆式，覇王之業，知天授在唐，逢歸於有道，享我爵命也。」（樂府詩集卷二〇），又說「唐既受命，李密自敗來歸」、「天厚黃德」，鐃歌鼓吹曲是特意作的，而且希望能上奏而被採用，其中的思想仍是受命說。但在「貞符并序」就有較明確的主張，貞符起草於貞元末，成文於元和末，其大義有二：一反對封禪，一以仁爲歸。封禪是帝王受命的典型儀式，唐代文士多鼓吹之，韓愈卽基於天命立場，鼓吹封禪。柳宗元批評歷來鼓吹王命之說，「自司馬相如、劉向、楊雄、班彪、班子固皆沿襲嗤嗤，推古瑞物以配受命，其言類淫巫瞽史，誑亂後代，不足以知聖人立極之本。」因此提出積極的主張：「受命不于天，于其人；休符不于祥，于其仁。惟人之仁，匪祥于天，茲惟貞符哉！」文中強調人民的力量，才是受命的眞正依據，而不是來自無意志、無人格的天。所以貞符的結論是「唐家正德，受命于生人之意。」這是從人民、百姓的實質作用，解說歷史的發展；帝王如能瞭解此一關鍵，自會「以生人爲己任」，就可以得到天下。柳宗元晚年完成的「天說」、「天對」諸篇，雖是孤憤之書，但也是此一系論旨的進一步發展，上承王充、范縝等，解說宇宙的生成爲元氣；又吸收當時素樸的科學思想，說明自然有合於規律的運動，可以認識而非玄妙莫測。這都是較有新意的說法，不囿於官方神秘的天命神授說，也是柳宗元對於仕途有所覺悟後，比較清晰地思考政治與君主、民意的關係。

劉禹錫對於柳宗元的論旨，大體贊成；但「天說」中比較未能提出具體的說法，因而另以「天論」加以補充，提出數、勢等觀念，解說事物之間的規律性和必然性：數、勢乃「附乎物而生，猶影響也」；同時一切事物不能「逃乎數，而越乎勢」，兩者有互相聯系的關係。基於此說，再提出「天與人交相勝，還相用」的學說，解說天與人，以及一切事物都各有其特性，彼此相殊，各有所長，互相作用，因此「天非務勝乎人」而「人誠務勝乎天」。類似的說法，都不把天神秘化，神格化，自然也對天命之說加以批判。大體說來，柳宗元、劉禹錫代表一種革新的思想，對於唐代隋而起的歷史事實，比較不囿於正統官方的思想；也對道教思想中神秘的圖讖、符瑞等說法加以根本的懷疑。自此數人議論天命，常時文士也多能自抒己見，有所論列，且多能借以發表其對統治者的看法。稍後黃頗卽有「受命于天說」（全唐文卷七六三），強調「夏、殷、周、秦、漢、魏、晉、宋、齊、梁、陳、隋末之爲理，內逆於心，外亂於身」，則其得天下以天，失天下以天。其文首卽引孔子之言：天子受命於天，士受命於君，因而政治的責任就全有賴於君命的順逆，可作君主的鑒戒。大概近於晚唐的文士，對於統治者多有所要求，不管是君王受命于天、或受命于人，均強烈要求君王需端正其行爲，始能不負於所受之命。這種討論不只是哲學上抽象的論題，而具有其現實的意義。

其實唐人之普遍表現其天命觀，不以論理方式出之，而形象化表達於筆記小說中，屬於傳統天命、命定說的通俗化，借以解說人間世的諸般現象，代表民間社會的共同意識，其中與創業帝王有關的一類，大多收於廣記徵應，讖應類中；較長的三篇：魏先生，神告錄及虬髯客傳雖因其性質而分入精察、神及蒙俠類，其實構成其敍述主旨的則是圍繞天命的相關問題。至其原出的筆記，多與敍述神奇事跡有關，廣德神異錄以神異名篇、甘澤謠以降甘露爲瑞徵、廣古今五行記多述與五行有關的祥瑞，感定錄則與鐘輅前一種「前定錄」類似，多述命數前定的異說。而雜記史事的，如創業起居注多與「符讖、受命」有關（劉知幾史通正史篇，晁公武郡齋讀書志）類似的言天命的記載，只是唐人喜論的定命說中的一種㊿，但也是淵源最早、最具權威的一種思想。

圖讖符命由於其本身的神秘性、簡易性，因此常隨時、空而有明顯的變易性，李姓的圖讖形式，離合爲「木子」或「十八子」，李唐以後，至少曾出現過三次，而且都在朝代改易之際。一次是唐末僖宗時的董昌之亂，由屬下巫覡所製的「轉天圖經」，反過來說「木子應非久」、「十八子怕懼，其身何處藏」、「時到殺木子」，將木子影射李唐將亡，「明王出世」─羅平王（董昌自稱）一出就「得見太平年」。這部具有強烈的改朝換代的革命意識的圖讖性經典，雖經歷代禁制，而仍然流傳於臺灣民間，成爲一部民間善書。㉛其次是前蜀王建朝所發生的：全唐詩卷八七五有含元殿丹石隱語條：說是開元末，含元殿火去，基下出丹石，上有隱語：「天漢二年，赤光生粟。木下有子，傷心遇酷。」天漢是前蜀王建所改的年號；天漢二年（九一九），王衍繼立，改元乾德，乾德末亡於李存勗之手，所以「木下有子」的李，非李唐而是後唐莊宗李存勗。這條隱語需配合全唐詩卷八七八蜀童謠條參看，謠曰：「我有一帖藥，其名曰阿魏，賣與十八子。」下有注云：「蜀王衍時有此謠。乾德末，衍兄宗弼果賣國歸唐，而宗弼乃王建養子，本姓魏氏。皆驗。」後唐李姓也襲用故技，「木下有子」、「十八子」，正是李姓當王的習套。如果虬髯客的奇特造型，是影射李存勗，則其國號後唐，將取李唐而代之，顯然也是擅用圖讖歌謠的能手。此外又有一「眞人謠」一載於全唐詩卷八七八，也注云：「唐末民間有此謠」，並說「元宗因名其子爲弘，冀以應之。」歌謠爲李弘的另一種變形：

有一眞人在冀川　開口持弓向外邊（一本此下又有「子子孫孫萬萬年」一句）

所謂眞人，也就是眞君、眞主、眞命天子；而「開口特弓向外邊」，正是形象化的「弘」字，李弘傳說至此可說是奇變，但這一資料證明民間傳說變造圖讖預言的能力，具有高度的適應力。

唐宋之際的五代十國，混亂的世局本就是提供革命的預言滋生、流行的溫床，所以謳歌太平，期待眞君的願望幾乎是時代末的通例。而革命及其用此號召的圖讖傳說，確實也是時代變革中的原動力之一，表現民衆集體的意識。由於道教化李氏當王圖讖的呪術性、神秘性，自李唐之後，因其起義成功的激勵，更具有其預言的權威性與絕對性，因而在改朝換代之際易於登場，這就是元末與明末的圖讖運用的事實。蒙元末期，起義軍不絕，紅巾軍餘部以及時起時滅的反抗組織，有「十八子之讖」，雖可解釋作懷念「李氏子」的韓林兒；或「自言爲李唐子孫，當出世安民」，但淵源所自則可溯及中古時期的李氏當王圖籙。有明一代，時有所聞的李氏圖讖，流傳到明末，成爲李自成集團的「十八子，主神器」、「十八子當出御世」等口號。[52]類似的「十八子之讖」暗流伏脈，流動於中國歷史之中。雖則余英時否認追求「千禧年」（The millenium）的革命傳統[53]，但其歷史之長遠，却隱有類似救世主思想流傳、變易，可證知中國歷史上確曾存在宗教與革命的密切關係，自有其一脈相承的傳統。

其實在中國政治特質中，自有其追求政治上的「千禧年」者（日本學界多譯爲「千年王國」），只是其思想依據，及其產生的時代社會背景，與其他文化另有異趣。宗教在人類文明進化的過程中，在未進入科學、民主的社會之前，有時會以其深入社會不同階層的影響力，擔任重要的角色。在政治、革命行爲中，其所提供的宗教的虛幻世界，確是亂世百姓的共同理想與願望。因而依附於其上的咒術性圖讖，常可作爲指導的思想，發揮類似現代政治中「主義」信仰的作用。類此政治指導原則在革命行動中，有失敗之例，但也有如李唐的成功利用的情形。由圖讖思想所啓示的當來眞君及太平之世，確是東方式、中國式的千年王國說。

李弘及其啓發的李氏當王說，之所以具有中國政治的特質，就因爲其所奠基的正是中國人固有的天命說，此說源遠流長，迭經變化，至少道教就全盤接受，且變化使用之。人類學上有所謂「大傳統」與「小傳統」兩個觀念，這兩個傳統之間存在著互相依存、互相交流的關係。以這觀點分析天命之說自可發現一些有趣的問題：命爲天之令，天命的語源本就以承認天有意志爲前提，爲素樸的有神論，儒家固有承認天命說的傳統，如孟子；也有傾向無神論的，如荀子。兩漢時期讖緯之學與瀰漫兩漢社會的徵應之說，促使天命思想成爲中國人普遍存在的一種意識型態。雖有王充等的反論，亦不能稍加阻遏；而道教的興起更使這一有神論加深、普及。天命原本就是爲一些具有思考能力的上層人士創造出來，放在哲學、宗教等體系中，借以思索宇宙、人生問題。[54]類似班彪「王命論」所言的符讖作用，其原意可能係「矯意以止賊意」，但作爲解說創業帝王的登基得位，確可合理化其行動。這些上層文化滲透下來，經通俗化，就成爲根深蒂固的一種意識型態。其說固可爲帝王得位的理論依據；但也可作爲民間反抗專制統治的思想依據，它被簡單化爲一句口號，被通俗化爲一種信仰。「李氏應讖當王」原先起自道教神學家，乃融合道家、道教、佛教，甚至也有儒家的部分觀念，其具載於道經中是具有繁瑣的神學體系，但經由道士以及相關的奉道者的傳播，却逐漸散播於民間社會，成爲通俗化的反亂口號。李密、李淵集團中的人都可說是這一符命說的改造者、利用者；至於流傳於廣土衆民間期待一種類似救世主的李姓帝君，因而參與革命的行列，經由豪族（或流氓）的運用，成就其創造一統的王業。所以「李氏當應圖籙」說爲大傳統、小傳統之間相互依存關係的產物。

由以上所述，可以得知中國歷史宗教與革命的關係中，道教以其宗教－政治性格扮演一極特殊的角色。因爲道教中人頗不乏睿智之士，因此能夠融攝多種思想，構成一種道教化的圖讖受命說，它既爲創業英主所利用，也能爲倍受逼壓的百姓所信從。基於傳統「成者爲王，敗者爲寇」的傳統史觀，李淵、李世民被塑造爲受命的眞命天子；而李密與其他失敗者則爲妖賊、爲流寇。但民間社會有時仍基於同情的立場，在民間說話中稱許這些失敗的英雄，此即唐人小說中李姓爭王說話的不同面貌。其次圖讖以俗化的小傳統天命說，對於下層文化具有深遠的影響：它不僅是茶餘飯後的談資，且是朝代更迭之際一種隱秘而有力的變天、轉天思想，確曾變轉過一些自認受命自天的正統正朝。凡此均有歷史事實作爲見證，其影響力之不能等閒視之，乃是論中國政治與革命之關係者的一大課題。⑮筆記小說在傳統社會中，只是小道而已，但雖小道，必有可觀者焉。尤其民間長期以口頭傳播方式流傳，廣土衆民均參與其中的集體創作，因而反映出民衆集體的意識型態。只是由於其所具有的煽動力，故爲歷代帝王嚴加禁制，因而不能見諸於載籍，而隱晦的保存於零星史料之中；偶有倖存有待抉發，這也就是唐人創業小說但敍其然，而不盡明說其所以然之故。因此需要從圖讖與歷史的複雜關係，考察其道教背景，及其隱微的意義。

附註

❶ 岑仲勉「隋唐史」舉出一二八判亂集團；布目潮渢博士「隋唐史研究—唐朝政權の形式」則估計其達二〇〇以上（京都大學、東洋研究會、一九六八）頁五三。

❷ 拙文發表之後，陸續經國外友人之助，得知大陸學者有關李弘的研究數種：湯用彤，「妖賊李弘」為「康復札記四則」之一，刊於「新建設」第六期（一九六一），後收入「湯用彤學術論文集」（中華書局、一九八三）頁三〇九—三一一：方詩銘，「關于李弘、盧悚兩位農民起義領袖的事迹」，載「文滙報」（一九六二、三、二）；「與張角齊名的李弘是誰」載「社會科學輯刊」第五期（遼寧、一九七九）王明，「農民起義所稱的李弘和彌勒」，原載「湯用彤先生九十誕辰紀念論文集」，後收入「道家和道教思想研究」（重慶、中國社會科學出版社、一九八四、六）頁三七二—三七五；唐長孺，「史籍與道經中所見的李弘」，收於「魏晉南北朝史論拾遺」。茲因定稿之便，附注於此。

❸ 砂山稔曾撰兩篇論文討論：「李弘から寇謙之へ—西曆四、五世紀における宗教的反亂と國家宗教」刊於「集刊東洋學」第二十六號（日本、一九七一）頁一—一九。「江左妖僧攷—南朝における佛教徒の反亂について」刊於「東方宗教」第四六號（一九七五、十）頁二九—六二。

❹ 參楊聯陞「老君音誦誡經校釋」，刊於「中研院史語所集刊」第二八本（一九五八）頁十七—五四。

❺ 宮川尚志博士「晉代道教の一考察—太上洞淵神咒經をめぐりて」，收於「中國宗教史研究」第一（京都、同朋舍、一九八三）頁一七二—一七三，曾引述華陽國志說明蜀成都地區的李洪其人及其祠廟，此一李洪為道德君子，而與反亂的李弘較無關係。

❻ 山田利明，「李家道とその周邊」刊於「東方宗教」第五二號（一九七八、十）。

❼ 砂山稔「江左妖僧考」凡舉司馬順則、司馬飛龍、司馬黑石、司馬休符、司馬小君及司馬惡御等為例。

❽ 中村璋八，「漢碑に見える緯書說について」，見與安居香山合刊「緯書の基礎的研究」（東京、漢魏文化研究會、一九五二）頁三七二—三八九。

❾ 參平秀道「王莽と符命」刊於「龍谷大學論集」三一一—三二一（一九五六）「後漢光武帝と圖讖」刊於「龍谷大學論集」三七九（一九六五）又安居香山，「緯書の成立とその展開」後篇（東京、國書刊行會，一九七九）頁三四一—四七六。

❿ 有關老子變化說，學界研究的成果中極有可觀，參見吉岡義豐，「道教と佛教」第一（日本學術振興會、一九五九）頁一—八。楠山春樹博士，「老君傳の研究」收於「老子傳說の研究」（東京、創文社、一九七九）頁三〇一—四六〇。

⓫ 金岡照光博士「敦煌文獻より見たる彌勒信仰の一側面」，刊於「東方宗教」五三號（一九七九、五）。

⓬ 大淵忍爾博士「道教史の研究」（岡山大學共濟會，一九六四）頁四三五—四八七。又吉岡義豐「道教經典史論」（東京，道教刊行會，一九五五）頁一八三—二六三。

⓭ 吉岡義豐博士「道教種民思想の政治的性格」、「道教種民思想の宗教的性格」，收於「道教と佛教」第三（東京，國書刊行會，一九七六）頁二二三—二八三，對道教救世主有詳盡的分析，本文多取用之，特此註明。

⓮ 漢代讖語詳參安居香山，「圖讖の特性についての考察」，刊於「道教研究」㈠（東京、昭森社、一九六五）頁一六七—二一四。後收於「緯書の成立とその展開」（國書刊行會，一九七九）頁四四五—四七六。

⓯ 宮川尚志氏前引書，頁一五八—一六六。

⓰ 詳參戴玄之教授，「白蓮教的源流」，刊「中國學誌」第五本（東京、泰山文物社、一九六八）又前引王明書也提及彌勒菩薩，頁三七六—三八〇；唐長孺前引書，有「北朝的彌勒信仰及其衰落」。

⓱ 詳參拙撰，「神仙三品說的原始及其衍變」，刊「漢學論文集」第二集（臺北、文史哲、民國七十三年）頁一九八—二〇一。

⓲ 唐長孺注❷前引文。

⑲ 吉岡義豐氏前引文，頁二三五—二四八。

⑳ 安居香山，「漢魏六朝時代における圖讖と佛教」，收於⑧引書，頁二五九—二七五。

㉑ 中村璋八，「五行大義」（東京、明德出版社、一九七三）。

㉒ 參李劍國，「唐前志怪小說史」（南開大學、一九八四）頁四三三—四五一。

㉓ 參布目潮渢博士前引書，頁六六—六八。

㉔ 王夢鷗先生「虬髯客與唐之創業傳說」，收於「唐人小說研究」四集（臺北，藝文，民國六十七年）頁二六九。

㉕ 參余嘉錫，「北周滅佛主謀者衛元嵩」，原刊於「輔仁學誌」二卷二號，後收入「余嘉錫論學雜著」。

㉖ 參羅香林，「大唐創業起居注考證」，收於「唐代文化史」（臺北，商務，民國六十三年）頁一—二九。

㉗ 參李樹桐，「唐史考辨」（臺北，中華，民國六十一年）「唐史新論」（臺北，中華，民國六十一年）。

㉘ 丁煌，「唐高祖太宗對符瑞的運用及其對道教的態度」，刊於國立成大歷史學報第二號（臺南，成大歷史學系，民國六十四年）頁二七九—二八〇。

㉙ 參陳國符，「道藏源流考」（臺北，古亭書屋，民國六十四年）頁四七—五〇。

㉚ 參王先生前引書，頁二五七—二五九。

㉛ 王先生前引書，頁二六九。

㉜ 薩孟武，「水滸傳與中國社會」（臺北，三民，民國五十六年）頁一—十一。

㉝ 布目潮渢前引書曾詳論。

㉞ 王先生前引書，頁二六九。

㉟ 李樹桐前引「唐史考證」詳論此事，惟布目潮渢前引書則對此說採保留的立場，見頁一九八—二五六。

㊱ Nathan Srvin著，李煥燊譯，「伏煉試探」（臺北，正中，民國六十二年）頁七三—七九。

㊲ 山崎宏，「初唐の道士孫思邈について」，利於「立正大學文學部論叢」五〇號（一九七四）。

㊳ 馬伯英，「孫思邈生平考及年譜簡編」，刊於「中華醫史雜誌」十一卷第四期（一九八一年）。

(39) 王夢鷗先生，「唐人小說校釋」（上）（臺北，正中，民國七十二年）頁三三二、三三四。

(40) 饒宗頤，「虬髯客傳考」，刊於「大陸雜誌」十八—一（民國四十八年一月）頁一—四。

(41) 此事唐長孺前引文首予注意。

(42) 參李樹桐，「武則天入寺爲尼考辨」，收於「唐史考辨」，頁三一〇—三三五。

(43) 參陳寅恪，「武曌與佛教」，收於「陳寅恪先生論文集」（上）頁四二一—四三六。

(44) 大淵博士前引書，頁四三六—四三七。

(45) 林天蔚，「隋唐史新論」（臺北，東華書局，民國六十七年）頁四〇八—四一九。

(46) 參岸邊成雄著、梁在平、黃志炯譯，「唐代音樂史的研究」（上）（臺北，中華書局，民國五十八年）頁四六—四八。

(47) 參楊蔭瀏，「中國古代音樂史稿」（二）（臺北，丹青圖書公司，民國七十四年）頁三十—三四、四六—四八。

(48) 王夢鷗先生，因其題目虛泛，列於時代未詳一類中。「唐詩人李益生平及其作品」，（臺北、藝文，民國六十二年）頁一〇五。

(49) 道僧格的研究，參秋月觀暎，「道僧格の復舊について」，刊於東北史學會編「歷史」第四輯；「唐代宗教刑法に關する管見」，刊於「東方宗教」四・五（一九五四、二）；諸戶立雄，「北魏の僧制と唐の道僧格」，刊於「秋大史學」二十號；「道僧格とその施行について」，刊於「集刊東洋學」三一（一九七四）。本資料承東洋大學碩士謝明玲小姐贈閱，特此致謝。

(50) 龔鵬程，「唐傳奇的性情與結構」，刊於「古典文學」第三集（臺北，學生書局，民國七十年）頁一七五—二二八。

(51) 柯毓賢，「『轉天圖經』考」，刊於「食貨月刊」十三—五、六（民國七二年九月）頁一九七—二〇三。此文的閱讀，承戴玄之教授指示，特此致謝。

(52) 沈定平，「明末『十八子主神器』源流考」。收於「明史研究論叢」㈠（一九八二）頁二九〇—三〇六。

53 余英時，「史學與傳統」（臺北、時報文化，民國七十一年）頁十六。

54 余英時前引書，頁十一—十七。

54 日本鈴木中正氏有「中國史における革命と宗教」（東京大學出版會，一九七四）近年論述千年王國說的論文尤多：有鈴木中正編「千年王國の民衆運動の研究—中國、東南アミアにおける」（東京大學出版會、一九八二），及野口鐵郎、三石善吉的多篇論文。

第七章・結論

六朝隋唐的仙道類小說，作爲中國小說史的一部分，自有其宗教文學的特殊地位。在小說研究逐漸成爲中國文學研究的重要環節之時，這一研究所得的成果多少有裨益之處。其中可以分別從兩方面言之，一卽小說及相關的詩歌等，可以容納道教的宗教特質，借以解說中國文學中所具有的仙道色彩；另一方面則小說等文學史料，確有助道教史的理解：從社會文化史解說道教的發展，從主題學的比較方法，可以印證道教史的成長、成熟與固定。所以仙道小說可作爲道教與文學之間相互激盪的產物，是一批値得重加評估的道教藝術。

這一研究試圖解說漢武內傳、十洲記爲上清經系的作品，乃是東晉孝武帝太元末年至安帝隆安年間編撰完成，其編撰材料乃有取於當時較早出世的仙傳、道經，而造構動機則爲了諷諭東晉孝武帝等一類王室貴族，借用教內的科律觀念，强調道經的寶貴與禁秘，因此兩部作品是教內人士撰構，作爲教外人士、或奉道的王公貴人的一種教科性質的雜傳。爲了證明造構說、諷諭說，特別從早期道教內部的類書徵引情形予以證明，諸如顧歡眞迹經、陶弘景眞誥及北周編無上秘要，均不加引錄。又從唐及其後的逐漸流傳，證實兩者已被道教內部完全接受，成爲道經傳授史的一大環節，或是齋醮科儀中的仙眞洞府。最後成爲明、清道教類書或神仙史中的典故，這是固定化的道教文化的遺產之一。

洞仙傳是六朝仙傳中最爲晚出的一種，因而具有上清經系的仙道色彩。編撰者見素子爲六朝末的道門中人，熟知道教材料，尤其是陶弘景的眞誥等。因此「洞仙」二字取義於眞誥的洞府仙眞說，且將其擴大爲道教諸眞。這是與馬樞「道學傳」，只强調學道求仙的不同之處。洞府仙眞之說卽是陶弘景所編成的上淸經系的眞靈觀念，因此其中所述的成仙方法、成仙品級，乃至於在華陽洞天中所擔任的職司，也最能代表六朝末上淸經系較具體系的神仙說。今本雖只殘存於雲笈七籤中，却仍是六朝末的重要仙眞傳記集。

這一研究中較爲特殊的是，以孫廣「嘯旨」爲中心，對於漢晉以下流傳的嘯法，試作一綜合性的考察。嘯的原意具有招魂、歌嘯、禁術等作用，經道教吸收之後，由方術一變而爲道術。從研究資料中顯示，嘯之行爲與方士、道士有直接的淵源，又逐漸傳布於奉道文士中，其特殊轉變是與文士的逸態、傲態結了不解之緣，因而成爲後人心目中的放逸、嘯傲的形象。其實，嘯之作爲道教法術，可以命令風雲、異物，乃至於神鬼精怪，並非只是文士逸、傲之態。而且與道教音樂結合，成爲表現天堂情境的嘯歌意象。孫廣將其整理，首次有系統地解說其嘯法原理，並給予命名，作爲道士養生鍊氣的法門，雖則有關嘯法傳說具有奇幻的氣氛，其實是極有價値的氣功修練法。經由行嘯，達到運氣發聲的養生功能，由於行之不易，成者不多，故歷朝記載均有特加神異化的傾向。

有關道教圖讖傳說與唐人創業小說，是中國式的千年王國論的運用，與佛教彌勒信仰同爲正統宗教中衍生的，具有政治、宗教性格的異端思想。對於六朝史傳中所記載的李弘反亂事件，近代史學界已注意及其背後的道教眞君思想，在此値得進一步指出的，它是融合老君轉生說，彌勒下生說，透過圖讖形式所形成的革命預言。其流行的地域適與漢緯興盛的地區相吻合，乃運用天命思想，以神秘的咒術性格預示眞君及太平世的來源。南北朝初，劉宋時所編的「洞淵神咒經」、北魏寇謙之編「音誦誡經」，都顯示眞君具有救世主式的性格，「眞君將來」正是預示救世主的出現，救濟現世；而太平之世則具有現世的、共同體的性格，因而原先的眞君思想近於中國式的「千年王國」論的思想（Millenarianism）、表現中國民衆的眞主願望。北魏太武帝想改年號「太平眞君」，就是想以受籙形式自居於天命所授。其後李洪傳說爲李淵所利用，成爲太原集團的革命號召。唐人的創業小說，不論神告錄或虬髯客傳都與此有關，前者爲李密、李淵的爭霸，後者則將李世民塑造爲眞命天子。由世族獨占眞君李弘的革命預言，也是中國政治史上成王的傳統之一；而所利用的圖讖則原屬道教中人所創，李唐之尊老子，這是重要的因素。

總之，仙道小說由於秉具宗教、文學的雙重性格，其道教本質具有咒術的神秘：無論是不死成仙的服食傳說、役神命鬼的法術能力，乃至於虛構一極奇幻的仙境，都是中國人心靈深處隱微的理想與願望。從六朝到隋唐，其發展脈絡適與社會文化若合符節，就是魏晉亂世等社會條件，提供其蘊育的時代環境；而兩漢方術、東來佛教均使道教有所取材，因而在不同道派中分別發展成獨具的道法風格。仙道小說之採用文學形式，固然是得力於文學發展的大趨勢，但是道教中不乏能文之士，却能因應時代情境，造構出獨具一格的作品，因而形成這一時期的道教藝術。在中國小說史上，仙道小說中的主題，承先啓後，一方面總結前道教時期的諸多主題；經其重新組合之後，對於唐以後的文學、宗教信仰極具啓發性，這是它在開啓後世的另一方面的貢獻。所以六朝隋唐的仙道小說，不儘是這一時期的道教文學的典型，也是深具特色的宗教藝術的傑作。

後記

本研究歷時多年，撰述期間曾接受國科會的長期補助。因而論文初稿多曾發表於國內學報或專集中，惟此次出版之前，又經年餘的增補。這是因爲自己資料的搜集、整理，已擴展至唐、宋時期，有頗多資料需要補入。所以書中增補後的論文，已與原發表時多有不同之處，惟爲了使用者的方便，現將原先發表的題目與處所揭載於後，以供參考：

一、漢武內傳的著成及其流傳　「幼獅學誌」第十七卷二期（民國七十一年十月）

二、十洲傳說的形成及其衍變　「中國古典小說研究專集」第六集（聯經，民國七十二年）

三、洞仙傳之著成及其內容　「中國古典小說研究專集」第一集（聯經，民國六十八年八月）

四、嘯的傳說及其對文學的影響　「中國古典小說研究專案」第五集（聯經，民國七十一年十一月）

五、唐人創業小說與道教圖讖傳說　「中華學苑」第二十九期（政大中文研究所，民國七十三年六月）

本書出版期間，校稿、索引的編製，承蒙林明德教授，及金銀雅、莊宏誼、陳麗宇、陳妙華諸友的熱心協助，英文資料蒙古添洪教授的幫忙，摘要蒙王秋桂教授修正，封面蒙莊伯和兄、陳璐茜小姐的幫忙，特此致謝。

參考書目

一、叢書

正統道藏　藝文印書館　一九七七

太平廣記　明倫出版社　一九七四

全漢三國晉南北朝詩（丁福保編）　世界書局　一九六九

先秦漢魏南北朝詩（逯欽立輯）　木鐸出版社　一九八三

全唐詩　明倫出版社　一九七一

全唐詩外編　木鐸出版社　一九八四

二、中日文專書

小川琢治　支那歷史地理研究　弘文堂　一九二八

大淵忍爾　道教史の研究　岡山大學共濟會　一九六四

小南一郎　中國の神話と物語り　岩波書店　一九八四

王夢鷗　鄒衍遺說考　商務印書館　一九六六

王夢鷗　唐人小說研究　藝文印書館　一九七一

王夢鷗	唐詩人李益生平及其作品	藝文印書館	一九七三
王夢鷗	唐人小說研究（四）	藝文印書館	一九七八
王夢鷗	唐人小說校釋（上）	正中書局	一九八三
王　明	抱朴子內篇校釋	里仁出版社	一九八一
王國良	神異經研究	文史哲出版社	一九八五
王國良	魏晉南北朝志怪小說研究	文史哲出版社	一九八四
中村璋八	五行大義	明德出版社	一九六八
布目潮渢	隋唐史研究	東洋史研究會	一九六八
石井昌子	道教學の研究	國書刊行會	一九八〇
安居香山 中村璋八	緯書の基礎的研究	漢魏文化研究會	一九五二
安居香山	緯書の成立とその展開	國書刊行會	一九七九
吉岡義豐	道教經典史論	道教刊行會	一九六四
吉岡義豐	道教と佛教㈠	日本學術振興會	一九五九
吉岡義豐	道教と佛教㈢	國書刊行會	一九七六
守屋美都雄	中國古歲時記の研究	帝國書院	一九六三
李樹桐	唐史考辨	中華書局	一九七二
李樹桐	唐史新論	中華書局	一九七二
李劍國	唐前志怪小說史	南開大學	一九八四

李獻章　媽祖信仰の研究　泰山文物社　一九七九
李豐楙　魏晉南北朝文士與道教之關係　（自印本）　一九八三
李豐楙　不死的探求　時報文化　一九八五
余英時　史學與傳統　時報文化　一九八二
牧田諦亮　疑經研究　京都人文科學研究所　一九七六
林天蔚　隋唐史新論　東華書局　一九七八
范寧　博物志校證　明文書局　一九八一
秋月觀暎　中國近世道教の形成　創文社　一九七八
宮川尚志　中國宗教史研究㈠　同朋舍　一九八三
許地山　扶箕迷信底研究　商務臺版　一九六六
陳國符　道藏源流考　古亭書屋　一九七五
陳國符　道藏源流續考　明文書局　一九八四
陳寅恪　陳寅恪先生論文集　九思出版社　一九七七
鈴木中正　中國史における革命と宗教　東京大學出版社　一九七四
楠山春樹　老子傳說の研究　創文社　一九七九
窪德忠　中國の宗教改革　法藏館　一九六七
窪德忠　道教史　山川書局　一九七七
衞挺生　穆天子傳今考　中華學術院　一九七〇
羅香林　唐代文化史　商務印書館　一九七四

薩孟武　水滸傳與中國社會　三民書局　一九六七

丁　煌　唐高祖太宗對符瑞的運用及其對道教的態度　成大歷史學報　二　一九七五

三、中日文論文

山崎宏　初唐の道士孫思邈について　立正大學文學部論叢　五〇　一九七四

山田利明　李家道とその周邊　東方宗教　五二　一九七八

小林正美　靈寶赤書五篇眞文の思想と成立　東方宗教　六〇　一九八二

小林正美　劉宋における靈寶の形成　東洋文化　六二　一九八二

三浦國雄　洞天福地小論　東方宗教　六一　一九八三

王　明　黃庭經考　中研院史語所集刊　二〇　一九四八

平秀道　王莽と符命　龍谷大學論集　三一一—三一二　一九五六

平秀道　後漢光武帝と圖讖　龍谷大學論集　三七九　一九六五

安居香山　圖讖の特性についての考察　道教研究㈠　昭森社　一九六五

吉岡義豐　老子河上公本と道教　道教の綜合的研究　國書刊行會　一九七七

尾崎正治　四極明科經の諸問題　吉岡還曆道教研究論集　一九七七

李豐楙　嵇康養生思想之研究　靜宜學報　二　一九七九

李豐楙　葛洪養生思想之研究　靜宜學報　三　一九八〇

李豐楙　山經靈異動物之研究　中華學苑　二四、二五　一九八一

李豐楙　神仙三品說的原始及其衍變　漢學論文集　二　一九八三
岩佐貫三　中國僞似經ての一考察　東洋學研究　九　一九七五
金岡照光　敦煌文獻より見たる彌勒信仰の一側面　東方宗教　五三　一九七九
秋月觀暎　道僧格の復舊について　歷史　四
秋月觀暎　唐代宗教刑法に關する管見　東方宗教　四、五　一九五四
砂山稔　李弘から寇謙之へ——西曆四、五世紀における宗教的反亂と國家宗教」　集刊東洋學　二六　一九七一
砂山稔　江左妖僧攷——南朝における佛教徒の反亂について　東方宗教　四六　一九七五
柯毓賢　『轉天圖經』考　食貨月刊　十三—五、六　一九八三
酒井忠夫　十王信仰に關する諸問題及び閻羅王受記經　齋藤古稀紀念論文集　一九三七
宮川尚志　唐室の創業と茅山派道教　佛教史學　一—三　一九五〇
馬伯英　孫思邈生年考及年譜簡編　中國醫史雜誌　十一—四　一九八一
陳　槃　古讖緯書錄解題㈤　中研院史語所集刊　四四—四　一九七三
陳　槃　古讖緯書錄解題㈥　中研院史語所集刊　四六—二　一九七五
福井康順　上清經について　密教文化　四八、四九、五〇　一九五九

福井康順 靈寶經の研究 東洋思想史研究 書籍文物流通會 一九六〇
諸戸立雄 道價格とその施行について 集刊東洋學 三一 一九七四
逯耀東 魏晉別傳的時代性格 中研院國際漢學會議論文集 一九八三
澤田瑞穗 嘯の源流 東方宗教 四四 一九七四
饒宗頤 敦煌本文選斠證 新亞學報 三—三 一九五八
饒宗頤 虬髯客傳考 大陸雜誌 十八—一 一九五九
戴玄之 白蓮教的源流 中國學誌 五 一九六八
龔鵬程 唐傳奇的性情與結構 古典文學 三 一九八一

四、中日譯西文及西文

Maspero, Henrl Le Taoism
川勝義雄譯 道教 東海大學出版社 一九六八
Needhan, Joseph 著
姚國水譯 中國之科學與文明(六) 商務印書館 一九七五
劉廣定、
張彝尊譯 中國之科學與文明(十四) 商務印書館 一九八二
Sivin, Nathan 著
李煥燊譯 伏煉試探 正中書局 一九七三

Van der Taoist Books in The LiBraries of The Sung
Loon, Piet period London 一九八四
Schipper 著 五岳眞形圖の信仰 道教研究(二) 一九五七
M・スワミエ譯

二十一畫

二十四畫

十五畫

十六畫

十七畫

十八畫

十九畫

人名、神仙索引

一～三畫

四　畫

五　畫

六 畫

七 畫

八　畫

九 畫

十 畫

十一畫

十二畫

十三畫

十四畫

十五畫

十六畫

十七畫

十八畫

十九畫

二十一畫

二十三畫

二十四畫

地名——專有名詞索引

一～三畫

三　畫

四 畫

五 畫

六　畫

七　畫

八 畫

九 畫

十 畫

十一畫

十二畫

十三畫

十四畫

predestination, the transmigration of Lao-tzu, and the descent of Maitreya upon the earth. The whole idea is both political and religious. Indeed, nine insurgences took place during the Six dynasties in the name of Li Hung, and the idea of the predestined emperor and the hope for a peaceful world can be seen in those Taoist books in the Six dynasties, such as the *Tang-yüan Shen-chou Ching* (洞淵神咒經), *Lao-chün Ying-sung Chieh Ching*. (老君音誦誡經)·Both Li Mi (李密) and Li Yüan (李淵) made use of the concept of *Chân Yü* (讖語) to proclaim themselves the rightful ruler. The *Shen-Kao Lu* (神告錄) and the *Ch'iu-jan-ke Chuan* (虬髯客傳) were composed in this context to propograte the concept of the rightful ruler and his mission to save the world from chaos. These tales were intended to justify the contenders' ambition.

The third essay studies the *Tung-hsien Chuan* (洞仙傳) of the Six Dynasties. Here I show that the primary concept of this book, namely, the association between caves and the Taoist Immortal, can be traced to Tao Hung-ching's (陶弘景) *Chen Kao* (眞誥), and further, to the Taoist concepts and practice as seen in the Taoist classics compiled by Yang Hsi (楊羲), Hsü Mi (許謐) and Hsü Hui (許翽). The tales of the Taoist Immortals collected in *Tung-hsien Chuan* are adapted from the sources cited above. Therefore, the book reflects the new perception of the Taoist divine world and suggests various methods of becoming Taoist immortals.

In the fourth essay, I deal with the Taoist whistling (嘯), a particular way of the nourishment of the *Chi* (氣), and concentrate my study upon Sun Kuang's (孫廣) *Hsiao-Chih* (嘯旨). The Taoist whistling origninated in the shamanism as seen in the *Chao Hun* (招魂), in the occult method of *Chi* nourishment, and in chanting. It was later developed by the Taoists and became a method to nourish life and command ghosts. The scholars learned about this whistling and practised it to express their nonconformity and carefreeness, while the Taoists turned it into a supernatural power. It was Sun Kuang who systemized whistling and theorized on it, and his book becomes the most important document of *Chi-kung* (氣功), the practice of *Chi* and its effects on medicine, etc. Knowledge of the Taoist whistling is also essential to the understanding of the image of whistling which has a special meaning in T'ang poetry.

The last essay explores the relationship between the concept of *Ch'an-wei* (讖緯), the prophetic remark on the establishment of a dynasty, which the founder would later find to be true. The underlying concept of those tales is based on the belief in Li Hung Chen-chün (李弘眞君), perfect Lord Li Hung, which combines the concept of *Ch'an-wei*, the belief in

ABSTRACT

The Taoist tales of the Six and the Sui and T'ang Dynasties represent a combination of religion and literature. They can be fully understood only in the light of the early history of Chinese fiction and the development of the Taoist religion. The present book examines three early collection of Taoist tales related to the *Shang-ch'ing Ching* (上清經) system, one monograph and some T'ang *ch'uan-chi* tales written under Taoist influence.

The *Han Wu Nei-chuan* (漢武內傳) and the *Shih-chou Chi* (十洲記) are the first two works to be discussed Opinions differ regarding the motivation of their composition. I shall try to prove that the *Han Wu Nei-chuan* was written toward the end of the fourth century. The author of this book is probably Wang Ling-ch'i or other devotees of the *Shang-ch'ing Ching* system. The book might have been written for the members of the royal family of Emperor Hsiao-Wu of the Eastern Chin (373-396) to satisfy their pursuit of Taoist books, and the book was probably inspired by Ko Ch'ao-fu's (葛巢甫) *Ling-pao Ching* (靈寶經), which was very popular in the Eastern Chin. The author of *Han Wu Nei-chuan* based this work primarily on the legend of Hsi Wang Mu (西王母), and suplemented it with some materials from *Mao-Chün Nei-chuan* (茅君內傳), *Hsiao-mo Chih-hui Ching* (消魔智慧經), *Wu-yüeh Chên-hsing Tu* (五嶽眞形圖) and about twelve religious scriptures. The purpose of this book was to warn Emperor Hsiao-Wu against indulging himself in warfare and sexual pleasures, and to introduce him to the doctrine of the Taoist religion.

The *Shih-chou Chi* describes the divine world of the Taoist immortals. The author drew on works about charms and omens in the Han Dynasty and certain divine maps collected in the *Shang-ch'ing Ching* system. The book takes the form of a dialogue between Tang Fang-shuo, the immortal banished from Heaven, and Emperor Wu of the Han Dynasty.

國家圖書館出版品預行編目資料

六朝隋唐仙道類小說研究
／李豐楙[著]. --初版. --臺北市：
臺灣學生，民75
面； 公分. --（道教研究叢書）
參考書目：面
ISBN 957-15-0808-X (精裝)
ISBN 957-15-0809-8 (平裝)

1.中國小說 - 六朝(222-588) - 評論
2.中國小說 - 隋(581-618) - 評論
3.中國小說 - 唐(618-907) - 評論

827.83 86001288

六朝隋唐仙道類小說研究（全一册）

著作者：李豐楙
出版者：臺灣學生書局
發行人：丁文治
發行所：臺灣學生書局
臺北市和平東路一段一九八號
郵政劃撥帳號〇〇〇二四六六八號
電話：三六三四一五六
傳眞：三六三六三三四
本書局登記證字號：行政院新聞局局版臺業字第一一〇〇號
印刷所：常新印刷有限公司
地址：板橋市翠華街八巷一三號
電話：九五二四二一九
定價 精裝新臺幣三七〇元
平裝新台幣三〇〇元
西元一九八六年四月初版
西元一九九七年二月初版二刷

21001

ISBN 957-15-0808-X (精裝)
ISBN 957-15-0809-8 (平裝)

臺灣學生書局出版

道教研究叢刊

①六朝隋唐仙道類小說研究	李　豐　楙　著
②明代道教正一派	莊　宏　誼　著
③全眞教與大蒙古國帝室	鄭　素　春　著
④明代道士張三丰考	黃　兆　漢　著
⑤道藏丹藥異名索引	黃　兆　漢　著
⑥漢魏六朝佛道兩教天堂地獄說	蕭　登　福　著
⑦蘇軾與道家道教	鍾　來　因　著
⑧道教與文學	黃　兆　漢　著
⑨憂與游：六朝隋唐遊仙詩論集	李　豐　楙　著
⑩誤入與謫降：六朝隋唐道教文學論集	李　豐　楙　著
⑪海峽兩岸道教文化學術研討會論文	龔　鵬　程　著